DROEMER

Über die Autorin:
Claire Heywood ist eine britische Autorin und Altertumswissenschaftlerin. Ihr Schreiben ist stark beeinflusst durch ihre Liebe zur griechischen Mythologie, ihr Wissen über antike Kulturen und ihre Faszination für die vergessenen Stimmen der Frauen. *Wir Töchter von Sparta* ist ihr erster Roman.

CLAIRE
HEYWOOD

Wir Töchter von Sparta

ROMAN

Aus dem Englischen
von Katharina Naumann

DROEMER

Die englische Originalausgabe erschien 2021 unter dem Titel
»Daughters of Sparta« bei Hodder & Stoughton, London.

Besuchen Sie uns im Internet:
www.droemer.de

Eigenlizenz November 2023
Droemer Taschenbuch

Ein Imprint der Verlagsgruppe
Droemer Knaur GmbH & Co. KG
Maria-Luiko-Straße 54, 80636 München

Covergestaltung: Zero Media
Coverabbildungen: Collage von Zero Media unter
Verwendung von Motiven von Shutterstock.com
Karte: Computerkartographie Carrle unter
Verwendung von Motiven von Shutterstock.com
Illustration im Innenteil: Adiemus/Shutterstock.com
Satz: Adobe InDesign im Verlag
Printed in Germany
ISBN 978-3-426-30839-4

KontaktadressenachEU-Produktsicherheitsverordnung:
produktsicherheit@droemer-knaur.de

3 5 6 4 2

Für meine Schwester Lauren

»Nichts ist scheußlicher doch, nichts unverschämter auf Erden als
ein Weib, entschlossen zu solcher entsetzlicher Schandtat …
… Hat ihr eignes Gedächtnis, und alle Weiber der Nachwelt
ewig entehrt, wenn eine sich auch des Guten befleißigt!«
Homer, Odyssee

»Sie, der Niedergang von Troja und
ihres eigenen Vaterlandes …«
Virgil, Aeneis

N
W
O
S
Aulis
Mykene
Argos
ARGOLIS
Sparta
LAKONIEN
Gythio
Ionisches Meer

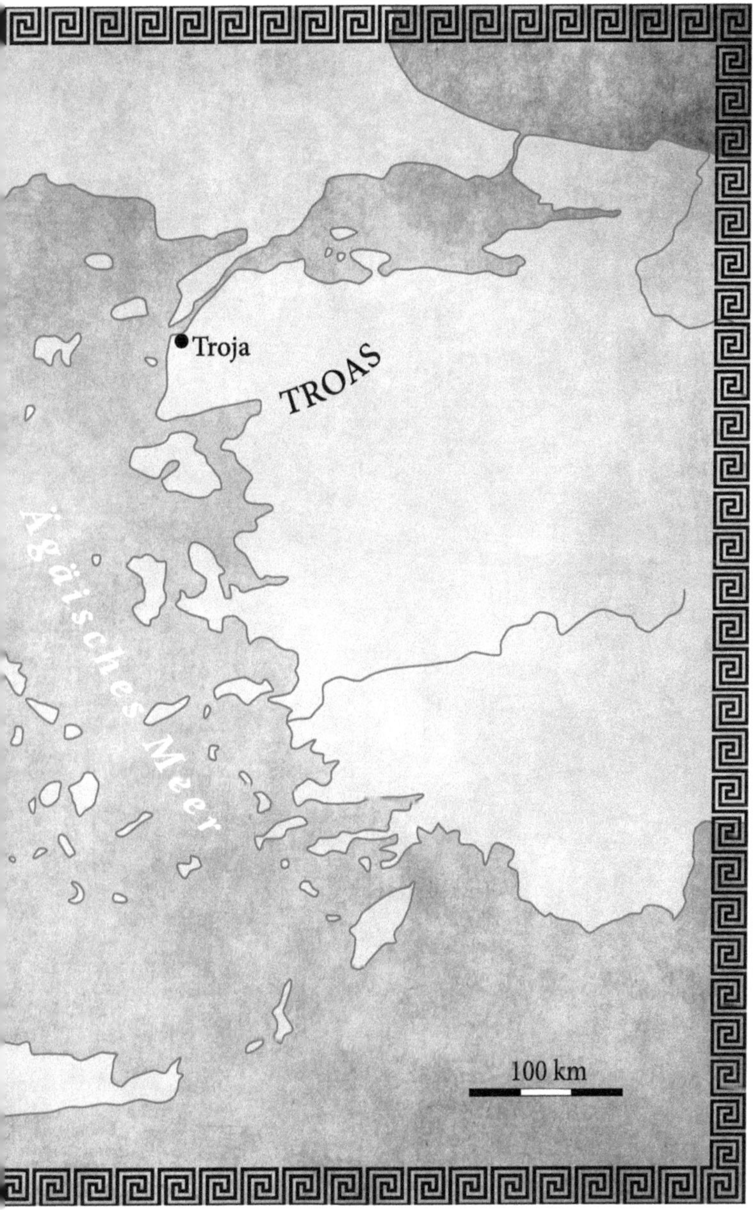
Troja
TROAS
Ägäisches Meer
100 km

Prolog

Sie saß erstarrt da, mit blutigen Händen. Wenn sie die Augen schloss, konnte sie es dennoch sehen. Sie kniff die Lider fester zusammen, schickte ihren bebenden Atem in die Stille. Und immer noch konnte sie es sehen. Weiß, das zu Rot wurde. Tote Augen.

Sie tauchte die zitternden Hände in die Schüssel, sofort wuchsen blutige Ranken im Wasser. Jetzt ihre Unterarme, jetzt hoch zu den Ellenbogen, bis die Schüssel dunkel war, erneut mit klarem Wasser aufgefüllt und wieder dunkel wurde. Als ihre Arme wieder weiß waren, das dunkle Wasser fortgetragen war und das Zittern aufgehört hatte, blieb das Rot vor ihrem inneren Auge.

Wie war es dazu gekommen? Wie kam das Böse in die Welt? War es das Wirken der Götter? Ihre Strafe für eine begangene Untat? Oder saßen sie einfach nur tatenlos dort oben und sahen zu, wie ein Stein den anderen traf, noch einen und noch einen? Ausdruckslose Gesichter, die im Staub des Erdrutsches blinzelten.

TEIL 1

1

KLYTÄMNESTRA

»Klytämnestra! Sei vorsichtig, Mädchen! Deine Spindel wackelt ja!« Klytämnestras Blick wurde wieder klar, als sie ihren Namen hörte. Die Spindel vor ihr hüpfte auf und nieder, ihr sorgsam gesponnener Faden wurde ganz ungleichmäßig. Sie hielt sie mit der Hand an.

»Sieht dir gar nicht ähnlich, Nestra«, murmelte Thekla missbilligend und wandte sich wieder ihrer Arbeit zu. Die Falte zwischen den Brauen ihrer Amme blieb, aber immerhin nannte sie sie wieder Nestra. Klytämnestra hatte ihren vollen Namen nie so recht gemocht – er war zu groß, zu sperrig –, aber sie mochte ihn noch weniger, wenn er tadelnd gesagt wurde. Es war ihre Schwester Helena, die begonnen hatte, sie Nestra zu rufen, als sie noch zu klein gewesen war, um den ganzen Namen auszusprechen, und seitdem war ihr die Abkürzung geblieben.

Helena saß jetzt neben ihr. Sie hatten den ganzen Nachmittag schon Wolle gesponnen. Klytämnestra hatte die ganze Zeit den Spinnrocken gehalten, jetzt schmerzte ihr Arm. Ihre Schwester sang vor sich hin und sah zu, wie ihre Spindel wirbelte und den Faden aufwickelte, und obwohl Helena eine schöne Stimme hatte, kannte sie den Text nicht ganz und wiederholte immer wieder die eine Strophe. Klytämnestra wünschte, sie würde aufhören.

Im Frauengemach war es halbdunkel, die Wände waren kahl, die Luft stickig. Als einer der Räume, die ganz im Inneren des Palastes lagen, hatte es keine Fenster, durch die das Tageslicht oder eine frische Brise hätten dringen können, um die dicke Luft zu verjagen. Es war Sommer, und die stehende Hitze wurde von den vielen Frauen und den Lampen und Fackeln im Gemach noch erwärmt, die ihre dunklen Köpfe und ihre weißen, arbeitenden Hände aufscheinen ließen.

Klytämnestras wollenes Kleid klebte an ihrem schweißnassen Rücken. Sie schaute über die Schulter zum am hellsten erleuchteten Winkel des Raumes. Dort standen die Webstühle, drei große hölzerne Rahmen mit halb fertigem Stoff darin. Nur an zweien von ihnen arbeiteten zurzeit die beiden kunstfertigsten Haussklavinnen. Klytämnestra schaute voller Bewunderung und Neid zu, wie sie die Schiffchen hin und zurück bewegten und Faden für Faden ihre schwierigen Muster aufbauten. Es war, als verfolgte sie einen hypnotisierenden Tanz oder das Spiel eines komplizierten Instruments.

»Weißt du«, hörte sie Theklas Stimme, »wir könnten es bald mit dem Weben versuchen.«

»Wirklich?«, fragte Klytämnestra, die sich vom Anblick der tanzenden Hände der Sklavinnen losriss.

»Du bist jetzt elf. In ein paar Jahren bist du verheiratet, und was wärst du für eine Ehefrau, wenn du nicht weben könntest?«

»Darüber würde ich mich sehr freuen«, erwiderte sie mit einem dankbaren Nicken. Am Webstuhl zu arbeiten, erschien ihr weit interessanter als das Spinnen.

Helena unterbrach ihren Gesang. »Darf ich auch weben?«

Klytämnestra verdrehte die Augen. Helena wollte immer das tun, was sie tat, obwohl sie zwei Jahre jünger war. Dabei hatte sie bisher nicht das geringste Interesse für den Webstuhl gezeigt.

»Ich glaube, du bist noch ein bisschen zu jung, Helena. Du wirst deine Chance schon früh genug bekommen.«

Helena zog einen übertriebenen Schmollmund und wandte sich abrupt wieder ihrem Spinnrocken zu. Klytämnestra wusste, dass sie den Grund für ihr Schmollen bald schon wieder vergessen haben würde. Ihr Gesicht würde sich entspannen, sobald die Bewegung der Spindel sie wieder in ihren Bann zog.

Die drei Frauen arbeiteten weiter, bis Thekla sagte: »Ich glaube, wir haben für heute genug gearbeitet. Geht ruhig los, ihr Mädchen, und sucht euch etwas zu essen.«

Klytämnestra unterbrach ihre Arbeit. »Können wir vor dem Abendessen nicht ein wenig draußen spielen? Es ist noch nicht dunkel. Ich halte es drinnen nicht den ganzen Tag aus.«

»Oh, ja, können wir?«, ließ Helena vernehmen.

Thekla zögerte. »Ich glaube schon«, seufzte sie. »Aber ihr müsst eine Sklavin mitnehmen, damit ihr nicht allein seid.«

»Aber wir sind doch zu zweit!«, protestierte Klytämnestra. »Es macht keinen Spaß, wenn jemand zusieht.« Sie sah Thekla bittend an, aber das Gesicht der Amme blieb unbewegt. »Na gut«, sagte sie schließlich und schnaubte verärgert. »Wir nehmen Agatha mit.« Das Mädchen lag altersmäßig zwischen ihr und Helena und war eine weit bessere Spielkameradin als die sauertöpfischen Begleiterinnen, die Thekla für sie ausgewählt hätte.

Die Amme schien noch nicht restlos überzeugt, nickte aber.

»Agatha! Wir spielen draußen, komm mit uns«, rief Klytämnestra durch den Raum, bevor es sich Thekla anders überlegen konnte. Das Sklavenmädchen schlurfte mit gesenktem Kopf zu ihnen herüber. Klytämnestra nahm Helena bei der Hand und ging zur Tür. Die drei waren schon im Flur, als Thekla hinter ihnen herrief: »Bleibt in der Nähe des Palastes! Wenn ihr zu lange draußen bleibt, werdet ihr braun wie die Ziegenhirten! Und wer soll euch dann heiraten?«

Die drei Mädchen verließen den Palast und schlenderten den Hügel zur Weide hinunter. Klytämnestra ging voran. Das Gras stand hoch, die trockenen Samen blieben an ihrem Gewand hängen, als sie hindurchstapfte. Das Laub der wenigen Bäume rauschte über ihren Köpfen, und sie freute sich über die frische Luft an ihren Armen nach der langen Zeit im Frauengemach. Sobald sie weit genug vom Palast entfernt waren, dass sie niemand mehr beobachten konnte, blieb sie stehen.

»Was sollen wir spielen?«, fragte sie die anderen beiden Mädchen.

»Ich bin eine Prinzessin«, antwortete Helena ohne Zögern. »Und Agatha kann meine Zofe sein.«

Agatha nickte schüchtern.

»Aber du *bist* eine Prinzessin«, versetzte Klytämnestra gereizt. »Willst du nicht so tun, als wärst du jemand anderes? Eine Hexe vielleicht? Eine Piratin oder ein Ungeheuer?«

»Nein. Ich bin immer die Prinzessin.«

»Na gut. Dann bin ich der König«, seufzte Klytämnestra. Sie hatte gelernt, dass es am einfachsten war, wenn man Helena ihren Willen ließ. Sonst begann sie zu weinen.

Helena schnaubte. »Du kannst doch gar kein König sein, Nestra. Du bist doch ein Mädchen!« Helena warf Agatha einen Blick zu, damit sie über ihre Bemerkung lachte. Agatha kicherte leise, presste die Lippen aber sofort wieder aufeinander, als Klytämnestra ihr einen tadelnden Blick zuwarf, und senkte den Blick zu Boden.

»Na gut. Du kannst die Prinzessin sein, Helena. Agatha, du bist die Zofe. Und ich bin die Amme.« Sie dachte einen Augenblick lang nach. »Aber ich bin eine Amme, die Zaubertränke herstellen kann«, fügte sie hinzu.

»Was spielt ihr?«

Die Stimme kam von hinten. Eine Jungenstimme. Klytämnestra wirbelte herum, um zu sehen, zu wem sie gehörte.

Der Junge schlenderte durch das hohe Gras auf sie zu und war jetzt nur noch ein paar Schritte von ihnen entfernt. Er war ein wenig älter als sie – hochgewachsen, aber noch ohne Bartwuchs. Er hatte langes, dunkles Haar und ein Lächeln, das Klytämnestra plötzlich ganz befangen machte. Sie hatte den Jungen vor ein paar Tagen mit seinem Vater im Palast ankommen sehen. Irgendein diplomatischer Besuch, nahm sie an, oder vielleicht waren die beiden auch nur auf der Durchreise. Es kamen und gingen ständig Leute, die auf dem Weg über die Berge oder von der Küste waren. Das Herdfeuer ihres Vaters brannte stets, aber sie hatten selten so junge Gäste. Die einzigen Jungen von edler Geburt in ihrer Nähe waren ihre Brüder, die Zwillinge Kastor und Pollux, aber die waren zu alt, um noch mit Helena und ihr zu spielen. Und Thekla sagte, es sei unziemlich für Prinzessinnen, mit Sklavenjungen zu spielen. Aber mit diesem Jungen konnten sie doch spielen, oder? Er war ja ein Gast.

»Ha-hallo«, sagte Klytämnestra. Ihre Zunge kam ihr plötzlich ganz dick vor. »Wir wollten gerade ein Prinzessinnen-Spiel spielen.« Sie schämte sich, wie kindisch das klang, und fügte hastig hinzu: »Das ist natürlich ziemlich albern, aber Helena wollte das unbedingt spielen. Wir können auch etwas anderes tun, wenn du mitmachen willst.«

Wieder dieses Lächeln. »Nein, ein Prinzessinnen-Spiel ist schon in Ordnung.«

Klytämnestra befürchtete, dass er sich über sie lustig machte, aber immerhin wollte er mitspielen. »Wie heißt du denn?«, fragte sie.

»Theseus. Mein Vater und ich kommen aus Athen.«

»Theseus«, wiederholte sie. »Na gut. Also, Helena wollte die Prinzessin sein, und Agatha – sie ist nur unsere Sklavin – wollte ihre Zofe spielen. Und ich bin eine Amme, die Zaubertränke mischen kann. Was willst du sein?«

»Ich bin ein fremder König. Ein großer Krieger.«

Klytämnestra lächelte, es freute sie, dass er so auf ihr Spiel einging. »Also, wie wäre es denn, wenn du Schiffbruch erlitten hättest und an unser Ufer geschwemmt worden wärst, und dann finde ich dich und heile dich mit einem Trank, und …«

Aber Theseus schien gar nicht mehr zuzuhören. Er hatte sich abgewandt und sah stattdessen Helena an.

»Du siehst wirklich wie eine Prinzessin aus, meine Dame«, sagte er und verneigte sich übertrieben. »Du hast das hellste Haar, das ich je gesehen habe.« Er hob eine Hand, als wolle er es berühren. »Es ist wie Feuer. Und deine Haut ist so weiß – wie das einer echten Dame. Ich wette, du wirst einmal so schön wie Hera selbst, wenn du ganz erblüht bist.«

Helena kicherte, aber Klytämnestra ärgerte sich. Die Leute machten ständig Bemerkungen über Helenas Haare. Sie fand es gar nicht so besonders. Und ihre eigene Haut war immerhin genauso hell wie Helenas. Außerdem war sie näher am »Erblühen« als sie. Helenas Brust war so flach wie die eines Jungen.

Sie versuchte, seine Aufmerksamkeit wieder auf das Spiel zu lenken. »Jedenfalls dachte ich, du könntest Schiffbruch erlitten haben …«

Theseus unterbrach sie. »Wie wäre es, wenn ich gerade aus einer Schlacht zurückgekehrt wäre und Wunden hätte, für deren Heilung man Kräuter braucht. Du musst losgehen und Kräuter suchen.«

»Ist gut.« Klytämnestra lächelte. Sie war froh, dass er ihr eine wichtige Rolle zuerkannt hatte. »Ich gehe dann mal los.«

Sie entfernte sich ein wenig von den anderen, in Richtung Fluss, stellte sich vor, wie sie in die Berge ging, immer auf der Suche nach seltenen Kräutern. Sie hörte noch, wie Helena Agatha herumkommandierte, bückte sich dann, um eine Pflanze mit kleinen weißen Blüten zu pflücken. Sie ging weiter, bis das Rauschen des Flusses Helenas Befehle und Kichern übertönte. Sie hockte sich hin, um ihre Hände im klaren Wasser zu waschen, aber das Wollfett klebte hartnäckig an ihrer Haut. Am Flussufer gab es nicht viele interessante Pflanzen, sie pflückte dennoch ein paar Wildblumen und Gräser. Sie fragte sich, ob sie so tun würde, als legte sie einen Umschlag auf Theseus' Wunde. Der Gedanke machte sie unruhig, war aber gleichzeitig auch aufregend. Sie hatte noch nie einen Jungen berührt, abgesehen von ihren Brüdern, und die zählten nicht.

Als Klytämnestra genügend magische Kräuter gefunden hatte, legte sie sie zu einem Sträußchen zusammen und ging zurück zur Wiese. Aber als sie sich dem Ort näherte, an dem sie die anderen zurückgelassen hatte, kam ihr irgendetwas merkwürdig vor. Und dann begriff sie: Sie hörte Helenas Stimme nicht mehr. Jetzt ging sie schneller.

Sie konnte Helena nirgends sehen, auch Theseus nicht oder Agatha. Sie schaute über die Wiese und blinzelte im Licht Sonne, die ihren Zenit überschritten hatte.

Sie begann zu rennen. Panik stieg ihr in die Kehle. Dumm, so dumm! Sie hätte Helena niemals allein zurücklassen dürfen. Wenn ihr etwas passierte, wäre es ihre Schuld. Sie mussten aufeinander aufpassen. Was, wenn ein Wolf gekommen war? Oder ein Keiler? Normalerweise wagten diese Tiere sich nicht so nah an den Palast heran, aber es kam doch vor. Oder wenn sie entführt worden war? Von Sklavenhändlern oder einem fremden Wanderer, der einfach die Gelegenheit ergriffen hatte? Theseus war nicht alt genug, um ausgewachsene Männer abzuwehren.

Sie glaubte jetzt, wieder an dem Ort zu sein, an dem sie die anderen zurückgelassen hatte. Immer noch keine Spur von ihnen. Sie rannte weiter. Plötzlich stolperte sie über etwas und fiel ins Gras.

»Au«, machte eine leise Stimme.

Klytämnestra rappelte sich auf und sah, worüber sie gestolpert war.

»Agatha? Was machst du da im Gras? Wo ist Helena?«

Das Sklavenmädchen hielt sich den Bauch an der Stelle, wo Klytämnestra sie getreten hatte. Sie wand sich vor Schmerz und sagte: »Sie spielt mit Theseus. Er sagte, dass er sie entführt, und dann hat er mich erstochen – im Spiel, meine ich –, und er sagte, ich sei jetzt tot und und müsse liegen bleiben und still sein. Ich hörte noch, wie sie davonrannten, aber ich weiß nicht, wo sie hin sind. Ich war ja tot.«

Klytämnestra zog sich der Magen zusammen. »Du dumme Kuh! Du kannst doch Helena nicht mit einem *Jungen* alleine lassen!« Sie sprang auf. »Wir werden ja solchen Ärger bekommen«, stöhnte sie, mehr zu sich selbst.

Agatha hatte die Augen aufgerissen und sah sie voller Angst an. Tränen sammelten sich darin. »Es tut mir so leid, Herrin, es tut mir leid«, sagte sie, und ihre Stimme brach dabei. »Ich hatte Angst vor ihm.«

»Entschuldigungen helfen jetzt auch nichts mehr«, unterbrach Klytämnestra sie grob. »Wir müssen sie finden.« Sie formte mit den Händen einen Trichter um den Mund und rief: »Helena!« Sie atmete tief durch. »HELENAAAA!«

Sie schaute suchend über die Wiese und drehte sich dabei um die eigene Achse. Keine Spur von ihnen, keinerlei Hinweis darauf, wohin sie verschwunden waren. Sie begann zu rennen – es war besser, irgendwo zu suchen als nirgends –, blieb dann aber nach ein paar Schritten stehen.

»Es ist sinnlos, hinter ihnen herzurennen. Dann verirren wir uns noch, und keiner erfährt, was geschehen ist. Wir müssen es meinem Vater sagen.«

Jetzt strömten die Tränen über Agathas Wangen. »Aber dann bekommen wir Ärger!«, schluchzte sie.

»Dafür ist es jetzt zu spät. Komm!« Klytämnestra packte ihr Handgelenk, rannte zum Palast und zog Agatha hinter sich her.

Klytämnestra hatte das Gefühl, schon seit Stunden in ihrer Kammer eingeschlossen zu sein, obwohl sie am Licht erkennen konnte, dass die Sonne noch nicht untergegangen war. Viel Zeit konnte daher nicht vergangen sein. Sie wünschte, jemand würde ihr sagen, was passiert war. War Helena gefunden worden? Ging es ihr gut? Sie hatte nicht einmal Agatha bei sich, um ihre Angst mit ihr zu teilen. Ihre Schuldgefühle. Vater hatte das Sklavenmädchen bei sich behalten, als er sie einschloss. Er war so wütend, als sie ihm erzählte, was geschehen war. Nein, nicht wütend. Besorgt vielleicht. Sie hatte ihren Vater noch nie besorgt erlebt. Er hatte Kastor und Pollux auf ihren Pferden losgeschickt und dazu die halbe Palastwache zu Fuß, um nach Helena und dem Jungen zu suchen.

Die Zeit verging. Klytämnestra zog an ihrem Haar, verknotete es. Sie saß zusammengesunken auf der Bettkante und malte sich aus, was wohl geschehen war. Selbst wenn Helena und Theseus in Sicherheit waren, war Helena immer noch allein mit einem Jungen. Klytämnestra wusste, was Jungen Mädchen antaten. Was Männer Frauen antaten. Thekla hatte ihr alles erklärt, als sie fragte, warum die Schafe aufeinander kletterten. Und wenn das auch Helena passiert war … dann würde sie niemals gut verheiratet werden. Klytämnestra war übel. Sie hatte ihre Schwester im Stich gelassen. Sonst war sie so verantwortungsbewusst. Helena war jung und manchmal töricht, aber Klytämnestra war immer da gewesen, um auf sie aufzupassen. Aber heute war sie so dumm gewesen. Warum hatte sie so sehr gewollt, dass Theseus sie mochte? Er war nur ein dummer Junge. Helena bedeutete ihr so viel mehr als irgendein Junge. Mehr als alles auf der Welt.

Sie begann zu weinen. Stille, wütende Tränen. Wut auf Theseus. Wut auf die dumme, wunderschöne Helena. Wut auf sich selbst.

Dann hörte sie, wie der Türriegel angehoben wurde. Sie wischte sich hastig die Tränen aus dem Gesicht und stand auf. Sie hoffte aus ganzem Herzen, dass Helena eintreten würde.

Aber es war Agatha, die hereinstolperte, als sich die Tür öffnete, gestoßen von hinten. Sie gab ein mitleiderregendes Jaulen von sich, und dann schloss sich die Tür hinter ihr. Ihr Gesicht war tränenüberströmt, ihre Augen rot und geschwollen. Sie stolperte ein paar Schritte in den Raum und blieb dann stehen, als könne sie nicht mehr weitergehen. Sie stand da wie erstarrt und stützte sich mit der ausgestreckten Hand an der Wand ab.

»Agatha?«, fragte Klytämnestra behutsam. Sie merkte, dass etwas nicht in Ordnung war. Das Sklavenmädchen hatte geweint, als sie Klytämnestras Vater alles erzählt hatten. Lästige, angsterfüllte Tränen, für die Klytämnestra keine Zeit hatte. Aber die Angst in ihrem Blick war jetzt etwas Beunruhigenderem gewichen. Einer Leere. Klytämnestra tat einen Schritt auf sie zu. Dann noch einen. Erst als sie ganz nah vor ihr stand, sah sie es. Im flackernden Licht der Lampen erkannte sie, dass Agathas schmaler Rücken von klaffenden Wunden bedeckt war. Streifen übelkeiterregenden Rots leuchteten unter den Fetzen ihres zerrissenen Kleides hervor, unter ihrer zerfetzten weißen Haut. Sie war also geschlagen worden. Davor hatte sie solche Angst gehabt.

»Oh, Agatha«, keuchte Klytämnestra. Sie wollte Agatha umarmen, aber das Mädchen zuckte zusammen. »Es tut mir so leid. Ich hätte ihm sagen sollen, dass es auch meine Schuld war …«

»Er weiß, dass es deine Schuld war«, erwiderte Agatha tonlos. »Deshalb hat er mich hier hineingestoßen. Damit du es siehst.«

Klytämnestra sah sie verwirrt an.

»Er konnte dich nicht schlagen«, murmelte Agatha. »Du hättest Narben davongetragen.«

Plötzlich verstand Klytämnestra, und sie ließ den Kopf hängen. Ihr Vater bestrafte sie durch Agatha. Ihr Magen hob sich bei dem Gedanken. Er hatte sie vermutlich härter geschlagen als nötig, um seine Botschaft unmissverständlich zu machen. Sie sollte die Qual *sehen*. Er war kein grausamer Mann, ihr Vater, aber er konnte kalt sein, wenn es sein musste. Und die Sicherheit seiner Kinder war ihm außerordentlich wichtig.

Sie wollte Agatha umarmen, ihre Wunden baden, fürchtete aber, ihr nur noch mehr wehzutun.

»Weißt du etwas über Helena?«, fragte sie leise.

Agatha schüttelte den gesenkten Kopf.

Mehr Zeit verging. Hin und wieder wimmerte Agatha leise, aber ansonsten war es totenstill in der Kammer. Die beiden saßen auf Klytämnestras Bett und warteten. Agathas Blut tropfte auf die Bettlaken, besudelten sie, aber das war Klytämnestra egal. Sie nahm Agathas zitternde Hand in ihre.

Da war ein Geräusch im Flur. Klytämnestras Blick huschte zur Tür. *Bitte, lass es gute Nachrichten sein. Bitte mach, dass sie in Sicherheit ist.*

Als sich die Tür öffnete, stand ihr Vater im Licht, das durch sie hereinfiel.

»Wir haben sie gefunden«, sagte er, lächelte aber nicht. Seine Brauen waren zusammengezogen, das Gesicht müde. Sein Blick glitt zu Agatha und wieder fort. Er sah traurig aus. Dann trat er einen Schritt zur Seite, und da war Helena, mit strahlendem Blick wie immer, vielleicht ein wenig kleinlaut. Sie trottete ins Zimmer, ihr Vater zog sich zurück und schloss die Tür.

Sobald er fort war, sprang Klytämnestra auf und umarmte ihre Schwester.

»Was ist passiert? Wo bist du hingelaufen? Geht es dir gut?« Sie musterte Helena von Kopf bis Fuß und suchte nach Verletzungen.

»Mir geht es gut. Theseus und ich haben nur gespielt. Ich weiß auch nicht, warum alle solche Angst hatten.« Sie warf ihr Haar zurück. »Er hat mich entführt. Wir haben eine Höhle am Fluss gefunden, in der wir uns versteckt haben.«

»Aber … hat er dich berührt, Helena?«, fragte Klytämnestra.

»Mich berührt? Das wollte Vater auch wissen. Er hat mich ganz fest geschüttelt, als er mich das gefragt hat. Das hat wehgetan.« Sie rieb sich den Oberarm und runzelte die Stirn.

»Aber hat er es getan, Helena? Hat er dich berührt?«

Helena verdrehte die Augen. »Ja, er hat mich berührt. Er hat meine Hand gehalten, als wir von Agatha weggelaufen sind. Und dann, als wir in der Höhle waren, hat er mir übers Haar gestrichen, und … und er hat mich geküsst«, sagte sie mit einem schüchternen Lächeln. Sie wurde rot, aber da lag noch etwas anderes in ihrem Gesichtsausdruck. Klytämnestra fand, dass es aussah wie Stolz.

»Er hat dich geküsst?! Und … und das war's? Sonst ist nichts passiert?«

Helena wirkte jetzt etwas betreten, weil sie die Sorge im Blick ihrer Schwester sah. »Na ja, er hat mich gebeten, für ihn zu singen, und ich habe auch getanzt, und dann hat uns Pollux gefunden.« Jetzt begann sie sich zu empören. »Das war alles. Er war nett. Er hat immer gesagt, wie hübsch er mich findet. Und jetzt hat ihn Vater weggeschickt. Ich wette, es wird ewig dauern, bis hier wieder ein neuer Junge vorbeikommt, mit dem wir spielen können.«

»Wirklich, Helena? Mehr ist nicht passiert?«, presste Klytämnestra hervor.

Helena nickte.

»Dann ist ja alles gut.« Sie seufzte erleichtert und erlaubte sich ein kleines Lächeln. »Dann ist ja doch nichts Schlimmes passiert.« Doch in diesem Moment fiel ihr Agatha wieder ein, die hinter ihr saß. Sie war sich nicht einmal sicher, ob Helena sie wohl bemerkt hatte.

2

HELENA

Es war ein langweiliger Tag gewesen. Eigentlich war es sogar ein langweiliger Monat gewesen. Seit Theseus und sein Vater wieder zurück nach Athen gereist waren, glich ein Tag dem anderen. So wie immer. Immer und immer nur Wolle spinnen, bis sie das Gefühl hatte, dass sich ihre Augen im Kopf ebenso drehten wie die Spindel. Und heute war es sogar noch schlimmer, weil Nestra ihr nicht hatte Gesellschaft leisten können. Ihre Schwester lernte endlich, mit dem Webstuhl umzugehen, und so hatte Helena den ganzen Tag mit Thekla verbringen müssen. Die Amme erzählte ihr Geschichten, aber die hatte sie alle schon mal gehört. Das waren Babygeschichten. Merkte Thekla denn nicht, dass sie jetzt groß war? Sie wollte Erwachsenengeschichten hören. Richtige Geschichten. Über Gefahren und Verrat und Rache und Liebe. Vor allem über Liebe. Nestra erzählte ihr manchmal solche Geschichten, aber sie dachte sie sich nur aus.

Der Nachmittag neigte sich dem Ende zu – zumindest glaubte Helena das. Sie war schon seit Stunden im Frauengemach. Bestimmt ging bald die Sonne unter.

»Darf ich aufhören?«, fragte sie Thekla.

Die Amme zog die Brauen zusammen und warf einen Blick auf die wenigen Stränge gesponnener Wolle in Helenas Korb. »Ja, es ist wohl genug für heute.«

Helena schaute in die Ecke, in der ihre Schwester am Webstuhl saß. Eine Sklavin stand neben ihr und gab ihr Anweisungen. Helena öffnete den Mund.

»Deine Schwester hat zu tun«, sagte Thekla. »Lenke sie nicht ab.« Die alte Amme blickte zu dem Wächter, der an der Haupttür stand. Helenas Vater hatte dort seit Neuestem einen abgestellt. »Du kannst den Wächter fragen, ob er draußen auf dich aufpassen will. Du kannst ja Agatha mitnehmen, wenn du willst.«

Helena verzog das Gesicht. Agatha hatte überhaupt keinen Sinn mehr für Spaß. Sie war sogar noch stiller geworden als vorher und hatte immer nur Angst, Ärger zu bekommen.

»Ich will nicht mit Agatha spielen«, sagte Helena, aber nur ganz leise. Die Sklavin war am anderen Ende des Raumes, und sie wollte nicht, dass sie sie hörte.

»Und warum setzt du dich dann nicht zu deinen Eltern? Sie sind zu dieser Zeit vielleicht noch im Kaminsaal. Sie freuen sich sicher, dich zu sehen.«

Helena zögerte. Sie saß gern auf dem Schoß ihres Vaters. Er umarmte sie dann und brachte sie zum Lachen und erzählte ihr von allem, was im Palast vor sich ging. Aber wenn ihre Mutter dabei war … Helena fühlte sich in Gegenwart ihrer Mutter immer etwas unbehaglich. Es war nicht so, dass sie grausam zu ihr wäre. Das war sie nie. Und manchmal konnte sie sogar sehr liebevoll sein. Aber dann wieder war sie so kühl und distanziert. Sie tat dann so, als sähe sie Helena nicht, wenn sie im Palast an ihr vorbeiging, obwohl Helena genau bemerkte, dass sie hastig den Blick abwandte. Manchmal verließ sie sogar den Raum, wenn Helena hereinkam, und schützte Müdigkeit oder Unwohlsein vor. Vor ein paar Monaten hatte Helena ihre Mutter auf ihrem üblichen Platz an der Feuerstelle in der Kaminhalle angetroffen, dem zentralen Saal im Palast, Nestra hatte neben ihr gesessen. Die beiden hatten zusammen Wolle gesponnen, geplaudert und miteinander gelacht. Helena hätte sich ihnen so gern angeschlossen, aber als ihre Mutter sie erblickt hatte, legte sie hastig die Wolle zurück und entschuldigte sich. Es war wie ein Schlag in die Magengrube. Warum konnte ihre Mutter nicht bei ihr sitzen, wie sie es mit Nestra tat? Als hätte Helena etwas an sich, das ihre Mutter abstieß.

Sie beschloss, Theklas Angebot dennoch anzunehmen, um nicht noch eine Stunde mit ihren Geschichten verbringen zu müssen, legte ihren Spinnrocken hin und ging zur Tür, vor der der Wächter stand. Vielleicht war ihr Vater ja doch im Kaminsaal. Sie ging am Wächter vorbei und in den Flur, und der Wächter folgte ihr automatisch. Es war anfangs lästig gewesen, dass sie nicht mehr allein durch den Palast hatte spazieren dürfen wie früher, aber sie hatte sich inzwischen daran gewöhnt, einen Schatten zu haben.

Bald stand sie vor der Halle, die direkt im Herzen des Palastes lag, direkt am Hof. Sie blieb auf der Veranda stehen, bevor sie eintrat, und spähte durch die angelehnte Tür. Ganz hinten in der Halle stand der Thron ihres Vaters. Er war leer. Sie spürte, wie sie der Mut verließ. Neben dem Thronsessel saß ihre Mutter auf ihrem kunstvoll geschnitzten Sessel. Vor ihr, in der Mitte des Raumes, brannte hell das Kaminfeuer. Außer Helenas Mutter war nur noch eine ihrer Zofen da. Die beiden Frauen saßen schweigend da und spannen.

Helena mochte nicht umdrehen, weil sie vor dem Wächter nicht dumm aussehen wollte. Und vielleicht hatte ihre Mutter heute ja gute Laune. Man wusste es ja nie. Also atmete sie tief durch und trat ein.

Ihre Mutter schaute auf, als Helena um die runde Feuerstelle herumging und auf sie zukam. Und sie *lächelte.* Helena seufzte erleichtert, lächelte zurück und ging schneller.

»Helena, komm und setz dich doch zu mir ans Feuer«, sagte ihre Mutter. So eine einfache Bitte! Wie sehr sie sich freute. Das war doch alles, was sie wollte. Ihre Mutter war so wunderschön, so elegant. Helena wollte nur Zeit mit ihr verbringen, ihr gefallen, so sein wie sie.

Am Rand der Halle standen einige Schemel. Helena nahm sich einen niedrigen und stellte ihn neben ihre Mutter. Mit einigem Abstand, weil sie ihr Glück nicht herausfordern wollte.

Helena seufzte erneut leise. Ihre Schultern entspannten sich, und sie lächelte zufrieden. Der Kaminsaal war ihr Lieblingsraum im ganzen Palast. Das Feuer in ihrer Mitte sorgte dafür, dass es hier immer hell und warm war, sogar in der Nacht, und am Tage drangen die Sonnenstrahlen durch das quadratische Loch im Dach und erleuchtete die bunten Fresken an den Wänden. Jagdszenen, Festmähler, Frauen in üppigen Gewändern, alle in einem Wirbel aus Blau, Gelb und Rot zum Leben erweckt. Helena mochte die Tiere am liebsten, den Löwen und den Keiler und den eleganten Hirsch, wie sie sprangen und sich wanden, wild und wunderschön.

Ihre Mutter spann schweigend weiter. Sie führte die tief purpurne

Wolle vom Rocken auf die Spindel, ließ sie durch ihre langen, blassen Finger gleiten. Die beruhigende Kühle dieser Hände, ihre Rauheit nach Jahren der Arbeit am Spinnrocken. Die Hände einer Frau blieben niemals ruhig. Sogar eine Königin musste spinnen und weben und sticken. Aber es war die Königin, die die feinste Wolle spann, die das wichtigste Tuch wob. Das Tuch des Königs.

»Was willst du damit denn machen?«, fragte Helena und schaute ihre Mutter schüchtern an.

»Einen Umhang für deinen Vater. Ein König braucht einen feinen Mantel, wenn er in den Krieg zieht.«

Krieg? Angst keimte in Helenas Brust auf.

Ihre Mutter musste ihr das angesehen haben, denn sie sagte: »Keine Sorge, Kind. Dein Vater muss nur einem seiner Freunde zur Seite stehen. Er wird nicht lange fort sein. Und die Götter werden ihn beschützen.« Sie lächelte Helena beruhigend zu, sah aber so aus, als glaubte sie ihren eigenen Worten nicht.

»Wann bricht er denn auf?«, fragte Helena.

»Sobald er seine Männer um sich versammelt hat. Und sobald ich diesen Mantel beendet habe«, fügte sie mit einem weiteren kleinen Lächeln hinzu.

»Dann musst du aufhören mit dem Weben!«, rief Helena. »Hör auf zu spinnen. Webe diesen Mantel nicht für ihn, dann kann er auch nicht gehen!«

Ihre Mutter lachte leise. »So geht das nicht, Helena. Er wird dennoch aufbrechen, ob er diesen Mantel trägt oder nicht. Aber wir wollen doch nicht, dass er auf seiner Reise friert, nicht wahr? Und dass er prächtig aussieht, damit jeder sagt: ›Seht, dort geht ein großer König.‹«

Helena nickte, aber sie hatte Angst. Sie war vielleicht noch jung, aber sie wusste, wie Kriege waren. Die Männer brachen auf und kamen nicht wieder.

»Sieh mal, Helena, dein Haar ist ja ganz zerzaust«, sagte ihre Mutter und schüttelte den Kopf. »Diejenige, die es dir heute Morgen frisiert hat, hat es nicht straff genug geflochten. Es löst sich ja hier oben alles.« Sie zeigte auf die Zofe hinter ihr, die aufsprang. »Wir können dich so doch nicht herumlaufen lassen. Lass Melissa es für dich frisieren.«

Helena wusste, dass ihre Mutter versuchte, das Thema zu wechseln, nickte aber gehorsam. Sie kannte die Zofe nicht; vermutlich war sie neu am Palast. Sie war jung und sah gewöhnlich aus, mit einem runden Gesicht und einem freundlichen Lächeln. Helena setzte sich gerade hin und spürte, wie die Finger der Zofe ihre Flechten lösten.

»Hallo, Herrin Helena«, hörte sie eine muntere Stimme sagen. »Wie schön, Euch endlich kennenzulernen. Ich heiße Melissa. Lasst mich wissen, wenn ich an Euren Haaren ziehe.«

Helena fand ihren Tonfall etwas zu vertraulich für eine Sklavin, aber sie mochte das. So viele von ihnen sagten niemals ein Wort und benahmen sich wie Geister.

Ihre Mutter saß immer noch zu Helenas Linken und spann. Sie konnte die mit purpurnem Garn gefüllte Spindel gerade noch aus dem Augenwinkel erkennen. Aber sie hielt den Blick gerade nach vorn gerichtet, damit die Zofe ihre Arbeit tun konnte. Trotz der Angst um ihren Vater war Helena glücklich. Sie spürte ihre Mutter neben sich, und sie saßen in angenehmer Stille beieinander.

Melissa hatte ihre Frisur jetzt gelöst und kämmte ihr Haar mit einem feinzinkigen Kamm. Es kribbelte, wenn er über ihre Kopfhaut strich.

»Oh, Ihr habt so wunderbares Haar, Herrin Helena«, seufzte sie. »Eure Mutter muss von Zeus selbst Besuch erhalten haben, dass sie ein Kind mit einem solchen Feuer in sich gebar.«

Links von sich sah sie eine plötzliche Bewegung, dann hörte sie ein Klatschen und ein Aufheulen hinter sich. Helena fuhr herum. Melissa wand sich auf dem Boden und hielt sich den Kopf, sie wirkte verwirrt und voller Angst. Helena sah, wie ihre Mutter über der Sklavin stand und sich zitternd die Hand rieb. Ihr Gesichtsausdruck war merkwürdig. Irgendetwas zwischen Wut und Schmerz.

»Raus.« Die Stimme ihrer Mutter klang leise und heiser. »Beide. Raus.«

Helena war starr vor Angst. Sie hatte ihre Mutter noch nie so erlebt. Sofort war sie auf den Beinen und rannte aus der Halle, bevor die Sklavin sich auch nur aufrappeln konnte. Sie sah Melissa niemals wieder.

In jener Nacht lag Helena wach im Bett. Sie hatte die Szene im Kaminsaal immer und immer wieder vor ihrem inneren Auge ablaufen lassen und versucht, sie zu verstehen. Aber das Einzige, was ihr dazu einfiel, war, dass es etwas mit ihrem Haar zu tun haben musste. Das hatte ihre Mutter aus der Fassung gebracht. Als Melissa gesagt hatte, wie wunderschön ihr Haar sei.

Vielleicht war Mutter eifersüchtig, dachte Helena. Das erschien ihr einleuchtend. Königin Leda war berühmt für ihre Schönheit, aber ihr Haar war nichts Besonderes. Es war tiefschwarz wie das ihres Vaters, ihrer Brüder, wie Nestras. Wie das Haar der meisten Palastbewohner. Aber Helenas Haar … es leuchtete. Wie Feuer. Wie Gold. Alle sagten das ständig. Es war etwas Besonderes, ein Geschenk der Götter. Wie Melissa es gesagt hatte, kurz bevor… Ja. Das war einleuchtend. Ihre Mutter war eifersüchtig. Vielleicht sollte Helena versuchen, ihr Haar zu bedecken. Vielleicht würde sie ihre Mutter dann so lieben, wie sie Nestra und die Zwillinge liebte. Aber warum sollte sie sich verstecken? Der Gedanke machte sie plötzlich wütend. Warum musste sie um die Liebe ihrer Mutter feilschen, während ihre Geschwister sie umsonst bekamen? Sie konnte auch nichts dafür, dass sie die Schönste von ihnen war.

Etwas anderes ging Helena im Kopf herum. Ihr Vater zog in den Krieg. Bei dem Gedanken fühlte sich ihr Magen an, als wäre er mit Blei gefüllt. Sie fragte sich, ob Nestra es wohl wusste. *Ich muss es ihr sagen,* dachte sie. Ihre Schwester musste es wissen. Außerdem wollte sie nicht allein darüber nachgrübeln müssen.

»Nestra?«, rief sie leise in die Dunkelheit. Das Bett ihrer Schwester stand nur ein paar Meter von ihrem entfernt. »Nestra, bist du wach?«

»Ja«, flüsterte ihre Schwester zurück.

»Ich habe heute etwas herausgefunden. Etwas Schlimmes.« Helena verstummte und fügte dann hinzu: »Vater zieht in den Krieg.«

»Ich weiß«, sagte Nestra.

»Du weißt es?«, fragte Helena und setzte sich auf.

»Sie bereiten sich schon seit Wochen darauf vor, hast du das nicht bemerkt?«

Helena war ein wenig verärgert. Sie hatte geglaubt, wenigstens dieses eine Mal mehr zu wissen als ihre Schwester.

»Mutter webt Vater einen purpurfarbenen Mantel«, sagte sie, obwohl sie wusste, dass das nun kaum eine besonders geheime Information war. Sie wollte einfach zeigen, dass sie etwas wusste, was Nestra nicht wusste.

»Hmm«, machte ihre Schwester statt einer Antwort. Dann sagte sie: »Ich habe Thekla gefragt, und sie hat es bestätigt. Aber sie sagte, dass er vermutlich nicht länger als ein paar Monate fortbleibt.«

»Machst du dir keine Sorgen um ihn?«, fragte Helena.

»Natürlich mache ich mir Sorgen. Aber er ist stark und schlau. Und er war schon im Krieg. Ein guter König steht seinen Freunden immer zur Seite.« Aber ihre Stimme klang, als schwankte sie ein wenig. Sie fuhr fort: »Thekla … Thekla hat gesagt, dass er vielleicht nach Freiern sucht, wenn der Krieg gut ausgeht, wenn die Männer sich beweisen. Ich habe schon meine Blutung bekommen, aber sie sagt, Vater werde nicht wollen, dass ich sofort verheiratet werde. Er muss erst den richtigen Mann finden, er muss sichergehen, dass Sparta stark bleibt.«

Helena schwieg. Zu viel veränderte sich viel zu schnell. Vater, der in den Krieg zog. Nestra, die verheiratet werden sollte. Alle würden sie verlassen. Sie wünschte, ihre Mutter würde statt ihres Vaters fortziehen … Nein, es war schrecklich, so zu denken. Sie liebte ihre Mutter. Und Nestra würde ja nicht wirklich fortgehen. Sie würde immer noch da sein. Sie war die Erbin Spartas, daher würde ihr Mann hier leben müssen, bis sie König und Königin würden. Es war sie, Helena, die irgendwann würde gehen müssen. Sie begriff, dass es das war, wovor sie sich wirklich fürchtete. Wenn Nestra verheiratet war, würde bald ihre eigene Hochzeit folgen. Und dann würde sie wirklich allein sein.

»Was glaubst du, wen du heiratest?«, fragte Helena schließlich und legte sich wieder hin.

»Na ja … wahrscheinlich den, der die größten Geschenke macht, nehme ich an. Oder den besten Krieger. Vater wird entscheiden, welcher Mann es würdig ist zu herrschen.«

»Ja, aber wen *willst* du heiraten?«, hakte Helena nach. »Was glaubst du, wie wird dein Mann sein? Du musst doch schon darüber nachgedacht haben.«

Es dauerte ein paar Sekunden, bis Klytämnestra antwortete. »Ich hoffe, er ist freundlich. Und weise. Und ein guter Vater.«

»Ich hoffe, mein Gemahl sieht gut aus«, sagte Helena und stellte sich vor, wie er wohl aussehen würde. Würden seine Augen dunkel oder grün wie ihre eigenen sein? »Hochgewachsen und gut im Laufen und Reiten und Ringen. Und nett natürlich. Er muss nett zu mir sein.«

»Mithilfe der Götter bekommen wir beide gute Ehemänner. Und ganz viele starke, gesunde Kinder«, sagte ihre Schwester.

»Ja«, stimmte Helena zu. Sie wollte *wirklich* heiraten. Sie wollte zur Frau werden. Sie wollte ihren eigenen Haushalt führen können und die Gefährtin eines mächtigen Mannes sein. Aber sie wollte ihr Zuhause nicht verlassen.

»Ich habe Angst, Nestra«, sagte sie leise. »Ich will nicht weggehen und irgendwo anders leben müssen.«

»Vielleicht musst du das gar nicht«, hörte sie die Stimme ihrer Schwester in der Dunkelheit. »Vater gibt dich vielleicht an einen Mann, der hier mit uns lebt. Dann können wir eine große Familie sein und unsere Kinder hier zusammen aufziehen. Wäre das nicht wunderbar?«

Helena antwortete nicht. Es stimmte, vielleicht würde ihr Vater das tun. Aber letztlich würde er so entscheiden müssen, wie es am besten war für Sparta. Und sie ebenfalls.

Weil Helena schwieg, fuhr ihre Schwester fort: »Mach dir keine Sorgen um die Zukunft, Helena. Du weißt nie, was passieren wird. Es wird schon alles gut mit uns. Vater wird dafür Sorge tragen. Alles wird gut.«

Du hast leicht reden, dachte Helena, du bist die Thronerbin. Damit fiel sie in einen unruhigen Schlaf.

3

KLYTÄMNESTRA

Drei Jahre später

Vater kam nach Hause. Er hatte seinen Boten vorausgeschickt, um die Ankunft der Armee in Lakonien anzukündigen, und er sollte an diesem Nachmittag in Sparta ankommen. Klytämnestra hatte das Gefühl, sich endlich entspannen zu können. Ihr Vater war in Sicherheit und unverletzt. Der Feldzug war ein Erfolg gewesen, sagte der Bote, ebenso wie derjenige davor und der davor. Und doch zog sich jedes Mal, wenn ihr Vater Sparta verließ, Klytämnestras Magen zu einem kleinen Ball zusammen, wurde härter und härter, je mehr Wochen vergingen. Jedes Mal wusste sie, dass er vielleicht nie wiederkommen würde. Sie konnte den Gedanken nicht verdrängen. Was sollte sie ohne ihn tun? Was würde aus Sparta werden? Ihre Mutter hatte den ganzen Sommer über den Göttern Opfer gebracht und für die sichere Rückkehr des Königs gebetet. Es schien, als hätten die Götter sie endlich einmal erhört.

Ein großes Festmahl wurde im Palast vorbereitet, um die Krieger zu Hause zu begrüßen. Der Duft von gebratenem Fleisch war auch in den Kaminsaal gedrungen, in dem Klytämnestra mit ihrer Mutter und ihrer Schwester saß und wartete. Kastor und Pollux waren ebenfalls dort und in einer Ecke des Raumes in ein Würfelspiel vertieft. Vater hatte entschieden, dass sie zu jung seien, um ihn bei seinem Feldzug zu begleiten, da sie erst achtzehn waren. Stattdessen hatten sie im Ernstfall den Palast verteidigen sollen.

Obwohl Klytämnestra sich, je länger der Krieg gedauert hatte, immer mehr Sorgen um den Vater gemacht hatte, war sie heimlich auch ein wenig erleichtert gewesen. Je länger ihr Vater im Krieg war, desto weiter wurde die Eheschließung verschoben. Es war nicht so, dass sie Angst vor einer Hochzeit gehabt hätte, aber sie wusste, dass sich danach alles verändern würde. Helena und sie würden nicht mehr all ihre Tage zusammen verbringen können, und ihre Freiheit, draußen herumzuspazieren, würde noch mehr eingeschränkt werden. Ihre Mutter verließ den Palast kaum noch. Und dann waren da noch andere Dinge, die die Ehe von ihr fordern würde … Dinge, von denen sie nicht genau wusste, ob sie dazu bereit war. Aber wenn ihre Zeit käme, würde sie alles tun, was man von ihr verlangte. Sie war entschlossen, die beste Ehefrau der Welt zu werden, Lob für ihre Treue, ihre Besonnenheit, ihre Keuschheit, ihre Folgsamkeit und, so die Götter es wollten, ihre vielen starken Kinder zu verdienen.

Hin und wieder war sie verärgert darüber, als Mädchen geboren zu sein. Sie wollte Freiheit. Sie wollte Macht. Sie wollte etwas anderes tun, als den ganzen Tag nur zu spinnen und zu weben. Sie wollte reiten und jagen und reisen und debattieren, so wie sie es bei ihren Brüdern sah. Sie wollte wetteifern und Preise gewinnen, Lieder dichten und nicht nur zu ihnen tanzen, sie wollte reden und wirklich gehört werden. Aber jedes Mal, wenn sie spürte, dass dieser Ärger in ihr aufstieg, schluckte sie ihn wieder hinunter. Sie musste ihren Frieden mit den Dingen machen, die sich nicht ändern ließen. Also biss sie sich auf die Zunge, arbeitete hart an ihrer Webkunst, nickte ergeben und lächelte hübsch. Wenn die Götter es so gewollt hatten, dass sie als Frau auf die Welt gekommen war, dann würde sie zumindest die allerbeste Frau sein, die sie sein konnte.

Und diese Zeit rückte unaufhaltsam näher. Sie war jetzt im heiratsfähigen Alter und die Erbin von Sparta, eine Tatsache, die den griechischen Junggesellen sicher nicht entgangen war. Sie war eine wertvolle Trophäe, und es würden viele Adelige um ihre Hand anhalten. Bald würde sie den Zweck erfüllen, auf den sie sich vorbereitet hatte, seit sie alt genug gewesen war, eine Spindel zu halten, den Zweck, auf den sie ihr Vater, ihre Mutter und Thekla vorbereitet hatten: das Haus ihrer Familie und die Linie ihres Vaters fortleben zu lassen, Spartas Zukunft zu sichern. Es war ein schweres Erbe, und doch spürte sie bei dem Gedanken daran ein freudiges Flattern in ihrer Brust.

Vom anderen Ende der Halle waren Geräusche zu hören. Schritte auf dem steinernen Pflaster, das tiefe Knarren der großen Holztüren.

Klytämnestra hielt ihre Spindel fester. Der Bote ihres Vaters erschien in der Tür. Er atmete tief durch und rief: »König Tyndareos von Sparta ist angekommen.«

Das Festmahl ging schon ein paar Stunden, und im Kaminsaal erklangen Gelächter, Lieder und Geschichten von Mut und Tapferkeit. Die edelsten aller Krieger aßen hier zusammen mit dem König und seiner Familie, während die anderen und die Mitglieder des königlichen Haushalts draußen im Hof ihre Mahlzeit einnahmen. Es war ein warmer Sommerabend, und die untergehende Sonne färbte den Himmel bunt. Das Fleisch war bereits aufgegessen, aber der Wein floss noch in Strömen. Klytämnestra hatte einen Becher davon bekommen dürfen und nahm vorsichtige Schlückchen, atmete den süßen, würzigen Duft ein. Ihre Schwester saß neben ihr und kicherte, weil einer der Palasthunde ihr das Fett von den Fingern leckte.

Klytämnestra schaute sich in der Halle um. Gedanklich war sie nur mit einer Frage beschäftigt: *Kann es sein, dass einer dieser Männer mein zukünftiger Gemahl ist?* Es waren allesamt ausgezeichnete Krieger, und wohlhabend waren sie auch.

Vielleicht würde Vater einen Bewerber aus Lakonien wählen, einen, der ihn auf dem Feldzug beeindruckt hatte. Sie musterte jedes einzelne der Gesichter, die vom Kaminfeuer erleuchtet wurden. Einige waren faltig und müde, andere wach und ausdrucksvoll, und sie fragte sich, ob sie womöglich gerade in das Gesicht ihrer Zukunft blickte.

Ihre Gedanken wurden von einer Hand unterbrochen, die sich auf ihre Schulter legte. Sie zuckte leicht zusammen und schaute hoch. Ihr Vater stand neben ihr.

»Klytämnestra.« Er sprach ihren Namen mit ungewöhnlichem Ernst aus. »Ich muss mit dir reden.«

Ihr Herz begann zu rasen. *Das ist es,* dachte sie. Sie versuchte, sich ihre Aufregung nicht anmerken zu lassen, erhob sich ruhig von ihrem Stuhl und glättete sich die Kleidung, um ihm dann aus der Halle zu folgen.

Er führte sie durch den Hof an den Tischen mit den Feiernden vorbei und in die Stille eines Flurs, der zu ihrem eigenen Gemach führte. Und dort blieb er stehen. Niemand war zu sehen; alle waren auf dem Festmahl.

»Jetzt sind wir wohl weit genug fort«, sagte ihr Vater. »Ich dachte, wir sollten ein wenig Privatsphäre haben. Ich halte dich nicht lange von den Feierlichkeiten fern.« Sein Gesichtsausdruck war seltsam, beinahe nervös. Das kannte sie nicht von ihm.

»Was ist es, Vater?«, fragte sie, als hätte sie keine Ahnung, was kommen würde.

»Du bist verlobt, meine Tochter.«

Er hat also bereits gewählt. Sie atmete tief durch, ein wenig enttäuscht, dass er sie nicht zu ihrer Meinung über die Freier gefragt hatte. Aber vielleicht hatte sie sich zu viel erhofft. Ihr Vater war weise und klug; sie musste darauf vertrauen, dass er den besten Mann ausgewählt hatte.

»Mit wem?«, fragte sie und versuchte, ihre Stimme ruhig klingen zu lassen. Sie glaubte, er müsse ihr Herz durch ihr Kleid hindurch hämmern sehen.

»Mit Agamemnon, dem König von Mykene. Er hat gerade den Thron bestiegen.« Seine Stimme klang angespannt, und er schien ihrem Blick auszuweichen.

»Mit einem König?«, fragte sie verwirrt. »Warum sollte ein König mich heiraten wollen? Er hat doch bereits ein Königreich. Warum sollte ich das eine für das andere aufgeben?« In ihrer Magengrube begann sich ein schlechtes Gefühl auszubreiten.

»Es tut mir leid, Nestra«, sagte er sehr leise. Noch immer schaute er sie nicht an.

»Vater?«, sagte sie, und ihre Stimme brach ein wenig. Sie bekam Angst.

»Verzeih, mein Kind. Es war notwendig.« Er sah müde und traurig aus. Er hob die Hand zum Gesicht, um es vor ihrem Blick zu schützen. »Du wirst König Agamemnon heiraten und nach Mykene gehen, um seine Königin zu sein. Es ist alles bereits besprochen. Sobald sein Königreich wieder geordnet ist, wird er dich holen. Ich … ich hoffe, dass du glücklich wirst.«

»Aber Vater … ich bin die Thronerbin. Ich muss hierbleiben. Um die Königin von Sparta zu werden.« Sie versuchte, seine Hände zu nehmen, aber er zog sie fort. »Warum? Warum hast du das getan?« Tränen traten ihr in die Augen. Sie konnte kaum sprechen, weil Schluchzer aus ihrer Kehle dringen wollten. »Bin ich nicht gut genug? Ich habe immer … Ich habe dir immer versucht zu beweisen, dass ich meines Erbes würdig bin. Bitte, Vater, bitte. Schick mich nicht fort.« Sie sank auf die Knie und packte den Saum seines Mantels, schluchzte an der Säule seines Beines. »Bitte, Vater.«

Er stand ganz steif da, legte aber seine Hand leicht auf ihren Scheitel. »Es ist beschlossen«, sagte er. »Deine Schwester …«, begann er, hielt dann aber inne.

»Helena?« Klytämnestra schaute auf, plötzlich war sie wütend. »Du hast Helena mir vorgezogen? Schickst du mich deshalb fort?«

Er antwortete nicht.

»Sie ist eine Närrin. Nur eine wunderschöne Närrin. Und du bist ein Narr, wenn du glaubst, sie würde eine bessere Königin als ich.«

»Genug«, fuhr sie ihr Vater an, und sie wusste, sie war zu weit gegangen. Er nahm seine Hand von ihrem Scheitel und riss seinen Mantel aus ihren Händen. »Ich habe dir gesagt, was deine Pflicht ist. Jetzt ehre deinen Vater und gehorche.«

Sie schaute sprachlos zu ihm hoch, und endlich schaute er ihr direkt in die Augen. Sein Blick war hart, und doch sah sie darin auch eine Entschuldigung. Wenn es ihm leidtat, warum tat er es dann? Warum bestrafte er sie, obwohl sie immer nur versucht hatte, die Tochter zu sein, die er sich wünschte – die Tochter, die Sparta brauchte?

»Wir müssen alle Dinge tun, die wir lieber nicht täten.« Er seufzte, und sein Blick wurde etwas weicher. »Jetzt beruhige dich und komm zurück zum Festmahl, oder geh zu Bett. Was du vorziehst.«

Und damit ging er fort, zurück zum Lärm im Hof. Sie kniete allein auf dem harten Boden, und ihre Brust bebte von den wütenden Schluchzern. Als sie endlich gefasst genug war, um aufzustehen, ging sie zum Gemach, das Helena und sie teilten.

Sie legte sich voll angezogen auf ihr Bett, den Rauch der Kaminhalle noch in der Nase und die Worte ihres Vaters noch in ihrem Kopf. Alles hatte sich geändert. Ihr ganzes Leben, das Leben, das sie sich für sich ausgemalt hatte, gab es nicht mehr. Sie würde ihre Kinder nicht in diesen Hallen aufziehen. Sie würde ihre Eltern nicht pflegen, wenn sie alt waren. Sie würde alle hinter sich lassen müssen, die sie je gekannt hatte. Auch die Landschaft, die Hügel, den Fluss, die Bäume – die Grenzmarken ihrer Welt. Je mehr sie darüber nachdachte, desto wütender wurde sie. Es war bitter, begreifen zu müssen, dass sie trotz all ihrer Bemühungen, trotz all der Male, in denen sie sich auf die Zunge gebissen hatte, trotz all der Grenzen, die sie akzeptiert hatte, all der Sehnsüchte, die sie unterdrückt hatte, nicht einmal die Zukunft haben konnte, der sie sich schon ergeben hatte. Nicht einmal sie gehörte ihr.

Tränen flossen über ihre Wangen in ihre Ohren. Sie wischte sie mit dem Ärmel ihres Gewandes fort und drehte sich auf die Seite. Dort, an der gegenüberliegenden Wand des Gemachs, stand Helenas leeres Bett. Sie stellte sich vor, wie ihre Schwester immer noch im Kaminsaal saß, so sorglos wie immer, wie sie mit ihrer hübschen kleinen Stimme lachte. In diesem Moment hasste sie Helena dafür, dass sie all das behalten durfte, was sie selbst verlieren würde. Und doch wusste sie, dass es ungerecht war, sie zu hassen. Eine von ihnen musste nun mal gehen. Sie hatte nur niemals geglaubt, dass sie es sein würde.

* * *

Eine Weile lag Klytämnestra so da, ihre Schluchzer kamen und gingen. Sie ließen nach, als sie sich beruhigte und sich sagte, dass Tränen nichts nützten, aber sie kamen erneut, wenn sie daran dachte, dass sie ihr Heim verlassen musste, wenn sie an die Menschen dachte, die sie niemals wiedersehen würde, wenn sie sich vorstellte, wie sie ganz allein in einem fremden Land leben musste, mit einem Mann, dessen Wesen sie nicht kannte.

Endlich schaffte sie es, die Beherrschung wiederzuerlangen. Tränen würden ihr nicht helfen, aber das bedeutete nicht, dass sie nicht noch etwas unternehmen konnte. Sie würde ihr Geburtsrecht nicht so einfach aufgeben. Sie würde ihre Mutter anflehen. Sie war sich sicher, dass sie Vaters Entscheidung nicht gutheißen würde. Ihre Mutter hatte Klytämnestra als künftige Königin erzogen, seit sie ein kleines Mädchen gewesen war, und oft davon gesprochen, dass sie eines Tages gemeinsam ihre Kinder großziehen würden, hier im Palast. Ihre Mutter würde sie unterstützen. Sie würde mit Vater sprechen, ihn zur Vernunft bringen. Das hier war nicht das Ende. Verlobungen konnten gelöst werden.

Mutter ist vermutlich in ihrem Gemach, dachte sie. Sie blieb nie lange auf Festen und zog sich zurück, sobald es die Etikette erlaubte. Klytämnestra wusste, dass sie jetzt zu ihr gehen musste, solange sie noch allein war. Je eher, desto besser. Agamemnon konnte sie jederzeit holen.

Sie stand auf und verließ ihr Gemach. Sie hörte immer noch den Lärm der Feiernden aus dem Herzen des Palastes, aber im Flur war es still. Die Gemächer ihrer Eltern lagen nicht weit von ihren entfernt. Sie ging ein Stück den Flur entlang, um dann in einen anderen einzubiegen. Auf halbem Weg erkannte sie einen Lichtstreifen unter der Tür des Gemachs ihrer Eltern im ansonsten dunklen Gang. Sie hatte recht gehabt; ihre Mutter war da. Klytämnestras Herz begann vor Hoffnung zu flattern, und sie ging auf das Licht zu.

Doch als sie näher kam, hörte sie Stimmen. Erhobene Stimmen. Die eine gehörte ihrer Mutter, sie klang wütend. Die andere Stimme war die ihres Vaters.

Klytämnestra blieb stehen. Wenn ihre Eltern stritten, war es nicht der richtige Zeitpunkt, um über ihre Hochzeit zu sprechen. Und wenn sie sie hier erwischten, würden sie glauben, sie habe gelauscht. Sie wandte sich leise um und begann, den Weg zurückzugehen, den sie gekommen war.

Aber dann hörte sie ihren Namen. Sie sprachen über *sie.* Sie blieb erneut stehen. Sie wusste, dass sie in ihr Gemach zurückgehen sollte, aber wenn es in ihrem Streit um sie ging, hatte sie doch ein Recht, mehr zu erfahren, oder? Und wenn sie sich über ihre Verlobung stritten … die Versuchung war allzu groß. Sie schlich zurück zum Lichtstreifen.

Jetzt stand sie vor der Tür. Sie war verschlossen, aber in der Dunkelheit erkannte sie eine Lücke im Holz, ein kleines Astloch, so hell wie das Licht des Feuers, das im Zimmer prasselte. Sie presste das Auge darauf. Da saß ihre Mutter auf der Kante ihres Ehebettes, die Wangen vor Zorn gerötet. Vater saß neben ihr. Er wirkte müde und gleichzeitig besorgt. Die Hand hatte er leicht auf den Schenkel ihrer Mutter gelegt. Sie hatte den Blick von ihm abgewandt. Offenbar gab es gerade eine Streitpause.

»Es muss so sein, Leda«, sagte ihr Vater mit leiser und vorsichtiger Stimme.

»Aber es ergibt überhaupt keinen Sinn«, erwiderte ihre Mutter und schüttelte den Kopf. »Warum solltest du Helena zu deiner Erbin machen? Sie hat kein Anrecht darauf, das weißt du. Und Klytämnestra ist älter. Es ist ihr Geburtsrecht.« Sie verschränkte die Hände. »Und sie ist vielversprechender. Sie ist klug und maßvoll und gehorsam. Was hat sie getan, dass du sie von dir weist?«

Klytämnestra musste lächeln, als sie die Worte ihrer Mutter hörte. Wärme breitete sich in ihrer schmerzenden Brust aus. Es war genau so, wie sie gehofft hatte.

»Sie hat gar nichts getan.« Ihr Vater seufzte tief. »Ich habe während meiner Abwesenheit Dinge erfahren. Es gibt da … Gerüchte, was Helena angeht. Derlei Dinge verbreiten sich schnell – und weit, wie es scheint.«

Das Gesicht ihrer Mutter erstarrte, und die Röte wich aus ihren Wangen. »Was für Gerüchte?«

Klytämnestra presste sich enger an die Tür.

»Dieser Junge Theseus, der vor ein paar Jahren hier war, dieser …« Ihre Mutter nickte ungeduldig, und er fuhr fort. »Er hat Dinge behauptet. Dinge, die nicht wahr sind. Er prahlt damit vor jedem, der ihm zuhört, offenbar.«

Theseus? Der Name war wie ein Messer der Schuld in Klytämnestras Brust. *Das alles nur deswegen?* Sie hätte Helena niemals aus den Augen lassen dürfen.

Ihre Mutter jedenfalls schien sich zu entspannen. »Na ja, wenn das alles ist …«

»Ist es aber nicht, Leda.« Ihr Vater nahm die Hände ihrer Mutter in seine. Er schaute ihr in die Augen, und sie … sie sah verängstigt aus, als wüsste sie, was kommen würde. Ihre Unterlippe bebte. »Die Leute wissen es, Leda«, sagte er sanft. »Oder zumindest haben sie es sich ausrechnen können. Sie nennen sie Helena, den Bastard.«

Klytämnestra musste die Faust auf ihren Mund pressen, um nicht laut aufzukeuchen. Von all den Schimpfworten für einen Menschen … Sie hatte plötzlich das Gefühl, Helena beschützen zu wollen. Wer waren diese Leute, dass sie solche Lügen über ihre Schwester verbreiten durften?

Ihre Mutter atmete zittrig ein und schloss die Augen. Tränen rannen ihre Wangen hinab. Vater drückte ihre Hände ganz fest. Er sah aus, als würde er ebenfalls jeden Moment anfangen zu weinen. Aber Klytämnestra, die ihre traurigen Gesichter beobachtete, begriff, dass sie nicht wütend waren. Es sah eher so aus, als hätten sie es angenommen, als hätten sie nur darauf gewartet, dass es so würde.

»Es tut mir so leid, meine Liebe«, sagte er. »Es tut mir leid, dass wir darüber sprechen müssen. Ich hätte dich gern davor beschützt, wenn ich gekonnt hätte.« Er hob die Hand ans Gesicht ihrer Mutter und wischte zart eine Träne fort. »Aber verstehst du jetzt? Helena wird niemals gut verheiratet werden. Vielleicht wird sie niemals heiraten. Nicht, solange die Leute ihre Jungfernschaft anzweifeln und dazu noch ihre Herkunft. Nicht, wenn wir sie nicht zu einer attraktiveren Partie machen. Wenn wir sie zur Erbin Spartas machen, werden die Gerüchte verstummen. Dann werden sich die Freier um sie reißen.«

»Aber das sollte nicht auf Nestras Kosten gehen«, krächzte ihre Mutter. »Sie verdient das nicht. Sie verdient es, glücklich zu sein. Meine arme Tochter…«

»Und was ist mit Helena? Sie ist ebenfalls deine Tochter.«

»Was mit ihr ist?«, fuhr ihre Mutter auf. Klytämnestra erschrak beim Anblick der Verachtung in ihrem Gesicht. »Ich wünschte, sie wäre nie … Ich habe … Ich habe versucht … Ich habe Kräuter genommen.« Der Blick ihrer Mutter war schmerzerfüllt. Sie wandte das Gesicht von ihrem Mann ab und schaute blicklos zur Tür.

»Klytämnestra ist meine wahre Tochter. Unsere Tochter. In Liebe geboren.«

Klytämnestra begriff langsam die Bedeutung der Worte ihrer Mutter, und doch war es zu viel für sie, als wären die Worte selbst zu groß, zu monumental, um durch das kleine Astloch zu passen.

Ihr Vater sah gequält aus. Sein Gesicht war von traurigen Linien zerfurcht, die im zuckenden Lampenlicht noch tiefer wirkten. Er legte zärtlich eine Hand an die Wange ihrer Mutter und drehte ihr Gesicht zu ihm. »Du bist keine grausame Frau, Leda. Denk darüber nach, was du gesagt hast. Welche Freude wird Helena in ihrem Leben finden, wenn sie nicht heiratet? Wenn sie keine Kinder hat?« Er senkte den Blick. »Ich weiß, dass sie dir wehgetan haben.« Ihre Mutter schluchzte auf. »Ich weiß es. Aber das war nicht Helena. Sie hat dir nicht wehgetan. Es ist nicht ihre Schuld.«

Ihre Mutter weinte jetzt ganz offen. Ihr Körper bebte in den Armen ihres starken Mannes. Schließlich gewann sie die Fassung wieder. Aber als sie sprach, war ihre Stimme kaum zu hören. Klytämnestra musste sich anstrengen, sie zu verstehen.

»Ich weiß. Ich weiß, dass es nicht Helenas Schuld ist. Es ist meine Schuld. Ich war unvorsichtig. Aber manchmal ertrage ich ihren Anblick nicht. Sie erinnert mich an … an sie, an das, was geschehen ist, welche Schande ich über dich gebracht habe. Wie ich immer noch Schande über dich bringe.« Ihre Stimme brach erneut, und sie schüttelte den Kopf. »Es tut mir so leid. Ich habe an jenem Tag alles zerstört. Und jetzt wird der armen Nestra meinetwegen ihr Geburtsrecht gestohlen.«

Klytämnestra verstand nicht alles, was da gesagt wurde, aber die Qual ihrer Mutter war offensichtlich. Sie wünschte sich, hineinlaufen und sie umarmen zu können. Ihr sagen zu können, dass alles gut war, dass sie nicht ihr die Schuld gab.

»Bitte nicht, meine Liebe. Bitte sage so etwas nicht.« Er legte seine Stirn an ihre, seine Hand an ihrem dunklen Hinterkopf. »Es ist nicht wahr. Du weißt, dass ich dich nicht beschuldige.«

Ihre Mutter fuhr stockend fort: »Ich hatte gehofft, wenn Helena verheiratet, wenn sie fort wäre … Aber jetzt muss ich die Tochter verlieren, die ich liebe, und werde für immer von der verfolgt, die bleibt.«

Ihr Vater schaute betrübt auf. »Es tut mir leid. Das Letzte, was ich tun wollte, war, dir noch weiteres Leid zu bescheren. Aber ich muss tun, was das Beste ist – für meine beiden Töchter.«

Ihre Mutter sah ihn an, aber Klytämnestra konnte ihren Blick nicht deuten. Schließlich sagte sie: »Du bist ein guter Mann, Tyndareos«, und lehnte ihren Kopf gegen seine Brust. Das Feuer, das in ihr gelodert hatte, schien erloschen zu sein und hatte einer plötzlichen Akzeptanz Platz gemacht. Ein kleiner, selbstsüchtiger Teil von Klytämnestras Herz zuckte zusammen, als sie sah, wie ihre Mutter nachgab. Ihr einziger Champion hatte den Kampf aufgegeben, und doch sah ihre Mutter so zerbrechlich, so gebrochen aus, dass sie wusste, sie konnte ihr keine Vorwürfe machen.

Ihre Eltern saßen eine Minute oder länger schweigend da, dann straffte sich ihre Mutter und sagte: »Erzähl mir mehr über den Verlobten meiner Tochter.«

Ihr Vater seufzte erleichtert. »Er ist ein würdiger Partner für Nestra. Ein beeindruckender Mann, ein großer Anführer. Er hat ein riesiges Königreich erobert, dazu auch Reichtum, aber das alles ist nur der Anfang. Ich glaube, er wird ein großer Mann Griechenlands. Größer als ich selbst.«

Klytämnestra hörte aufmerksam zu, sie wollte alles über diesen Mann erfahren, der ihren Vater so beeindruckt hatte, dass er sie an ihn geben wollte. Sie sah, wie ihre Mutter die Nase rümpfte. In ihren dunklen Augen lag Skepsis. »Wirklich, meine Liebe«, fuhr er fort, »Ich habe es in ihm gesehen. Er hungert nach Macht, und er hat die Mittel, sie zu erlangen. Und daher müssen wir unsere Verbindung mit seinem Haus festigen.« Ihre Mutter sah aus, als wollte sie ihn unterbrechen, aber ihr Vater schien schon zu wissen, was sie sagen wollte. »Er will Helena nicht – das habe ich ihm bereits vorgeschlagen. Er braucht eine Königin, die seine Legitimität unterstützt und sie nicht in Zweifel zieht. Und er braucht jetzt Erben. Helena ist noch nicht bereit. Sie hat noch nicht zu bluten begonnen, oder?« Ihre Mutter schüttelte zögernd den Kopf. »Er ist schon über dreißig, weil er vor seiner Heirat sein Königreich für sich gewinnen wollte, und jetzt braucht er Kinder, um seine Linie zu sichern.«

»Offenbar kann ich nichts dagegen vorbringen«, sagte ihre Mutter resigniert. »Alles, was du sagst, ist recht vernünftig. Etwas anderes habe ich auch nicht erwartet.« Sie schenkte ihm ein kleines Lächeln mit nur einem Mundwinkel.

»Es wird alles gut, du wirst schon sehen«, sagte ihr Vater und erwiderte das halbe Lächeln ihrer Mutter mit einem ganzen. »Deine beiden Töchter sollen Königinnen werden. Die gepriesensten und meistbeneideten Ehefrauen Griechenlands. Wir werden Klytämnestra mit allen Ehren nach Mykene schicken und Helena zur begehrtesten Braut ihrer Generation machen.«

»Indem du dein Königreich mit ihr verheiratest«, sagte ihre Mutter seufzend.

»Nicht nur das, meine Liebe, nicht nur das. Aber es hilft sicher. Männer vergessen schnell ihre geflüsterten Worte, wenn sie den Ruf eines Throns vernehmen.« Er lächelte und versuchte, ihre Mutter ebenfalls zum Lächeln zu bringen. »Wir werden alles zu unserem Vorteil wenden, du wirst schon sehen.«

Da war ein Geräusch von irgendwo auf Klytämnestras Seite der Tür. Nicht allzu nah, aber zu nah, um es zu ignorieren. Die Feiernden begannen, den Kaminsaal zu verlassen. Sie musste zurück in ihr Gemach. Ihre Eltern unterhielten sich weiter, aber sie durfte es nicht riskieren, entdeckt zu werden. Sie trat leise von der Tür fort und ging dann schnell zurück in ihr Zimmer. Als sie dort ankam, stieg sie sofort ins Bett.

Ihr Herz raste, und nicht nur aus Angst, erwischt zu werden. In den letzten Minuten hatte sie so viel erfahren, so viel Neues und Verwirrendes. *Helena, der Bastard* hatte ihr Vater gesagt. Klytämnestra war sich immer noch nicht ganz sicher, ob sie alles richtig verstanden hatte, und einiges davon hatte sie bereits wieder vergessen, aber sie wusste, was diese Worte bedeuteten. Vater war nicht Helenas Vater. Sie zog sich die Decke bis zum Kinn und fragte sich, ob Helena es wohl wusste. Nein. Natürlich wusste sie es nicht. Sie hätte sonst etwas gesagt. Sie teilten alles miteinander. Und sicher hätten es ihr ihre Eltern nicht gesagt, wenn es ein Geheimnis bleiben sollte. Helena konnte ihren Mund niemals halten. *Soll ich es ihr sagen?*, dachte Klytämnestra. *Wenn ich es ihr nicht sage, bevor ich gehe, erfährt sie es womöglich nie.* Aber vielleicht wäre das auch das Beste, dachte sie und legte sich auf die andere Seite auf der Suche nach einer bequemen Position. Helena liebte ihren Vater. Sie war so stolz, seine Tochter zu sein. Sie würde sich nur aufregen, wenn sie die Wahrheit erführe, und was wäre damit gewonnen?

Etwas anderes, das sie gehört hatte, quälte sie noch mehr als Helenas Abstammung. Die Leute würden Helena wegen Theseus nicht heiraten wollen. Es war egal, dass er log. Er war *allein* mit ihr gewesen. Er konnte behaupten, was immer er wollte, und die Leute würden es glauben. Allein der Gedanke machte sie so wütend. Dass er damit prahlte, dass er lachte und die Zukunft ihrer Schwester zerstörte. Sie konnte es praktisch hören, dieses sorglose, rücksichtslose Lachen der Jungen, die wussten, dass die Welt ihnen zu Füßen lag. Sie riss die Decke von sich, weil ihr plötzlich ganz heiß war vor Wut, und doch war da unter ihrem Zorn auf Theseus noch ein anderes Gefühl, dunkler und tiefer und noch schwieriger zu benennen. *Schuld.* Helena war nur sehr jung gewesen; sie hatte nicht gewusst, was sie tat. Aber es war *ihre* Aufgabe gewesen, ihre Schwester zu beschützen. Ihre Jungfräulichkeit zu bewachen, ihren Ruf. Helena hatte nur so viel Freiheit genossen, weil ihre Eltern darauf vertrauten, dass Klytämnestra auf ihre Schwester aufpasste. Und sie hatte sie enttäuscht. Ihre Schwester würde keine gute Partie machen, nur ihretwegen.

Als sie so auf ihrem Bett lag, spürte sie, wie der Zorn auf ihren Vater und auf Helena abebbte, die ihr das Geburtsrecht nahm. Helena brauchte es nötiger als sie. Und Klytämnestra bezahlte nur den gerechten Preis für ihr eigenes Versagen. Sie konnte nicht ändern, was geschehen war, sie konnte Theseus für seine Lügen nicht bestrafen, aber sie konnte helfen, den Schaden zu begrenzen, den sie angerichtet hatten. Sie würde nicht mehr mit ihrem Vater darüber streiten. So musste es sein.

Am nächsten Tag war Klytämnestra wieder bei der Arbeit in den Frauengemächern. Sie hatte nicht viel Schlaf bekommen und den größten Teil der Nacht wach gelegen, darüber nachgegrübelt, was sie gehört hatte, und sich ihre neue Zukunft ausgemalt. Und sie musste sich immer noch konzentrieren, wenn sie am Webstuhl saß.

Sie bemerkte ein paar Schüsse vorher einen Fehler im Gewebe. Seufzend machte sie sich daran, ihr Werk wieder aufzulösen – nicht zum ersten Mal an diesem Morgen. Dabei überkam sie das Gefühl, dass sich etwas geändert hatte. Und dann begriff sie. Das übliche Geplauder im Raum war verstummt. Sie drehte sich auf ihrem Schemel um und sah, dass sich alle Frauen, abgesehen von Helena, emsig mit ihrer Arbeit beschäftigten und ihre Köpfe gesenkt hielten. Und dann erkannte sie die Ursache. Dort, in der Tür, stand ihr Vater. Sie glaubte nicht, dass sie ihn je in den Frauengemächern gesehen hatte. Er sah sie direkt an.

»Klytämnestra«, sagte er. »Würdest du bitte mit mir sprechen?«

Würdest du bitte? Er war der König und ihr Vater. Wenn er mit ihr sprechen wollte, konnte sie kaum ablehnen. Überrascht von seinem höflichen Ton stand sie von ihrem Schemel auf und ging zu ihm hinüber. Er führte sie ein paar Schritte den Flur hinunter und sagte leise: »Ich wollte nachsehen, ob es dir gut geht nach dem, worüber wir gestern Abend sprachen. Es tut mir leid, dass ich dich so aufregen musste. Es muss dich ziemlich erschreckt haben, und ich weiß, dass du wütend auf mich bist, aber ich verspreche, dass ich dir eine gute Partie gefunden habe. König Agamemnon …«

»Es ist gut, Vater«, unterbrach sie ihn. Er blinzelte überrascht, und sie zwang sich zu einem Lächeln. »Ich werde tun, was du von mir verlangst. Ich weiß, dass du dir alle Mühe gibst, das Beste für uns zu tun.«

Er hielt inne und zog verwirrt die Brauen zusammen. Dann beugte er sich zu ihr herunter und nahm sie in seine Arme.

»Du bist so ein gutes Mädchen, Nestra«, flüsterte er an ihrem Haar. »Deine Mutter und ich lieben dich sehr, und ich hoffe, dass du in deiner Ehe glücklich wirst.« Dann ließ er sie wieder los und richtete sich auf. »Ich freue mich, dass wir uns versöhnen konnten«, sagte er, jetzt wieder in formellem Ton. Und damit drehte er sich um und ging.

Klytämnestra stieß einen langsamen und zittrigen Seufzer aus. Das war es dann also. Sie ging zurück ins Frauengemach und setzte sich an ihren Webstuhl. Helena schaute sie fragend an, als sie an ihr vorbeiging, aber Klytämnestra tat so, als sehe sie sie nicht.

4

KLYTÄMNESTRA

Es waren drei Monate vergangen, seit Klytämnestra von ihrer Verlobung erfahren hatte. Seither hatte sie jeden einzelnen Tag genossen, versucht, jeden Winkel, jedes Geräusch, jeden Geruch des Palastes bewusst wahrzunehmen, der das einzige Zuhause war, das sie je gekannt hatte, denn sie wusste ja, dass sie ihn bald würde verlassen müssen. Sie saß in den Frauengemächern und hörte dem Klackern der Webschiffchen und dem Geplauder zu. In ihrem neuen Palast würde es zweifellos ebenfalls Frauengemächer geben, aber das würde nicht dasselbe sein. All die Erinnerungen, die mit diesen Räumen hier verbunden waren, gab es dort nicht. Und keinen der Menschen. Keine Thekla mit ihrem missbilligenden Kopfschütteln und den zarten Fältchen, die sich um ihre Augenwinkel bildeten, wenn sie lächelte. Keine Agatha mit ihrem scheuen Blick und dem sanften Herzen. Und keine Helena. Sie würde ihre Schwester von allen am meisten vermissen. Sie konnte ihre hohe Stimme am anderen Ende des Raumes singen hören. Für Klytämnestra war es das Süßeste, was sie je gehört hatte, und bei der Vorstellung, sie niemals wieder hören zu können, bildete sich ein Kloß in ihrer Kehle.

Heute war der Tag, an dem sie ihren Verlobten kennenlernen würde. Er sollte am Abend in Sparta zum Hochzeitsfestmahl eintreffen, und morgen würde er sie als seine Braut nach Hause bringen. Ihre Schwester wusste das natürlich alles, aber Klytämnestra vermutete dennoch, dass Helena es nicht vollkommen begriff. Sie schien zu glauben, dass dies noch nicht das Ende war, dass ihre Schwester zu Besuch kommen würde. Aber Klytämnestra wusste, wie unwahrscheinlich das war. Verheiratete adelige Damen reisten nicht. Sie würde für den Rest ihres Lebens als Herrin des Haushalts ihres Gemahls in Mykene bleiben. Und vielleicht war es so auch einfacher. Ein glatter Schnitt und ein neues Leben.

Wie sie so in Gedanken versunken dasaß, hörte sie plötzlich ein höfliches Hüsteln hinter sich. Sie drehte sich um und sah Thekla vor sich stehen.

»Herrin Klytämnestra. Es ist an der Zeit, dich darauf vorzubereiten, deinen Verlobten kennenzulernen.« Die Amme lächelte sie aufmunternd an. »Komm mit mir.«

***

Klytämnestra wurde im Gemach ihrer Mutter von den Zofen der Königin vorbereitet. Ihre Mutter war ebenfalls zugegen und wies die Zofen an. Klytämnestra glaubte, es in den Augen ihrer Mutter glitzern zu sehen, aber ansonsten verbarg sie ihre Traurigkeit gut. Sie wirkte ganz aufgeregt, während sie die Sklavinnen herumkommandierte – sie verlangte nach Ocker, Myrrhe, Öl, Ambra –, und ihre Wangen waren ganz prall vor Stolz. Immerhin wurde ihre Tochter gerade zur Frau.

Als sie mit ihr fertig waren, funkelte Klytämnestra geradezu. Ihr dunkles Haar war geölt und in Locken gelegt, der rote Stoff ihres Kleides war ebenfalls mit Öl behandelt worden, sodass er im Licht der Lampen glänzte. Das Kleid lag enger als üblich an ihrem Körper an, und sein Stoff war dünn, sodass sie sich darin etwas befangen fühlte. Ketten aus poliertem Karneol lagen um ihren Hals, dicke Goldarmbänder hingen schwer an ihren Handgelenken. Die Zofen hatten eine weiße Paste auf ihr Gesicht, den Hals und die Arme aufgetragen und ihre Augen mit schwarzem Kajal umrahmt.

Eine der Zofen reichte ihr einen Spiegel, und sie hielt die polierte Oberfläche vor ihr Gesicht. Sie sah wunderschön aus. Ihre Mutter sah sie mit einem anscheinend ehrlichen Lächeln an. Klytämnestra lächelte zurück.

»Ein Letztes müssen wir noch tun, meine Tochter, bevor du bereit bist«, sagte ihre Mutter. Sie gab einer Zofe ein Zeichen, die mit einem Stück leicht gewebten Stoffes herantrat. Ihre Mutter hob es an, und Klytämnestra sah, dass er sehr zart war, gefärbt mit Safranfäden und reich bestickt, mit eingearbeiteten Goldfäden, die wie tausend leuchtende Sterne glitzerten.

»Ein Schleier. Ich habe ihn eigenhändig gefertigt«, sagte ihre Mutter und betrachtete ihn stolz. »Du bist jetzt eine Braut und bald eine Ehefrau und Königin. Du wirst ihn brauchen. Zuerst für die Hochzeit und dann danach, um deine Sittsamkeit zu bewahren. Und natürlich damit deine Haut so hell bleibt wie die deiner Mutter«, fügte sie mit einem Lächeln hinzu. Sie trat auf Klytämnestra zu und legte ihr den Schleier über den Kopf. Dann griff sie in ein kleines Elfenbeinkästchen und holte einen wunderschön geschmiedeten Goldreif hervor, den sie auf den Schleier legte, um ihn zu fixieren. Ihre Mutter trat einen Schritt zurück und strahlte vor Stolz. Sogar durch den durchsichtigen Schleier, der alles ein wenig verschwommen aussehen ließ, glaubte Klytämnestra, Tränen in den Augen ihrer Mutter erkennen zu können.

»So«, sagte ihre Mutter. »Jetzt bist du eine echte Braut. Eine echte Frau.«

Wie aufs Stichwort öffnete sich die Tür zum Gemach, und eine Dienerin trat ein. Sie warf einen Blick auf Klytämnestra und sagte dann zur Königin: »König Agamemnon ist soeben eingetroffen, Herrin. Er hat gebadet und wartet jetzt mit König Tyndareos in der Kaminhalle. Er bittet, Prinzessin Klytämnestra zu ihm zu geleiten, damit er sie noch vor dem Festmahl sehen kann.«

Ihre Mutter nickte, und die Dienerin zog sich zurück und schloss die Tür. Klytämnestras Magen zog sich zusammen. Sie hatte geglaubt, er würde erst in einer Stunde oder sogar noch später kommen. Sie hatte gehofft, sich noch zu ihrer Mutter setzen und mit ihr reden zu können.

»Das war es dann also, meine Tochter«, sagte ihre Mutter und nahm Klytämnestras Hände in ihre. Sie schien dem Drang widerstehen zu müssen, sie zu umarmen, um die Schminke auf den Armen ihrer Tochter nicht abzureiben oder ihre Frisur und den Schleier nicht in Unordnung zu bringen. »Ich bin so stolz auf dich.« Sie drückte ihre Hände und lächelte, obwohl ihre Mundwinkel ein wenig bebten, als sträubte sich etwas in ihr. »Du musst immer daran denken, gerade zu stehen. Und sage nichts, es sei denn, er fragt dich etwas. Wir werden ihm beweisen, dass die Frauen Spartas die besten in ganz Griechenland sind.«

Klytämnestra zwang sich, mit ihrem glänzenden Kopf zu nicken. Ja, sie würde die beste Braut sein, die sie sein konnte. Wunderschön und gefügig. Die beste Ehefrau, die beste Mutter, die beste Frau. Das war der Weg, der vor ihr lag – und er begann hier und jetzt. So viel entzog sich ihrer Kontrolle, aber dies hier, *dies* war ihre Macht. Sie würde alle stolz machen.

Ihre Mutter ließ ihre Hände los und führte sie aus dem Gemach zum Eingang der Kaminhalle. Nach einem letzten aufmunternden Lächeln nickte die Mutter dem Wächter zu, der die schwere Holztür öffnete, und Seite an Seite schritten sie in die Halle.

Klytämnestras Blick glitt zum Thron ihres Vaters – und zu dem Mann, der neben ihm saß. Ansonsten war der Saal leer. Der Mann konnte nur Agamemnon sein.

Er war breitschultrig und wirkte mächtig. Muskulös, nicht schmal. Er erhob sich bei ihrem Eintreten von seinem Sessel, und sie sah, dass er hochgewachsen war und ihren Vater um einige Zentimeter überragte. Er hatte dunkles Haar, das er an seinem Hinterkopf zusammengebunden hatte, und sein Bart war schwarz. Ihr Vater hatte gesagt, er sei über dreißig Jahre alt, aber Klytämnestra fand, dass er nicht viel jünger wirkte als Vater selbst. Selbst durch das Gewebe ihres glitzernden Schleiers konnte sie erkennen, dass sein Gesicht hart und wettergegerbt war, mit Furchen und Falten darin. Und doch war es nicht so, dass er nicht gut aussah. Er hatte eine starke Nase und scharfe Augen. Er sah ihr ausdruckslos entgegen, als sie näher kam.

»Das ist also meine Braut«, sagte er, und seine tiefe Stimme dröhnte durch die leere Halle. »Komm näher, lass mich dich ansehen.«

Sie machte ein paar Schritte auf ihn zu und warf ihrem Vater einen nervösen Blick zu. Sie war sich nicht sicher, ob er ihr Gesicht durch den Schleier hindurch sehen konnte, aber er lächelte, und das beruhigte sie. Sie schaute geradeaus nach vorn und gab sich alle Mühe, selbstbewusst und gleichzeitig bescheiden zu wirken.

Agamemnon stand vor ihr und begann dann, langsam um sie herumzugehen. Sie spürte seinen Blick auf sich und wünschte, ihr Kleid wäre nicht so eng, sein Stoff nicht so dünn. Jetzt war sie froh über den Schleier. Sie glaubte, rot zu werden, trotz der weißen Schminke. Als er ihre Seiten musterte, die Linie ihres Rückens, war sie froh, dass ihm verborgen blieb, wie sie mit den Zähnen knirschte – oder wollte er vielleicht auch noch ihr Gebiss überprüfen? Schließlich stand er wieder vor ihr.

»Sehr gut. Sparta ist tatsächlich das Land der schönen Frauen«, sagte er und lachte bellend. »Und sie ist prächtig entwickelt. Das ist gut.« Er schaute zu ihrem Vater hinüber, der feierlich nickte.

»Hast du diesen Stoff selbst gewebt?«, fragte er und betrachtete dabei ihr Kleid und den Schleier. Sie erschrak, als sie begriff, dass er mit ihr sprach.

»Äh … nein, mein Herr«, erwiderte sie ein wenig beschämt. »Aber ich kann weben. Ich habe bereits viele …«

»Tanzt du?«, unterbrach er sie.

»Ja, mein Herr. Ich tanze gut, sagt man.«

»Gut«, dröhnte er und klatschte in seine riesigen Hände. »Du wirst heute Abend beim Festmahl tanzen. Ich freue mich schon darauf.«

»Ja, mein Herr, wenn Ihr es wünscht«, sagte sie, unsicher, ob er eine Antwort erwartete.

»Ich freue mich, dass Euch meine Tochter gefällt«, erklang die Stimme ihres Vaters. »Möge Eure Ehe Euch beiden Freude und eine dauerhafte Verbindung zwischen Mykene und Sparta bringen.«

»In der Tat«, sagte Agamemnon. »Mykene wird für immer ein treuer Verbündeter Spartas sein, ebenso wie es unser Verbündeter im Kampf um den Thron meines Vaters war. Und ich nehme Eure Tochter gern zur Frau, sodass unsere beiden großen Häuser miteinander verschmelzen können. Ihr werdet sehen, dass ich üppige Brautgaben bringe und viele weitere meinem Weib schenken werde, wenn wir wieder in Mykene sind.«

Meinem Weib. Die Worte klangen merkwürdig, und doch lag eine Feierlichkeit darin, die Klytämnestra gefiel.

»Ihr seid überaus großzügig, König Agamemnon«, sagte ihr Vater und neigte huldvoll den Kopf. »Wenn Ihr zufrieden seid, sollen wir dann mit dem Hochzeitsmahl beginnen?«

»Auf jeden Fall!«, erwiderte er. »Mein Magen verlangt nach unserer langen Reise nach Fleisch.«

Und damit versammelten sich die Gäste, Fleisch und Wein wurden aufgetragen, und die Feier begann.

Am nächsten Morgen wachte Klytämnestra mit Helenas Haar im Gesicht auf. Ihre Schwester hatte mit ihr das Bett teilen wollen, damit sie in ihrer letzten Nacht nah beieinander sein konnten. Sie glaubte, dass Helena vielleicht zu begreifen begann, dass sie einander womöglich niemals wiedersehen würden, sobald sie mit Agamemnon abgereist war. Helenas Atemzüge klangen merkwürdig laut in der Stille. Klytämnestra genoss den warmen Trost, der darin lag. Sie würde in ein paar Tagen einen ganz anderen Bettgenossen haben, sobald der Hochzeitszug hinter ihnen lag und sie als Mann und Frau in Mykene angekommen waren. Aber jetzt wollte sie noch nicht darüber nachdenken. Sie musste einen Schritt nach dem anderen tun, sonst würde sie überhaupt nicht vorwärtskommen.

Gestern Nacht war sie froh gewesen, als sie das Festmahl verlassen konnte. Sie hatte das Gefühl gehabt, als starrte sie jeder an, und obwohl sie sich deswegen zunächst besonders und wunderschön gefühlt hatte, war es nach kurzer Zeit zermürbend geworden. Obwohl sie ihr Gesicht hinter dem goldenen Schleier hatte verbergen können, hatte sie sich den Blicken ungeschützt ausgesetzt gefühlt.

Am schlimmsten war es gewesen, als ihr Vater sie dazu aufgefordert hatte, mitten im Saal zu tanzen. Sie war nicht allein gewesen – Helena und ein paar andere adelige Mädchen hatten mit ihr getanzt –, aber alle schienen nur sie zu beobachten. Agamemnon selbst hatte nur ein paar Meter entfernt gesessen, und sein Blick hatte an ihrem Körper geklebt. Sie hatte gespürt, wie sich der dünne rote Stoff an ihre Hüften schmiegte, an ihre Taille, ihre Brüste, während sie sich zur Musik der Leier bewegte, dem Rhythmus der Trommeln, und sie hatte sich nichts mehr gewünscht, als in der Menge verschwinden zu können, weit fort vom hungrigen Blick des Mannes, der ihr Gemahl werden würde.

Es klopfte an der Tür des Gemachs, und eine Sklavin trat ein.

Klytämnestra setzte sich auf. Helena rührte sich, wachte aber nicht auf.

»König Agamemnon wünscht so früh wie möglich aufzubrechen, Herrin«, sagte die Sklavin. »Ich soll Euch waschen und anziehen.«

Klytämnestra nickte und war erleichtert, dass das Kleid, das die Sklavin in die Höhe hielt, aus dickem Stoff bestand. Immerhin würde sie sich darin auf der Reise nicht so befangen fühlen wie am letzten Abend. Sie dankte stumm den Göttern, dass der Winter kam.

Sobald sie angezogen, verschleiert und mit einer Amethystkette zurückhaltend geschmückt war, führte man sie vor den Palast. Aber noch bevor sie durch seine riesigen Türen schritt, tauchte ihre Mutter auf, Helena im Schlepptau.

»Nestra!«, rief Helena und rannte in ihre Arme. »Ich hatte schon Angst, du wärest schon fort!«

»Ich würde doch nie gehen, ohne mich von dir zu verabschieden«, sagte Klytämnestra und umarmte ihre Schwester fest.

»Ich wünschte, du würdest überhaupt nicht gehen«, beschwerte sich Helena und sah so aus, als würde sie jeden Moment in Tränen ausbrechen.

»Ich auch«, flüsterte sie und küsste ihre Schwester auf das glänzende Haar. »Ich auch, Helena, aber ich muss.« Sie löste sich von ihr und lächelte sie tapfer an, damit sich Helena nicht noch weiter aufregte.

»Ich weiß überhaupt nicht, warum. Du hast doch gesagt, dass wir beide hierbleiben könnten. Du hast gesagt, wir könnten unsere Kinder zusammen aufziehen und …«

»Ich weiß … Ich weiß, dass ich das gesagt habe. Aber die Schicksalsgöttinnen haben eine andere Zukunft für uns gesponnen. Gegen sie können wir nicht ankämpfen. Es wird alles gut werden, du wirst sehen«, sagte sie und drückte Helenas weiche Hände. Die Worte sollten ebenso sie selbst trösten wie ihre Schwester.

Helena schwieg einen Moment und sah Klytämnestra in die Augen.

»Ich werde dich vermissen«, sagte sie leise.

»Ich dich auch«, erwiderte Klytämnestra und musste gegen das Zittern in ihrer Stimme ankämpfen. Sie umarmten sich erneut.

Dann, als Helena sie endlich mit glitzernden Tränen in den Augen losgelassen hatte, trat die Königin vor. Sie nahm Klytämnestras Gesicht in beide Hände, schaute ihr direkt in die Augen und sagte: »Du bist die Leistung, auf die ich am stolzesten bin, und ich werde dich ewig lieben.« Dann nahm sie sie in die Arme. Es war eine verzweifelte, lange Umarmung, und Klytämnestra wünschte sich, sie würde für immer andauern. Hier, an der Brust ihrer Mutter, in ihren Armen, fühlte sie sich sicher. Als ihre Mutter sie endlich losließ, wischte sie sich die Wange ab, richtete Klytämnestras Goldreif und trat einen Schritt zurück. »Und jetzt geh zu deinem Gemahl«, sagte sie.

Und damit wurden die großen Türen geöffnet. Sonnenlicht floss in den Innenhof. Mit zitternden Knien trat Klytämnestra hinaus in ihre Zukunft.

5

KLYTÄMNESTRA

Sie mussten drei volle Tage reisen, um Mykene zu erreichen. Die gewundene Strecke über die Berge war mühselig, und die Wagen behinderten sie dabei. Zwei von ihnen waren mit Geschenken ihres Vaters beladen; in einem befand sich ihre Aussteuer mit feinen Stoffen und Schmuck, der andere transportierte die Gastgeschenke, die Agamemnon erhalten hatte, silberne Becher und Bronzekessel, scharfe Speere und stabile Schilde. Im dritten Wagen saß Klytämnestra selbst. Er war mit weichem, luxuriös purpurnem Stoff ausgelegt, aber dennoch tat ihr am Ende des Tages der Rücken weh.

Sie saß allein in dem Wagen und wurde bei jedem größeren Stein auf dem unebenen Weg durchgeschüttelt. Ihr Gemahl ritt voran. Zunächst waren ihre Brüder mit der Prozession neben ihrem Wagen geritten und hatten die Brautfackeln gehalten. Zumindest hatte sie da noch jemanden gehabt, mit dem sie reden konnte, und die Gesellschaft von Menschen, die sie kannte. Sie hatte sich dadurch etwas entspannter gefühlt. Aber Kastor und Pollux waren an der Grenze Lakoniens umgekehrt und zurück nach Hause geritten, nachdem sie die heiligen Fackeln Agamemnons Herolden übergeben hatten, Männern, die sie nicht kannte. Die Herolde hatten sich ihr vorgestellt, aber sie hatte nicht zugehört. All ihre Aufmerksamkeit war auf die beiden Gestalten gerichtet gewesen, die in der Ferne zusammenschrumpften, bis sie nur noch zwei Punkte und schließlich ganz verschwunden waren. Sie wusste tief in ihrem Herzen, dass sie das Letzte waren, was sie jemals von ihrer Familie sehen würde.

Sie hatte kein Wort gesagt, seit Kastor und Pollux fortgeritten waren. Niemand sprach mit ihr, und es ziemte sich nicht für sie, eine Unterhaltung mit einem Mann zu beginnen. Sie hatte geglaubt, die Reise würde eine Gelegenheit für sie sein, ihren Gemahl ein wenig kennenzulernen, aber er hatte sie seit dem Aufbruch aus Sparta kaum eines Blickes gewürdigt. Er schien zufrieden damit, mit seinen

Männern zu reden und zu lachen. Was Klytämnestra wirklich wollte, war weibliche Gesellschaft. Bevor sie aufgebrochen waren, hatte sie ihren Gemahl und ihren Vater schüchtern gefragt, ob sie eine Sklavin mitnehmen dürfe, die sich um sie kümmern sollte, wenn sie in Mykene war. Sie hatte sich nur ein vertrautes Gesicht gewünscht, irgendeines. Aber Agamemnon hatte die Bitte abgelehnt und gesagt, er habe in seinem Palast massenweise Sklaven. Und so war sie jetzt hier, ein Mädchen von kaum fünfzehn Jahren, verloren in einem Meer von Männern. Es würde anders sein, sobald sie in Mykene waren, sagte sie sich. Dort würden Frauen sein und Mädchen ihres Alters. Leute, mit denen sie reden und lachen konnte. Sie würde dort glücklich sein. Sie war entschlossen, dort glücklich zu sein.

Am Abend des dritten Tages erreichten sie Mykene. Das Erste, was Klytämnestra sah, waren die riesigen Mauern der Zitadelle, die höher und dicker waren als alles, was sie bisher gesehen hatte. Als die Wagen näher kamen, schienen sie sogar noch größer zu werden. Sie erhoben sich am Hang wie Klippen aus weißem Stein, riesige Felsblöcke, die so hoch aufeinandergeschichtet werden, dass sie schon fürchtete, sie könnten auf sie herunterstürzen. Ihr Zuhause in Sparta hatte kaum eine Einfriedung. Die Brautfackeln brannten noch, als die Prozession näher kam und die Anhöhe zur Akropolis hinaufkroch. Sie erreichten die Zitadelle und fuhren in einen kurzen Steingang, zu dessen Seiten die riesigen Mauern aufragten. Über den Köpfen der Männer und Pferde erkannte Klytämnestra den oberen Teil eines Tors. Seine hölzernen Flügel waren geschlossen, aber über dem breiten, steinernen Sturz sah sie zwei wütende Löwinnen, die aus kaltem Stein zum Leben erweckt worden waren. Ihre Gesichter starrten wütend auf die Prozession hinunter, erleuchtet vom flackernden Licht der Fackeln.

Sie schaute zu den Steingesichtern hinauf, den Angst einflößenden Torwächtern ihres neuen Zuhauses, und erschrak beinahe zu Tode, als plötzlich eine Stimme neben ihr etwas rief.

»König Agamemnon, König von Mykene, ist mit seiner Braut eingetroffen«, verkündete der Herold zu ihrer Rechten.

Einen Moment lang herrschte Stille. Dann hörte sie etwas auf der anderen Seite des Tores. Stiefelschritte, das dumpfe Schlagen von Holz auf Holz, das Klirren von Metall. Bald öffnete sich das schwere Tor, ihr Wagen fuhr ruckartig an, und die Prozession zog unter dem wachsamen Blick der Löwinnen hindurch.

Klytämnestra versuchte alles in sich aufzunehmen, während sie durch die Zitadelle fuhren, aber sie konnte in der Dunkelheit und mit dem Schleier vor den Augen nicht viel sehen. Sie erkannte die Umrisse von Männern, die in den Straßen oder den Hauseingängen standen und einen Blick auf die neue Braut des Königs zu erhaschen suchten. Jetzt war sie froh über den Schleier, wie schon oft auf ihrer Reise. Sie wollte nicht, dass die Menschen sahen, wie viel Angst sie hatte. Eine Königin durfte keine Angst haben.

Sie brauchten nicht lange, bis sie den Palast erreichten. Selbst im Dämmerlicht erkannte sie ihn sofort – seine Silhouette ragte weit höher in den Himmel als jedes andere Gebäude, an dem sie vorbeigekommen waren. Klytämnestras Wagen hielt an einer großen steinernen Treppe an, und als sie hinaufschaute und die riesige Tür dort oben sah, begann sie zu zittern. Sie merkte nicht, dass ihr Gemahl neben ihr stand, bis er seine Hand erwartungsvoll ausstreckte. Sie nahm sie dankbar an, aber dennoch waren ihre Beine nicht lang genug, als dass sie einen uneleganten Hüpfer auf den Boden hätte vermeiden können, und sie dankte den Göttern, dass sie es schaffte, nicht hinzufallen. Ihre Knie fühlten sich an, als könnten sie kaum ihr Gewicht halten, als ihr Mann sie zu ihrem neuen Zuhause führte, wobei er seine behandschuhte Hand um ihr Handgelenk geschlossen hatte und sie hinter sich herzog.

Sie traten durch die riesige Tür und wurden dort von Sklaven und Hofmeistern empfangen, die die Befehle ihres zurückgekehrten Herrn erwarteten. Klytämnestra hörte Musik und roch den Duft gebratenen Fleisches. Eine Sklavin verbeugte sich vor Agamemnon.

»Sollen wir das Mädchen für das Lager vorbereiten, mein König?«, fragte sie. »Wir haben ein Bad eingelassen und Düfte bereitgestellt und …«

»Das wird nicht nötig sein«, erwiderte Agamemnon. Die Frau nickte und zog sich wieder zurück.

»Werden Sie zunächst am Festmahl teilnehmen, mein König?«, fragte ein anderer Sklave. »Es hat bereits begonnen. Die Adeligen haben sich schon im Saal versammelt und trinken auf Eure Gesundheit und die Eurer Braut. Sie freuen sich darauf, ihre Königin zu sehen.«

»Nein. Ich werde später zu ihnen kommen, sobald die Hochzeit vollzogen ist. Sie können die Blume Spartas sehen, sobald sie gepflückt ist.«

Klytämnestra schluckte hart. Dann würde es also bald geschehen. Vielleicht war das auch das Beste. Ihr war übel vor Nervosität; vielleicht würde sie ruhiger sein, sobald es vollbracht war.

Agamemnon entließ die Sklaven und seine Begleiter und ging weiter durch den Palast, wobei er Klytämnestra hinter sich herzog. Er sagte kein Wort, während sie einen Flur nach dem anderen hinter sich ließen. Der Palast kam Klytämnestra vor wie ein Labyrinth. Er war weit größer als ihr Zuhause in Sparta, aber womöglich lag das auch daran, dass alles so fremd war. Jeder Flur, jeder Durchgang führte an einen unbekannten Ort. Sie glaubte schon, im Kreis gegangen zu sein, als Agamemnon plötzlich vor einer großen Holztür stehen blieb, die reich mit geschnitzten Weinranken und Hirschen verziert war, und sie aufstieß. Er trat ein und winkte ihr, damit sie ihm folgte.

Der Raum war groß und hatte eine hohe Decke. Die Lampen waren bereits entzündet, aber ihr Licht war weder warm noch einladend. Irgendwie wirkte der Raum gespenstisch, als loderte ein Scheiterhaufen hinauf in den Nachthimmel. In seiner Mitte stand ein riesiges Bett mit mächtigen Pfosten. Edle Decken in tiefem Purpur lagen darauf. Ihr Ehebett.

Agamemnon saß bereits auf der Bettkante und schnürte sich die Stiefel auf. Klytämnestra stand noch an der Tür.

»Schließ die Tür, Mädchen«, grunzte Agamemnon und nestelte ungeduldig an den ledernen Schnürsenkeln. Sie gehorchte und musste sich anstrengen, die schwere Tür zu bewegen. Dann wandte sie sich in Erwartung der nächsten Anweisung zu ihm um.

»Komm hierher«, sagte er und winkte sie zu sich. »Ich fress dich nicht«, fügte er hinzu und lachte bellend auf. Aber er lächelte nicht.

Sie trat auf ihn zu und versuchte, dabei elegant auszusehen, wusste aber, dass sie nur verängstigt wirkte. Sie trug immer noch den Schleier und sah, dass der goldene Stoff bebte, weil sie unwillkürlich zu zittern begonnen hatte.

»Schon besser«, sagte er, als sie vor ihm stand. »Und jetzt helfe ich dir, diese Sandalen auszuziehen.«

Ohne aufzustehen, beugte er sich vornüber und zog ihr vorsichtig die Schuhe von den kleinen Füßen. Als er die zweite Sandale auszog, ließ er die Finger auf ihrem Fuß liegen. Dann strich er damit über ihre Fessel. Er ließ sie langsam ihre Beine hinaufgleiten, unter den bodenlangen Rock ihres Kleides. Über das Knie. Klytämnestras Herz pochte, aber sie versuchte, ganz ruhig zu bleiben. Sie durfte nicht zurückzucken. Aber das wurde immer schwieriger, je höher seine Hände glitten.

Dann, auf halber Höhe ihrer Schenkel, hielt er inne und zog die Hände zurück. Er stand auf, sodass er direkt vor ihr stand, nur Zentimeter von ihr entfernt. Er roch nach Schweiß und Staub und Pferden. Sie hob das Gesicht, um ihn anzusehen, und dann hob er mit einer schnellen Bewegung ihren Schleier, und sie sahen einander direkt in die Augen. Sie versuchte, ihren Blick stark und fest zu halten. Furchtlos, aber nicht herausfordernd. Er lächelte.

»So schön wie deine Mutter«, sagte er. Und ohne Vorwarnung küsste er sie hart auf die Lippen. Sein Bart fühlte sich dick und drahtig auf ihrem Gesicht an.

»Hat dir das gefallen?«, fragte er. Klytämnestra überraschte die Frage. Aber es hatte ihr gefallen, begriff sie, auf eine bestimmte Art. Sie hatte noch nie einen Mann geküsst, nicht einmal einen Jungen. Jetzt fühlte sie sich erwachsen und schön. Sie nickte schüchtern, weil sie nicht sicher war, ob sie auch nur ein Wort würde herausbringen können. Sie hatte das Gefühl, einen Stein in der Kehle zu haben.

»Gut«, sagte er und küsste sie erneut, diesmal sanfter. »Und vorher, als ich dich berührt habe. Hat dir das gefallen?«

Klytämnestra war sich da nicht so sicher. Sie zögerte, weil sie befürchtete, die falsche Antwort zu geben.

»Dein Vater sagt, du seist ein schlaues Mädchen«, fuhr er fort, ohne auf ihre Antwort zu warten. »Dann weißt du sicher, dass die Ehe dazu da ist, Kinder zu machen, ja?«

Sie nickte.

»Und weißt du, wie Kinder gemacht werden?«, fragte er.

Sie nickte erneut. Sie wusste es, oder zumindest glaubte sie es zu wissen.

»Dann weißt du ja, was wir jetzt tun müssen«, sagte er so sanft, wie sie ihn noch nie gehört hatte, seit sie ihn kennengelernt hatte.

Sie versuchte, erneut zu nicken, aber es wurde eher ein Zucken. Das war es also. Jetzt war es an der Zeit, eine Frau zu werden.

6

HELENA

Zwei Jahre später

Das Leben war für Helena sehr einsam geworden, seit Klytämnestra Sparta verlassen hatte. Sie hatte nicht nur ihre Schwester verloren, sondern auch ihre beste Freundin. Sie hatte das Gefühl gehabt, als wäre ein Teil ihrer selbst in jenem Wagen fortgetragen worden. Noch Monate nachdem Nestra gegangen war, hatte sich Helena verloren gefühlt. Sie hatte außer Thekla niemanden, mit dem sie hätte reden können, und niemanden, mit dem sie Zeit verbringen konnte, außer mit sich selbst. Nachts war es ohne den sanften Atem ihrer Schwester im Schlafgemach viel zu still. Und nachts, wenn sie allein in der Dunkelheit lag, vermisste sie sie am meisten. Wie sie sich danach sehnte, den Namen ihrer Schwester zu rufen und ihre Antwort zu hören, nach den Unterhaltungen, die sie geführt hatten, wenn sie beide allein in der Dunkelheit waren. Sie würden über wichtige Dinge sprechen, unter dem Mantel der Dunkelheit einander die Herzen öffnen oder über Nichtigkeiten und leise in ihre Kissen kichern, bis eine von ihnen einschlief.

Ihrem Vater war ihre Einsamkeit aufgefallen. Nach einem halben Jahr, in dem er kaum auch nur die Andeutung eines Lächelns auf ihrem Gesicht gesehen hatte, hatte er ihr zwei Zofen überlassen, Adraste und Alkippe, zwei adelige Mädchen, die während des mykenischen Feldzugs gefangen genommen worden waren. Sie waren ungefähr in Helenas Alter, und ihr Vater hatte sie eindeutig deshalb ausgewählt, weil er gehofft hatte, dass sie ihr nicht nur Dienste, sondern auch Gesellschaft leisten würden. Er hatte recht gehabt. Die drei Mädchen waren gute Freundinnen geworden, soweit das möglich war, wenn zwei Freundinnen der dritten dienen mussten.

Adraste und Alkippe waren jetzt in Helenas Gemach und bereiteten sie für den Tag vor. Alkippe beendete gerade Helenas komplizierte Frisur – was sie inzwischen sehr gut beherrschte –, während Adraste in einem elfenbeinernen Kästchen nach den angemessenen Schmuckstücken für ihr heutiges Gewand suchte. Helena mochte dieses Morgenritual. Dass sie ihre eigenen Zofen hatte, gab ihr das Gefühl, erwachsen zu sein, und sie plauderten und kicherten immer dabei. Aber es war nicht nur das. Es lag eine Art Zauber darin. Mit jedem Schritt, bei jedem feinen Kleidungsstück, das ihr angezogen wurde, mit jedem goldenen oder mit Edelsteinen besetzten Schmuckstück wurde sie vom Mädchen Helena in die Prinzessin Helena verwandelt. Es kam ihr vor, als sei sie in den zwei Jahren seit Nestras Abreise viel erwachsener geworden, und sie wünschte, ihre Schwester könnte sie jetzt sehen.

»Wie findest du das hier, Herrin?«, fragte Adraste und hielt eine Kette aus polierten Bernsteinperlen hoch. »Sie würde so gut zu deinem Haar passen. Oder ist das vielleicht zu viel? Vielleicht sollten wir die Kette für eine besondere Gelegenheit aufsparen.«

»Nein, nein«, sagte Helena, als Adraste die Kette wieder zurück ins Schmuckkästchen legen wollte. »Ich mag sie, und ich finde nicht, dass sie zu viel ist. Ich *bin* ja nun mal die Thronerbin«, sagte sie grinsend.

Adraste lächelte, nickte und befestigte sanft die Kette um Helenas Hals. Dabei hörte Helena Alkippes leise Stimme hinter sich.

»Ich habe das nie richtig verstanden«, murmelte sie und befestigte eine Blüte in Helenas Haar. »Ich meine, warum *bist* du eigentlich die Thronerbin?«

Adraste vor ihr erstarrte mit aufgerissenen Augen. Helena öffnete ihren Mund, um etwas zu sagen, aber Alkippe kam ihr zuvor. Hastig und beinahe quiekend sagte sie: »Es tut mir so leid, Herrin, das war so unhöflich von mir! Ich meinte nicht … nur, dass … Ich meine, du hast doch immerhin Brüder, das meinte ich. Sind es nicht normalerweise die Söhne, die … Ich habe mich nur ein wenig gewundert, das ist alles.«

»Ist schon gut, Alkippe«, sagte Helena, wandte sich zu ihr um und lächelte sie an. »Ich weiß, was du sagen wolltest. Ich kann mir schon vorstellen, dass du das merkwürdig findest, wenn sie es in Mykene nicht so machen, aber ich glaube auch nicht, dass das so ungewöhnlich ist …« Sie wandte sich wieder um und warf sich eine Strähne gelockten Haars über die Schulter. »Meine Schwester hat mir einmal erzählt, dass es daran liegt, dass Kastor und Pollux Zwillinge sind. Mein Vater machte sich Sorgen, sie könnten womöglich um das Königreich kämpfen, daher beschloss er, keinen von ihnen König werden zu lassen.«

»König Tyndareos ist ein weiser Mann«, sagte Adraste und nickte nachdenklich. »Unser Königreich wurde von Brüdern auseinandergerissen, die um den Thron kämpften. Das ist der Grund dafür, dass wir hier sind … Natürlich nicht, dass wir uns beschweren wollten, Herrin«, fügte sie hastig hinzu. »Wir sind glücklich, dir dienen zu dürfen, und du und dein Vater wart sehr freundlich zu uns.«

»Ja, meine Herrin«, stimmte Alkippe zu und neigte respektvoll den Kopf.

Helena lächelte schwach. Sie vergaß manchmal, in welcher Situation sich ihre Zofen befanden, das Unglück, das sie hierhergebracht hatte. Obwohl sie wusste, dass sie ihre Sklavinnen waren, zog sie es doch vor, sie als Freundinnen zu sehen. So war es einfacher.

Jetzt, da sie gekleidet und geschmückt war, ging Helena zur Ecke des Raumes, um den letzten Teil ihres Morgenrituals zu beginnen. Auf einem niedrigen Tischchen, das mit einem feinen Tuch bedeckt war, stand eine kleine, bemalte Figur, die eine Frau mit erhobenen Armen darstellte. Helena kniete sich davor und hielt Adraste die Hand hin. Das Mädchen gab ihr ein kleines Fläschchen mit parfümiertem Öl, und Helena tupfte ein wenig davon auf den Kopf der Figur. Man sah noch die Reste eines aufgemalten Gesichts auf dem Ton, große, runde Augen und einen lächelnden Mund. Ihn sah Helena an und sagte: »Artemis, ich schenke dir diesen Segen, auf dass du meine Schwester beschützt.« Jeden Morgen seit Nestras Abreise hatte sie diese Worte gesagt. Sie salbte die Figur erneut und fügte hinzu: »Und beschütze auch ihr Kind, auf dass es lebe und seiner Mutter Freude bringe.« Seit fast einem Jahr hatte sie diese zweite Bitte ihrem Gebet hinzugefügt. Sie wusste, wie zerbrechlich das Leben eines Kindes war. Ihre eigene Mutter hat zwei Säuglinge an eine Krankheit verloren, wie Thekla ihr erzählt hatte.

Als sie ihr Gebet beendet hatte, stand Helena auf und verließ ihr Gemach. Ihre Zofen folgten ihr gehorsam. Sie begleiteten sie überallhin, wie ein doppelköpfiger Schatten. Manchmal war das irritierend, wenn sie nur allein sein wollte, aber meistens gefiel ihr das. Es gab ihr das Gefühl, eine echte Dame königlichen Geblüts zu sein.

Helena ging gemessenen Schrittes durch die Flure und hoffte, dabei elegant zu wirken. Sie hatte keine Eile, die Frauengemächer zu erreichen. Sie konnte dort nicht mehr lachen, mit ihren Freundinnen tratschen und sorglos Garn spinnen. Jetzt lehrte man sie zu weben, und sie war nicht gut darin. Man musste sich dafür zu sehr konzentrieren, und sie machte immer wieder Fehler. Thekla kontrollierte regelmäßig ihren Fortschritt und schüttelte missbilligend den Kopf. Egal wie erwachsen sie sich auch vorkam mit ihren Zofen und ihrem Schmuck und den endlich sprießenden Brüsten, Thekla gab ihr stets das Gefühl, immer noch ein kleines Mädchen zu sein.

Jetzt hatten sie den Kaminsaal erreicht. Sie hätten ihn nicht durchqueren müssen, aber Helena hoffte, ihre Mutter zu sehen und vielleicht bei ihr sitzen zu dürfen, zwei königliche Damen, die miteinander plauderten. Aber auch heute, wie ungefähr jeden zweiten Tag, wurde sie enttäuscht. Helena hatte das Gefühl, ihre Mutter in den letzten zwei Jahren kaum je zu Gesicht bekommen zu haben. Seit Nestra fort war, blieb sie meist in ihren Gemächern. Hin und wieder zeigte sie ihr Gesicht, wenn ihre öffentlichen Pflichten es erforderten, aber dabei wirkte sie jedes Mal grau und leblos. Helena konnte sich kaum daran erinnern, ihre Mutter lächeln zu sehen, und das wurmte sie sehr. Es war, als wäre es ihr vollkommen gleichgültig, dass sie noch eine weitere Tochter hier in Sparta hatte. Nein, Helena wusste, dass sie nicht genug war. Sie war nun mal nicht die *richtige* Tochter. Sie hatte gehofft, dass Nestras Abreise sie und ihre Mutter einander näherbringen, dass mehr Raum im Herzen ihrer Mutter sein, dass der geteilte Verlust sie aneinander binden würde. Aber es war nur schlimmer geworden. Sie hatte das Gefühl, nicht nur ihre Schwester, sondern mit ihr auch ihre Mutter verloren zu haben, und irgendwie war dieser Verlust sogar noch schmerzhafter, weil ihr Geist noch immer da war und sie verfolgte.

Sie überquerte gerade den Hof, als eine Stimme nach ihr rief. Ihr Vater. »Helena! Warte, Helena.«

Sie drehte sich zu ihm um und lächelte. Zumindest ihren Vater hatte Nestras Abreise nicht verändert. Er war vielleicht ein wenig grauer als vor zwei Jahren, aber das war alles. Er hatte immer ein Lächeln für sie übrig, und sie saugte es auf wie göttlichen Nektar.

»Ich muss mit dir reden«, sagte er in ernsthaftem, aber nicht düsterem Ton. Helena nahm an zu wissen, worum es ging, und sie spürte eine frohe Aufregung. »Komm her und setz dich zu mir.« Er deutete in den Saal, auf seinen Thron neben der Feuerstelle.

Als sie saßen und Helena ihre Hände vor Aufregung kaum stillhalten konnte, sagte ihr Vater: »Du wirst heiraten, Helena.«

Sie stieß langsam den Atem aus und merkte, dass sie die Luft angehalten hatte. Genau das hatte sie tatsächlich schon seit einigen Monaten erwartet. Immerhin war sie jetzt so alt wie Nestra, als sie verheiratet wurde. Jetzt war sie an der Reihe.

»Ich muss aber Sparta nicht verlassen, oder?«, platzte sie heraus, weil ihr der Gedanke plötzlich durch den Kopf geschossen war. »Ich bin immer noch die Thronerbin, oder? Sodass ich hier mit dir in Sparta bleiben kann?«

»Ja, ja. Du bleibst hier, mach dir keine Sorgen«, sagte er. »Wer auch immer dich heiratet, wird hierherkommen, um hier mit dir zu leben.«

»Wer auch immer?«, fragte sie verwirrt. »Also hast du dich noch gar nicht entschieden?«

»Nein, meine Liebe. Wir werden sehen, wer die beste Partie ist«, sagte er, und die Andeutung eines Lächelns umspielte seine Mundwinkel.

Helena sah immer noch verwirrt aus, also fuhr er fort.

»Es wird eine Art Turnier geben. Die begehrtesten Junggesellen Griechenlands werden herkommen, um sich um deine Hand zu bewerben. Wir erwarten sie innerhalb der nächsten Wochen. Ich habe kundgetan, dass du bereit für die Ehe bist, und jetzt strömen sie von überallher. Alle hoffen, sich als bester Mann zu beweisen und dich als ihren Preis zu gewinnen.«

»Sie wetteifern um *mich?*«, fragte sie ungläubig.

»Warum sollten sie nicht?«, fragte ihr Vater lächelnd zurück. »Du bist die Erbin eines wohlhabenden Königreiches. Und sie haben von deiner großen Schönheit gehört.«

Helena wurde rot. Die Vorstellung, dass Männer um sie wetteiferten, gefiel ihr. Sie stellte sich die Heldentaten vor, die sie begehen, die Geschenke, die sie bringen würden, und ein Lächeln breitete sich auf ihrem Gesicht aus.

»Eines muss ich dir noch sagen, Helena«, sagte ihr Vater, »bevor es losgeht.«

Ihr Lächeln wurde schwächer. Sie nickte ihm zu, damit er fortfuhr.

»Es ist nur so, dass, äh … deine Freier, oder zumindest einige von ihnen … sie glauben, du seist die Tochter Zeus'.«

»Was?«, kicherte sie. »Aber das ist doch lächerlich, Vater! Warum sollten sie das glauben?«

»Weil ich es gesagt habe«, erwiderte er und seufzte leise. Helena hörte auf zu kichern. »Ich bitte dich nur darum, es sie weiter glauben zu lassen.«

Einen Moment lang schwieg sie und sah ihrem Vater in die Augen. Sie war überrascht und ein wenig verwirrt, aber sie konnte nicht abstreiten, dass die Vorstellung, die Leute glauben zu lassen, sie stamme von den Göttern ab, einen gewissen Reiz hatte.

»Helena?«, sagte ihr Vater ein wenig ungeduldig. »Wirst du mitspielen?«

»Ja, natürlich, Vater«, antwortete sie. »Wenn du es so willst.«

Er lächelte. »Gut.«

Kaum war ihr Vater gegangen, begannen ihre Zofen zu schnattern wie die Spatzen.

»Oh, wie aufregend!«, gurrte Adraste. »Du hattest ja schon angenommen, dass es bald geschehen würde!«

»Und all diese Freier!«, zwitscherte Alkippe. »Ich wette, sie sehen alle gut aus!«

»Ja«, hauchte Helena. »Ja, es ist wirklich aufregend, oder?«

Das ist es jetzt, sagte sie sich. *Du wirst bald eine richtige Frau sein, genau wie Nestra.* Der Gedanke füllte ihren Bauch mit Schmetterlingen, doch sie sagte sich, dass es gute Schmetterlinge seien. Eine Frau zu sein, würde aufregend und glamourös werden, und niemand würde sie mehr wie ein albernes kleines Mädchen behandeln. Das war gut, und das Turnier würde ein echtes Spektakel werden. Wie sehr sie sich wünschte, Nestra könnte dieses Erlebnis mit ihr teilen!

7

KLYTÄMNESTRA

Klytämnestra saß in ihrem Gemach und spann Wolle. Ihre Zofe Eudora saß neben ihr, aber sie sprachen nicht miteinander. Sie genossen die Stille, während Iphigenie friedlich in ihrer Wiege schlief, und sie hatten sich wortlos darauf verständigt, dass es auch so bleiben sollte. Ihre Tochter war jetzt beinahe ein Jahr alt und schien jeden Tag größer zu werden. Klytämnestra liebte sie mehr als alles auf der Welt, mehr als alles, was sie je zu lieben für möglich gehalten hatte. Wann immer sie sich einsam oder traurig oder ängstlich fühlte, musste sie sich nur Iphigenies süßes Gesichtchen vorstellen, ihre rosigen Wangen, diese blonden Löckchen, und ein Lächeln erschien auf ihrem Gesicht. Es hatte Zeiten gegeben, in denen sie mit ihrer neuen Rolle als Ehefrau und Königin gehadert hatte, besonders am Anfang, als sie noch lernen musste, wo ihr Platz war, bevor sie wusste, wann sie etwas sagen durfte und wann sie lieber schweigen sollte, bevor Zurückhaltung zur Gewohnheit und Folgsamkeit Routine geworden waren. Es gab immer noch Gelegenheiten, in denen sie es schwierig fand, ihre Zunge im Zaum zu halten, wenn sie mit dem Schatten ihres Mannes verschmelzen musste und dabei das Gefühl hatte, Teile von sich selbst aufzugeben und eines Tages womöglich ganz zu verschwinden. Aber dann war Iphigenie auf die Welt gekommen, und in dem Moment, in dem sie ihr eigenes Kind in den Armen gehalten hatte, wusste sie, dass es *das* war. Ihre Belohnung dafür, eine Frau zu sein.

Ein verschlafenes Gurgeln ertönte aus der Wiege, und Klytämnestra durchströmte ein warmes Gefühl. Die Geburt ihrer Tochter hatte Agamemnon und sie einander nähergebracht. Klytämnestra hatte ihrem Gemahl schon so früh ein Kind geschenkt, und das hatte ihn erfreut. Und sie spürte, dass er sie jetzt mehr respektierte, sie wie eine echte Frau und Ehefrau behandelte und nicht mehr wie ein Kind. Er hatte auf einen Sohn gehofft, das wusste sie, doch er liebte seine Tochter sehr. Söhne würden schon noch kommen, sagte er.

Aber wie sie so in der kühlen Stille des Gemachs saß und Wolle spann, beschäftigte Klytämnestra ein Gedanke. Ihre monatliche Blutung war nicht gekommen. Schon einen halben Monat war sie überfällig, und jeden Morgen wachte sie auf und hoffte, dass sie vielleicht gekommen war, aber jedes Mal war da nichts. Sie wusste natürlich, was das bedeuten konnte. Es war ein Segen, ja, dennoch hatte sie ein wenig Angst. Ihre Tochter brachte ihr so viel Freude, ein weiteres Kind würde sicherlich noch mehr davon bringen, aber sie wusste, wie viel Glück sie gehabt hatte, dass die Geburt so gut verlaufen und das Kind gesund war. Vielleicht würden sie beim nächsten Mal nicht mehr so viel Glück haben. Ein geschwollener Bauch konnte sowohl den Tod als auch neues Leben bringen. So hatten es die Götter beschlossen.

Sie hatte bisher noch nicht mit Agamemnon darüber gesprochen, weil sie fürchtete, ihn doch enttäuschen zu müssen. Vielleicht stimmte es doch nicht, oder es würde nicht bleiben. Sie würde warten, bis sie sicher war oder bis man es sah.

Draußen vor dem Gemach war ein Geräusch zu hören, das Klytämnestras Gedanken unterbrach. Sie wandte gerade noch rechtzeitig den Kopf, um zu sehen, wie sich die Tür öffnete und ihr Gemahl erschien. Er sah sie gar nicht an, sondern trat direkt an Iphigenies Wiege. Bevor Klytämnestra ihm sagen konnte, er solle sie nicht wecken, hatte er schon seine Hand ausgestreckt und streichelte ihr Haar.

»Wie geht es denn meiner Prinzessin heute?«, fragte er dröhnend. Seine laute Stimme zerstörte die heilige Stille, die gerade noch geherrscht hatte. Klytämnestra nahm an, dass ihr Gemahl gar nicht flüstern konnte, selbst wenn er es gewollt hätte.

»Pst – sie ist gerade erst eingeschlafen!«, tadelte sie ihn. Vor einem Jahr hätte sie es noch nicht gewagt, so mit ihrem Mann zu sprechen, aber die Mutterschaft hatte das verändert. Doch es war ohnehin zu spät; Iphigenie war jetzt wach. Als ihr Vater sie genug gekitzelt und ihr in die Wangen gekniffen hatte, kam er zu Klytämnestra

»Du darfst gehen«, sagte er zu Eudora. Es war ein Befehl, den er als Erlaubnis verkleidet hatte. Die Zofe gehorchte sofort.

Kaum war die Tür wieder geschlossen, ließ Agamemnon seinen massigen Körper auf den Stuhl sinken, den sie frei gemacht hatte.

»Es wird ein Turnier um die Hand deiner Schwester geben«, sagte er wie beiläufig.

»Oh«, machte Klytämnestra, die ein wenig überrascht über diese Neuigkeit war. Es war lange her, seit jemand mit ihr über Helena gesprochen hatte. »Wann?«, fragte sie.

»Die Freier treffen bereits ein, hörte ich. Sie haben das Mädchen noch nie gesehen, und doch versammeln sie sich und wollen um sie wetteifern.« Er wedelte herablassend mit der Hand. »Alle edlen jungen Männer Griechenlands offenbar, und auch einige von den nicht mehr ganz so jungen«, fügte er mit einem amüsierten Lächeln hinzu. »Dein Vater ist ein kluger Mann, das muss man ihm lassen! So etwas zu veranstalten, für ein Mädchen von derart, äh ... fragwürdigem Ruf.«

Er ließ die letzten beiden Worte wirken und beobachtete dabei Klytämnestras Gesicht. Er wollte ihre Reaktion austesten, vielleicht eine Bestätigung für die Gerüchte bekommen, die er gehört hatte.

Klytämnestra war verärgert, ihn auf diese Weise über ihre Schwester sprechen zu hören, versuchte aber, ihren Gesichtsausdruck neutral, sogar unschuldig zu halten, als wüsste sie nicht, was er damit andeuten wollte. Am liebsten hätte sie Helena verteidigt, ihm gesagt, dass Theseus nur ein jämmerlicher Lügner sei, doch sie wusste, dass sie dieses Gerücht nicht entkräften konnte, ohne über das andere sprechen zu müssen ...

Und sie konnte Agamemnon nicht anlügen. Nicht, wenn er sie direkt fragte, was sie über die Herkunft Helenas wusste. Sie fürchtete sich davor, ihn anlügen zu müssen, sie hatte Angst, dass er es merken, Angst, dass er wütend werden würde. Sie war noch nicht so mutig, dass sie ihren Gemahl nicht mehr fürchtete. Es war am besten, gar nichts zu sagen.

Endlich löste er den Blick von ihrem Gesicht. »Ich bin gekommen, dir zu sagen, dass ich beschlossen habe, diesem Turnier beizuwohnen.« Klytämnestra sah ihn verwirrt an, aber bevor sie etwas sagen konnte, fuhr ihr Mann fort: »Natürlich nicht für mich, sondern für meinen Bruder, Menelaos. Er braucht eine Frau, und dank deinem Vater ist Helena jetzt die begehrteste Braut dieser Zeit. Ha!« Er lachte so laut auf, dass Klytämnestra zusammenzuckte. »Ihre Schönheit ist in Griechenland in aller Munde! Kannst du dir vorstellen, dass manche sogar glauben, sie sei ein Kind von Zeus selbst? Na ja, was auch immer da dran ist …« – er warf ihr erneut einen Seitenblick zu – »… es würde die Ehre unseres Hauses schmälern, sollte sie ein anderer Mann für sich gewinnen. Menelaos muss Helena heiraten.«

Klytämnestra saß einen Moment lang ganz still da und versuchte zu verstehen, was sie da gehört hatte. Helena, die begehrteste Braut dieser Zeit? In aller Munde? Sie war einerseits stolz auf ihre Schwester und freute sich für sie, aber irgendwo in ihrem Kopf meldete sich auch ein etwas weniger angenehmes Gefühl. Groll vielleicht? Oder Neid? Dass das Helenas Schicksal war und nicht ihr eigenes? Sie schob den Gedanken beiseite. Sie war doch glücklich, oder nicht? Und ihr Gatte war immerhin ein großer Mann. Es war eine gute Nachricht, immerhin hatte sie dafür Sparta verlassen. Helena würde einen guten Gemahl bekommen, und Spartas Erbe wäre gesichert.

»Ich breche morgen früh auf«, hörte sie Agamemnons Stimme neben sich, die sie aus ihren Gedanken riss.

»Würdest du meinem Vater und meiner Mutter meine Grüße ausrichten, mein Gatte?«, sagte sie plötzlich, weil ihr einfiel, dass er ja ihre Familie sehen würde. »Und auch Helena, wenn du die Gelegenheit hast, mit ihr zu sprechen?«

»Ja, wenn du es wünschst. Ich werde ihnen auch sagen, was für eine wunderschöne Tochter du mir geschenkt hast«, sagte er und lächelte. Es war einer dieser zärtlichen Augenblicke, die er ihr hin und wieder schenkte. Dann streichelte er noch einmal Iphigenie übers Haar und verließ das Gemach.

Ein Teil von Klytämnestra wünschte sich, mit ihrem Gemahl gemeinsam nach Sparta reisen zu dürfen. Es war nicht gerecht, dass er ihre Familie sehen durfte und sie nicht. Aber sie unterdrückte den Gedanken. Sie musste bleiben und sich um Iphigenie kümmern. *Meine Familie ist jetzt hier,* sagte sie sich. Und wenn Agamemnon zurückkehrte, würde sie ihm vielleicht von dem neuen Leben erzählen können, das unter ihrem Herzen wuchs.

8

HELENA

Über zwanzig Freier waren bereits in Sparta eingetroffen, und mit jedem Tag kam mindestens ein weiterer dazu. Helena durfte nicht dabei zusehen, wie sie ankamen, aber sie bedrängte ihre Brüder, ihr alles zu erzählen – wie sie gekleidet waren, ob sie gut aussahen, welche edlen Geschenke sie mitgebracht hatten. Sie erzählten ihr alle Einzelheiten, und Helena fragte sich bei jedem, ob er wohl der Eine sein würde, ob dieser oder jener Neuankömmling wohl bald ihr Gemahl sein würde. Es lag eine gewisse Romantik darin, dass sie nichts von ihnen wusste. Die Zwillinge sagten ihr auch die Namen der Männer, wer ihr Vater war und aus welchem Königreich sie kamen, aber all das sagte ihr kaum etwas. Prinzessinnen mussten nichts von fremden Orten wissen, und schon gar nichts von fremden Männern. Aber erst neulich war ein Mann angekommen, von dem sie tatsächlich gehört hatte: Agamemnon, Nestras Gemahl, der anstelle seines Bruders gekommen war. Sie hatte ihn nicht erwartet, ebenso wenig wie ihr Vater. Helena war bei ihm gewesen, als Agamemnons Ankunft verkündet wurde, und es war unverkennbar Überraschung, wenn nicht gar Besorgnis gewesen, die in seinem Blick gelegen hatte. Einen Moment lang hatte sich Helena gefreut, weil sie hoffte, dass der König von Mykene vielleicht Nestra mitgebracht hatte, aber ihr Vater hatte jede Hoffnung im Keim erstickt. Nestra war jetzt Mutter. Sie musste bei ihrem Kind bleiben, hatte er gesagt.

Jeden Abend aßen und tranken die Freier im Kaminsaal, mit Vater und Kastor und Pollux. Aber Helena durfte an den Mahlzeiten nicht teilnehmen. Ihr Vater hielt sie von den Freiern fern, so gut es ging. »Eine Göttin wird schöner, wenn sie nur in der Fantasie der Männer existiert«, betonte er. Sie hatte es tatsächlich merkwürdig gefunden, dass so viele Prinzen kamen, die ihre Hand erobern wollten, ohne sie je gesehen zu haben, vielleicht war also etwas Wahres daran. Dennoch war sie verärgert, dass sie sich ihre Freier nicht genau ansehen konnte. Immerhin war sie diejenige, die einen von ihnen heiraten musste.

Wenn die Freier untereinander wetteiferten, durfte sie immerhin zusehen, außerhalb der Mauern des Palastes. Alle paar Tage organisierten sie einen Wettkampf untereinander, und Vater nahm sie mit, um dabei zuzusehen. Sie mussten das Gefühl haben, für sie zu kämpfen, sagte er, aber sie wusste, dass die Wettkämpfe in Wirklichkeit stattfanden, um ihren Vater zu beeindrucken. Sie war nur die Trophäe. Er war derjenige, der entscheiden würde, wer sein Schwiegersohn und Erbe sein würde.

Selbst wenn sie den Wettkämpfen zusahen, durfte sie nicht allzu nah am Geschehen sitzen. Vater hatte ein Stück weit entfernt vom Turnierplatz ein Podium errichtet, auf dem sie beide saßen und den Männern zuschauten. Und Vater bestand darauf, dass sie einen Schleier tragen musste, ein riesiges Stück glänzenden Stoffs, das über ihrem Kopf und den Schultern drapiert war. Sie musste ihn sogar über das Gesicht ziehen, »um ihnen zu zeigen, dass du sittsam bist«, sagte er. Aber wenn ihr Vater wegsah, ließ sie ihn hin und wieder sinken, um ein wenig frische Luft an ihre Haut zu lassen. Es war stickig unter dem Schleier hier in der heißen Sonne.

Heute war wieder ein Wettkampftag, und wieder war ihr heiß. Sie sehnte sich danach, den dummen Schleier von sich zu reißen, am besten auch gleich ihr Kleid, und im Fluss schwimmen zu gehen wie damals als Kind. Bei der Vorstellung musste sie ein Kichern unterdrücken. *Was das für ein Skandal wäre,* dachte sie und lächelte. Vater wäre ganz und gar nicht glücklich darüber, aber bei den Freiern war sie sich nicht so sicher. Sie bemerkte, wie sie sie ansahen. Sie wusste, dass sie sich fragten, was wohl unter dem Schleier war, stellten sich vor, wie ihre Trophäe wohl aussah, wenn man sie enthüllte. Aber sie schämte sich nicht unter ihren Blicken. Sie war stolz, das Objekt des Verlangens so vieler Männer zu sein. Sie begehrten sie, und das fühlte sich gut an. Hin und wieder ließ sie sogar ihren Schleier ein wenig vom Kopf rutschen, um ihnen einen Blick auf ihr Haar zu erlauben. Selbst aus dieser Entfernung mussten die Freier es sehen, hell, wie es war, glänzend im Sonnenlicht. Ihr Haar war das Schönste an ihr, und sie sah keinerlei Sinn darin, es zu verstecken.

Jetzt begann der Wettbewerb im Bogenschießen. Sklaven warfen dafür Äpfel in die Luft, die die Freier mit ihren Pfeilen durchbohren mussten, wobei diese Aufgabe für die meisten zu schwierig war. Schon einige hatten nach dem ersten Versuch aufgeben müssen, andere nach zweien oder dreien. Schließlich waren nur noch drei Männer übrig. Dann zwei. Und endlich, als der vorletzte Mann den Apfel um Haaresbreite verfehlte, blieb nur noch einer übrig. Er zögerte jedoch nicht, sondern nickte den Sklaven zu, damit sie weitermachten, und schickte seine Pfeile in den Himmel, von denen jeder einzelne sein Ziel traf. Er wirkte, als könnte er für immer so weitermachen, und zog Pfeil um Pfeil aus seinem Köcher. Erst als der leer war, hörte er auf. Er senkte den Bogen und wandte sich dann um zum Podium, auf dem Helena und ihr Vater saßen, um ihnen respektvoll zuzunicken. Helena sah aus dem Augenwinkel, wie ihr Vater von seinem Sessel aufstand, und als er zu klatschen begann, tat sie es ihm nach.

»Wer ist dieser Mann, Vater?«, fragte sie. »Ich habe ihn noch nicht bei den Wettkämpfen gesehen.«

»Philoktetes, Sohn des Poeas«, antwortete ihr Vater und winkte den Dienern, die ihm den Preis überreichen sollten: einen großen Bronzekessel mit goldenen Henkeln. »Einige sagen, dieser Bogen sei derselbe, den Herkules benutzte, um die Stymphalischen Vögel zu erschießen.« Helenas Augen weiteten sich vor Bewunderung. »Vermutlich Unsinn«, fuhr ihr Vater fort, »aber er beweist wirklich große Fertigkeit in ihrer Benutzung.«

Die Sklaven sammelten die Äpfel auf, und Helena fragte: »War es das für heute, Vater? Können wir jetzt zurück in den Palast gehen?«

»Nein, es wird noch einen Wettbewerb geben, glaube ich«, antwortete er. »Einen Wettlauf.«

Helena war erleichtert. Immerhin waren Wettläufe schnell vorbei. Dann konnte sie endlich in ihr kühles Gemach zurück und diesen albernen, stickigen Schleier abnehmen.

Die Freier stellten sich bereits auf. Nur fünf nahmen teil, und sie erkannte drei von ihnen aus vorherigen Wettkämpfen wieder. Da war Odysseus, gedrungen und mit breiter Brust. Sie fand ihn recht hässlich, aber er hatte in allen Wettkämpfen bisher gut abgeschnitten. Ihre Brüder sagten ihr, dass er keinerlei Brautgeschenke mitgebracht habe – kein einziges Stück! Er war ein merkwürdiger Mann, und sie war recht froh, dass er nicht ihr Gemahl werden würde – wie hätte er darauf auch hoffen können, zumal er mit leeren Händen gekommen war?

Neben Odysseus stand Ajax. Sie hatte gehört, wie die Leute ihn »Ajax den Großen« genannt hatten, und sie sah auch, warum. Er war ein Riese von einem Mann und überragte die anderen Wettläufer um mindestens einen Kopf, zudem war er noch breiter als Odysseus. Seine Arme und Schenkel wölbten sich vor Muskeln. Helena fürchtete sich ein wenig vor ihm.

Der dritte Mann, den sie wiedererkannte, war Antilochos. Er wirkte wie ein Schilfrohr neben den beiden anderen muskulösen Männern. Er war der jüngste und schlankste aller Freier. Aber er sah sehr gut aus, seine feinen Züge passten zu seiner jungenhaften Gestalt, und sein langes Haar hatte einen wunderschönen Kastanienton. Helena wusste, wem sie von den drei Männern, die sie in diesem Wettkampf wiedererkannt hatte, den Sieg wünschte.

Sie bemerkte, dass Agamemnon erneut unter den Zuschauern stand. Bisher hatte sie ihn noch an keinem Wettkampf teilnehmen sehen. Vielleicht war das auch folgerichtig, denn er war ja nur für seinen Bruder hier, aber sie hatte auch den Eindruck, als hielt er all dies hier für unter seiner Würde. Er hatte die reichsten Geschenke gebracht, und das wussten auch alle. Und er war immerhin der König von Mykene; er musste sich nicht beweisen.

Helena löste den Blick von Agamemnon und sah, dass der Wettlauf jetzt beginnen sollte. Innerhalb von Sekunden ertönte der Ruf des Schiedsrichters, und sie liefen los. Odysseus führte zu Beginn, gefolgt von einem der Männer, die Helena nicht kannte, dann kam Antilochos. Aber Ajax' starke Beine ließen ihn schnell aufschließen und Antilochos überholen, bis er auf gleicher Höhe mit dem nächsten Läufer war. Dann ertönte ein Schrei, eine Staubwolke stieg auf, weil Ajax fiel und den anderen Mann mit sich riss. Und aus dem

Chaos lief Antilochos heraus und ließ den fünften Mann weit hinter sich. Odysseus wurde jetzt langsamer, und Antilochos kam näher heran. Und dann hatte er ihn hinter sich gelassen. Seine jungen Beine bewegten sich so schnell, dass sie nur noch verschwommen zu erkennen waren. Dann war es vorbei. Antilochos hatte gewonnen, kurz vor Odysseus. Der fünfte Mann kam danach. Aber Ajax und der andere Mann lagen noch immer im Staub, und als Helena genauer hinsah, begriff sie, dass sie miteinander rangen. Nein, sie rangen nicht. Ajax saß auf dem anderen Mann und hatte seine riesigen Hände um seinen Hals gelegt. Es gab ein großes Geschrei, und es brauchte drei Männer, um Ajax von seinem Gegner zu zerren.

»Er hat mir ein Bein gestellt«, brüllte Ajax. Helena konnte seine Worte trotz der Entfernung genau verstehen, so laut war er in seiner Wut. »Ich hätte gewonnen, wenn dieser kretische Hurensohn nicht gewesen wäre!«

Odysseus stand nun neben ihm und sprach mit dem riesigen Mann, der sich daraufhin ein wenig zu beruhigen schien.

Helena fand es schändlich, dass Antilochos' Sieg von Ajax' Wutausbruch überschattet worden war, dennoch erhielt er seinen Preis – eine Sklavin, die in der Webkunst bewandert war. Sie erkannte sie als eine der Frauen aus den Frauengemächern. Und damit waren die Wettkämpfe des Tages vorbei.

9

HELENA

Es war spät am Abend. Das Festmahl des Tages war vorüber, und die Freier hatten sich in ihre Zelte zurückgezogen, sodass sich Stille über den Palast legte. Helena war in die Gemächer ihrer Eltern gerufen worden, wo sie jetzt mit ihrem Vater, ihrer Mutter und ihren Brüdern beisammensaß. So nah war sie ihrer Mutter seit einiger Zeit nicht mehr gewesen. Sie saß auf dem Sessel neben ihr und atmete ihren warmen Duft ein. Es war schön, dass sie alle zusammen waren, aber Helena wusste, dass es einen Grund für dieses Treffen gab.

»Das Turnier geht nun schon ein paar Wochen, wie wir alle wissen.« Vater schaute von einem zum anderen. Die Linien in seinem Gesicht wirkten im Licht der Lampen noch tiefer. »Jeder, der kommen wollte, ist bereits hier, und alle hatten ausreichend Gelegenheit, sich zu beweisen. Daher glaube ich, dass es an der Zeit ist, einen Sieger zu wählen.«

Helena spürte Aufregung in sich aufsteigen; sie hatte auf diesen Moment gewartet. Ihr Vater stützte das Kinn auf seine übereinandergelegten Hände. Offenbar wartete er darauf, dass einer von ihnen das Wort ergriff. Als niemand sprach, sagte er: »Kastor, sag mir, wen du wählen würdest.«

»Nun, Vater«, begann Kastor, »ich möchte mich für Diomedes einsetzen.« *Diomedes,* dachte Helena. Ja, sie erinnerte sich an ihn aus den Wettbewerben. Jung, stark und recht gut aussehend. »Er ist bereits ein bewährter Krieger trotz seiner Jugend«, fuhr ihr Bruder fort, »und seine Geschenke sind großzügig. Pollux und ich sind einige Male mit ihm auf die Jagd gegangen und haben uns mit ihm angefreundet. Er ist ein ebenso edler Mann wie alle anderen und würde dir als Schwiegersohn Ehre machen, das weiß ich.«

Bevor ihr Vater antworten konnte, mischte sich Pollux ein.

»Oder wenn nicht Diomedes, Vater, dann wäre doch Ajax von Salamis eine gute Wahl.« Helena zuckte bei der Erwähnung von Ajax zusammen. *Nein, den nicht,* versuchte sie ihrem Vater in Gedanken zuzurufen, als könnte er sie hören. »Seine Stärke ist unvergleichlich«, fuhr ihr Bruder fort. »Er hat alle anderen beim Diskuswerfen übertroffen, und ihr habt ihn ja bei den Ringwettkämpfen gesehen – und nicht nur das, er ist außerdem ein gerissener Kämpfer. Wenn wir Sparta beschützen müssten, wäre es gut, Ajax bei uns zu haben. Es ist wahr, dass er vielleicht nicht so viele Geschenke gebracht hat wie andere, aber er hat versprochen, alle Schafe und Rinder von den Küsten in der Nähe seines Königreiches zusammenzutreiben, also von Asine bis nach Megara, und sie als Hochzeitsgeschenk zu übergeben.«

»Oh, was für eine lächerliche Protzerei«, warf ihre Mutter ein. »Dieser Mann ist viel zu stolz, außerdem hitzköpfig. Ich würde ihm unser Königreich niemals anvertrauen, und auch nicht meine Tochter.«

Helena fühlte ein warmes Gefühl der Dankbarkeit gegenüber ihrer Mutter in sich aufsteigen. Sie wollte Ajax nicht heiraten, war sich aber nicht sicher, ob sie mutig genug gewesen wäre, das auch zu sagen. Sie war ihrer Mutter immer noch wichtig, trotz ihrer Distanziertheit; das wusste sie jetzt. Helena sah sie an und wollte ihr mit ihrem Blick danken, aber ihre Mutter wandte sich ihr nicht zu.

»Es gibt viele edle Männer hier, mein Gatte, die zweifellos eine gute Wahl wären, aber ich muss doch vor allen anderen ein Wort für Antilochos einlegen, den Sohn von Nestor. Er hat sich als guter junger Mann erwiesen – flink zu Fuß und meisterlich zu Pferde –, und er hat großartige Geschenke gebracht, um unsere Familie zu ehren. Zudem ist sein Vater als Mann überragender Weisheit bekannt und in ganz Griechenland respektiert. Wenn der Sohn nach dem Vater kommt, ist Antilochos eine sehr gute Partie.«

Helena musste sich bemühen, nicht zustimmend zu nicken. Sie musste zugeben, dass ihr die Vorstellung gefiel, den gut aussehenden Antilochos zu heiraten.

»Das war nicht schlecht argumentiert«, sagte ihr Vater, der nachdenklich die Stirn runzelte. »Aber wir dürfen nicht vergessen, dass unser geschätzter Freund Agamemnon hier ist. Er ist durch Heirat mit uns verwandt und unser enger militärischer Verbündeter. Es wäre vielleicht nicht weise, seine Ehre zu beleidigen, indem wir einen anderen Mann seinem Bruder vorziehen. Und er hat die reichsten Geschenke gebracht, Gold und Bronze und Pferde. Kein Mann hier kann das in Abrede stellen, kein Mann …«

Ihr Vater wirkte besorgt und zerrissen. Er schien ebenso sehr sich selbst wie die anderen überzeugen zu wollen. Schließlich wandte er sich zu Helena um und sah sie an, sah sie direkt an, zum ersten Mal, seit sie sich alle zusammengesetzt hatten.

»Helena, mein Kind, was denkst du? Welchen Mann würdest du erwählen?«

Helena war überrascht, dass er sie fragte. Sie hatte angenommen, dass sie dasitzen und zuhören würde, bis eine Entscheidung gefallen war – schon darüber hatte sie sich gefreut. Aber sogar eine eigene Meinung haben zu dürfen? Darauf war sie nicht vorbereitet und musste einen Moment lang nachdenken. Sie hatte einige der Freier gut aussehend gefunden, und viele hatten sie bei den Wettkämpfen beeindruckt … aber sie hatte natürlich keinerlei Gelegenheit gehabt, mit auch nur einem von ihnen zu sprechen. Sie hatte davon geträumt, einen Gatten zu haben, der sie liebte und den sie ebenfalls lieben konnte, wie in den Geschichten, die Nestra ihr früher erzählt hatte … Aber sie hatte natürlich keine Ahnung, wie das sein würde. Welchen Unterschied machte es schon, wen sie wählte? Diomedes oder Antilochos oder Agamemnons Bruder, den sie noch nie gesehen hatte … Doch dann begriff sie. Es *gab* einen Unterschied.

»Vater, wenn ich Agamemnons Bruder heiraten würde, dann wäre ich Nestras angeheiratete Schwester. Wir wären dann doppelte Schwestern, oder?«

»Ja, ich glaube schon«, erwiderte ihr Vater. »Aber ich verstehe nicht …«

»Und glaubst du, dass wir uns sehen könnten, wenn wir Schwägerinnen wären? Ich meine, wenn unsere Ehemänner einander besuchen würden, wie Brüder das doch sicherlich tun?« Helena war jetzt ganz begeistert und zufrieden mit sich, diese Gelegenheit erkannt zu haben.

»Ich weiß das nicht genau, Helena«, sagte ihr Vater zögerlich. »Ehefrauen reisen nicht oft …«

»Aber es wäre doch wahrscheinlicher, als wenn wir keine Schwägerinnen wären, oder, Vater?«

»Ich glaube schon, ja, aber…«

»Nun, in diesem Fall würde ich Agamemnons Bruder wählen«, sagte sie abschließend mit einem zufriedenen Lächeln. Die Möglichkeit, Nestra wiederzusehen, war wie ein Rettungsring, an dem sie sich festklammern konnte.

Ihr Vater öffnete den Mund, um noch etwas zu sagen, aber in diesem Augenblick klopfte es höflich an die Tür. Der Palastmeister Nikodemus trat mit ehrerbietig gesenktem Kopf ein.

»Mein König«, begann er nervös, »Odysseus, Sohn des Laertes, wünscht mit Euch zu sprechen. Ich sagte ihm, dass Ihr beschäftigt seid und dass es unziemlich sei, Euch in Euren Privatgemächern zu stören …«

»Ganz genau«, erwiderte ihr Vater knapp. »Schick ihn weg, Nikodemus. Ich werde morgen mit ihm sprechen.«

»Ich habe es versucht, mein König. Aber er bestand darauf, dass es dringend sei. Er steht draußen. Er sagt, er sei sicher, Ihr wolltet hören, was er zu sagen habe.«

Ihr Vater dachte kurz nach und seufzte dann. »Nun gut«, sagte er ungeduldig. »Schicke ihn herein, wenn ich rufe.«

Nikodemus verbeugte sich und zog sich zurück. Helenas Vater wandte sich an sie.

»Es geziemt sich nicht für ihn, dich zu sehen, Helena. Die anderen Freier werden sonst sagen, er habe einen unfairen Vorteil gehabt.« Damit stand er auf, schaute sich im Gemach um, fand offenbar, was er gesucht hatte, und gab ihr ein großes, schlichtes Stück Stoff, das über der Lehne eines Sessels hing. »Benutze das hier als Schal und bedecke dich damit«, sagte er. »Zieh es dir vor das Gesicht. Halte den Kopf gesenkt und knie auf dem Boden neben deiner Mutter. Er wird dich für ihre Zofe halten.«

Helena tat wie ihr geheißen, obwohl sie sich nicht besonders darüber freute, knien zu müssen. Sobald sie verhüllt war, rief ihr Vater nach Nikodemus, und Odysseus betrat das Gemach.

»König Tyndareos«, sagte er mit einer respektvollen Verbeugung.

»Meine Dame, verehrte Prinzen«, fuhr er fort und nickte jedem Einzelnen zu. Sein Blick glitt über Helena hinweg; sie war froh, dass der Plan ihres Vaters aufgegangen war. »Ich bin gekommen, weil ich weiß, dass Ihr jetzt den Punkt erreicht haben müsst, an dem Ihr einen Gemahl für Prinzessin Helena wählt. Und ich möchte meinen Rat anbieten.«

»Und was bringt Euch auf die Idee, dass ich Eure Hilfe bei der Wahl eines Freiers benötige?«, versetzte ihr Vater knapp. »Ich nehme an, dass Ihr ein schlaues Argument habt, warum ich Euch wählen sollte, obwohl Ihr nicht ein einziges Geschenk gebracht habt, nicht wahr? Ja, ich weiß von Eurer Silberzunge, Odysseus, aber ich fürchte, die wird Euch hier nicht von Nutzen sein.«

Helena fürchtete schon, Odysseus könnte beleidigt sein, aber er lächelte nur.

»Ich bin nicht gekommen, Euch zu sagen, wen Ihr wählen sollt, denn ich weiß, dass diese Entscheidung schon gefallen ist«, sagte Odysseus. Ihr Vater öffnete den Mund zu einer Antwort, aber Odysseus fuhr bereits fort: »Ihr werdet Agamemnons Bruder Menelaos wählen. Das ist die einzig vernünftige Entscheidung in Eurer Lage. Ihr könnt es Euch nicht leisten, Agamemnon vor den Kopf zu stoßen, und eine weitere Verbindung zwischen Euren zwei Familien wird Euch beide stärker machen. Warum solltet Ihr Vermögen und Einfluss mit einem Außenstehenden teilen, wenn Ihr beides mit der Verbindung Eurer Häuser festigen könnt?«

Helena sah, dass ihr Vater jetzt den Mund geschlossen hatte und Odysseus zuhörte. Die Falte zwischen seinen Brauen war verschwunden.

»Es stimmt, dass ich keine Brautwerbungsgeschenke gebracht habe, und ich entschuldige mich, wenn Euch das beleidigt hat«, fuhr Odysseus fort, »aber ich nahm bereits an, dass Menelaos einer der Freier sein würde, und wusste, dass ich mir daher wenig Hoffnung auf die Hand Eurer Tochter machen durfte. Ich wollte ganz einfach die Gelegenheit haben, die schönste Frau der Welt mit eigenen Augen zu sehen.« Hier hielt Odysseus inne, wenn auch nur für einen Herzschlag, und sein Blick glitt zu Helena. Er sah ihr durch den Spalt ihres Schals direkt in die Augen. Erschrocken senkte sie den Blick, aber es war sinnlos. Er wusste, dass sie es war. Er hatte es die ganze Zeit gewusst. Sie wurde rot unter ihrem Schal. *Die schönste Frau der Welt* hatte er sie genannt.

Über sich hörte sie weiter seine Stimme. »Sobald ich gehört hatte, dass Agamemnon anstelle seines Bruders hier war, wusste ich, dass es richtig gewesen war, mich nicht ernsthaft um Helenas Hand zu bewerben. Stattdessen hoffe ich, mit meinem Rat eine andere Braut zu gewinnen.«

»Fahrt also fort«, sagte ihr Vater. Es klang etwas ungeduldig. »Ich werde den Rat anhören, den Ihr mir geben wollt.«

»Ihr seid in einer schwierigen Situation, König Tyndareos«, begann Odysseus. »Das wisst Ihr ebenso gut wie ich. Ihr müsst Menelaos wählen, aber wollt die anderen Freier nicht beleidigen oder ihnen das Gefühl geben, das gesamte Turnier sei nur eine Farce gewesen. Ihr wisst, dass es so aussehen wird, wenn Ihr Agamemnons Bruder als Sieger erwählt. Sie werden sich beschweren, dass alles nur ein großer Schwindel war, dass Ihr beide sie nur ausrauben und sie zum Narren machen wolltet.«

»Aber das ist nicht wahr«, sagte ihr Vater müde. »Ich wusste nicht, dass er …«

»Dennoch, so wird es aussehen«, sagte Odysseus ernst. »Sie werden nicht nur wütend auf Euch und Sparta sein, sondern es besteht außerdem die Gefahr, dass einer von ihnen die Angelegenheit in seine eigenen Hände nimmt und die Trophäe mit Gewalt an sich reißt, die ihm versagt wurde. Das ist das Risiko, wenn man das Begehren der Männer so geschickt entflammt und ihren Stolz so sehr verletzt.« Helena konnte nicht anders, sie musste den Kopf wenden und ihren Vater und ihre Mutter ansehen. Würde man sie wirklich zu entführen versuchen? Die Vorstellung, dieser rohe Kerl Ajax könnte sie verschleppen, ließ sie erschaudern.

»Ich habe die Gefahr bereits selbst gesehen, aber was kann man da tun?«, fragte ihr Vater angespannt. »Ich sehe keinen Weg …«

»Es gibt einen Weg, König Tyndareos. Einen Weg, wie Ihr Euch gegen Gewalt oder Entführung versichern könnt«, erwiderte Odysseus. Helena sah, wie ein leichtes Lächeln seine Mundwinkel hob, als er seine List endlich enthüllte. »Ihr müsst die Freier einen Eid ablegen lassen. Bevor Ihr den Sieger verkündet, lasst sie beim allmächtigen Zeus schwören, der Geißel der Eidbrecher, dass sie Eure Entscheidung guten Willens akzeptieren werden und weder gegen Euch noch Helena, noch gegen den siegreichen Freier Gewalt anwenden werden. Überdies lasst sie schwören, dass sie dem wahren Gemahl Eurer Tochter beiseitestehen werden, wenn irgendjemand Eure Tochter mit Gewalt entführen sollte. Sie werden jeden Eid leisten, den Ihr von ihnen erbittet, wenn das die Bedingung ist, als Freier anerkannt zu werden. Aber Ihr müsst das Eisen schmieden, solange es heiß ist, solange die Freier noch so von ihrer Vorstellung von Helena hingerissen sind, dass sie sich vormachen, sie hätten eine Chance. Tut es morgen bei Sonnenaufgang. Dann haltet einen letzten Turniertag ab, um die Illusion aufrechtzuerhalten, dass die Entscheidung nicht schon längst gefallen ist, und bei Sonnenuntergang werdet Ihr Menelaos als Sieger verkünden können.«

Odysseus lächelte zufrieden über seinen Plan. Er fügte hinzu: »Ich würde überdies vorschlagen, die Geschenke der Freier an sie zurückzugeben, sobald Ihr den Sieger verkündet habt – um ihnen die bittere Niederlage zu erleichtern. Alle außer Agamemnons natürlich. Ihr werdet ein kleines Vermögen verlieren, ja, und zweifellos wird die Prinzessin traurig sein, dass sie all die schönen Kleider und Juwelen wieder fortgeben muss« – sein Blick glitt erneut zu Helena und dann wieder weiter –, »aber ein Krieg wäre deutlich teurer.«

Jetzt, da er alles gesagt hatte, verstummte Odysseus. Ihr Vater war ebenfalls still geworden. Helena sah, wie sich die Linien in seinem Gesicht vertieften, seine scharfen Augen gedankenverloren ins Leere schauten. Schließlich sagte er: »Ihr seid ein schlauer Mann, Odysseus, Sohn des Laertes, und ich halte Euren Rat für vernünftig. Ich werde es so machen, wie Ihr sagt, denn ich selbst sehe keine bessere Lösung. Lasst uns hoffen, dass es alles so gut abläuft, wie Ihr voraussagt.« Er seufzte tief, als könnte er die Sorgen mehrerer Wochen mit einem Atemzug loswerden. »Ich danke Euch für Euren Rat, aber ich glaube kaum, dass Ihr ihn aus Wohltätigkeit gegeben habt. Ihr erwähntet eingangs, Ihr hofftet, eine Braut zu gewinnen, aber Ihr müsstet wissen, dass ich keine Töchter mehr habe.«

»Das weiß ich allerdings. Es war eher Eure Nichte, an die ich gedacht hatte. Euer Bruder Ikarios hat eine Tochter, die bald im heiratsfähigen Alter sein wird, nicht wahr? Sie bringt vielleicht kein Königreich in die Ehe, aber das habe ich bereits selbst. Ich brauche nur eine pflichtbewusste Ehefrau und Söhne, die meine Hallen füllen sollen.«

»Ja, Penelope. Ein süßes Mädchen«, sagte ihr Vater. Helena erinnerte sich an ihre Cousine. Sie hatten als Kinder miteinander gespielt. Penelope hatte eine Zeit lang im Palast gewohnt, aber seit einigen Jahren hatte sie sie nicht mehr gesehen. »Ich werde mit meinem Bruder über diese Angelegenheit sprechen als Dank für Euren Dienst heute Abend.«

»Mehr verlange ich nicht«, sagte Odysseus und verbeugte sich bescheiden. »Und jetzt werde ich wohl in mein Zelt zurückkehren. Gute Nacht Euch allen.«

Sobald Odysseus verschwunden war, stand Helena vom Boden auf. Ihre Knie schmerzten. Sie nahm den Schal ab und hörte, wie ihre Mutter sprach, leise, aber wütend. »Wenn du Menelaos ohnehin schon ausgewählt hattest, warum hast du uns dann hierherbestellt und nach unserer Meinung gefragt? Schon wieder so eine Farce, damit wir uns fühlen, als hätten wir etwas zu sagen? War es so?«

»Nein, so war es nicht, Leda«, seufzte ihr Vater. Er klang erschöpft. »Ich dachte immer noch, wir hätten vielleicht eine Wahl … Ich wollte zumindest mit euch darüber sprechen. Mit euch allen«, fügte er hinzu und sah jeden der Reihe nach an. »Aber Odysseus hat recht. Wir müssen Menelaos wählen. Und wenn uns die Götter wohlgesinnt sind, wird sein Plan aufgehen, und alles wird gut.« Er wandte sich an Helena. »Du wolltest es ohnehin so, oder, mein Kind?«, sagte er mit einem freundlichen, aber halbherzigen Lächeln. »Du sagtest, du wolltest Nestras Schwägerin sein, und das wirst du auch. Ich kenne Menelaos. Er ist ein guter Mann und geschickter Krieger. Er wird dich glücklich machen, da bin ich sicher.«

Helena erwiderte das Lächeln ihres Vaters, aber innerlich war sie ein wenig ängstlich. Als sie zuvor darüber gesprochen hatten, hatte sie es noch gut gefunden, sogar ein wenig aufregend, sich zu überlegen, wer wohl ihr Gemahl werden würde. Aber jetzt, da es beschlossen war, fühlte es sich so viel realer, so viel näher an. Bald würde sie Menelaos heiraten, einen Mann, den sie noch nie gesehen, geschweige denn kennengelernt hatte und über den sie so gut wie nichts wusste. Sie kam sich vor wie ein Herbstblatt, das der Wind vom Baum gepflückt und in den aufgewühlten Fluss geweht hatte. Alles, was sie tun konnte, war, über Wasser zu bleiben, während der unablässige Strom der Zeit sie in ihre Zukunft trug.

Im nächsten Morgengrauen wurden die Freier versammelt und eingeschworen. Odysseus hatte recht gehabt; keiner widersetzte sich. Und er selbst schwor mit den anderen seinen Eid. Trankopfer wurden geleistet und ein makelloser weißer Hengst den Göttern dargeboten. Ein Hammel hätte es auch getan, aber Vater wollte die Schwere des Eides unterstreichen. Helena kannte das Pferd aus den königlichen Stallungen. Es war ein prachtvolles Tier, ruhig und arglos, das den Mann überragte, der es zum Altar führte. Helena musste wegsehen, als ihr Vater ihm die Kehle durchschnitt.

Es wurden weitere Wettbewerbe veranstaltet, wie Odysseus es vorgeschlagen hatte, und ein Wagenrennen bildete den Abschluss. Und dann, als die Sonne schon niedrig am Himmel hing, verkündete ihr Vater Menelaos, Sohn von Atreus, Prinz von Mykene, als den Mann, den er auserwählt hatte, seine Tochter zu freien. Und so geschah es. Ohne Proteste oder Gewalt war Helena endlich gewonnen.

10

HELENA

Menelaos traf in der Abenddämmerung in Sparta ein, einen Monat nachdem ihre Verlobung beschlossen worden war. Ein großes Festmahl wurde vorbereitet, damit Spartas neuer Thronfolger Helenas Vater, Brüder und die anderen Adeligen von Lakonien kennenlernen und mit ihnen trinken konnte. Helena wohnte dem Festmahl ebenfalls bei, wie es sich geziemte, obwohl sie sich eher wie schmückendes Beiwerk als wie ein Gast fühlte. Vater hatte darauf bestanden, dass sie sich mit einem Schleier bedeckte, der so dick war, dass sie nicht hindurchsehen konnte – nicht einmal im Licht des Kaminfeuers. Es war eine so merkwürdige und ärgerliche Erfahrung, mit anzuhören, wie die Gäste um sie herum feierten, zu wissen, dass ihr künftiger Gemahl so nah bei ihr saß, und doch nichts sehen zu können. Ihr Vater erlaubte es lediglich, den Schleier so weit zu lüften, dass Alkippe ihr kleine Schlückchen Wein und Häppchen vom Essen geben konnte, und selbst dabei hob er sich weder weit noch lang genug, als dass sie einen Blick auf den Mann erhaschen konnte, an den sie bald schon für immer gebunden sein würde. Obwohl sie sonst das Essen, die Musik und die Lustbarkeiten solcher Ereignisse genoss, war es diesmal für sie eine Erleichterung, als sie nach ungefähr einer Stunde zurück in ihre Gemächer geleitet wurde, wo sie sich den verhassten Schleier vom Kopf reißen und frei atmen konnte.

Der nächste Tag brachte einen langen Nachmittag voller aufgeregter Spannung. Sie wartete auf den Hochzeitszug, der sie vom Palast ihres Vaters in ihr neues Zuhause etwas weiter den Fluss hinab bringen sollte. Dort würde sie mit ihrem neuen Gemahl wohnen, bis er ihrem Vater als König von Sparta nachfolgte. Als ihre Zofen endlich kamen, um sie am frühen Abend zurechtzumachen, freute sich Helena über den weit dünneren Schleier in Alkippes Händen, der wie ein glänzendes goldenes Netz wirkte. Endlich würde sie ihren Verlobten ansehen können, dachte sie befriedigt. Und doch, als sie gekleidet war und der glänzende Schleier filigran auf ihrem kupferfarbenen Haar lag, als man sie durch den Palast führte, damit sie sich draußen dem Hochzeitszug anschloss, war sie enttäuscht zu sehen, dass Menelaos bereits seinen Platz an der Spitze des Zuges eingenommen hatte. Sie fragte ihre Mutter, welches Pferd seins war, und versuchte, seine Züge im Abendlicht auszumachen, aber kaum da ihr Blick ihn gefunden hatte, nahm sie ihr Vater auch schon bei der Hand, um sie zum Brautwagen zu geleiten. Sie kletterte allein in das am meisten glänzende Prachtstück der gesamten Prozession, und obwohl sie die Blicke ganz Spartas auf sich ruhen fühlte, als sich die Kutsche in Bewegung setzte, schaute sie über die Menge hinweg nach vorn in die Dunkelheit und den Rauch auf dem goldenen Helm, der im Licht der Fackeln leuchtete.

Als sie ihr Ziel erreicht hatten, sagte man Helena, sie solle im Ehezimmer warten. Sie war natürlich nicht allein. Ihre beiden Zofen und ihre alte Amme Thekla hatten sie begleitet, um ihre Pflichten an ihr zu erfüllen. Sie zogen ihr das Brautkleid aus, das sie auf der kurzen Reise vom Alten Palast zu diesem neuen Gebäude getragen hatte. Der erdige Duft von Ocker hing noch in der stickigen Luft des Gemachs, weil die Wände erst Tage zuvor neu gestrichen worden waren.

Die Frauen badeten Helena und schrubbten jeden Quadratzentimeter ihrer Haut mit rauen Lappen ab, bis sie sich wund anfühlte und prickelte. Als sie einen Protestlaut von sich gab, sagte ihre Amme: »Ruhig, wir müssen dir das Kind abwaschen.«

Als sie trocken war, stellten sie sie hin und machten sich an ihre nächste Aufgabe: Sie massierten sie mit duftendem Öl. Es roch nach Blumen und Salbei, und ihre weiße Haut schimmerte wie eine Perle. Endlich brachten die Frauen eine kleine Schüssel mit stark duftendem Rosenwasser. Helena fand nicht, dass sie noch weiter parfümiert werden musste; sie roch bereits süßer als je in ihrem Leben. Doch als Thekla nur die Fingerspitze in das Duftwasser tauchte, begriff sie erleichtert, dass sie nicht damit übergossen werden würde. Stattdessen tupfte die Amme den Duft zart und präzise auf ihre zartrosa Brustwarzen. Helena war ein wenig verblüfft, ließ es sich aber nicht anmerken. Sie war jetzt eine Frau, und offenbar bereitete man Frauen auf diese Weise vor. Und als Thekla sie bat, sich aufs Bett zu legen, damit sie etwas von dem Rosenwasser zwischen ihre Beine tupfen konnte, gehorchte Helena ohne Protest. Aber als sie sich wieder erhob, hatte sie das Gefühl, als hätte sich etwas verändert, als hätten einige ihrer Körperteile eine Wichtigkeit erhalten, die sie bisher nicht besessen hatten.

Ihre glänzende Haut schauderte in der Abendluft, und Helena war dankbar, als ihr die Frauen zurück in das Brautkleid halfen. Es war schlicht geschnitten, aber reich mit Safran gefärbt. Sein Geruch mischte sich mit der berauschenden Duftwolke, die sie bereits umgab. Sie legten ihr auch den feinen Schleier über den Kopf, ließen ihr Haar aber offen, ihre Handgelenke, ihren Hals und ihre Ohren ungeschmückt. Die Zeit der Werbung war vorbei. Jetzt lag es an ihr, ihren Gemahl zu beeindrucken.

Adraste verließ jetzt das Gemach, zweifellos, um damit zu zeigen, dass die Vorbereitungen beendet waren.

Thekla sagte Helena leise ins Ohr: »Jetzt sind wir fertig, und dein Gemahl wird zu dir kommen. Er wird sich zweifellos zu dir legen, wie es ein richtiger Gemahl tut. Hab keine Angst. Ich bleibe vor der Tür. Es tut vielleicht weh, wenn er es in dich steckt, aber du musst ihn tun lassen, was er will. Was er muss. Es wird besser gehen, wenn du ihn bereitwillig empfängst. Versuche, ihm zu gefallen, Helena. Wenn die Götter es wollen, werdet ihr ein gesegnetes Leben zusammen führen.«

Helena verstand nicht alles, was ihre Amme ihr sagte, aber sie nickte dennoch steif und erwiderte ihr freundliches Lächeln. Thekla schlurfte in die Ecke des Gemachs, um dort mit Alkippe zu warten, sodass Helena allein vor dem Bett stand, den Blick auf die Tür gerichtet. Jetzt, da sie hier in ihrem Brautgemach war, begriff sie, dass sie eigentlich nicht wirklich wusste, was sie erwartete. All ihre Gedanken waren immer nur darauf gerichtet gewesen, wie ihr Mann wohl aussehen würde, was sie auf dem Hochzeitszug tragen sollte und welche Geschenke man ihr wohl machen würde. Dieser Teil der

Hochzeit war eine vage Leerstelle in ihrer Vorstellung gewesen, und jetzt, da sie hier stand, wusste sie nicht mehr. Sie wünschte sich, sie hätte mehr Fragen gestellt, als sie die Gelegenheit dazu gehabt hatte.

Die Minuten vergingen. Vor der Tür waren keine Geräusche zu hören, und auch im Gemach war es still. Nur Helenas flacher Atem und Theklas rastloses Schlurfen waren zu hören. Helena setzte sich auf die Bettkante und wartete.

Ein Geräusch. Schritte im Flur. Stimmen. Männerstimmen. Helena sprang auf und stand so gerade, wie sie konnte, die Arme an den Seiten, das Kinn leicht erhoben. Sie fühlte sich wie erstarrt und wartete, dass sich die Tür öffnete. Erst als sie hörte, wie der Riegel angehoben wurde, merkte sie, dass man sie eingesperrt hatte.

Die Tür öffnete sich, und herein traten zwei Männer. Einer war hellhaarig und von angenehmer Größe, der andere dunkel und etwas kleiner. Helena wusste, dass der Hellhaarige ihr Gemahl war; sie hatte auf dem Hochzeitszug einige Blicke auf ihn erhaschen können. Er trug eine feine rote Tunika und derbe Stiefel, hatte aber die glänzende Rüstung abgenommen. Sie war ein wenig enttäuscht, jetzt, da sie ihn aus der Nähe sah. Sogar durch den Nebel ihres Schleiers konnte sie erkennen, dass er eine große dunkle Narbe über der rechten Braue hatte, die sein Gesicht verunstaltete. Und seine Nase wirkte krumm, als wäre sie mehrfach gebrochen gewesen. Sein Haar war hell und nicht unattraktiv, aber sein Bart war von ungleichmäßiger Farbe und wirkte schmutzig. Einige Männer auf dem Turnier hatten deutlich besser ausgesehen.

Helena versuchte sich dennoch nicht entmutigen zu lassen. Man hatte ihr einen Krieger versprochen, und sie hatte einen Krieger bekommen. Obwohl er ein wenig rau aussah, schien er stark und gesund zu sein. Ihre Mutter hatte immer gesagt, das sei das Wichtigste, was Ehemänner und Söhne anging.

Helena merkte, dass sie den Atem angehalten hatte, und atmete vorsichtig aus. Menelaos hatte ihr einen kurzen Blick zugeworfen, als er eingetreten war, flüsterte jetzt aber mit dem dunkelhaarigen Mann. Die beiden schienen sich auf etwas zu einigen. Menelaos nickte Thekla und Alkippe knapp zu, und die beiden trippelten hinaus. Die Amme warf ihr noch einen aufmunternden Blick zu, bevor sie verschwand.

Der dunkelhaarige Mann schloss die Tür hinter ihnen, blieb aber im Gemach.

»Das hier ist Deipyros, mein Gefährte«, sagte Menelaos und machte eine Handbewegung in Richtung des Dunkelhaarigen. Seine Stimme klang tief und schroff. Helena erwartete, dass er fortfahren und erklären würde, warum der andere Mann bei ihm war, aber das tat er nicht.

»Ich bin Menelaos, Sohn des Atreus, dein Bräutigam. Ich bin gekommen, um das Eheritual zu vollführen.«

Er sprach wie zu einem Publikum, obwohl sie doch ganz allein vor dem Bett stand. Er war sicher mehr als zehn Jahre älter als Helena und hielt sich fest und stark, und doch spürte sie eine Unsicherheit in seinem Schritt, als er das Gemach durchquerte, um sich vor sie zu stellen.

Wortlos hob er die Hände und nahm Helena den Schleier ab. Aber ihre Blicke trafen sich nur für einen flüchtigen Augenblick, dann begann er das safranfarbene Kleid von ihren Schultern zu streifen. Seine schwieligen Finger fühlten sich auf ihrer Haut rau an. Sie war daran gewöhnt, berührt und behandelt, von ihren Dienerinnen angezogen, ausgezogen und gebadet zu werden, aber das hier war etwas vollkommen anderes. Dies waren die Hände eines Mannes, und dazu noch eines Fremden. Sie musste sich beherrschen, um nicht zurückzuzucken.

Als das Kleid zu Boden fiel, fühlte sich Helena so entblößt wie nie zuvor. Ihr Herz klopfte, aber sie schaute mit festem Blick über Menelaos' Schulter. Sie spürte seinen Blick auf ihrem Körper, spürte, wie er den Anblick ihres nackten Körpers in sich aufnahm.

Aber er berührte sie nicht mehr. Stattdessen tat er einige Schritte rückwärts und betrachtete sie weiter. Sie sah seinen Blick, wie er von ihren Brüsten zu ihren Hüften zu ihren Fesseln glitt und dann auf dem mit Härchen bedeckten Dreieck unter ihrem Bauch hängen blieb.

»Blutest du?«, fragte er.

Helena erschrak, weil die Frage so plötzlich kam. Sie begriff, dass er ihre Monatsblutung meinte, nickte also kurz.

Dann wandte er sich an seinen Gefährten. »Ihre Brüste sind noch Knospen. Ihre Hüften sind zu schmal. Findest du das auch, Deipyros?«

Der dunkelhaarige Mann, der sie aus seiner Ecke heraus ebenfalls musterte, nickte. Sie fühlte sich wie ein Kalb, das geopfert werden sollte. Sie bekam eine Gänsehaut ohne das Kleid, das sie vor der Abendkühle schützte. Sie hätte sich am liebsten die Arme um den Körper geschlungen und von den beiden Männern weggedreht. Aber sie war Helena von Sparta und kein kleines Mädchen mehr. Sie fixierte eine Stelle an der Wand und schürzte die Lippen, damit sie nicht bebten.

»Ein Kind in nächster Zeit wäre zu riskant«, sagte der dunkelhaarige Mann. Sein Blick war auf ihre Hüften gerichtet. »Sie ist noch sehr jung. Ich schlage vor, dass Ihr wartet, aber es ist natürlich Eure Entscheidung.«

»Euer Rat ist gut, Deipyros. Ich werde warten.« Sie wusste nicht recht, ob der Gesichtsausdruck ihres Mannes Enttäuschung oder Erleichterung zeigte. »Aber die Ehe muss dennoch vollzogen werden.« Menelaos sah seinen Gefährten an. Deipyros nickte und verließ den Raum, wobei er die Tür hinter sich schloss.

Helena wusste, dass sie auf irgendeine Weise versagt hatte. Sie presste die Lippen aufeinander und blinzelte die Tränen zurück, die in ihren Augen brannten. Trotz all der Öle und Düfte war sie nicht gut genug. Sie war nicht Frau genug. Aber immerhin hatte er sie nicht verstoßen. Er war immer noch bereit, sie als seine Ehefrau zu akzeptieren. Nestra und sie würden trotz allem verbunden bleiben, als doppelte Schwestern. Sie würde trotz allem eines Tages Königin von Sparta sein.

Menelaos durchquerte noch einmal den Raum. Wieder wirkte er unsicher. Oder bildete sie sich das nur ein? Vielleicht wollte sie einfach nicht die Einzige sein, die nicht wusste, was hier eigentlich gerade geschah.

Ihr Gemahl blieb vor ihr stehen. Auch er roch nach Duftöl. Sie fragte sich, ob man auch ihm Rosenwasser auf die Brustwarzen oder woandershin getupft hatte … Bei dem Gedanken errötete sie.

Er hob jetzt das Kinn, sodass sie gezwungen war, ihm in die Augen zu schauen. Sie waren dunkel, sein Blick unergründlich. Sie versuchte, nicht auf seine Narbe zu starren.

Er nahm sanft eine Locke ihres Haares zwischen die Finger. »Dein Haar ist … sehr schön«, murmelte er.

Sie lächelte. Ein ehrliches Lächeln. Etwas an ihr gefiel ihm immerhin.

»Danke, mein Herr.«

»Ja. Ich bin jetzt dein Herr, ebenso, wie du meine Herrin bist, und das soll so bleiben, solange wir leben.« Er schenkte ihr die Andeutung eines Lächelns. Dann zögerte er kurz, beugte sich vor und küsste sie sanft auf die Lippen. Sein Schnurrbart kitzelte sie an der Nase, sein Atem roch nach Wein. Es war nicht unangenehm, aber sie hatte erwartet … mehr zu fühlen. Sie spürte, dass er sie beobachtete, und versuchte zu lächeln, aber ihr Gesicht fühlte sich ganz starr an. Als er wieder sprach, war kaum noch etwas Weiches in seinem Tonfall.

»Jetzt müssen wir die Ehe vollziehen, wenn du meine wahre Ehefrau sein willst.« Er hielt inne. Dann setzte er hinzu: »Das willst du doch, oder?«

Sie nickte kurz.

»Dann musst du dich aufs Bett legen und die Schenkel öffnen.«

Ihr sank der Mut. Sie erinnerte sich an ihre vollkommene Nacktheit, die sie kurz vergessen hatte, als er ihr Haar berührt und ihre Lippen geküsst hatte. Und doch nickte sie gehorsam und tat, wie er geheißen hatte.

Menelaos schien zu zögern. Dann ging er zu ihrer Überraschung von ihr weg und trat zur Truhe neben dem Bett. Er nahm ein kleines Tiegelchen mit Olivenöl, das darauf stand, und goss etwas davon in seine Handfläche. Dann hob er seine Tunika.

Helena wollte wegschauen, aber ihr Kopf gehorchte ihr nicht. Sein Glied war steif und dick, und sie sah zu, wie Menelaos seine geölte Hand einige Male darübergleiten ließ, bis es glänzte.

Helena hatte natürlich bereits nackte Männer gesehen, wenn sie auf der Palästra miteinander rangen oder unten am Fluss miteinander um die Wette liefen. Sie hatte ihre Glieder gesehen, aber nie so wie jetzt. Und nie aus der Nähe. Es machte ihr Angst.

Das nervöse Gefühl, das sie schon den ganzen Abend in ihrer Magengrube gespürt hatte, wurde jetzt stärker. Sie wollte nicht, dass Menelaos näher kam. Sie wollte sich unter den Decken verbergen, nach ihrer Amme rufen. Ein leises Wimmern entfuhr ihrer Kehle.

Er stand wieder am Bett, vor ihr, und beugte sich jetzt über sie. Ihre Beine waren weit gespreizt, trotz ihres überwältigenden Bedürfnisses, sie zu schließen. Sie fühlte sich so ausgeliefert. Sie schloss die Augen, als könnte sie sich hinter ihren Lidern verstecken. Dann berührte sie etwas Fleischiges zwischen den Beinen. Ein Finger, dachte sie. Nein, größer als ein Finger. Und dann drang es in sie ein. Sie keuchte auf. Es fühlte sich fremd, unwillkommen an. Und dick, zu dick wühlte es sich in ihren Körper. Sie wollte, dass es aufhörte. Es tat ihr weh. Sie öffnete die Augen, hob ihre zierliche Hand, legte sie auf seine Brust und versuchte, ihn wegzuschieben. Und dann war es fort. Er richtete sich langsam auf und zog sich von ihr zurück, wobei er ihrem Blick auswich. Sie klemmte die Beine zusammen und rollte auf die Seite, wobei sie die Knie zur Brust zog und die Tränen wegblinzelte.

»Es tut mir leid, wenn ich dir wehgetan habe, meine Herrin«, sagte Menelaos schroff. Und doch lag so etwas wie echte Sorge darin. »Es ist jetzt vollbracht. Du bist keine Jungfrau mehr, sondern eine Ehefrau, sowohl dem Namen als auch dem Körper nach.«

Sie hob ihren Kopf ein wenig. »Bin ich das?«

Aber er hatte sich bereits abgewandt. Er stand wieder vor der Truhe und wischte sich mit einem Lappen das Öl ab. Weil sie nur seinen Rücken sah, erlaubte sie sich, ein wenig zu entspannen.

»Ich werde nicht wieder in dich eindringen«, sagte er über die Schulter hinweg. »Nicht, bevor du nicht voll gereift und bereit bist, Kinder auszutragen.« Seine Stimme klang merkwürdig, aber sie konnte sein Gesicht nicht sehen. Obwohl sie erleichtert war, hatte sie doch das Gefühl, schon wieder irgendwie versagt zu haben.

Als er sich ihr wieder zuwandte, lächelte er nicht, aber wütend sah er auch nicht aus. Er öffnete den Mund, als wollte er noch etwas sagen, schloss ihn dann aber wieder. Stattdessen ließ er sich schwer auf die Bettkante fallen und beugte sich vor, um seine Stiefel auszuziehen.

Hinter seinem gebeugten Kopf, dort auf der Truhe, sah Helena den Lappen, mit dem er sich gesäubert hatte. Und da, auf dem blassen Leinenstoff, beleuchtet vom Licht der Lampen, sah sie das Blut. *Ihr Blut*. Von seinem Anblick wurde ihr übel. Sie musste an ihr erstes »Frauenblut« denken, wie Thekla es genannt hatte. Das hier war nicht das erste und auch nicht das letzte Blut, das sie für ihre Weiblichkeit bezahlen musste.

Plötzlich überkam sie Angst. Der Schmerz, der die Angst verdrängt hatte, wurde etwas Tieferes, ein hohles Grauen, das sich in ihrem Körper ausbreitete. Das Gefühl, dass sie etwas verloren hatte, was sie nie wiederbekommen würde.

Menelaos war erneut aufgestanden und zog seine Kleider aus. Sie wandte den Blick ab und sah das Safrankleid auf dem Boden. Sie stieg so leise aus dem Bett, wie sie konnte, und versuchte nicht allzu verzweifelt zu wirken, als sie es sich über den Kopf streifte, weil sie so dringend ihre Nacktheit bedecken wollte. Sie stand in der Mitte des Raumes, schlang ihre zitternden Arme um sich und sah, dass Menelaos unter die Bettdecken gekrochen war. Sein Gesicht war von ihr abgewandt, sein Atem ging ruhig.

Sie zögerte. Sie musste zurück ins Bett, das wusste sie. Aber irgendetwas ließ sie wie festgenagelt stehen bleiben. Diese hohle Angst, die in ihrer Brust hämmerte.

Sie konnte gehen. Sie konnte hinaus auf den Flur gehen und sich an Theklas Knien festklammern, sie anflehen, sie zurück in den Alten Palast zu bringen, in ihr altes Gemach, ihres und Nestras, das Zimmer ihrer Kindheit. Sie wollte nicht hier mit diesem fremden Mann schlafen.

Sie lauschte nach Geräuschen draußen vor der Tür. Nichts. Vielleicht war Thekla gegangen. Vielleicht stand der dunkelhaarige Mann dort. Vielleicht war sie wieder eingeschlossen worden. Sie fühlte sich vollkommen allein.

Sie stand da, und all die Disziplin, die sie sich selbst auferlegt hatte, fiel von ihr ab. Tränen traten ihr in die Augen und rannen ihre Wangen hinunter. Ein Winseln entrang sich ihrer Kehle.

Und dann war da ein Geräusch, das aus Richtung des Bettes kam. Helena wandte sich um und sah, dass Menelaos sich aufgesetzt hatte und sie ansah. Er öffnete den Mund, schien sich aber nicht sicher, was er sagen sollte, und schloss ihn wieder. Dann befahl er: »Lösche die Lampen, wenn du ins Bett kommst«, und legte sich wieder hin.

Helena tat, wie er es aufgetragen hatte. Sie schniefte immer noch. Als das Zimmer dunkel war, tastete sie sich zurück zum Bett und kletterte hinein. Sie bemühte sich, so wenig Platz wie nur möglich zu beanspruchen, um Menelaos nicht aus Versehen zu streifen. Sie lag auf dem Rücken, und stille Tränen rannen ihr in die Ohren. Als der Atem ihres Gemahls langsamer wurde und sich in ein Schnarchen verwandelte, fragte sie sich, warum sie es so eilig gehabt hatte, eine Frau zu werden. Wie dumm sie gewesen war. Frausein war merkwürdig und schmerzhaft und entwürdigend. Und es gab kein Zurück.

TEIL
2

11

HELENA

Zwei Jahre später

Es war alles still, als Helena ein paar Schritte hinter ihrem Mann den Kaminsaal betrat. Aber es war keine leere Stille, sondern eine lebhafte und unruhige, voller plötzlicher Gesprächspausen und unterdrücktem Husten. Alle Blicke waren auf Menelaos gerichtet, der gemessenen Schrittes durch die Halle ging, aber Helena bemerkte auch, dass sie sie selbst ansahen, den kleineren Schatten ihres Gemahls. Nein, sie sahen nicht *sie* an. Es war ihr geschwollener Bauch, der ihre Blicke auf sich zog.

Menelaos hatte den Kamin erreicht und blieb davor stehen. Helena stellte sich neben ihn und spürte die Hitze der Flammen auf ihrem Gesicht. Sie fragte sich, ob ihr Baby die Wärme wohl auch fühlte. Instinktiv legte sich ihre Hand auf den Bauch, ein Schutz gegen das Feuer und für das Leben in ihr.

Ihrem Gemahl wurde ein großer goldener Kelch gefüllt mit Wein gereicht. Menelaos hob den Kelch in die Höhe, damit ihn alle sehen konnten, und goss seinen Inhalt in die Flammen, die zischten und flackerten. Das war ein gutes Zeichen; die Götter waren zufrieden.

Nachdem er das Trankopfer geleistet hatte, wandte sich Helenas Mann von den Flammen ab und den Zuschauern zu. Mit lauter Stimme sagte er: »Die Götter nehmen mich als euren neuen König an und verlangen, dass ihr dasselbe tut.«

Heute war der Tag. Menelaos bekam endlich das Königreich, das man ihm vor mehr als zwei Jahren versprochen hatte, als er seine Braut gewonnen hatte. Und Helena wurde endlich Königin. Seit sie zur Thronerbin bestimmt worden war, hatte sie die Vorstellung begeistert. *Helena, Königin von Sparta,* sagte sie sich in Gedanken vor. Sie mochte den Klang. Aber jetzt, da es so weit war, hatte sie doch ein wenig Angst. Es war eine große Verantwortung, die Frau eines Königs zu sein, und sie spürte bereits das Gewicht auf ihren Schultern. Der einzige Grund, dass das hier überhaupt geschah, war sie, sie und das Kind, das sie in sich trug. Sobald die Schwangerschaft bestätigt worden war, hatte sich ihr Vater bereit erklärt, abzudanken und das Königreich seinem Nachfolger zu übergeben. Die Schwangerschaft war der Grund, weshalb sie eine so große Rolle in der Zeremonie spielte und neben ihrem Mann stehen durfte. Sie mussten sie als Beweis ihrer Fruchtbarkeit, als Versprechen auf Erben zur Schau stellen. Sie wusste, dass das im Grunde alles war, was sie ausmachte, als sie vor dem Kamin stand, schweigend und regungslos. Aber sie spürte den Druck dennoch. Sie war erst siebzehn, und doch hatte ein ganzes Königreich seine Hoffnungen auf sie gesetzt. Seine Sicherheit hing von ihr ab. Sie, Helena, war das Schiff, das sie in die Zukunft brachte.

Ihr Vater trat nun vor und nahm die Krone von seinem Kopf. Er hielt sie Menelaos hin, der sie respektvoll aus seinen Händen entgegennahm. Die Krone war ein Reif aus feinstem geschmiedeten Gold mit langen goldenen Zacken daran, die an Sonnenstrahlen erinnerten. Ihr Mann setzte sie auf seinen eigenen Kopf, und der Eindruck königlicher Pracht war vollkommen. Er trug einen exquisiten Purpurmantel, golddurchwirkt an den Säumen und an der Vorderseite. Noch mehr Gold lag um seinen Hals und hing von seinen Ohren, und jetzt, mit der Krone, glänzte es auch auf seinem Kopf. Er leuchtete wie das Feuer im Kamin hinter sich. Selbst Helena, die an all das Geschmeide gewöhnt war, musste zugeben, dass er überwältigend aussah. Sie spürte Stolz in sich aufwallen, als die gesamte Halle ihren Mann, den König, voller Bewunderung und Ehrfurcht ansah.

Als die Krönung vollendet war, begannen die letzten Vorbereitungen für das Festmahl. Schafe und Ziegen sowie zwei muskulöse Ochsen wurden geopfert. Vom Anblick und Geruch des Blutes wurde es Helena schwindelig. Sie mochte nicht dabei zusehen, wie einem Tier nach dem anderen das Leben genommen wurde. Aber sie wusste, dass ihr Opfer die Götter erfreuen würde, genau wie die vielen Menschen, die sich versammelt hatten, um ihren neuen König zu sehen.

Und sowohl die Götter als auch die Menschen waren heute von großer Wichtigkeit.

Sobald die Knochen und Fettstücke für die Götter verbrannt waren, wurde das Fleisch gegrillt, und das Mahl begann.

* * *

Helena war beim Festmahl nicht nach Essen. Sie hatte immer wieder Schmerzen im Bauch und im Rücken. Nichts, worüber sie sich hätte Sorgen machen müssen, das wusste sie. Vermutlich war es nur das Baby, das trat und strampelte. Aber es war dennoch unangenehm und verdarb ihr den Appetit. Sie wusste, dass dieses Festmahl wichtig war, und es war schön, gefeiert zu werden, wenn sie sich auch nur im Abglanz ihres Gemahls sonnte, aber eigentlich wollte sie sich nur in der kühlen Stille ihres Gemachs hinlegen.

Helenas Mutter saß zu ihrer Rechten. Auch sie aß kaum etwas. Allerdings schien sie ohnehin nur selten Appetit zu haben. Helena hatte dabei zusehen müssen, wie ihre Mutter im Laufe der Jahre, seit Nestra fort war, immer dünner und dünner geworden war. Es war, als verschwände sie langsam, als schrumpfte sie zu einem Nichts. Ihre berühmte Schönheit war verwelkt, verloren in den Höhlen ihrer grauen Wangen und den dunklen Schatten unter ihren glanzlosen Augen. Helena hätte so gern etwas getan, um etwas von ihrem Strahlen zurückzubringen. Aber vielleicht hatte sie ihr *tatsächlich* geholfen, in gewisser Weise, indem sie Königin geworden war. Helena wusste, dass ihre Mutter es schwierig fand, vor die Menschen zu treten und im Mittelpunkt der Aufmerksamkeit zu stehen, sodass die Leute sahen, was aus ihr geworden war, und jetzt war sie von ihren öffentlichen Aufgaben befreit. Jetzt konnte sie ihre letzten Jahre zurückgezogen und in Frieden verbringen. Und vielleicht würde ein Enkel ihr Freude bringen. Helena hoffte es sehr. Sie legte ihre Hände auf den Bauch und dachte daran, wie es wäre, ihre Mutter wieder lachen zu hören.

»Ist etwas nicht in Ordnung, Helena? Ist es das Baby?«, fragte ihre Mutter neben ihr. Sie sah besorgt aus.

»Nein, nein, alles ist gut«, sagte sie und lächelte. »Ich hatte gerade nur darüber nachgedacht, wie es wohl sein wird, wenn das Baby da ist.«

Ihre Mutter nickte ihr kurz zu, und die Sorge verschwand aus ihrem Blick.

»Ich bin stolz auf dich«, sagte ihre Mutter leise. »Das weißt du, oder?« Sie schaute Helena kurz in die Augen und senkte dann den Blick.

Helenas Herz machte einen freudigen Sprung. »Ja, Mutter«, sagte sie, aber sie hatte es nicht gewusst, nicht bis zu diesem Moment. Wie hätte sie es auch wissen können, da ihre Mutter ja kaum mit ihr sprach? Da sie ihre Mutter kaum jemals sah? Vorsichtig streckte sie ihre Hand aus und drückte die knochigen Finger ihrer Mutter. Sie war sich nicht ganz sicher, ob es richtig war, das zu tun, aber sie wollte den Augenblick nicht verlieren. Sie wollte, dass ihre Mutter wusste, wie viel ihr diese Worte bedeuteten, wie viel *sie* ihr bedeutete.

Ihre Mutter lächelte schwach und tätschelte Helenas Hand, um ihre dann wegzuziehen.

»Ich habe zu Eileithyia gebetet, dass die Geburt gut verlaufen möge«, sagte sie jetzt wieder mit ernstem Gesicht. »Diese Dinge sind immer gefährlich, weißt du.«

»Ich weiß«, erwiderte Helena. »Aber ich mache mir keine Sorgen«, fügte sie hinzu, und das stimmte. Nestra hatte bereits problemlos zwei Kinder auf die Welt gebracht. Warum sollte das bei ihr anders sein? Es hatte keinen Sinn, sich Sorgen darüber zu machen, was passieren konnte. Erst wenn es dann tatsächlich passierte, konnte man sich darum kümmern. So sah sie das jedenfalls.

Zu ihrer Linken saß Menelaos in seinem vollen prächtigen Ornat. Sie wandte sich nun zu ihm um und versuchte, seinen Blick aufzufangen. Sie war glücklich und stolz, die Worte ihrer Mutter hatten ihre Stimmung noch weiter gehoben, und sie wollte dieses Gefühl irgendwie mit ihrem Mann teilen. Ein Lächeln hätte ihr schon gereicht, aber er schaute nicht in ihre Richtung. Sie wollte nach seiner Hand greifen, aber genau in diesem Augenblick begann einer der einheimischen Adeligen eine Unterhaltung mit ihm, und die Gelegenheit war verstrichen. Sie hatten den ganzen Tag lang kaum ein Wort miteinander gewechselt; sie wollte nur eine kurze Versicherung, dass sie die Zukunft miteinander teilen würden. An diesem Nachmittag waren sie König und Königin von Sparta geworden – war das nicht einen Kommentar oder zumindest einen kurzen Blick wert?

Diese Art Enttäuschung war für Helena nichts Neues. Sie hatte ihren Gemahl nicht gewählt, nicht wirklich, und sie hatte ihn auch nicht geliebt, als sie aneinandergebunden wurden, aber sie war mit offenem Herzen in diese Ehe gegangen. Sie wollte Liebe und Leidenschaft, von denen sie in all den Geschichten gehört hatte, die Nestra ihr erzählt hatte, als sie noch klein gewesen war. Sie wollte alle Höhen und Tiefen mit ihrem Gemahl teilen. Aber manchmal hatte sie das Gefühl, mit einer Steinmauer verheiratet zu sein. Menelaos sprach wenig und teilte so gut wie nichts mit. Trotz ihrer körperlichen Intimität kannte Helena ihren Mann kaum. Weil er nicht sprach, konnte sie nur raten, was er fühlte und wie er zu ihr stand. Er war niemals grausam, erhob niemals seine Stimme oder seine Hand gegen sie, und sie wusste, dass sie dafür dankbar sein sollte, aber sie hasste es, ständig zweifeln zu müssen, ob er zufrieden war, ob sie ihm gefiel, ob sie gut genug war. Sie hätte niemals geglaubt, dieses Problem zu haben – immerhin war sie die begehrteste Braut in ganz Griechenland gewesen! Männer hatten Lieder über sie geschrieben, hatten sich gegenseitig darin übertroffen, sie zu lobpreisen, um ihre Liebe zu beweisen und ihre zu gewinnen. Aber Menelaos war anders. Wenn er sie liebte, dann sagte er es nicht. Wenn er sie schön fand, dann behielt er es für sich.

Aber jetzt hatte Helena neue Hoffnung, weil sie ein Kind in sich trug. Was das Baby anging, waren Menelaos' Gefühle nicht mehr so schwer zu deuten. Er streichelte ihren Bauch mit rührender Zärtlichkeit und lächelte dabei abwesend. Er ließ Helena während ihrer Schwangerschaft jede Annehmlichkeit zukommen und zeigte bei jedem ihrer kleinen Zipperlein seine Sorge. Helena wusste, dass er dieses Kind lieben würde, egal, wie er zu ihr stand, und sie hatte die verzweifelte Hoffnung, dass Menelaos und sie durch dieses Kind einander nähergebracht werden würden. Immerhin würden nicht nur ihr Blut, sondern auch ihre Hoffnungen und Ängste für immer in diesem neuen Leben vereinigt sein. Ja, dieses Kind würde der Beginn ihrer Liebe sein, die Verbindung ihrer Seelen. Helena war sich dessen sicher.

Weil sie die Aufmerksamkeit ihres Mannes ja nicht erlangen konnte, beschloss Helena, doch noch etwas zu essen. Sie griff nach einer Linsensuppe, weil sie nicht sicher war, ob sie das Fleisch vertragen würde, aber sofort kam der Schmerz in ihrem Leib zurück, stärker noch als vorher. Sie zuckte zusammen und stieß einen Becher Wein mit ihrem Ellenbogen um. Sie merkte, dass sich sowohl Menelaos als auch ihre Mutter nach ihr umdrehten, aber sie war zu sehr mit dem Schmerz beschäftigt, als dass sie sich für den Wein hätte entschuldigen können.

»Ist es schon deine Zeit?«, fragte ihre Mutter besorgt.

Helena schaute zu ihr auf. Plötzlich hatte sie Angst. »Ich weiß es nicht. Ist es das?«

Sie spürte, wie sich die Hand ihres Mannes sanft zwischen ihre Schulterblätter legte. *Endlich,* dachte sie, als sie die Verbindung fühlte, nach der sie sich den ganzen Abend lang gesehnt hatte. Aber dann fragte er nicht sie, sondern ihre Mutter: »Ist die Zeit gekommen?«

Der Schmerz verging. Sie wollte es ihm schon sagen, als sie die Nässe zwischen ihren Beinen spürte. Helena fürchtete schon zu bluten, also stand sie auf, und dabei floss noch mehr Nässe ihre Beine hinab. Voller Angst hob sie ihren Rock. Eine kleine Pfütze hatte sich unter ihren Füßen gebildet, aber es war kein Blut.

»Die Zeit ist gekommen«, sagte ihre Mutter.

12

KLYTÄMNESTRA

Auch heute, wie an den meisten anderen Tagen, saß Klytämnestra in ihrer Kammer und webte. Sie hatte schon seit einigen Tagen an einem feinen gemusterten Kleid gearbeitet. Davor war es ein Mantel gewesen und davor eine Tunika. So verbrachte sie ihre Tage hier in diesem Zimmer. Sobald die Kinder älter wären, würde sie ihre Arbeit zweifellos auch in der Kaminhalle tun können, wo sie die Leute kommen und gehen sehen und neben ihrem Gemahl sitzen konnte, während er seinen Regierungsgeschäften nachging. Vielleicht würde sie ihm sogar helfen und ihn beraten können. Aber bis dahin war ihr Platz hier, und sie ärgerte sich nicht über ihre Gefangenschaft. Die Mädchen ließen jeden Tag anders sein – manchmal voller Freude, manchmal herausfordernd, aber niemals öde. Sie waren wie die Sonne, malten ihre Welt in Licht und Schatten, brachten eine ansonsten graue, formlose Existenz in Form.

Iphigenie war jetzt drei Jahre alt. Ihre blonden Haare waren zu langen Ringellocken gewachsen, und ihr Charakter erblühte von Tag zu Tag weiter. Sie lernte gerade sprechen und sang sich selbst kleine Liedchen vor, wenn sie mit den Holzpuppen spielte, die ihr Vater ihr geschnitzt hatte. Sie hatte eine liebe Seele und ging so sanft mit ihrer jüngeren Schwester um. Nichts machte Klytämnestra glücklicher, als zuzusehen, wie die beiden miteinander spielten. Nur hin und wieder überkam sie in dieser Freude eine Welle der Traurigkeit, wenn sie sich an die gemeinsame Zeit mit ihrer eigenen Schwester erinnerte.

Elektra war erst anderthalb Jahre alt, zeigte aber bereits einen starken Charakter. Sie hatte Agamemnons Augen, und wenn sie in unerschütterlichem Trotz das Kinn vorschob, war sie ganz die Tochter ihres Vaters.

Ein Zupfen an Klytämnestras Rock sagte ihr, dass Elektra zu ihren Füßen stand. Sie setzte sich und begann, an den Webgewichten zu ziehen, die über ihrem Kopf baumelten.

»Eudora«, rief Klytämnestra über ihre Schulter. »Würdest du bitte kommen und Elektra nehmen? Sie verdirbt mir die Arbeit.«

Ihre Zofe tat, worum sie gebeten worden war, nahm das Kind hoch und brachte sie zu dem Schemel, auf dem sie saß und spann. Zuerst protestierte Elektra, aber bald beruhigte sie sich wieder. Eudora war für Klytämnestra in den letzten Jahren unbezahlbar geworden, nicht nur als Dienerin, sondern auch als Freundin. Sie zogen die beiden Kinder gemeinsam auf, und Klytämnestra wusste, dass sie sich in jeder Hinsicht auf sie verlassen konnte. Ohne Eudora würde sich Klytämnestra im Palast sehr einsam fühlen, obwohl sie schon vier Jahre hier lebte. Noch immer war sie hier eine Außenseiterin.

Das Gefühl der Isolation war in letzter Zeit sogar noch stärker geworden. Sie fürchtete, ihren Mann zu verlieren, den einzigen Menschen, der sie an diesen Ort band. Er schlief immer noch in den meisten Nächten in ihrem Gemach, aber in letzter Zeit schien das alles zu sein, was er wollte. Zuvor hatten sie sich fast jede Nacht geliebt. Er hatte sie immer begehrt, egal wie lang sein Tag oder wie spät die Stunde war. Und Klytämnestra hatte sich darauf gefreut. Zuerst nicht, vielleicht, als die Ehe noch frisch, ihr Gemahl ein Fremder und die Sache an sich eher eine Herausforderung als ein Genuss gewesen war. Aber sie hatte bald Freude daran und an der Intimität gefunden, die mit der Zeit inniger geworden war. Wenn sie zusammen in der Dunkelheit lagen, hatte Klytämnestra beinahe das Gefühl, als wären sie beide einander ebenbürtig. Sie setzte sich hin und wieder sogar auf ihn, um seinen Genuss mit den Bewegungen ihrer Hüften zu kontrollieren. Sie mochte das Gefühl der Macht über ihn. Tagsüber hatte sie dieses Gefühl selten, wenn sie mit gesenktem Kopf die gehorsame Ehefrau spielte, aber hier in der Dunkelheit, weit weg von der Welt, konnte sie anders sein. Er konnte anders sein.

Und dann hatte es aufgehört. Er hatte sie im letzten Monat nur ein einziges Mal genommen, und selbst da nicht mit der üblichen Zärtlichkeit und Verspieltheit, ohne das Necken, die Leidenschaft. Es hatte sich beinahe wie eine Pflichtübung angefühlt.

Klytämnestra glaubte den Grund für das Desinteresse ihres Gemahls zu kennen; er holte sich seinen Genuss woanders. Eine Konkubine. Eudora sagte, sie habe ein neues Mädchen im Palast gesehen. Jung und hübsch, und immer ein wenig verwirrt dreinschauend. Sie war keine Dienerin; es oblag Klytämnestra, die Sklavinnen zu überwachen. Sie war immerhin die Herrin des Haushalts, selbst wenn sie nicht viel Zeit außerhalb ihres Gemachs verbrachte.

Nein, dieses Mädchen war Agamemnons neues Spielzeug, dessen war sie sich sicher. Warum sonst hätte sich ihr Mann plötzlich von ihr abwenden sollen? Sie war noch keine zwanzig, immer noch in ihrer Blüte. Sie machte dem Mädchen keinen Vorwurf; vermutlich hatte sie in dieser Angelegenheit nicht viel zu sagen. Ihr Mann war der König von Mykene – welches Mädchen hätte ihn abweisen können? Aber sie fühlte dennoch eine gewisse Bitterkeit deswegen. Sie wusste, dass Männer sich Geliebte nahmen. Sie hatte sich seit ihrer einsamen Reise über die Berge innerlich darauf vorbereitet, hatte sich gesagt, dass es nichts ausmachen würde, wenn sie ihr Herz dagegen abhärtete, dass sie immer noch die Königin und ihre Kinder immer noch seine Erben sein würden. Aber es war doch schwieriger, als sie es sich vorgestellt hatte. Keine Vorbereitung der Welt konnte den Schlag und den Schmerz aufhalten, der darauf folgte.

Ihre Hände bewegten sich am Webstuhl und wurden bei jedem Schuss des Schiffchens wütender. War ihr Vater ihrer Mutter nicht immer treu gewesen? Soweit sie es wusste, war er das. War es denn zu viel verlangt von ihrem Mann, dasselbe zu tun? Oder zumindest zu warten, bis sie alt und verbraucht war, bevor er sie beiseiteschob? Ein bitteres Lächeln verzog ihre aufeinandergepressten Lippen, als sie sich dieselbe Situation umgekehrt vorstellte. Wenn sie selbst einen gut aussehenden jungen Mann in ihr Gemach führte, sodass es alle sehen könnten, würde Agamemnon sie auf offener Straße auspeitschen lassen.

Sie merkte, dass sie mit dem Weben aufgehört hatte. Ihre Finger, die das Schiffchen hielten, bebten. War es Zorn oder Angst, die sie zittern ließ? Ihre Ehe war immer noch in ihren Anfängen, und schon hatte sie das Gefühl, dass sie bröckelte. Wenn sie Agamemnon nicht in ihrem Bett halten konnte, würde ihre Intimität sterben, und sie würde das bisschen Einfluss verlieren, das sie besaß, und zu einem

Leben in Einsamkeit, Machtlosigkeit und Bedeutungslosigkeit verurteilt sein. Bei der Vorstellung, dass ihr ein solches Leben bevorstand, wurde ihr kalt vor Angst.

Aber noch war es nicht so. Sie musste es zumindest *versuchen,* ihren Gemahl zurückzuerobern, solange sie ihm noch so wichtig war, dass er zuhörte. Sie sollte jetzt zu ihm gehen, beschloss sie, solange ihr diese zittrige Energie den Mut gab.

Klytämnestra ließ die Mädchen bei Eudora, verließ ihr Gemach und ging zum Kaminsaal, wo Agamemnon um diese Zeit vermutlich sein würde. Sie hoffte, dass es ihr Mann nicht missbilligte, dass sie ohne Begleitung unterwegs war – immerhin bewegte sie sich nur innerhalb der Palastmauern. Auf dem Weg zu ihm überlegte sie, ob sie sich hätte umziehen, etwas Verführerischeres anziehen sollen, weil sie ihn ja zurückgewinnen wollte. Nein, dachte sie. Platte Tricks waren nicht nötig. Ihr Gemahl war kein Tier; er würde auf ihre Worte hören. Vernunft und Pflicht und, wie sie hoffte, seine Zuneigung zu ihr würden ihn zurückbringen, nicht Fleisch und Schmuck.

Sie erreichte den Vorraum der Kaminhalle, und ihr Herz schlug schnell. Trotz allem, was zwischen ihnen in den letzten vier Jahren geschehen war, fürchtete sie Agamemnon immer noch ein wenig. Aber sie sah bereits durch die offenen Türen des Saals, dass er da war, und zwar allein. Dies war ihre Chance.

Er schaute ihr entgegen, als sie eintrat, und schickte seine dröhnende Stimme durch den Saal. »Hast du keine Damen bei dir?«

Klytämnestra zuckte innerlich zusammen. Das war ein schlechter Anfang.

»Eudora hatte mit den Mädchen zu tun«, sagte sie und hoffte, dass ihn die Erwähnung seiner Kinder milder stimmte. »Es ist ja auch nur ein kurzer Weg.«

Er wirkte ein wenig verärgert, sagte aber nichts mehr. Stattdessen winkte er sie zu sich.

»Ich habe Nachrichten von meinem Bruder erhalten«, sagte er, als sie nur noch ein paar Meter entfernt von ihm stand.

Nachrichten aus Sparta? Die Aussicht darauf erfüllte sie gleichermaßen mit Vorfreude und Sorge.

»Menelaos ist gerade zum König gekrönt worden«, sagte er. »Dein Vater lebt noch«, fuhr er fort, gerade, als sie den Mund aufmachen wollte, um danach zu fragen, »aber Tyndareos hat abgedankt und den Thron an seinen rechtmäßigen Nachfolger übergeben.«

»Gibt es denn Neuigkeiten von Helena?«, fragte sie. Man hatte ihnen vor Monaten von der Schwangerschaft erzählt, und seitdem hatte Klytämnestra sowohl Eileithyia und Artemis Opfer dargebracht.

»Deine Schwester hat einer gesunden Tochter das Leben geschenkt«, sagte Agamemnon beinahe desinteressiert. »Ich fange an zu glauben, dass die Töchter Tyndareos' unfähig sind, Söhne zu gebären«, fügte er mit einem Hauch Boshaftigkeit hinzu.

Klytämnestra beugte den Kopf ein wenig, als schämte sie sich. Sie wusste, dass Agamemnon enttäuscht war, weil sie ihm noch keinen männlichen Erben geschenkt hatte. Obwohl er seine Töchter sehr liebte, war er fest entschlossen, sein Königreich an einen Sohn weiterzugeben. Sie wollte fragen, ob Menelaos wohl etwas darüber gesagt hatte, wie es ihrer Schwester ging, hielt es dann aber für weiser, die Gelegenheit zu nutzen, um über ihr Thema zu sprechen.

»Vielleicht bekomme ich ja einen Sohn, wenn du dich öfter zu mir legst«, sagte sie leise und fürchtete sofort, zu kühn gewesen zu sein.

»Liege ich nicht oft genug bei dir?«, fragte er. Es klang gereizt. »Erst letzte Woche …«

»Es sind drei Wochen vergangen, seit wir das letzte Mal beieinanderlagen«, sagte sie so leise wie zuvor.

»Willst du mich einen Lügner nennen?«, fuhr er sie an.

»N-nein, mein Herr«, erwiderte sie und stockte ein wenig, weil er die Stimme erhoben hatte. »Ich wollte nur sagen, dass du dich da geirrt hast.«

Er schwieg einen Moment, aber sie spürte seine Verärgerung. Sie wagte es nicht, den Kopf zu heben, um ihn direkt anzusehen. Sie wünschte, sie hätte dies hier gar nicht erst begonnen, aber jetzt konnte sie nicht mehr zurück.

»Vergib mir, mein Gemahl, aber ich wünsche mir nur, deine treue Frau zu sein«, sagte sie. Die nächsten Worte kamen aus ihrem Mund, bevor sie darüber nachgedacht hatte. »Und ich habe gehört, dass du eine Konkubine genommen hast, und ich habe das Gefühl, dass sie die Nähe zerstört, die wir einst hatten, und dass du mich ihretwegen als deine Frau vernachlässigst. Ich bitte dich demütigst …«

»Du bittest mich um gar nichts«, knurrte ihr Gemahl. Klytämnestra tat unwillkürlich einen Schritt zurück, als schöbe sie sein Zorn von sich. »Es ist nicht deine Angelegenheit, mit wem ich das Lager teile oder nicht«, fuhr er fort. »Ich habe jedes Recht auf eine Konkubine – sogar auf mehrere, wenn ich möchte! Du solltest dankbar sein, dass ich dein Lager überhaupt besuche.«

Klytämnestra stand da wie erstarrt, den Blick zu Boden gesenkt, und versuchte, ihr Zittern zu kontrollieren. Das hier war ein Fehler gewesen, das wusste sie jetzt. Jetzt hasste ihr Gemahl sie, was noch viel schlimmer war als Vernachlässigung. Tränen tropften ihr aus den Augen auf die Fliesen des Saals. Vielleicht sah Agamemnon sie, oder vielleicht war sein Ärger einfach verflogen, denn als er wieder sprach, war sein Ton nicht mehr ganz so scharf.

»Du bist eine gute Frau, Klytämnestra. Ich schätze es, dass du mir Kinder geschenkt hast, und respektiere dich als meine Königin, aber du hast vergessen, wo dein Platz ist. Sprich nie wieder mit mir über diese Sache.«

Und damit stand ihr Mann vom Thron auf und verließ den Saal. Vielleicht ging er jagen, vielleicht ging er auch zu seiner Hure. Klytämnestra wollte nicht darüber nachdenken.

13

HELENA

Helena öffnete die Augen. Sie glaubte, wach zu sein, fühlte sich aber nicht so. Es kam ihr vor, als träte sie aus einem dichten Nebel, der sie immer noch beschwerte, in ihre Lungen drang, ihre Sicht trübte, ihre Gedanken und ihren ganzen Kopf ausfüllte. Sie lag ganz still da und wartete. Langsam, langsam begann sich der Nebel zu lichten, und sie merkte, dass sie eine Art Muster sah. Blaue und gelbe Linien, die sich ineinander verschränkten und wieder auseinanderliefen. Eine Zimmerdecke, begriff sie. *Ihre* Zimmerdecke. Sie war in ihrem eigenen Gemach.

Sie wurde sich jetzt ihres Körpers bewusst. Ihre Kehle war wund, ihr Kopf schmerzte, ihre Haut klebte verschwitzt an den Laken. Sie war sich sicher, dass das hier kein Traum war – es kam ihr zu real vor. Aber dann wiederum war die Wirklichkeit in letzter Zeit ziemlich verwirrend gewesen. Sie hatte das Gefühl, von einem Traum in den anderen geglitten zu sein, und das schon … nun, sie hatte keine Ahnung, wie lange schon. Es konnten Stunden gewesen sein oder Jahre. Sie konnte sich nicht erinnern, wann sie das letzte Mal richtig wach gewesen war.

Doch, das konnte sie. Sie erinnerte sich an Blut und Schmerz. So viel Schmerz, so lange. Und dann das Blut, mehr, als sie in ihrem ganzen Leben gesehen hatte. Das hatte sie nicht geträumt; es war in ihrer Erinnerung, direkt vor ihren Augen, wenn sie sie schloss. Eine tief eingeprägte Erinnerung.

Sie erinnerte sich daran, dass sie glaubte, sterben zu müssen, hier in diesem Bett. Sie erinnerte sich daran, dass sie sich sogar gewünscht hatte, sich den Göttern hingeben zu können, wie sie gefühlt hatte, dass sie dem Leben entglitt … Und doch war sie hier. Lebendig, soweit sie das beurteilen konnte. Wenn das hier das Elysium war, dann war es eine riesige Enttäuschung, dachte sie. Und dann, trotz ihrer unendlichen Erschöpfung und der Erinnerung an ihre Schmerzen, und vielleicht aus der absurden Überraschung darüber, immer noch zu leben, musste Helena lachen.

Es kam als trockenes Röcheln heraus und verwandelte sich in ein Husten. Helena sah, dass sich zu ihrer Linken etwas bewegte, und dann tauchte Alkippes Gesicht über ihr auf. Helena fand, es sei das süßeste Gesicht, das sie je gesehen hatte, und lächelte schwach.

»Herrin! Ihr seid wach!«

Helena versuchte, etwas zu sagen, aber ihre Kehle war zu trocken. Alkippes Gesicht verschwand, und als es wieder zurückkam, hielt ihre Zofe einen Becher mit Wasser an Helenas Lippen. Helena hob leicht den Kopf und trank das Wasser, als wäre es Nektar. Was sie nicht schlucken konnte, rann ihr in kühlen Rinnsalen den Hals hinunter.

»Passt auf, verschluckt Euch nicht, Herrin«, ertönte Alkippes ängstliche Stimme. »Ihr müsst aber durstig sein, so lange, wie Ihr hier gelegen habt. Eure Mutter hat geholfen, so gut sie konnte, und Euch Wasser gegeben, wenn Ihr es bei Euch behalten konntet, und auch Honig. Aber das Fieber war so schlimm, wir fürchteten schon, es würde Euch besiegen.«

Der Becher war jetzt leer, und Helena legte den Kopf zurück auf das Kissen, erschöpft von dieser kleinen Anstrengung. Sie seufzte, schwieg einen Moment und schloss die Augen, um sich zu sammeln. Als sie sich wieder in der Lage dazu fühlte, setzte sie sich auf.

»Was ist passiert, Alkippe? Wie lange bin ich schon hier? In meinem Kopf fühlt sich alles so breiig an.«

»Ihr habt schon fast eine Woche hier gelegen, Herrin«, erwiderte die Zofe. »Es war schlimm. Die Geburt, meine ich. Ich war schon dabei, wenn Babys geboren wurden – habe meiner Mutter geholfen, als sie meine Brüder auf die Welt brachte –, aber Eure verlief nicht so, wie sie hätte verlaufen sollen. Sie dauerte zu lange, Stunden und Stunden vergingen. Es sah so aus, als würde das Baby niemals kommen.«

»Ja, ich erinnere mich«, sagte Helena langsam, obwohl sie sich hauptsächlich an den Schmerz erinnerte. Unendlicher Schmerz, so war es ihr vorgekommen. Und vage Erinnerungen an Menschen, die um sie herumhuschten. Und an ihre Gesichter. Angst. Sorge. Mitleid.

»Das Baby hat es nicht geschafft«, sagte Helena in plötzlicher Erkenntnis. Es war nicht in ihrem Zimmer. Sie konnte es weder sehen noch hören. Also war alles umsonst gewesen. Tränen brannten in ihren Augen, als ihr der schreckliche Gedanke bewusst wurde.

»Nein, nein, Herrin! Das Kind lebt! Nicht weinen«, sagte Alkippe und legte beschwichtigend eine Hand auf Helenas Unterarm. Helena zuckte bei der Berührung beinahe zusammen, und sie brauchte eine Sekunde, um zu begreifen, warum. Sie hatte noch mehr Schmerz erwartet.

»Es lebt?«, fragte Helena und versuchte, sich an diese neue Wirklichkeit zu gewöhnen.

»Ja, Herrin. Ein kleines Mädchen, und recht gesund«, sagte Alkippe und lächelte. »Die Götter haben ein Wunder geschehen lassen, dass es eine solche Geburt überlebt hat. Wir müssen Eileithyia zum Dank Opfergaben bringen.«

»Ja, ein Wunder«, wiederholte Helena schwach. Aber sie fand nicht, dass sie Eileithyia etwas schuldete. Sie hatte das Gefühl, dass ihr Körper entzweigerissen worden war, als wäre ihre Seele in den Hades hinuntergefahren und zurückgekommen. Und wo war Eileithyia da gewesen? Wo waren die Götter gewesen, als sie sie um das Ende all der Schmerzen und des Blutes angefleht hatte? Sie hatte eine Tochter, ja, und sie wusste, dass sie dankbar sein sollte, aber hatte der Preis dafür denn so groß sein müssen? Mussten die Götter so viel von ihr verlangen und dann noch erwarten, dass sie dankbar dafür war?

»Herrin? Geht es Euch gut?«, ertönte Alkippes Stimme und brachte Helena wieder zurück.

»Ja, mir geht es gut. Ich bin nur müde«, sagte sie. Dann kam ihr ein Gedanke: Wenn das Kind lebte, warum war es nicht hier bei ihr, wo es sein sollte?

»Wo ist meine Tochter?«, fragte sie und schaute sich im Gemach um, als könnte sie bei näherem Hinsehen irgendwo auftauchen

»Sie ist bei ihrer Amme«, erwiderte Alkippe. »Ihr wart nach der Geburt so erschöpft, und dann kam das Fieber … Wir mussten jemanden finden, der sie stillen kann, Herrin.«

»Oh«, machte Helena. »Ja, das musstet ihr wohl.«

»Aber sie wird bald bei Euch sein, sobald es Euch gut genug geht. Ein Kind braucht seine Mutter«, sagte die Zofe und lächelte beruhigend.

Helena brachte es fertig, leicht zurückzulächeln, obwohl sich ihre Wangen anfühlten, als bestünden sie aus Blei.

»Ich bin so müde, Alkippe«, sagte Helena. »Kann ich mich jetzt ausruhen?«

»Natürlich, Herrin«, antwortete die Zofe. »Ich gehe und lasse die Leute wissen, dass Ihr wach seid und es Euch gut geht. Ich lasse Euch allein, aber vor der Tür steht ein Wächter, falls Ihr etwas braucht.«

Helena lächelte dankbar. Ihre Freundin verstand, dass sie im Grunde nur allein sein wollte. Sie wollte nicht denken oder sprechen oder sich erinnern. Sie war vielleicht wach, aber ob es ihr gut ging … Ihr Körper fühlte sich vollkommen geschwächt an, und es kam ihr vor, als hinge eine dichte Nebelwolke um ihren Kopf. Und sie hatte auch Schmerzen, weiter unten. Helena wusste nicht recht, ob sie wahr waren oder nur die Erinnerung an Schmerzen, aber es tat dennoch weh.

Alkippe war kaum eine Minute fort, als sie vor ihrer Tür Geräusche hörte. Helena riss die Augen auf und sah, wie ihr Mann das Gemach betrat.

Sein Blick traf ihren, aber sie schaute hastig fort. Instinktiv zog sie die Laken hoch. Sie wollte ihren Mann nicht sehen, wollte nicht, dass er sie so sah, noch nicht. Sie fühlte sich zu verletzlich, zu erschöpft, zu hässlich. Sie wusste, dass er nicht verstehen konnte, was sie durchgemacht hatte. Kein Mann konnte das. Und in diesem Moment, als sie ihn so plötzlich hier sah, begriff sie, dass ein Teil von ihr ihm die Schuld an ihrem Leid gab.

Er saß jetzt an ihrem Bett und streckte die Hand aus, um sie an der Schulter zu berühren. Sie zuckte zusammen.

»Ich bin hier, Frau. Der Wächter hörte dich reden und kam zu mir, um es mir zu sagen. Ich bin sofort hergekommen. Ich war in Sorge.«

Helena sah ihren Gemahl immer noch nicht an. Stattdessen blinzelte sie die Tränen fort, die plötzlich in ihre Augen getreten waren. Sie war gerührt von seiner Sorge, wusste, dass er versuchte, für sie da zu sein, aber sie konnte ihn jetzt gerade nicht ertragen. Es war zu früh.

»Geht es dir gut? Ist das Fieber fort?«

Helena machte statt einer Antwort ein unverständliches Geräusch.

Menelaos zögerte einen Moment. Vielleicht spürte er, dass seine Anwesenheit nicht so willkommen war, wie er erwartet hatte. Dann, mit leiserer Stimme, sagte er: »Du hast das gut gemacht, Helena. Ich weiß, dass es hart für dich war, aber … du hast es gut gemacht. Das … das wollte ich dir sagen.«

Helena sah ihn jetzt doch an. Sie sah die Unsicherheit in seinem Gesicht und noch etwas anderes. War es Zuneigung? Wenn es das nicht war, dann zumindest echte Sorge. Er schien auf etwas zu warten, daher zwang sie sich zu einem schwachen Lächeln.

Sie sah Erleichterung in seinem Blick, und dann neigte er plötzlich den Kopf. Es schien ihr, als wollte er sie küssen. Helena schaute schnell weg und sah aus dem Augenwinkel, wie er in der Bewegung innehielt. Dann beugte er sich zu ihr herunter und küsste sie sanft auf den Scheitel.

Er richtete sich wieder auf und verließ ohne ein weiteres Wort ihr Gemach.

Sobald er fort war, ließ Helena ihren Tränen freien Lauf. Sie ließ sie ihre Wangen hinabströmen. Sie ärgerte sich über sich selbst und über Menelaos. Endlich war die Verbindung zwischen ihnen entstanden, die Zärtlichkeit, nach der sie sich so gesehnt hatte, und doch konnte sie sich nicht darüber freuen, nicht jetzt. Er hatte versucht, ihr die Hand zu reichen, aber sie wollte sich nur in sich zurückziehen. Sie konnte keine neue Intimität ertragen, nicht jetzt, da sie sich so gebrochen fühlte, und schon gar nicht mit dem Mann, der die Ursache für ihre Schmerzen gewesen war.

Aber sie würde heilen. In einiger Zeit würde sie sich besser fühlen, stärker. Sie würde sich über das Kind freuen, für das sie so viel gelitten hatte, und ihrem Mann das Herz öffnen. Sie hoffte nur, dass seine neue Zärtlichkeit noch da sein würde, wenn sie bereit wäre, sie zu empfangen.

14

KLYTÄMNESTRA

Klytämnestra war heute im Kaminsaal. Agamemnon hörte sich die Bitten seiner Untertanen an und hatte sie gebeten, dabei zu sein. Zweifellos wollte er familiären Zusammenhalt, königliche Gesundheit und Wohlstand präsentieren. Er hatte befohlen, dass sie sich in ihr feinstes Tuch kleiden und mit den schönsten Juwelen schmücken solle. Sie saß da, spann ihre purpurfarbene Wolle – was auch sonst, wenn sie so zur Schau gestellt war – und wusste nicht, ob sie verärgert sein sollte, so benutzt zu werden, oder dankbar, dass Agamemnon noch immer fand, dass sie wichtig genug sei, um ihm zur Seite zu stehen. Sie hatte das Gefühl, dass ihre Rolle in seinem Leben von Tag zu Tag schrumpfte – sie hätte sich nicht einmal gewundert, hätte er seine Konkubine an ihrer Stelle auf diesen Stuhl gesetzt.

Sie hatte einen Namen, hatte Klytämnestra erfahren. Leukippe. Sie hatte sie hassen wollen – irgendwie war das einfacher, als ihren Gemahl zu hassen, einfacher, als ihm die Schuld für den langsamen Niedergang ihrer Ehe zu geben –, aber jetzt, da sie sie gesehen hatte, konnte sie nur Mitleid für sie aufbringen. Sie hatte ein oder zwei Mal im Palast einen Blick auf das Mädchen erhascht, bevor es abrupt umgedreht war, um ihr auszuweichen. Sie war hübsch, natürlich, aber vor allem wirkte sie wie ein verängstigtes Kind. Verängstigt und traurig und alleine. Sie musste ungefähr in dem Alter sein, in dem Helena jetzt war … Wenn die Umstände andere gewesen wären, hätte Klytämnestra sicher das Gefühl gehabt, sie beschützen zu wollen.

Die Bitte, die gerade vorgetragen wurde – ein Bauer wollte eine Ermäßigung der Getreideabgaben, die er zu leisten hatte –, war schon vorbei, bevor sie richtig begonnen hatte. Sie hatte inzwischen gelernt, dass Agamemnon Nachgiebigkeit als Schwäche ansah. Und doch, als Klytämnestra dem Mann hinterherschaute, wie er enttäuscht und mit seinem schmalen, säuerlichen Gesicht aus dem Saal schlurfte, dachte sie, dass ein Mann seinem Königreich doch weit besser diente, wenn er sich selbst und seine Familie ernähren konnte.

Der Bauer war kaum verschwunden, als schon der nächste Bittsteller erschien, vom Herold als »Kalchas von Argos, Sohn des Thesdor, Seher und Priester von Paion-Apollo« angekündigt.

Der Mann war jung, vielleicht Anfang zwanzig, hatte aber den würdevollen Gang eines weit älteren Mannes. Ein Priesterband war um seinen Kopf gebunden, und er hielt einen Stab in der Hand, um den noch mehr Bänder gewickelt waren. Er ging um die quadratische Feuerstelle herum und blieb direkt vor Agamemnon stehen.

»Ein Priester, was?«, knurrte ihr Gemahl und setzte sich auf seinem Thron zurecht. »Vermutlich willst du eine Steuerermäßigung wie alle anderen, was? Für die Ehre der Götter oder so. Ha!«

Der Mann ließ Agamemnons Worte im Saal verhallen, bevor er das Wort ergriff.

»Ich erflehe tatsächlich Eure Hilfe für meinen Tempel und die Götter, König Agamemnon. Aber es geht dabei nicht um unsere Abgaben an den Palast – wir sind recht zufrieden mit unserem Beitrag für das Gemeinwohl.« Er hielt inne, straffte sich ein wenig und schien sich innerlich zu festigen. Bevor er fortfuhr, schluckte er. »Ich bin gekommen, weil ich um die Rückgabe eines Mädchens bitte, das im Dienst der Götter stand und darauf vorbereitet wurde, eine Priesterin zu werden. Man hat mir gesagt, dass Ihr selbst ihr auf einem Fest in der Argolis-Ebene begegnet seid und sie mit Euch in Euren Palast genommen habt. Ich bitte nur darum, dass Ihr sie mit mir in den Tempel zurückkehren lasst.«

Agamemnon schwieg, aber Klytämnestra spürte eine neue Energie in ihm. Schließlich beugte er sich vor und fragte: »Warum sollte ich das tun? Warum sollte ich sie zurückgeben? Ich habe sie nicht mit Gewalt genommen, und sie hat nichts dagegen einzuwenden, hierzubleiben. Welches Anrecht hast du auf sie, das das Anrecht eines Königs übertrumpft?«

Es ging hier zweifellos um Agamemnons Konkubine. Klytämnestra war ganz Ohr, obwohl sie so tat, als nähme sie ihre Arbeit am Spinnrocken vollkommen gefangen.

»Bei allem Respekt, mein König«, fuhr der junge Mann fort, »Es ist nicht mein Anrecht, sondern das der Götter. Leukippe ist als Dienerin der Artemis bestimmt worden. Sie wurde schon von klein auf auf das Leben als Priesterin vorbereitet und blieb keusch und unverheiratet, damit sie ihr Leben der jungfräulichen Jagdgöttin widmen konnte. Ihr beraubt die Göttin ihrer Dienerin, wenn Ihr sie hierbehaltet.«

Agamemnon lachte bellend. »Na, wenn du deshalb gekommen bist, würde ich mir an deiner Stelle keine Sorgen mehr machen. Ich glaube kaum, dass die jungfräuliche Göttin noch Verwendung für sie hat.«

Klytämnestras Wangen brannten vor Scham und Wut. Beides fachte noch das Feuer an, das in ihr wütete. Wie konnte ihr Mann so dreist sprechen, während seine Frau direkt neben ihm saß? Bedeuteten ihre Gefühle, ihr *Stolz* ihm wirklich so wenig? Bedeutete sie ihm nichts?

Der Priester sah unterdessen nicht besser aus, als sie sich fühlte. Zorn lag in seinem Blick, vielleicht auch eine Andeutung von Traurigkeit. Sein Körper wirkte jetzt noch angespannter.

»Wollt Ihr damit sagen, dass Ihr sie beschmutzt habt? Eine Priesterin der Artemis?«

»Achte auf deine Worte«, knurrte Agamemnon. »Ich lasse mich nicht der Gottlosigkeit bezichtigen. Wie du sagst, sie wurde erst zur Priesterin vorbereitet. Ich habe keinerlei Verbrechen gegen die Götter begangen.«

Der Priester war sprachlos. Er öffnete den Mund, aber kein verständlicher Laut kam heraus. Schließlich sagte er leise, beinahe zu sich selbst: »Ich bin zu spät gekommen.«

»Das bist du allerdings«, dröhnte Agamemnon. »Wenn ihre Keuschheit so wichtig war, hätte der Tempel schon früher jemanden entsenden sollen. Sie ist schon seit über einem Monat hier, bei Zeus! Da hätte ich ja ein Eunuch sein müssen!« Er lachte über seinen eigenen Scherz, während Klytämnestra sich innerlich wand.

»Ich war auf Reisen«, murmelte der junge Mann. »In Theben. Ich bin erst gestern zurückgekehrt … die anderen … Feiglinge.« Er spie das letzte Wort aus, als hätte es einen bitteren Geschmack.

»Wenn das alles ist …«, begann Agamemnon.

»Werdet Ihr sie dennoch zurückschicken?«, fragte der Mann jetzt in beinahe flehendem Tonfall. »Sie kann immer noch im Tempel dienen … Sie gehört nach Argos.«

»Nein, das glaube ich nicht«, erwiderte Agamemnon, ohne lange zu überlegen. »Ihr Platz ist hier. Du solltest dich für sie freuen. Es ist eine große Ehre, vom König erwählt zu werden.«

»Eine *Ehre?*«, wiederholte der Priester und schüttelte sich dabei. Doch dann schien er sich auf die Zunge zu beißen. »Ja, mein Herr«, sagte er durch die zusammengebissenen Zähne. »Ich danke Euch für die Audienz.«

Er verneigte sich tief und verließ den Saal. Nur ganz kurz trafen sich Klytämnestras und sein Blick, bevor er sich zur Tür wandte.

Sie merkte, dass sie den Atem angehalten hatte, und atmete so leise aus, wie sie konnte. Sie konnte ihren Mann nicht ansehen. Stattdessen konzentrierte sie sich auf das Drehen der Spindel und hörte kaum die letzten Bittsteller des Tages. Agamemnon verhielt sich wie immer, als wäre es in der Bitte des Priesters um nichts anderes als um die Ernte gegangen, aber der traurige Blick des jungen Mannes blieb Klytämnestra im Gedächtnis. Offenbar war sie nicht die Einzige, die unter der neuesten Zerstreuung ihres Gemahls litt.

15

HELENA

Helena hatte das Gefühl, langsam wieder sie selbst zu werden. Mit jedem Tag fühlte sie sich ein wenig stärker. Jeden Tag fiel es ihr leichter, aufzustehen, mit Menschen zu sprechen, die Dinge zu tun, die sie früher getan hatte. Jeden Morgen kamen ihre Zofen und badeten sie, rieben ihre Haut mit Duftöl ein, kleideten sie in weiche Wolle und schmückten sie mit Juwelen. Sie fühlte sich dadurch besser, weniger wie eine lebende Leiche. Sie war wieder Helena, die Königin, nicht Helena, das gebrochene, blutende Mädchen. Und darin lag Kraft.

Doch nicht alles war wie vorher. Sie war jetzt auch Helena, die Mutter. Sie wusste, dass es stimmte, dass es das Baby gab, dass es lebte – es lag jetzt in einer Ecke ihres Gemachs – und dass ihr Status, ihr Leben sich von Grund auf und unwiderruflich geändert hatten. Die Leute erinnerten sie jeden Tag daran. Sie war jetzt eine ganze Frau, sagten sie, als hätte sie sich verwandelt, als wäre ihr neues Sein aus Schmerz und Blut geboren. Und doch fühlte es sich nicht wirklich an. Sie *fühlte* sich nicht wie eine Mutter.

Sie stand auf und trat an die Wiege ihrer Tochter. Hermione hatte Menelaos sie genannt, als Helena das Fieber noch fest im Griff gehabt hatte. Sie schaute hinunter auf das schlafende Gesichtchen, die vollen Lippen und die zarten Wimpern, und sie fühlte … nicht viel. Das war ihr Kind, das wusste sie, und doch kam es ihr nicht vor wie ein Teil von ihr, wie ihre Mutter es gesagt hatte. Sie hatte gesagt, sie würde ihr Kind instinktiv lieben, aber sie fühlte keine Liebe, als sie das Gesichtchen anschaute. Sie fühlte kaum eine Verbindung zu dem Baby.

Sie wusste, sie sollte versuchen, das Kind öfter in den Arm zu nehmen, aber sie fürchtete sich davor, dabei etwas falsch zu machen, das Kind zum Weinen zu bringen oder ihm wehzutun. Das Kind schien immer zu weinen, wenn Helena nach ihm griff.

Sie ertrug Hermiones Weinen nicht. Sie fühlte sich dann so hilflos. Besonders, da sie das eine nicht tun konnte, von dem sie wusste, dass es das Kind beruhigen würde.

Helena hatte versucht, ihre Tochter zu stillen, sobald sie genug Kraft gehabt hatte, sie zu halten, aber es hatte nicht funktioniert. Die Milch wollte nicht kommen. Sie hatte sich wie eine Versagerin gefühlt, und nach einigen Versuchen hatte sie aufgegeben und das Kind der Amme zurückgegeben. Jetzt musste Helena jeden Tag mehrmals die Erniedrigung ertragen, dabei zuzusehen, wie eine Sklavin – Agatha, ihre Kindheitsgefährtin – die Pflicht übernahm, die eigentlich ihre hätte sein sollen, und ihrem Kind das gab, was sie selbst nicht geben konnte.

Obwohl sie niemals ein Wort hörte, spürte Helena, dass man im Palast über sie sprach. Was für eine Mutter konnte ihr Kind nicht stillen? Es war üblich, Ammen zu rufen, wenn einem Baby die Mutter gestorben war, aber sie stand hier, lebendig und atmend. Eine Mutter aus Fleisch und Blut, und doch war sie nicht genug. *Gebrochen. Verflucht.* Das waren die Worte, von denen sie glaubte, dass sie in den Sälen geflüstert wurden, wenn sie nachts im Bett lag.

Als Helena an der Wiege stand, öffnete sich die Tür zu ihrem Gemach, und Agatha trat ein. Das Mädchen war immer noch so ängstlich wie früher, obwohl sie jetzt eine ausgewachsene Frau und sogar einige Zentimeter größer als Helena war. Agatha war immer kleiner als Nestra und sie gewesen, als sie noch Kinder waren, obwohl sie altersmäßig zwischen ihnen gelegen hatte. Aber jetzt war sie hochgewachsen und schlank wie ein Schilfrohr.

Sie hielt den Kopf gesenkt, als sie eintrat. Das mausbraune Haar hatte sie sich mit einem Stück Stoff hochgebunden.

»Ich bin zum Stillen gekommen, Herrin«, sagte sie, als wüsste Helena das nicht. Alle paar Stunden hatten sie dieses kleine Gespräch.

»Hermione schläft«, erwiderte Helena unwillkürlich barsch. Sie war in keiner besonders guten Stimmung, und Agathas Besuch half nicht dabei.

»Oh«, sagte das Mädchen und senkte den Kopf noch tiefer. »Vielleicht sollte ich zurückkommen, wenn sie aufgewacht ist.«

Agatha wandte sich zum Gehen, aber Helena rief ihren Namen und versuchte, dabei sanfter zu klingen, was ihr nur teilweise gelang.

»Nein, jetzt bist du hier. Da kannst du es auch versuchen.« Sie wollte es lieber schnell hinter sich bringen, als in einer Stunde wieder gestört zu werden.

»Wie Ihr wünscht, Herrin«, sagte Agatha und trat, immer noch mit gesenktem Kopf, an die Wiege.

Es stellte sich heraus, dass Hermione doch bereit für die Milch war, und so saß Helena da und sah zu, wie ihre Tochter das Gesicht in eine weiche, weiße Brust drückte, die nicht ihre eigene war. Alles daran wirkte so natürlich – wie Agatha das flaumige Köpfchen genau richtig hielt, die winzigen, zufriedenen Seufzer, die über die milchigen Lippen kamen – und doch wurde Helena davon ganz flau im Magen.

Sie sah, wie Agatha den Blick auf sie richtete, und merkte, dass sie sie angestarrt hatte. Spürte das Mädchen ihre Abwehr? Ihren Neid? Ihr Gefühl der Unzulänglichkeit? Dann schoss ihr ein schlimmerer Gedanke durch den Kopf. *Bemitleidete* Agatha sie? Das Letzte, was Helena wollte, war das Mitleid einer Sklavin.

Verzweifelt auf der Suche nach einer Ablenkung, sagte sie: »Erzähl mir von deinem Kind, Agatha. Von dem Kind, das du verloren hast.« Kaum waren die Worte aus ihrem Mund, begriff sie, dass es grausam war, danach zu fragen. Aber jetzt hatte sie die Frage ausgesprochen, also fuhr sie fort: »Sie … sie haben mir erzählt, dass du deswegen als Amme für Hermione ausgewählt wurdest.«

»Da gibt es nicht viel zu erzählen, Herrin«, sagte das Mädchen mit gesenktem Blick. »Er war nicht lange da, und dann nahm ihn die Krankheit in den Tod. Er wurde nur ein paar Monate alt.« Sie verstummte und fügte dann hinzu: »Ich habe ihn aber Nikon genannt.«

Agatha sprach so schlicht davon, als wäre das alles ganz alltäglich, aber Helena spürte, dass sie um das Kind trauerte. Es musste auch für sie seltsam sein, ein anderes Kind zu stillen, nachdem sie ihr eigenes verloren hatte. Sie war sich nicht sicher, ob das ein Trost oder eine Qual war. Vielleicht war es beides.

»Und du hast ihn geliebt? Nikon?«, fragte Helena leise.

Agatha antwortete mit einem kurzen Nicken. Vielleicht war es eine dumme Frage. Natürlich liebte eine Mutter ihr Kind und trauerte, wenn sie es verlor. Vielleicht hatte sie gehofft, dass Agatha Nein sagen würde, nein, sie habe das Kind nicht geliebt, es habe nicht lange genug gelebt, als dass die Liebe hätte entstehen können. Wenn Hermione jetzt verschwände, was würde sie, Helena, fühlen? Irgendetwas? Abgesehen von Erleichterung?

»Wer war denn der Vater des Kindes?«, fragte Helena in der Hoffnung, die Unterhaltung vielleicht auf ein fröhlicheres Thema zu bringen. »Hat Vater dir erlaubt, einen der anderen Sklaven zu heiraten?«

»Nein, Herrin.«

»Ah, also ein Kind der Liebe«, sagte Helena mit einem wissenden Lächeln. Heimlich war sie froh, dass Agatha nicht ganz so perfekt war, wie sie wirkte.

»Nein, Herrin. Ich war nie verliebt«, sagte das Sklavenmädchen unschuldig und ernsthaft.

»Oh. Na ja, ich meinte nur … wer war es denn dann? Das Kind muss ja einen Vater haben«, sagte Helena mit einem leichten Kichern. Sie war jetzt richtig neugierig.

»Einer der Gäste Eures Vaters, nehme ich an«, sagte sie leichthin. »Ich weiß aber nicht, welcher. Sie kommen manchmal zu mir, wenn sie im Palast übernachten.«

»Und du lässt es zu, dass sie bei dir liegen?«, fragte Helena ungläubig. »Obwohl du sie nicht liebst?«

»Es ist keine Frage des Zulassens, Herrin«, erwiderte das Sklavenmädchen. Ihr Blick glitt zu Helena und wieder fort. »Ich kann sie ja nun nicht abweisen. Sie sind Gäste.«

Helena wurde leicht übel.

»Und Vater wusste das?«, fragte sie. »Und er hat sie nicht daran gehindert?«

»Ja, Herrin, ich nehme schon an, dass er davon wusste«, sagte Agatha leise. »Vermutlich hat er ihnen sogar gesagt, wo ich zu finden sei, manchmal. Es wäre wenig gastfreundlich gewesen, sie abzuweisen, Herrin. Was ihm gehört, gehört auch seinen Gästen … es ist nur richtig so. Solange sie mich nicht beschädigen … und die meisten sind einigermaßen sanft.«

Helena schwieg einen Moment, während Agatha Hermione beim Saugen zusah. Sie fühlte sich dumm, naiv, dass sie die Wirklichkeit um sich herum nicht erkannt hatte. Und sie hatte Gewissensbisse, dass sie zornig auf das Sklavenmädchen gewesen war. Zweifellos beneidete Agatha sie ebenso sehr, wie Helena Agatha beneidete. Sogar vermutlich viel mehr. Sie würde sich bemühen, freundlich zu sein, beschloss sie. Helenas Versagen als Mutter war schließlich nicht Agathas Schuld. Wobei es etwas anderes war, das zu wissen, als es auch zu fühlen.

»Ich glaube, sie ist fertig«, sagte Agatha und nahm Hermione von ihrer Brust. Helena schaute hoch und nickte. Agatha legte Helenas Tochter zurück in ihre Wiege.

»Du kannst jetzt gehen, Agatha«, sagte Helena und bemühte sich, ein freundliches oder zumindest höfliches Lächeln aufzusetzen.

»Ja, Herrin«, antwortete das Mädchen mit einer Verbeugung und ging zur Tür. Bevor sie sie erreichte, hielt sie jedoch inne. Nach einer unsicheren Pause sagte sie: »Ich bitte um Verzeihung, Herrin, aber ich dachte bei mir … wäre es nicht besser, wenn ich hier in Eurem Gemach bliebe, damit ich mich leichter um das Kind kümmern kann? Ich meine, es wäre sicher einfacher für Euch, Herrin. Dann müsstet Ihr nicht jedes Mal nach mir rufen oder in der Nacht aufstehen, und ich könnte sie stillen, wann immer sie es braucht.«

Helena antwortete nicht sofort, und das Mädchen stand nervös da, vermutlich voller Angst, ungefragt etwas gesagt zu haben. Aber sie hatte recht; es wäre einfacher, wenn sie in der Nähe des Kindes wäre. Aber dann fiel Helena noch eine andere Möglichkeit ein.

»Oder wie wäre es, wenn wir dich und das Kind in einer eigenen Kammer unterbringen würden?«

Agatha sah verwirrt aus. »Aber Herrin … sicher wollt Ihr nicht getrennt sein …«

»Nein, nein, ich glaube, so ist es am besten. Es ist einfacher für dich und das Kind«, sagte Helena entschlossen, um jeden Widerspruch des Sklavenmädchens im Keim zu ersticken. Sie wollte zeigen, dass es vor allem für *sie* bequemer wäre. Obwohl sie es nicht zugeben mochte, fühlte sie sich durch das Kind gestört – durch diese ständige Anwesenheit in einer Ecke des Gemachs. Sie fühlte sich durch es wie eine Versagerin, und es erinnerte sie an all die Qualen, die sie hatte auf sich nehmen müssen, um es auf die Welt zu bringen. Und was hatte ihr es gebracht? Keine Freude, keine Erfüllung, keine Nähe zu ihrem Gemahl – bisher jedenfalls nicht. Es war besser, das Kind von jemand anderem pflegen zu lassen. Und vielleicht, mit der Zeit, würde sie ihre Tochter lieben lernen.

»Gut, Herrin. Wenn Ihr es so wollt. Und wenn der König zustimmt«, sagte Agatha mit einem Hauch von Zweifel in ihrem Tonfall.

»Sie ist mein Kind, und dies ist meine Entscheidung«, versetzte Helena schärfer, als sie es beabsichtigt hatte. »Ich bin mir sicher, dass der König zustimmt.«

»Ja, Herrin«, sagte Agatha und senkte den Kopf. »Ich werde zu dem Kind ziehen, sobald eine Kammer vorbereitet ist.«

»Danke, Agatha«, sagte Helena. Sie spürte, wie sie innerlich weicher wurde, jetzt, da sie ein Ende ihrer Qualen erkennen konnte. »Und danke für alles, was du für meine Tochter getan hast.«

Das Mädchen verbeugte sich elegant und verließ das Gemach.

16

KLYTÄMNESTRA

Es war ein frischer Frühlingstag – das perfekte Wetter für den Aufstieg. Obwohl die Nachmittagssonne auf sie niederschien, schwindelerregend grell im Vergleich zum Dämmerlicht, das im Palast herrschte, regte sich doch ein kühles Lüftchen. Klytämnestra war bei dem heißen, anstrengenden Aufstieg froh darum, und jetzt, da sie den Gipfel erreicht hatten, wehte die Brise sogar noch stärker und blähte ihre Kleider. Sie hielt ihren Rock mit einer Hand fest, weil sie fürchtete, dass eine Bö ihn heben könnte. In der anderen Hand hielt sie ein Bündel Weizen, genau wie die anderen Frauen, die mit ihr hier hinaufgestiegen waren. Sie hatten den Weizen als Opfergabe für eine gute Ernte gebracht. Das war eine ihrer wichtigsten Aufgaben als Königin: mehrmals im Jahr diesen Aufstieg anzuführen und Fruchtbarkeit über das Land zu bringen.

Sie genoss diese seltenen Ausflüge hinaus in die Landschaft jenseits der Zitadelle, in der die Götter wohnten. Sie waren nicht weit gegangen – Klytämnestra sah die Steinbauten Mykenes unter sich am Fuß des Hügels –, und doch war es, als wäre sie in einer völlig anderen Welt. Hier galten andere Regeln. Hier spürte sie eine Wildheit, eine Freiheit, die sie innerhalb der Palastwände nicht finden konnte. Vor allem mussten sie keine Schleier tragen. Das hier war ein Frauenritual, keine Männer konnten sie sehen – abgesehen natürlich von den Sklaven, die ihnen geholfen hatten, die Opfergaben den Hügel hinaufzutragen, aber die zählten nicht.

Vielleicht war der größte Unterschied zum Palast die Abwesenheit ihres Gemahls. Hier oben gab es keinen König, nur eine Königin. Hier oben gehorchte sie nur sich selbst und den Göttern. Hier oben besaß sie Macht.

Sie spürte diese Macht jetzt, da sie das Ritual leitete und ihr Weizenbündel auf den großen flachen Stein legte, den sie als Altar nutzten. Sie winkte die anderen Frauen herbei, die es ihr nachtaten. Einige der Ähren wehten davon, aber das war nicht wichtig; ihr gefiel der Gedanke, dass die Götter sie zu sich auf den Olymp nahmen. Sie sagte die Worte, als die Opfergaben gebracht wurden – Öl und Wein und auch ein wenig Honig –, und sie schnitt dem Ferkel, das von einem Sklaven heraufgetragen worden war, eigenhändig die Kehle durch. Sie ließ sein junges Blut die trockene Erde tränken. Dann nahm sie eine Weizenähre und vergrub sie im roten Staub.

Als sie aufstand, waren ihre Hände von Blut und Erde verschmutzt, ihr Rock war staubig, und die Knie taten weh. Aber sie lächelte, das hatte sie gut gemacht. Es war ein schönes Gefühl, echte Arbeit für ihr Königreich verrichten zu können, eine Königin nicht nur dem Namen und der Kleidung nach zu sein.

Jetzt, da die Rituale vollendet waren, konnten sie wieder hinuntersteigen und in die Zitadelle zurückkehren. Aber Klytämnestra beschloss, noch ein wenig zu bleiben, die Sonne, die Brise und den Ausblick zu genießen. Und hier oben konnte sie niemand davon abhalten.

Und so ließen sich die Frauen auf Steinen und Grasbüscheln nieder, plauderten und tratschten und lachten miteinander. Ihre Stimmen wurden von der Brise, wer wusste schon, wohin, getragen. Klytämnestra selbst setzte sich ein wenig abseits von den anderen. Sie kannte die Frauen nicht besonders gut. Ihre eigenen Dienerinnen, einschließlich Eudora, waren im Palast geblieben, um sich um ihre Töchter zu kümmern, und sie wusste, dass sich die anderen Frauen unbehaglich fühlen würden, wenn sie versuchte, an ihrem Geplauder teilzunehmen. Sie waren zwar adelig, aber sie war immer noch ihre Königin.

Sie saß auf dem felsigen Gipfel, von dem aus sie einen weiten Blick über die Argolis-Ebene hatte, und wusste, dass irgendwo da draußen, weit hinter den fernen Bergketten, Sparta lag. Sie fragte sich, was Helena wohl gerade tat, ob ihre Ehe glücklich, ob ihr Baby gesund war. Sie fragte sich, ob es ihrer Mutter und ihrem Vater gut ging, ob ihre Brüder Ehefrauen gefunden hatten. Plötzlich wünschte sie sich, Flügel zu haben, um sich mit ihnen in die Höhe zu schwingen, über diese Berge nach Hause zu ihrer Familie zu fliegen, um mit ihnen zu sprechen und sie zu berühren.

Wie sie so dasaß, fiel ein Schatten über sie. Ohne den Kopf zu wenden, wusste sie, dass es ein Sklave war und keine der anderen Frauen – die Gestalt war in Lumpen gekleidet, nicht in feine, bunte Stoffe.

»Möchtet Ihr vielleicht eine Erfrischung, Herrin? Ich habe Wasser und ein paar Datteln mitgebracht.«

Die Stimme gehörte keinem der Sklaven, die sie kannte, und doch klang sie vertraut …

Sie wandte den Kopf, und da war ein Gesicht, das sie kannte und auf sie niedersah.

»Ihr seid der Priester«, keuchte sie. Plötzlich prickelte ihre Haut vor Angst. »Warum seid Ihr als Sklave verkleidet? Was tut Ihr hier?«

Sie schaute über ihre Schulter und überlegte, ob sie nach den anderen rufen sollte. Sie hatten keine Wächter mitgebracht, aber ein paar Sklaven saßen wenig entfernt beisammen.

»Bitte nicht«, murmelte der Mann über ihr. »Ich möchte nur mit Euch sprechen.«

Klytämnestra hatte schon Luft geholt, um zu schreien, aber jetzt hielt sie den Atem an, unsicher, was sie tun sollte. Der Mann schien nicht bewaffnet zu sein – er hatte seine leeren Hände ausgestreckt, als wollte er sie beschwichtigen. Er wirkte mindestens ebenso verängstigt wie sie, und sein Blick war flehend.

Sie stieß den Atem aus und entspannte sich ein wenig, wobei sie den Mann vorsichtig musterte. Er hatte die Hände immer noch ausgestreckt und hockte sich neben sie hin. Dann goss er einen Becher mit dem Wasser aus einem Schlauch voll, den er mitgebracht hatte.

»Bitte ängstigt Euch nicht«, sagte er leise. »Benehmt Euch ganz normal, dann werden sie glauben, dass ich Euch nur diene.« Er hielt ihr den vollen Becher hin. Klytämnestra zögerte ein wenig und nahm ihn dann. Dabei streiften ihre Fingerspitzen seine. Sie zog ihre Hand hastig zurück.

»Ich erinnere mich an Euch«, sagte sie leise und schaute geradeaus, um kein Misstrauen zu erregen. »Ihr seid letzte Woche in der Kaminhalle gewesen. Wegen des Mädchens.«

»Ja, Leukippe«, sagte er. »Ich heiße Kalchas.«

»Warum seid Ihr hierhergekommen, verkleidet als einer meiner Sklaven? Ihr seid ein großes Risiko eingegangen. Wenn Agamemnon das herausfindet …«

»Ja, es war ein Risiko«, sagte er, und sie sah aus dem Augenwinkel, wie er eine kleine Schachtel mit Datteln öffnete. »Aber ich musste mit Euch sprechen. Allein. Und ich vertraue darauf, dass Ihr es nicht Eurem Mann sagt.« Er hielt ihr die Schachtel hin, sodass sie sich umwenden und ihn ansehen musste. »Ich sehe in Euren Augen, dass Ihr ein freundliches Herz besitzt.«

Sie nahm eine Dattel und führte sie an die Lippen, aber plötzlich fühlte sie sich unsicher. Es war nicht richtig, dass sie unverschleiert mit einem fremden Mann sprach. Die Regeln hier oben waren vielleicht andere, aber die Grundsätze des Anstands galten dennoch. Doch sie konnte sich jetzt nicht bedecken – es hätte Misstrauen erregt.

Befangen aß sie die Dattel und schluckte sie hastig herunter. Sie verschluckte sich beinahe dabei.

»Was wollt Ihr von mir?«, flüsterte sie, als ihre Kehle wieder frei war.

»Ich bin wegen Leukippe hier«, antwortete Kalchas. Sie spürte seinen Blick auf sich, schaute aber weiterhin geradeaus.

»Ja, das hatte ich bereits angenommen«, sagte sie. »Das Mädchen muss ja sehr wichtig für den Tempel sein, dass Ihr für sie so viel riskiert.« In ihrer Bemerkung lag eine Frage, aber sie blieb unbeantwortet, also fuhr sie fort: »Warum seid Ihr zu mir gekommen, Kalchas? Ihr habt bereits meinem Gemahl Eure Bitte vorgetragen und seine Antwort gehört. Ich weiß nicht, welche Macht Ihr glaubt, dass ich besitze, aber …«

»Ich bin gekommen, weil ich glaube, dass Ihr eine gute Frau seid … und weil es da etwas gibt, was ich dem König nicht gesagt habe.«

Klytämnestra verstummte und wartete darauf, dass er fortfuhr.

»Leukippe ist meine Schwester.«

»Eure Schwester?«, wiederholte Klytämnestra und sah ihn jetzt direkt an. Sie hatte eine persönliche Verbindung zu dem Mädchen vermutet, weil er sich so in Gefahr begab, aber eher angenommen, dass er in sie verliebt war.

»Ja. Obwohl ich mich manchmal mehr wie ihr Vater fühle.« Er seufzte. »Unsere Eltern starben, als sie noch ganz klein war – ich habe sie selbst aufgezogen, mehr oder weniger.« Er hielt erneut inne und sah Klytämnestra direkt in die Augen. »Ich weiß, dass Ihr eine jüngere Schwester habt – die berühmte Helena von Sparta. Ich dachte, dass Ihr vielleicht verstehen würdet … dass Ihr mir vielleicht helfen könntet. Ich hatte gehofft, dass Leukippe in den Tempel aufgenommen wird, damit ich ein Auge auf sie haben kann, aber ich weiß, dass diese Möglichkeit jetzt verbaut ist … Aber sie könnte immer noch verheiratet werden, mit einem guten Mann, und ein glückliches Leben führen. Mehr will ich gar nicht – sicher versteht Ihr das?« Verzweiflung lag in seinem Blick. »Deshalb muss ich sie holen. Kein respektabler Mann wird die abgelegte Frau eines anderen heiraten, eine Königshure. Aber wenn wir sie schnell aus dem Palast bekommen, bevor … Ich könnte ihr einen Gemahl in einer anderen Stadt suchen, wo noch keiner die Gerüchte kennt. Bitte. Ich flehe Euch an. Sagt, dass Ihr mir helfen werdet.«

Klytämnestra war ganz perplex vom Wortstrom des Mannes. Seine Sorge kam aus dem Herzen, seine Verzweiflung war ehrlich. Vielleicht war sie schon zu lange in Mykene, aber sie erinnerte sich nicht daran, wann sie das letzte Mal einen Mann erlebt hatte, der sich so sehr um das Glück eines Mädchens sorgte. Und natürlich verstand sie – ein gutes Leben war alles, was auch sie sich für ihre eigene Schwester gewünscht hatte. Er konnte ja nicht wissen, was sie dafür geopfert hatte … und doch hatte sie das Gefühl, als wüsste er es. Er kannte dieselbe Liebe, die sie kannte, dieses Gefühl der Verantwortung, den Drang, zu beschützen.

»Warum habt Ihr dem König nicht einfach gesagt, dass das Mädchen Eure Schwester ist?«, fragte sie. »Ihr seid ihr Vormund. Es ist Euer Recht zu entscheiden, wohin sie geht und wer …«

»Glaubt Ihr, dass derlei Regeln auch für Könige gelten?«, fragte er schlicht zurück. »Glaubt Ihr, wenn ich mein Recht beanspruche, wird er sie mir einfach geben?«

Darauf hatte sie keine Antwort.

»Ihr kennt Euren Mann. Ihr wisst, dass ich recht habe«, hauchte der Priester jetzt dringlicher. »Ich habe viel von ihm gehört – ich kenne seine Sorte. Wenn er gewusst hätte, dass Leukippe meine Schwester ist, hätte er gewusst, dass ich aus persönlicher Sorge handele und nicht als Vertreter des Tempels. Er wird niemals den Wunsch eines anderen Mannes über seinen eigenen stellen, aber ich dachte … ich dachte, dass er sich vielleicht dem Willen der Götter beugen würde. Vielleicht tut er es noch.«

»Ich glaube … was Ihr sagt, hört sich richtig an. Und ich glaube, dass Ihr vielleicht recht hattet, es ihm nicht zu erzählen«, sagte sie und seufzte leicht. »Mein Mann hat einen starken Willen. Wenn er sich einmal etwas in den Kopf setzt …«

»Ihr müsst schwören, dass Ihr Eurem Gemahl nicht sagt, dass Leukippe meine Schwester ist. Bitte. Wenn Ihr das tut, muss ich befürchten, sie niemals wiederzubekommen.«

Klytämnestra zögerte. Durfte sie ihrem Mann wirklich die Wahrheit verschweigen? Sie würde ihn vielleicht sogar anlügen müssen … In über vier Jahren Ehe hatte sie das nicht ein einziges Mal getan. War sie illoyal, indem sie hinter Agamemnons Rücken mit diesem Mann sprach? Aber dann erschien Leukippes Gesicht vor ihrem inneren Auge. Was war mit der Treue ihres *Mannes* zu seiner Frau? Und das arme Mädchen, das aus seinem Zuhause gerissen worden war. Wer wusste denn, wie sie litt? Der Gedanke, Agamemnon etwas zu verschweigen, machte ihr Angst, und doch spürte sie darunter, in den Tiefen ihrer Brust, eine stille Begeisterung darüber. Die Vorstellung, dass ein Teil von ihr außerhalb der Grenzen ihrer Ehe existieren könnte, dass sie Geheimnisse haben könnte, genau wie er – darin lag eine seltsame Macht.

»Ich verspreche, dass ich es ihm nicht sagen werde.«

»Nein, Ihr müsst es schwören«, flüsterte Kalchas und sah ihr so eindringlich in die Augen, dass sie nicht wegschauen konnte.

»Ich … ich schwöre es. Bei den Göttern«, sagte sie ernsthaft.

»Schwört es bei Euren Kindern. Beim Leben Eurer Kinder«, sagte er und nahm flehend den Saum ihres Rockes in die Hand.

»Meiner Kinder?«, hauchte sie und lehnte sich weg von ihm. »Nein, ich …«

»Wenn Ihr es wirklich meint, warum zögert Ihr dann? Bitte. Dann werde ich wissen, dass Ihr Euer Wort wirklich halten werdet.«

»Ich … na gut«, sagte sie und schluckte befangen. »Ich schwöre bei den Göttern, beim Leben meiner Kinder, dass ich unser Geheimnis bewahren werde, dass ich meinem Gemahl nichts von deiner wahren Verbindung zu Leukippe verraten werde.«

»Gut«, seufzte er und ließ ihren Rock los. »Danke, Herrin. Ich wusste, dass ich Euch trauen kann.«

Klytämnestra hatte das Gefühl, einen Erdklumpen in der Kehle stecken zu haben. Wie hatte sie nur diese Worte aussprechen können? Aber andererseits, wenn sie wirklich vorhatte, ihr Versprechen zu halten, machte es nichts aus. Und wenn das Mädchen wieder nach Hause kam, wenn sie ihren Mann wiederbekommen würde …

»Was soll ich tun?«, fragte sie. »Wie kann ich Euch Eure Schwester zurückbringen?«

»Als Erstes solltet Ihr mit Eurem Mann sprechen. Vielleicht gelingt Euch, woran ich gescheitert bin.«

»Ich habe die Angelegenheit bereits angesprochen«, sagte sie leise, und die Erinnerung an das unerfreuliche Gespräch quälte sie. »Er hat mich nicht angehört.«

Kalchas runzelte die Brauen und schien ein wenig mehr in sich zusammenzusinken.

»Ich hatte befürchtet, dass Ihr das sagen würdet«, murmelte er. »In diesem Fall habe ich einen anderen Plan.«

Klytämnestra sah ihn an. Sein Blick war erneut eindringlich, und als er sprach, war seine Stimme leise und sehr ernst.

»Ich möchte, dass Ihr ihr zur Flucht verhelft.«

17

KLYTÄMNESTRA

Es war spät. Die Sonne war bereits seit einer Stunde untergegangen, und der Raum war nur von ein paar flackernden Lampen erhellt. Klytämnestra saß allein da und zupfte nervös an der Haut um ihre Fingernägel. Zum Glück schliefen beide Mädchen bereits. Sie musste nur darauf warten, dass Eudora zurückkam.

Sie hatte Zweifel gehabt, ihre Zofe einzuweihen. Wenn sie aufflogen, wenn Agamemnon es herausfand ... das Risiko für eine Sklavin war weit höher als für sie. Aber Eudora war der einzige Mensch, dem sie absolut vertraute, und Klytämnestra schaffte es einfach nicht allein. Es war schon eine Hilfe, jemanden zu haben, mit dem sie sprechen konnte. Und sie hatte sie nur um diese eine Sache gebeten. Die Aufgabe selbst würde Klytämnestra allein bewältigen müssen.

In der Stille des Abends hörte sie aus der Ferne die Geräusche eines Festmahls. Agamemnon hatte seine Armeekommandanten und besten Soldaten dazu eingeladen. Seit ungefähr einer Stunde saßen sie im großen Saal und hatten vermutlich bereits gegessen, aber Klytämnestra wusste, dass das Trinken noch mindestens ein paar Stunden weitergehen würde – das war immer so. Das Mahl war seit Wochen vorbereitet worden, und es war Kalchas' Idee gewesen, diese Gelegenheit zu ergreifen. Sie würden vermutlich so bald keine weitere Chance bekommen.

Klytämnestra spürte den Druck. Sie konnte jetzt nicht mehr zurück – die Sache war schon in Gang gesetzt worden. Aber jetzt, da es wirklich passieren sollte, jetzt, da sie es wirklich tat, da sie wirklich gegen ihren Gemahl handelte, fühlte sie sich elend. Was war sie nur für eine Frau?

Eine Frau, die ihren Gemahl zurückwill, ertönte eine leise Stimme in ihrem Kopf. Sie wusste, dass es selbstsüchtig war, an ihr eigenes Glück zu denken, obwohl so viel anderes auf dem Spiel stand, und doch war der Gedanke, dass ihre Rebellion heute Nacht vielleicht dabei half, ihre Ehe zu retten, das Einzige, was sie beruhigen konnte. Sie tat, was am besten für sie alle war, oder? Und vor allem für Leukippe. Sie konnte sich gut vorstellen, was das arme Mädchen erleiden musste, weit weg von ihrer Familie, voller Angst und allein. Sie sah einen Teil von sich selbst in diesem Mädchen und erinnerte sich daran, wie es gewesen war, als sie selbst hier im Palast angekommen war. Dennoch war es für sie anders gewesen. Sie hatte eine Ehe und rechtmäßige Kinder. Und das hatte Agamemnon Leukippe genommen. Er hatte etwas gestohlen, was ihm nicht gehörte, und es war Klytämnestras Aufgabe, es zurückzugeben. Wenn sie dem Mädchen nicht half, wer dann?

Und doch wusste sie, dass sie gegen ihre Pflicht handelte, indem sie ihren Gemahl betrog. Ihr Vater hatte immer davon gesprochen, wie wichtig Pflichtbewusstsein war, dass jeder eine Rolle im Leben hatte, dass jeder tun musste, was von ihm erwartet wurde. Er hatte von der Pflicht gesprochen, als wäre sie etwas Heiliges.

War es ein Sakrileg, was sie heute Nacht zu tun vorhatte? War es ein Sakrileg, überhaupt darüber nachzudenken? Hier zu sitzen und es sich vorzustellen?

Aber dann kam ihr eine andere Erinnerung. Sie saß mit ihrem Vater im Kaminsaal. Ein Mann war von den Wächtern hereingebracht worden. Er war dabei erwischt worden, wie er Korn aus den Palastspeichern stahl. Vater hatte sich die Geschichte des Mannes angehört – seine Familie hungerte, sein ganzes Dorf hatte eine Missernte erleiden müssen. Und dann hatte ihr Vater den Mann gehen lassen. Er hatte befohlen, Korn ins Dorf zu schicken, und dem Mann erlaubt, so viel mitzunehmen, wie er tragen konnte, um seine Familie ernähren zu können, bis die Hilfssendung ankam.

Klytämnestra war verwirrt gewesen. Hatte ihr Vater nicht immer gesagt, dass man seine Pflicht tun müsse? Hatte er nicht gesagt, dass es die Pflicht des Königs sei, darauf zu achten, dass die Gesetze befolgt wurden? Dass diejenigen bestraft wurden, die sie brachen?

Ihr Vater hatte gelächelt. »Wie kann ich einen Mann bestrafen, der seiner Familie helfen will? Vielleicht hätte ich dasselbe getan, wenn ich an seiner Stelle wäre.«

Aber ihr Zweifel war geblieben. Daher hatte er mit zwei Fingern ihr Kinn angehoben und in dem sanften Tonfall mit ihr geredet, den er immer anschlug, wenn er ihr etwas beibringen wollte.

»Manchmal müssen wir uns von der Pflicht leiten lassen, manchmal aber von dem, was richtig ist«, hatte er gesagt. »Der Trick ist zu wissen, wann beides dasselbe ist und wann nicht.«

Ein leises Klopfen an der Tür ließ das Lächeln ihres Vaters verschwinden und brachte sie zurück in die Gegenwart. Eine Sekunde später trat Eudora ein, und hinter ihr tauchte das blasse, verängstigte Gesicht Leukippes auf.

Immerhin war offenbar der Teil des Plans aufgegangen, der ihrer Zofe übertragen war. Klytämnestra hatte sie gebeten, das Mädchen aus der Kammer zu holen, in der Agamemnon sie hielt. Es hätte zu merkwürdig ausgesehen, wenn jemand die Königin selbst dabei erwischt hätte, wie sie die Konkubine des Königs holte.

Sie winkte die beiden Frauen herein, und Eudora schloss leise die Tür hinter ihnen. Plötzlich sank Leukippe auf die Knie.

»Verzeiht mir, meine Herrin, ich wollte Euch kein Leid antun. Ich weiß, dass Ihr mich hassen müsst, aber bitte … bitte tut mir nicht weh.« Tränen rannen ihr verängstigtes Gesicht hinab, sie rang flehend die Hände.

»Still, still!«, zischte Klytämnestra. »Nicht, dass dich jemand hört!« Sie wandte sich an Eudora. »Du hast es ihr nicht erklärt?«

»Nein, Herrin. Ich dachte, das macht besser Ihr.«

Klytämnestra seufzte und legte Leukippe die Hand auf die bebende Schulter. »Ich habe dich nicht herbringen lassen, um dir wehzutun«, sagte sie. »Ich habe dich bringen lassen, um dir zu helfen.«

Leukippes Augen, die angstvoll aufgerissen waren, blickten jetzt verwirrt.

»Dein Bruder Kalchas kam zu mir«, fuhr Klytämnestra fort und straffte sich. »Er bat mich, dich aus dem Palast zu schmuggeln, und genau das werde ich tun. Er wartet vermutlich gerade vor dem Tor der Zitadelle.«

»Kalchas?«, hauchte das Mädchen. »Ich wusste, er würde mich nicht verlassen. Ich wusste, er würde kommen! Ich hätte nur nie gedacht …« Sie schaute zu Klytämnestra auf, Scham lag in ihrem Blick. »Mir tut es so leid, Euch Leid verursacht zu haben, Herrin.«

Klytämnestra zögerte und schaute in diese großen, tränenfeuchten Augen. Ja, sie hatte sich verletzt gefühlt, aber nicht von diesem Mädchen. Sie schob die Eifersucht beiseite, die in den letzten Monaten in ihr gegärt hatte, dieses flaue Gefühl, das sie jedes Mal hatte, wenn sie sich vorstellte, wie die Hände ihres Mannes über zartes weißes Fleisch strichen, das nicht ihr eigenes war.

»Nichts von alledem ist deine Schuld, Leukippe.« Sie sprach leise und versuchte zu lächeln. Sie streckte dem Mädchen die Hand hin, damit es vom Boden aufstand. »Bevor wir dieses Gemach verlassen, müssen wir uns umziehen. Niemand wird auf uns achten, wenn wir wie Sklaven aussehen«, erklärte sie und gab Leukippe ein Bündel schlichter Kleidung. »Zumindest müssen wir das hoffen.«

Die beiden Frauen zogen ihre edlen Kleider aus und legten die schlichten an. Klytämnestra war dank ihrer Helferin schneller als Leukippe, und während Eudora ihr das Gewand richtete, schaute sie zu dem jungen Mädchen hinüber, das noch entblößt dastand.

Sie wusste nicht, was sie erwartet hatte. Irgendetwas Hinreißendes, Leuchtendes. Irgendeinen Grund dafür, dass der Blick ihres Gemahls lieber diesen Körper ansah als ihren eigenen. Aber alles, was sie sah, war ein dünnes, zitterndes Mädchen. Sie begriff, dass die Anziehungskraft des Mädchens in seiner Neuheit lag, darin, dass sie eine Abwechslung war, und doch konnte sie nicht anders und verglich sich mit ihr. Leukippes Brüste waren kleiner als ihre, ihre Hüften waren schmaler. Natürlich hatte sie den Vorteil, noch keine zwei Kinder auf die Welt gebracht zu haben. Die Haut ihres Bauches war noch ganz straff und makellos.

Und dann sah sie es. Die kleine Wölbung von Leukippes unterem Bauch. Kaum sichtbar, es sei denn, man wusste, wonach man Ausschau hielt.

»Wann hast du zum letzten Mal geblutet?«, fragte Klytämnestra. Plötzlich hatte sie einen bitteren Geschmack im Mund.

Leukippe begriff, dass sie sie ansah, und versuchte, sich mit dem Tuch zu bedecken, das sie gerade hatte entfalten wollen.

»N… nicht mehr, seit ich hierhergekommen bin«, antwortete das Mädchen.

Klytämnestra und Eudora wechselten einen besorgten Blick.

»Ich wusste, dass die Blutung schon hätte kommen sollen, aber manchmal verspätet sie sich – das ist schon passiert. Ich … ich dachte, wenn ich einfach abwarte …«

Sie wirkte jetzt verängstigt. Klytämnestra sah, dass ihre Unterlippe zu beben begann.

»Ist schon gut«, sagte sie sanft. »Mach dir jetzt keine Sorgen darum. Zieh einfach deine Kleider an. Wir müssen los.«

Sobald sie beide angezogen waren, sie ihre Frisuren gelöst und mit Lumpen hochgebunden hatten, verließen sie so leise wie möglich das Gemach. Eudora blieb mit den Kindern zurück.

Jede von ihnen trug einen Korb mit Stoff unter dem Arm, damit es so aussah, als wären sie gerade auf dem Weg, um etwas zu erledigen. Mit gesenkten Köpfen gingen sie durch den Palast.

Genau wie Klytämnestra gehofft hatte, trafen sie nur wenige Menschen auf ihrem Weg durch die Flure. Es war schon zu spät für die echten Sklaven, und diejenigen, die noch wach waren, waren vermutlich damit beschäftigt, die Gäste im Saal zu bewirten.

Sie erreichten bald den vorderen Hof. *Beinahe aus dem Palast heraus,* dachte Klytämnestra. Aber als sie ins Mondlicht traten, rief eine Stimme nach ihnen, und ein Wächter erschien im Tordurchgang, auf den sie zuliefen.

»Abend, die Damen«, sagte der Mann und schlenderte auf sie zu, wobei seine Hand lässig auf seiner Schwertscheide an der Hüfte lag. »Bisschen spät für einen Spaziergang, nicht wahr?«

Klytämnestra erstarrte, das Herz pochte ihr in der Brust. Als er nur noch ein paar Schritte von ihr entfernt war, neigte sie den Korb in seine Richtung, den Kopf weiterhin gesenkt, und murmelte etwas von Wäsche.

»Um diese Zeit? Sie lassen euch wirklich hart arbeiten, was?« Er blieb vor ihnen stehen und schien sie von Kopf bis Fuß zu mustern. »Na gut«, sagte er schließlich. »Passt auf, wohin ihr geht. Man weiß nie, wen man so spät in der Nacht trifft.« Er lachte leise, trat einen

Schritt zur Seite und ließ sie durchgehen. Leukippe ging voran, Klytämnestra folgte ihr eilig. Aber als sie an dem Mann vorbeiging, spürte sie, wie seine Hand ihren unteren Rücken berührte, und bevor sie sich umdrehen konnte, glitt sie schon weiter nach unten.

Sie wirbelte herum, schockiert von seiner Frechheit. Sie sah ihn böse an, aber er grinste nur zurück. Sie öffnete den Mund, um »Wie kannst du es wagen?« zu sagen, hielt aber gerade noch rechtzeitig inne. Sie spielte eine Sklavin – sie musste sich auch so benehmen. Er war ein freier Mann und zweifellos daran gewöhnt, sich derlei Freiheiten herauszunehmen. Und so schloss sie den Mund wieder, eilte hinter Leukippe her und sagte sich, dass sie dankbar sein konnte, dass es nicht schlimmer gekommen war.

Sie hatten jetzt den Hauptvorhof erreicht; sie sah den Mond durch das riesige Haupttor des Palastes. Sie hatten es beinahe geschafft. Jetzt mussten sie nur noch das Tor in der Schutzmauer um den Palast erreichen und hoffen, hindurchgelassen zu werden. Sie hielt ihren Korb fester und marschierte hindurch, versuchte, ganz ruhig auszusehen, als gehörte sie hierher, und dann stiegen Leukippe und sie die Stufen der Großen Treppe auf die Straßen hinunter.

Immer weiter gingen sie hinunter. Jetzt noch fünf Stufen bis zur Straße. Jetzt vier. Jetzt drei.

»HALT!«, dröhnte eine Stimme hinter ihnen. Klytämnestra erschrak so sehr, dass sie eine Stufe hinunterstolperte und es nur gerade so schaffte, auf den Beinen zu bleiben. Sie stand wie erstarrt, klammerte sich an ihren Korb und starrte zu Boden. Sie fürchtete sich, sich umzudrehen, das Gesicht, das sie kannte, oben auf der Treppe zu sehen.

Sie hörte Leukippes verängstigtes Keuchen neben sich, das in ein Winseln überging, als sie zu weinen begann. Dann hörte sie schwere Schritte hinter sich, die von Stufe zu Stufe lauter wurden. Sie verstummten, und Klytämnestra wusste, dass er direkt hinter ihr stand. Sie wappnete sich innerlich. Sie war eine Königin, kein kleines Mädchen mehr. Sie sollte keine Angst haben. Sie drehte sich um und hob das Kinn, um ihm zu zeigen, dass sie sich nicht fürchtete. Und als ihr Blick seinen traf …

Klatsch.

Seine Hand schlug sie so hart, dass sie hinfiel und den Korb fallen ließ. Sie fiel die letzten beiden Stufen auf die gepflasterte Straße darunter. Sie schmeckte Blut, und ihr Gesicht fühlte sich an, als müsste es vor Schmerz platzen.

Sie war noch nie zuvor geschlagen worden. Sie hatte oft gesehen, wie Sklaven geschlagen wurden, aber niemals eine gewalttätige Hand gespürt. Jetzt kannte sie den Schmerz, aber viel schlimmer als er war das Gefühl der Erniedrigung. Sie spürte den Blick von Menschen auf sich, als sie auf dem Boden lag und sich das Gesicht hielt. Wie jämmerlich sie aussehen musste. Wie schwach.

Kaum dass der anfängliche Schmerz nachgelassen hatte, stützte sie sich mit zitternden Händen ab und rappelte sich auf, wobei sie ein wenig schwankte. Dann sah sie ihren Gemahl an.

Seine dunklen Augenbrauen wirkten wie Sturmwolken über dem Gewitter seines Blickes. Sein dichter Bart bebte vor Wut. Leukippe stand neben ihm, schweigend, den Kopf gesenkt, und Agamemnons mächtige Hand umschloss ihr Handgelenk.

»Hast du gedacht, dass ich es nicht weiß?«, knurrte er, und in seiner tiefen Stimme lag Zorn. »Dummes Weibsbild. Selbst wenn du es geschafft hättest, sie loszuwerden, glaubst du wirklich, ich hätte deine Beteiligung daran nicht erkannt? Du eifersüchtige Schlampe!«

Seine Worte waren wie eine weitere Ohrfeige. Aber sie sagte sich, dass sie eigentlich nicht an sie gerichtet waren, nicht wirklich. Oben an der Treppe hatten sich einige Gäste ihres Mannes versammelt und schauten zu, und hinter sich hörte sie ebenfalls Männer – Einwohner der Zitadelle, die zusammengelaufen waren, um nachzusehen, was hier geschah. Sie hatte ihm getrotzt, seine Autorität untergraben, direkt hier in seinem eigenen Palast, während seine Männer an seinem Tisch aßen. Sie wusste, dass er das nicht durchgehen lassen konnte. Er musste sie beschämen, sie zurück an ihren Platz verweisen.

Jetzt war nicht die Zeit für Stolz. Sie verstand, was sie tun musste, also stieg sie die wenigen Stufen zu ihrem Gemahl hinauf und kniete vor seinen Füßen.

»Es tut mir leid, mein Herr«, sagte sie und bemühte sich, ihre zittrige Stimme laut genug erklingen zu lassen, damit sie alle hören konnten. »Ich habe Euch unrecht getan und bitte um Eure Vergebung. Es wird nicht noch einmal geschehen.« Dann küsste sie seine Füße, wobei ihre geplatzte Lippe schmerzte.

Er schwieg einen Moment, vielleicht überrascht darüber und unsicher, wie er reagieren sollte.

»Steh auf«, bellte er schließlich und zog seinen Fuß weg. Er marschierte die Stufen hinauf und zerrte Leukippe hinter sich her. Klytämnestra folgte ihm, den Kopf übertrieben gesenkt, mit einem bescheidenen, bußfertigen Ausdruck im Gesicht.

Sie hoffte, damit genug getan zu haben, um keine weiteren Gewalttätigkeiten zu provozieren, weder gegen Leukippe noch sich selbst. Sie sprach ein stummes Gebet, dass zumindest Eudoras Anteil an dem Plan nicht bemerkt worden war.

Ein hoffnungsvoller Gedanke kam ihr, als sie den Palasteingang erreichten: Agamemnon nahm an, dass sie aus Eifersucht gehandelt hätte, dass sie einfach eine Rivalin loswerden wollte. Er hatte Kalchas nicht erwähnt. Der Priester hatte weit mehr als nur eine Bloßstellung oder eine Ohrfeige zu erwarten, wenn herauskam, dass er sich gegen den König verschworen hatte, aber offenbar würde er keine Rache zu erwarten haben. Das war immerhin etwas.

18

HELENA

Es war bereits etwas über zwei Monate her, seit Helena Hermione auf die Welt gebracht hatte. Nachdem sie das Trauma der Geburt langsam überwunden hatte, wobei half, dass das Kind jetzt in einer anderen Kammer schlief, beschäftigte Helena eine neue Furcht: Menelaos würde bald wieder bei ihr liegen wollen. Es war nicht der Akt an sich, den sie fürchtete – sie hatte sich im Jahr vor Hermiones Geburt einigermaßen daran gewöhnt und war inzwischen so weit wieder verheilt, dass sie glaubte, es würde vermutlich nicht wehtun –, aber sie hatte Angst vor den Folgen. Ein geteiltes Lager bedeutete Kinder. Und es gab nichts, was sie mehr fürchtete als ein weiteres Kind in ihr. Der Schmerz und das Blut – sie konnte es einfach nicht noch einmal ertragen. Sie war dem Tod einmal entkommen, aber sie wusste, dass es knapp gewesen war. Sie fürchtete sich, die Schicksalsgöttinnen noch einmal herauszufordern. Helena liebte das Leben, und sie hatte noch so viel Leben vor sich. Sie würde es nicht für ein Kind wegwerfen, auch nicht für ihren Mann.

Sie wusste, dass es falsch war, so zu denken. Hatten ihr nicht immer alle gesagt, dass ein Kind die größte Freude sei, die eine Frau erleben konnte, dass es das größte Geschenk sei, das sie ihrem Königreich machen konnte? Sie sprachen über Mutterschaft, als gäbe sie ihr Macht, aber stattdessen hatte sie Helena nur austauschbar fühlen lassen. Sie fragte sich, ob ihre Schwester wohl dieselben Ängste durchgemacht hatte. Nein, das glaubte sie nicht. Nestra tat immer, was man von ihr erwartete, fühlte immer so, wie sie fühlen sollte. Es war sie, Helena, die immer aus dem Takt zu geraten schien.

Bisher hatte sie alle intimen Zusammentreffen mit Menelaos vermeiden können. Er hatte während ihrer Erholung anderswo geschlafen, aber in den letzten Wochen war er beinahe jeden Tag in ihr Gemach gekommen, um sie zu besuchen. Er sagte nicht, warum er kam, blieb aber eine Weile unsicher im Zimmer und begann eine nichtssagende Unterhaltung. Sie wussten beide, warum er da war, aber keiner von ihnen gab es zu. Manchmal berührte er sie sogar, streichelte ihren Arm oder nahm ihre Hände. Aber sie rückte immer wieder von ihm ab und tat so, als erkenne sie seine Absicht nicht. Sie wusste, dass sie ihn nicht für immer von sich fernhalten konnte – irgendwann würde er die Geduld verlieren –, aber fürs Erste war sie sicher.

Helena saß an diesem Abend in ihrem Gemach und webte. Sie war immer noch nicht besonders gut darin, aber sie mochte es inzwischen mehr als früher. Auf gewisse Weise war es beruhigend, wenn sie das Schiffchen hin und her bewegte, wenn sie Schuss um Schuss den Stoff aufbaute. Egal, was sonst geschah – sie konnte hier an ihrem Webstuhl sitzen und den Rest der Welt vergessen.

Ein Klopfen an der Tür zerbrach diese Illusion. Helena hielt das Schiffchen an und wandte sich um, um zu sehen, wer eintrat. Als sie das Gesicht erkannte, erfasste sie eine nervöse Furcht. Es war ihr Gemahl.

Helena blieb auf dem Schemel sitzen, sie wollte nicht auf ihn zukommen. Vielleicht sah er ja, dass sie zu tun hatte, und ging wieder. Oder er tat so, als wäre er nur gekommen, um sie irgendetwas Belangloses zu fragen, wie er es manchmal tat.

Aber heute nicht. Er strahlte eine neue, zielgerichtete Energie aus, als er eintrat und die Tür hinter sich schloss. Er ging auf sie zu, und in seinen Schritten lag eine Art gezwungene Festigkeit. Dann, als er direkt vor ihr stand, legte er ihr die Hand auf die Schulter und küsste sie auf die Lippen.

Es war das erste Mal, dass er sie seit der Geburt des Babys geküsst hatte. Und trotz ihrer Nervosität gefiel es ihr. Der Kontakt, die Zuneigung. Der Kuss war weich, aber gleichzeitig fest, und sie spürte, wie sie sich nach einem weiteren Kuss sehnte. Plötzlich wollte sie in seinen starken Armen gehalten werden, wollte, dass er ihr übers Haar strich, ihr sagte, dass sie schön sei, dass er sie liebte. Mehr als alles andere wollte sie das, es war alles, was sie je gewollt hatte. Und doch wollte sie es auch nicht. Nicht mehr. Nicht jetzt, da sie wusste, wohin es führte.

Er hatte sich wieder aufgerichtet, und sie saß da und schaute zu ihm hinauf, zerrissen zwischen den beiden Teilen ihrer selbst. Sie musste von ihm abrücken, ihn abweisen. Aber sie saß auf dem Schemel, den Webstuhl hinter sich. Wo sollte sie hin?

»Helena«, sagte Menelaos, bevor sie etwas tun konnte. »Geht es dir … gut?«

Sie stand auf. Plötzlich fühlte sie sich in der Falle. »Ja, mir geht es gut«, sagte sie und ging um ihn herum. »Obwohl ich ziemlich müde bin. Ich sollte wirklich zu Bett gehen …«

Sie wich zurück, aber er packte ihr Handgelenk. Sein Griff war sanft, aber unnachgiebig.

»Helena«, sagte er erneut und drehte sie so, dass sie ihm direkt gegenüberstand. »Ich hatte gehofft … dass wir beieinanderliegen könnten. Als Mann und Frau. Zumal es dir wieder gut geht.«

Er hatte es endlich gesagt. Jene unausgesprochenen Worte, die seit Wochen zwischen ihnen hingen. Sie versuchte, ihm ihren Arm zu entwinden, aber er ließ sie nicht los.

»Es ist zu früh«, sagte sie mit kleiner Stimme und wich seinem Blick aus.

»Es ist schon mehr als zwei Monate her«, versetzte Menelaos. »Ich weiß, dass du eine schwere Geburt hattest, und ich habe dich in Ruhe gelassen. Aber jetzt bist du geheilt. Es gibt keinen Grund, es weiter hinauszuschieben.« Er ließ ihren jetzt schlaffen Arm los und nahm stattdessen ihre Hand. »Wir brauchen noch ein Kind, Helena.«

Sie wusste, dass sie nicht ehrlich zu ihm sein konnte. Sie konnte ihm nicht sagen, dass sie kein weiteres Kind wollte, dass das der Grund war, warum sie ihm widerstand. Er würde es nicht akzeptieren. Ein König brauchte Erben, und eine Königin musste sie ihm schenken. Wofür war sie sonst da?, dachte sie bitter. Er würde es ihr vielleicht erlauben, es noch einen Tag, noch eine Woche, noch einen Monat hinauszuschieben, aber irgendwann würde sie ihre Pflicht tun müssen. Es war müßig zu versuchen, es zu verhindern.

Als er sie erneut küsste, entzog sie sich ihm nicht. Und als er begann, ihr das Kleid von den Schultern zu streifen, ließ sie es zu.

Danach lag Helena wach im Bett und konnte nicht schlafen. Sie lag auf dem Rücken, die Hände auf den Bauch gelegt, und starrte in die Dunkelheit. Menelaos schnarchte bereits.

Sie spürte seinen Samen in sich, eine fremde Substanz, ein Gift. Sie stellte sich vor, wie es in die fruchtbare Erde ihres Leibs drang, sich dort einnistete, wie es wie Unkraut spross. Bei dem Gedanken wurde ihr schlecht. Sie wollte es aus sich herausspülen, mit der Hand hineingreifen und es herausreißen. Ihr eigener Tod wuchs in ihr. Sie fühlte es.

Sie geriet in Panik. Warum hatte sie das zugelassen? Sie hatte geglaubt, sie könne damit durchkommen, dass sie nur ein wenig Mut brauche. Aber sie hatte sich geirrt.

Sie musste es loswerden. Sie musste es aus sich herausbekommen. Sie musste sich retten.

Es gab keine Zeit zu verlieren. Sie schlüpfte unter ihren Decken hervor, bemühte sich, Menelaos dabei nicht zu wecken, und schlich leise durch das Zimmer. Sie zog sich hastig ihr Kleid an, wobei sie in der Dunkelheit mit dem Stoff kämpfte, und tastete sich dann zum Tisch neben der Tür. Sie dankte den Göttern, dass ihre Hände den Wasserkrug fanden – er war noch halb voll. Sie nahm ihn zusammen mit der Lampe daneben und verließ das Gemach so leise, wie sie konnte.

Die Fackeln im Flur brannten noch, und sie entzündete ihre Lampe daran und eilte zu ihrem Ziel – einem Gästegemach am Ende des Flurs, von dem sie wusste, dass es leer war.

Helena trat ein und schloss die Tür hinter sich. Im dämmrigen Licht der einzelnen Lampe, die sie mitgebracht hatte, schaute sie sich im Zimmer um und seufzte dankbar, als sie entdeckte, was sie gesucht hatte. Ein kleines Stückchen Schwamm, das in der Ecke des Raumes neben dem Bad lag. Sie hätte es auch ohne tun können, aber dass es da lag, kam ihr vor wie ein Zeichen, wie eine Bestätigung, dass sie das Richtige tat.

Sie trat zum Bad und zog sich das Kleid aus. Dann nahm sie das Stückchen Schwamm, tunkte es in den Krug und schob es zwischen ihre Beine. Sie stieß es so weit wie möglich hinauf und wand sich dabei, dann zog sie es wieder heraus, wusch es im Wasser aus und schob es wieder hinein. Sie wiederholte die Prozedur mehrmals, und jedes Mal fühlte sie sich sauberer. Es war, als wasche sie Schmutz aus einer Wunde. Sie machte so weiter, selbst als sie schon glaubte, es müsse alles fort sein. Sie musste sichergehen. Von dem Schwamm wurde sie bereits ganz wund, aber sie durfte kein Risiko eingehen. Als sie endlich aufhörte, schmerzte ihr Rücken von ihrer gebückten Haltung, und ihre Fingerspitzen waren ganz verschrumpelt. Sie drückte den Schwamm aus und richtete sich auf.

Sie stand allein und nackt in der Dunkelheit und zitterte. Jetzt, da es vollbracht war, jetzt, da sie nicht mehr mit ihrer Aufgabe beschäftigt war, spürte sie, wie eine Welle von Gefühlen in ihr aufstieg. Sie ließ alles zu, die Angst und die Einsamkeit und die Gewissensbisse, ließ die Gefühle über sich hinwegspülen, ließ die warmen Tränen und leisen Schluchzer zu.

Und dann riss sie sich zusammen. Beruhigte ihren Atem, wischte sich die Tränen aus dem Gesicht, zog sich das Kleid an und ging zurück in ihr Gemach.

19

HELENA

Am nächsten Tag war Helena erschöpft. Nach ihrem heimlichen nächtlichen Ausflug hatte sie den Rest der Nacht wach gelegen und sich Sorgen gemacht. War sie alles losgeworden? Was würde Menelaos tun, wenn er es herausfände? Hatte sie jemand gesehen? Was sollte sie das nächste Mal tun, wenn er wieder bei ihr liegen wollte?

Sie saß wie üblich in ihrem Gemach und spann gemeinsam mit Adraste Wolle. Ihre Zofe plauderte, aber Helena war zu müde, um ihr zuzuhören. Sie schaute dabei zu, wie die Spindel am Ende des Fadens um ihre eigene Achse wirbelte. Ihre endlose Rotation wirkte beinahe hypnotisch, und sie spürte, wie sich ihre Lider zu senken begannen und ihr Kopf nach vorn fiel.

»Herrin?« Adrastes besorgte Stimme weckte sie, und sie schreckte auf. »Ihr seid eingeschlafen, Herrin. Das sieht Euch gar nicht ähnlich. Geht es Euch nicht gut?«

Helena war es peinlich, beim Einnicken erwischt worden zu sein, und begann hastig, sich an der Wolle zu schaffen zu machen.

»Nein, nein. Mir geht es gut«, sagte sie. »Nur ein bisschen müde. Sprich weiter. Du wolltest etwas über deinen Bruder sagen … oder über deinen Onkel …«

»Verzeihung, Herrin, aber Ihr seht gar nicht gut aus. Ihr habt grauenvolle Schatten unter den Augen. Ihr seht aus, als hättet Ihr keine Sekunde geschlafen.« Adraste musterte sie, und in ihren warmen braunen Augen lag Sorge.

Helena war sich nicht sicher, wie sie sich verhalten sollte. Sie konnte es kaum von sich weisen – immerhin trug ihr Gesicht den Beweis. Aber sie konnte Adraste auch kaum die Wahrheit sagen, oder doch? Schließlich beschloss sie, zumindest die halbe Wahrheit zu sagen.

»Der König hat mich letzte Nacht besucht …«, fing sie an, aber Adraste unterbrach sie.

»Oh, Herrin, das habe ich nicht gewusst«, sagte sie, und ihre blassen Wangen wurden ganz rosig. »Sagt nichts weiter, ich verstehe. Ich hätte nicht … ah … vergebt mir meine Neugier, Herrin.«

Nach einer kurzen Pause, in der die Zofe so tat, als wäre sie mit ihrer Wolle beschäftigt, fügte sie hinzu: »Oh, aber das ist doch gut, oder? Ich freue mich, dass es Euch gut genug geht, um … Ihr wisst schon. Und bald werdet Ihr mit dem Willen der Götter ein neues wunderschönes Baby haben. Ich freue mich so sehr für Euch, Herrin.«

Plötzlich und zu ihrer eigenen Überraschung kamen Helena die Tränen, und bevor sie es verhindern konnte, entrang sich ihrer Kehle ein Schluchzen. Sie wandte sich von Adraste ab, konnte es aber nicht mehr verbergen.

»Oh, Herrin!«, rief die Zofe und streckte die Hand aus, um Helenas Knie zu berühren. »Was ist geschehen? Habe ich etwas gesagt, das ich nicht hätte sagen sollen?« Sie verstummte, und Helena spürte ihren besorgten, eindringlichen Blick auf ihrem Gesicht. Sie suchte nach einer Antwort, die Helena nicht geben konnte.

»Macht Euch keine Sorgen, Herrin«, sagte Adraste schließlich und drückte beruhigend Helenas Knie. »Ich bin mir sicher, dass Ihr weitere Kinder haben werdet.«

Aber diese Worte waren wie Öl, das ins Feuer gegossen wurde, und Helena schluchzte erneut zitternd auf.

Adraste verstummte nun ganz. Sie hatte begriffen, dass sie alles nur noch schlimmer machte. Helena brauchte ein paar Minuten, um die Kontrolle über sich wiederzuerlangen, und als sie die Zofe schließlich ansah, war der Blick des Mädchens so ängstlich, dass sie ihr leidtat.

»Es ist schon gut, Adraste«, sagte Helena und legte ihre Hand auf die Hand ihrer Zofe, die noch auf ihrem Knie ruhte. »Es geht mir gut.«

»Aber das stimmt nicht, Herrin«, entgegnete die Zofe und schaute Helena prüfend ins tränenverschmierte Gesicht. »Wollt Ihr mir nicht sagen, was Euch quält, damit ich Euch helfen kann? Ihr könnt mir vertrauen, Herrin. Ich verspreche es.«

Helena schaute in die Augen des Mädchens, die offen und ernst blickten. Sie vertraute ihr tatsächlich. Und vielleicht half es, ihre Ängste zu teilen, jemandem zu sagen, was sie durchmachte. Sie fühlte sich so allein.

Langsam und zögerlich erzählte sie ihr, was sie die Nacht zuvor getan hatte und warum. Als sie geendet hatte, schwiegen beide, bis Helena schließlich fragte: »War es falsch, was ich getan habe? Findest du, dass ich eine schlechte Ehefrau bin?«

»Nein, Herrin«, sagte Adraste nach kurzem Schweigen. »Ich verstehe, warum Ihr jetzt noch kein zweites Baby haben wollt. Das erste war so schwierig für Euch … vielleicht ist es besser, noch eine Weile zu warten, bis Ihr bereit seid.«

Helena nickte, aber sie wusste, dass Adraste sie nicht vollkommen verstanden hatte. Sie wollte eine weitere Schwangerschaft nicht nur hinauszögern, sondern sie ganz verhindern. Sie hatte nicht vor, ein zweites Kind zu bekommen, nicht, wenn sie es verhindern konnte. Aber sie spürte, dass das für ihre Zofe schwierig zu verstehen sein würde, und schon gar nicht würde sie sie darin unterstützen können. Was war eine Frau schließlich wert, wenn sie keine Kinder bekam? Es war ein trauriges Leben, ein unnatürliches Leben, und noch unnatürlicher war nur eine Frau, die das auch noch bewusst in Kauf nahm. Sie konnte es nicht ertragen, ihrer Freundin das wahre Ausmaß ihrer Gefühle begreiflich zu machen. Sie konnte es nicht ertragen zuzusehen, wie sich dieser warme Blick angeekelt verhärtete, zu spüren, wie sich ihre tröstende Hand ängstlich zurückzog, also sagte sie nichts.

»Wisst Ihr, Herrin …«, sagte Adraste und schaute auf ihre Wolle. »Es gibt da … Methoden. Die Frauen nutzen, wenn sie nicht wollen, dass …« Sie schaute Helena verstohlen an. »Ich habe gehört, wie einige davon sprachen. Es gibt da eine Frau, nicht weit von hier, zu der sie gehen … Sie hat vielleicht etwas, das Euch helfen kann.«

Helena sah ihre Zofe jetzt direkt an. Sie versuchte, ruhig zu wirken, aber unter ihrem Kleid pochte ihr Herz. Es gab noch *andere* Frauen? Andere, die versuchten, diesen beängstigend dicken Bauch zu verhindern? Andere, die darüber sogar *sprachen,* als wäre es nicht die größte Sünde ihres Geschlechts, Unfruchtbarkeit zu wünschen, obwohl es Leben geben sollte? Helena fühlte sich seltsam erleichtert. Leichter, weil sie nicht die Einzige war, die so unnatürlich fühlte. Und sie war gleichzeitig wütend, dass niemand je mit *ihr* über derlei Dinge gesprochen hatte.

»Ich könnte herausfinden, wo sie wohnt«, sagte Adraste. »Wir könnten zu ihr gehen. Zusammen.«

Helena drückte die Hand des Mädchens fester, als sie vorgehabt hatte.

»Meinst du das ernst, Adraste? Du würdest mit mir dort hingehen?«, hauchte sie. »Selbst wenn es bedeutete, dass wir den König anlügen?«

Helena glaubte, Angst im Blick der Zofe aufflackern zu sehen, aber sie nickte.

»Du bist eine gute Freundin, Adraste«, sagte Helena und lächelte dankbar und erleichtert. »Wir gehen gleich morgen.«

An jenem Abend erzählte Helena Menelaos mit Herzklopfen von ihren Plänen, den Palast zu verlassen. Sie sagte, sie müsse hinausgehen und nach ihrer langen Gefangenschaft die Sonne sehen. Und es gebe da eine heilige Stätte auf dem Land, die sie besuchen wolle. Es heiße, die Götter erfüllten die Wünsche derjenigen, die dort ihre Opfergaben ließen, und sie wolle sie bitten, ihr ein weiteres Kind zu schenken. Es war eine dreiste Lüge, das wusste sie. Aber sie wusste auch, dass ihr Mann nichts gegen eine solche Unternehmung einzuwenden haben würde.

Zunächst hatte er darauf bestanden, dass sie Wächter mitnehmen sollte, genau wie sie befürchtet hatte, aber sie hatte ihm gesagt, dass das Heiligtum nur für Frauen sei und dass sie als Reisebegleitung ihre Zofe mitnehmen wolle. Als er immer noch nicht zufrieden war, sagte sie, sie werde sich als Frau vom Land verkleiden. Zwei bescheidene Frauen würden schließlich weniger Aufmerksamkeit erregen als die Königin und ihr Gefolge.

Endlich und zum Glück hatte er zugestimmt. Und so waren Helena und Adraste an diesem Morgen aufgebrochen, einfach gekleidet und in die bescheidenen, praktischen Schleier gehüllt, die die arbeitenden Frauen trugen. Es war auf gewisse Weise auch befreiend, nicht als Königin Helena hinauszugehen, sondern nur als Helena selbst, als ein Mädchen von siebzehn Jahren, das sich mit ihrer Freundin auf ein Abenteuer einließ. Ihr Schritt war beinahe beschwingt, als sie die Palastmauern hinter sich gelassen hatten. Sie fühlte sich frei und getragen von der Hoffnung, noch weitere Freiheit erlangen zu können, sobald sie ihr Ziel erreichten.

Es war ein langer Marsch, länger jedenfalls, als es Helena in den letzten Jahren gewohnt war. Ihre Fußsohlen schmerzten bereits, als Adraste plötzlich stehen blieb.

»Ich glaube, hier ist es«, sagte sie und zeigte auf ein kleines Gebäude auf halber Höhe des Hügels vor ihnen.

»Bist du dir sicher?«, fragte Helena und blinzelte skeptisch. Die kleine Hütte sah eher aus wie ein Ziegenstall. Sie hatte etwas … Beeindruckenderes erwartet.

»Ja, ich glaube schon«, erwiderte Adraste und ging auf das Gebäude zu, wobei sie die Röcke für den Aufstieg raffte. »Genauso hat man mir den Ort beschrieben«, rief sie über ihre Schulter hinweg.

Helena hatte keine Wahl, sie musste ihrer Gefährtin folgen. Die Hütte lag weiter oben auf dem Hügel, als sie geglaubt hatte, und ihre Lungen brannten bereits, als sie endlich vor der schiefen Holztür standen. Die beiden Mädchen wechselten einen Blick.

»Soll ich klopfen, Herrin?«, flüsterte Adraste. Sie klang, als wollte sie es lieber nicht tun.

»Ich weiß nicht«, flüsterte Helena zurück. »Jetzt, da ich hier bin … Glaubst du, wir können dieser Frau trauen? Was, wenn sie es jemandem erzählt? Oder … oder wenn sie eine Hexe ist? Wer weiß, was sie uns antut?«

»Aber wir sind den ganzen Weg hierhergekommen, Herrin, und …«

Plötzlich öffnete sich die Tür. Und vor ihnen stand eine alte Frau, klein, aber rüstig, mit einer Haut wie braunes Leder und einem abgetragenen Mantel um die Schultern. Ihr scharfer Blick glitt zwischen den Mädchen hin und her.

»Ich kann euch hören, wisst ihr?«, sagte sie. »Und ich bin keine Hexe.«

Helena wurde rot und lächelte entschuldigend.

»Wir … wir haben gehört, dass Ihr uns vielleicht helfen könnt«, sagte sie, und ihre Stimme klang vor lauter Nervosität ganz quietschig. »Mir, meine ich. Mir helfen könnt.«

Die Frau musterte sie von oben bis unten. »Wenn du gekommen bist, um es loszuwerden, kann ich dir nicht helfen. Ich hab grad kein Blei mehr, und …«

»Nein, nein«, unterbrach sie Adraste. »Das ist es nicht. Sie will etwas, das verhindert, dass es überhaupt dazu kommt. Etwas, das den Samen stoppt.« Die Frau betrachtete Helena immer noch, während Adraste sprach, und antwortete nicht sofort. Helena fürchtete schon, dass sie sie fortschicken würde, und sie begriff, dass sie, Hexe oder nicht, die Hilfe dieser Frau wollte.

Schließlich sagte die Frau: »Kommt mal besser rein.«

Der Raum war genauso klein, wie er von außen aussah. In der Mitte brannte ein Feuer. Die Frau bedeutete ihnen, sich auf zwei Schemel zu setzen, deren Sitze von früheren Besuchern schon ganz blank poliert waren, und schlurfte zu einer hölzernen Truhe in der Ecke. Sie wühlte und suchte darin, nach etwa einer Minute kam sie zurück und setzte sich auf einen dritten Schemel. In jeder ihrer verwitterten Hände hielt sie ein kleines Tiegelchen.

»So, bevor ich euch was geb, müsst ihr beweisen, dass ihr die Mittel habt, mich zu bezahlen«, sagte die Frau und drückte die Tiegel an ihre Brust. »Wobei ich nicht glaub, dass das bei euch ein Problem sein wird«, fügte sie mit einem wissenden Lächeln hinzu.

Helena machte sich plötzlich Sorgen, und die Frau schien ihr das anzusehen.

»Keine Sorge, Kind, du wärst überrascht, wie viele edle Fräulein an meine Tür klopfen. Ich frag dich nicht nach deinem Namen, solange du meinen nicht wissen willst.« Dann legte sie die Tiegelchen in ihren Schoß, beugte sich leicht vor und streckte die knittrigen Hände aus. »So, was habt ihr denn für mich?«

Helena sah Adraste nervös an, die ihr zunickte. Also griff sie in ihr

Kleid und holte einen kleinen Stoffbeutel hervor. Sie öffnete ihn und leerte den Inhalt in ihre Handfläche: eine lange Kette aus polierten Amethysten. Sie hatte sie aus ihrer Mitgifttruhe genommen – die reinsten Steine, die sie hatte finden können – und freute sich über ihre Wahl. Gespannt betrachtete sie das faltige Gesicht der Frau.

Die alte Frau blinzelte und nahm ihr die Kette aus der Hand, um sie ins Licht zu halten, das durch ein kleines Fensterchen fiel.

»Ich hatte auf ein bisschen Wein gehofft oder vielleicht auf einen neuen Schal, aber das hier ist auch nett«, sagte sie und betrachtete die glatten Steine. »Ja, sehr nett. Dafür bekommst du die volle Behandlung.« Dann steckte sie die Steine in die Falten ihres Kleides.

Plötzlich lag Helena eine Frage auf der Zunge, und sie hatte sie schon ausgesprochen, bevor sie noch darüber nachdenken konnte.

»Warum lebt Ihr hier, wenn wohlhabende Frauen Euch bezahlen, wie Ihr sagt? Diese Perlen sind allein … na ja, sie sind eine Menge wert. Sicher könntet Ihr Euch eine Unterkunft leisten, die etwas weniger … abgelegen ist.«

»Du willst wissen, warum ich in dieser gottverlassenen Hütte hause, was? Ist es das?«, fragte die Frau kichernd. »Na ja, ich hab früher am Rand von Amyklai gewohnt – schöne Gegend. Aber die Leute waren das Problem. Nicht jeder findet es gut, was ich da tu, weißt du? Daher ist es hier draußen sicherer. Und die Ziegen sind als Nachbarn viel netter«, fügte sie mit einem zahnlosen Grinsen hinzu.

Helena lächelte, aber die Frau tat ihr ein wenig leid. Was war das nur für ein Leben hier draußen? Und doch schien es ihr, als lächelte die Frau gern. Sie war vielleicht allein, aber auch frei. Helena spürte, dass sich zu ihrem Mitleid ein anderes Gefühl gesellte. War es etwa Neid?

»Jetzt habt ihr bezahlt, dann mach ich mich mal an meine Aufgabe.« Die Frau wurde jetzt ernst. »Deine Freundin sagt, du willst dafür sorgen, dass kein Kind in dir wächst, stimmt das? Und du weißt sicher, dass da gerade keins in dir ist, oder?«

Helena nickte.

»Woher weißt du das?«, fragte die Frau. »Dich besucht doch ein Mann, sonst wärst du nicht zu mir gekommen. Woher weißt du, dass seine Saat nicht bereits aufgegangen ist? Denn wenn sie es ist, ist das hier alles umsonst.«

Helena zögerte. Es war schon schwierig genug, mit Adraste über all das zu sprechen. Und doch redete diese Frau so sachlich daher, dass Helena bezweifelte, sie schockieren zu können.

»Ich hatte gerade erst ein Baby«, begann sie leise. »Und daher waren mein Mann und ich nicht … aber dann kam er vor zwei Nächten zu mir und … tat seinen Samen in mich. Aber ich habe ihn ausgewaschen, damit er nicht wächst. Ich habe alles ausgewaschen.«

»Du hast ihn ausgewaschen?«, wiederholte die Frau. »Was meinst du damit?«

»Ich habe einen Schwamm benutzt. Hab ihn hineingesteckt und … es ausgewaschen«, antwortete Helena, fühlte sich aber von Sekunde zu Sekunde unsicherer, weil die Frau sie eindringlich ansah.

»Oh, Kind. Das hilft nicht«, sagte sie und schüttelte den Kopf. »Nein, nein. Das ist nichts – komm, ich zeig es dir.«

Dann war sie aufgestanden und schaute sich im raucherfüllten Raum um. Sie nahm einen kleinen Wasserschlauch auf und schlurfte zurück zu ihrem Schemel.

»Weißt du, Kind, der Leib einer Frau – du weißt, was das ist, oder? Wo das Baby wächst? – also, der Leib ist wie dieser Wasserschlauch hier, nur andersrum.« Sie drehte den Schlauch um, sodass seine Öffnung mit dem Verschluss nach unten zeigte. »In diesem Teil hier wächst das Baby«, sagte sie und zeigte auf den Schlauch. »Und dies hier nennen wir den Hals«, fuhr sie fort und zeigte auf den unteren Teil mit dem Verschluss. »Der Samen eines Mannes ist klein, weißt du, sodass er durch den Hals kommt und zu einem Baby wird. Aber wenn du versuchst, ihn auszuwaschen, kommst du nicht durch den Hals, nicht mit der Hand und auch nicht mit einem Schwamm. Das Loch ist zu klein. Du musst den Samen daran hindern, überhaupt durchzukommen.«

Helena nickte, um zu zeigen, dass sie verstand, aber ihre Wangen brannten, weil es ihr so peinlich war. Sie war eine erwachsene Frau, hatte bereits ein Baby auf die Welt gebracht, und doch wusste sie kaum etwas über ihren eigenen Körper. Für wie dumm musste die

Frau sie halten? Aber woher hätte sie all das wissen sollen? Ihre Mutter hatte nie mit ihr über solche Dinge gesprochen, auch nicht Thekla oder Nestra. Vielleicht wussten sie auch nicht mehr als sie. Immerhin musste man nichts wissen, um ein Baby zu bekommen. Offenbar musste man nur etwas lernen, wenn man das verhindern wollte.

»Ist schon gut, Kind. Bin mir sicher, dass du dein Bestes gegeben hast«, sagte die Frau mit einem mitfühlenden Lächeln. »Aber du musst diese Dinge verstehen, damit ich dir helfen kann.«

Helena nickte erneut. Aber dann schoss ihr ein beängstigender Gedanke durch den Kopf.

»Wenn ich den Samen nicht auswaschen konnte, bedeutet das, dass er noch in mir ist? Wird da jetzt ein Baby wachsen?« Helena wurde übel bei dem Gedanken, dass all ihre Mühen womöglich sinnlos gewesen waren, dass dieser Samen vielleicht gerade in ihr keimte und dass sie machtlos war und ihn nicht würde daran hindern können.

»Vielleicht. Vielleicht auch nicht«, sagte die Frau. »Es war nur das eine Mal, hast du gesagt? Dann hast du eine gute Chance, dass nichts daraus wird.« Sie verstummte und schien nachzudenken. Dann fuhr sie fort. »Aber wenn, dann komm zu mir zurück, und ich versuche, dir zu helfen. Bis dahin sollte ich die Dinge haben, die ich dafür brauche.«

Helena erinnerte sich daran, dass die alte Frau etwas von »Loswerden« gesagt hatte. Ein Teil von ihr wollte fragen, was sie damit meinte, aber der grimmige Ausdruck im knittrigen Gesicht sagte ihr, dass sie es vielleicht doch lieber nicht wissen wollte.

Die Frau lächelte jetzt aufmunternd und fuhr fort. »Wir müssen also dafür sorgen, dass wir es das nächste Mal stoppen. Und da kommt das hier ins Spiel«, sagte sie und hielt die beiden Tiegel in die Höhe, die in ihrem Schoß gelegen hatten.

»Was ist das denn?«, fragte Helena und betrachtete die Gefäße gleichermaßen mit Neugier und Misstrauen.

»In diesem hier ist Zedernharz«, sagte die Frau und gab Helena das etwas größere der beiden. »Erinnerst du dich an den Hals, von dem ich gesprochen habe? Also, du musst ein wenig von dem hier auf den Finger nehmen und es dort hinstreichen, *bevor* er sich zu dir legt. Das ist sehr wichtig.«

Helena nahm den Stopfen aus dem Tiegel und roch am Inhalt. Der Geruch war nicht unangenehm, und sie fand, dass die Aufgabe ganz einfach klang.

»Ja, das kann ich tun«, sagte sie.

»Gut«, sagte die Frau, aber das hier brauchst du auch.« Sie reichte Helena den zweiten Tiegel.

Sie öffnete ihn und roch daran.

»Das ist Honig!«, sagte sie, überrascht, dass sie etwas Bekanntes roch. »Trage ich ihn einfach auf wie das Harz?«

»Nicht ganz«, sagte die Frau. »Im Honig liegt ein Klumpen, der aus … unterschiedlichen Dingen besteht. Wenn du das Zedernharz verschmiert hast, nimm den Klumpen heraus und schieb ihn ebenfalls hinein, so hoch wie möglich – und sieh zu, dass du ihn dann wieder in den Honig legst, wenn du fertig bist. So kann der Samen nicht in den Hals – wie bei diesem Stopfen hier«, sagte sie und zeigte auf den Wasserschlauch, der jetzt auf dem Boden lag.

Helena war sich bei dem zweiten Tiegel nicht so sicher.

»Was ist denn eigentlich genau in diesem … Klumpen?«, fragte sie.

»Na ja … Akazienspitzen und Beifuß …«, antwortete die Frau und wich Helenas Blick aus. »Und natürlich Schaffung …«

»Schafsdung?!«, platzte Helena heraus und schob den Tiegel heftig von sich. »Ihr wollt, dass ich mir Schaffung … da unten reinstecke?!«

»Ja, wenn du willst, dass da kein Baby wächst«, versetzte die Frau mit einem scharfen Unterton. »Du wolltest doch Hilfe von mir, und das ist die Hilfe, die ich anbieten kann. Wenn du sie nicht willst …«

»Doch«, sagte Helena. »Tut mir leid, es ist nur …«

»Du musst nicht beides verwenden, wenn du nicht willst«, sagte die Frau jetzt etwas milder. »Aber das kommt natürlich darauf an, wie wichtig es dir ist. Diese Mittel sind das Beste, was ich hab, aber das heißt nicht, dass sie ganz sicher wirken. Deine beste Chance ist, alles zu benutzen, was du hast, und auf das Beste zu hoffen. Aber wenn du das Risiko eingehen willst …«, sagte sie und streckte die Hand aus, als wollte sie den Honigtiegel wieder einstecken.

»Nein«, sagte Helena und nahm beide Tiegel. »Ich nehme beide.«

»Gut«, sagte die Frau und zog ihre Hand wieder zurück. »Aber benutze sie genau, wie ich es gesagt hab.«

Helena nickte.

»Gut, wenn das alles ist, dann geht ihr wohl besser wieder«, sagte die Frau und wuchtete sich mühsam auf ihre dürren Beine. »Dieses Tal ist kein guter Ort für zwei junge Mädchen, wenn die Sonne untergeht.«

Sie verließen die Hütte, die Tiegel sicher in den Falten von Helenas Kleid verborgen. Aber als Adraste und sie sich anschickten, den Hügel hinunterzugehen, griff die Frau nach Helenas Handgelenk, um sie aufzuhalten.

»Ich habe dir gegeben, was ich konnte, Mädchen, und wenn die Götter wollen, wird es helfen«, sagte sie ernst. »Aber die beste Art, ein Baby aufzuhalten, ist die, die du schon kennst«, fuhr sie fort und schaute Helena bedeutungsvoll an. »Immer, wenn er bei dir liegt, ist es ein Risiko. Denk dran.«

20

KLYTÄMNESTRA

Es war der erste Tag des neuen Monats, also saß Klytämnestra im Kaminsaal und hörte sich mit ihrem Mann die Bitten der Untertanen an. Sie war überrascht gewesen, als er am Morgen in ihr Gemach gekommen war, um sie zu bitten, sich ihm anzuschließen, aber noch viel größer war ihre Erleichterung gewesen. An der letzten Audienz hatte er ihr nicht erlaubt teilzunehmen, weil noch zu wenig Zeit seit ihrem Versuch vergangen war, Leukippe aus dem Palast zu schleusen. Und obwohl sie wusste, dass er noch immer wütend war, obwohl ihr klar war, dass er seitdem nicht mehr in ihrem gemeinsamen Bett genächtigt hatte und ihre Teilnahme an der Audienz womöglich nicht mehr als eine öffentliche Zurschaustellung der Ehe und der Beweis für den Erfolg seiner Erziehungsmaßnahmen war, hegte sie dennoch die Hoffnung, es könnte vielleicht der Beginn einer Versöhnung sein. Er holte sie zurück in sein Leben, und sie klammerte sich daran fest wie an einen Rettungsring.

Sie brauchte ihren Mann, das hatte sie begriffen. Ihr bereits sehr kleiner Radius war ohne seine Gesellschaft noch kleiner geworden, ohne seine Besuche in ihrem Gemach, ohne seine Neuigkeiten aus der Welt außerhalb Mykenes. Und sie merkte, dass auch die Mädchen ihn vermissten. Er besuchte sie natürlich weiter, aber er benahm sich ihnen gegenüber steifer, pflichtbewusster. Eine Zeit lang waren sie eine Familie gewesen, und Klytämnestra wollte nichts mehr, als dass sie wieder eine wurden.

Sie hatte sich den ganzen Morgen besonders gut benommen – hatte den Kopf gesenkt gehalten, um nicht zu stolz zu wirken, sich den Schleier vors Gesicht gehalten, obwohl das unnötig war, um ihre Bescheidenheit zu unterstreichen. Sie hatte es nicht gewagt, auch nur ein Wort zu ihrem Gemahl zu sagen, und ihm stattdessen ihre Fügsamkeit mit demütigem Schweigen gezeigt. Sie wusste, dass das der beste Weg war, seine Vergebung zu erlangen. Es war ihre Kühnheit, die ihn verärgert hatte, ihr unabhängiger Wille. Sie musste ihm versichern, dass er dieses Feuer erstickt hatte, und die Asche verbergen, die noch immer in ihr glomm.

Es war jetzt Mittag, daher gab es eine kurze Unterbrechung der Audienz. Essen und Wein wurden in den Saal gebracht. Die Erfrischungen wurden alle auf einen Tisch direkt neben Agamemnon gestellt, auf der Seite von seinem Thron, die von Klytämnestras geschnitztem Holzstuhl am weitesten entfernt war. Hatte er das absichtlich getan, fragte sie sich? Bestrafte er sie immer noch?

Sie hatte Hunger und fühlte sich wie ausgedörrt, aber selbst jetzt, trotz aller Demütigungen, wäre sie nie so weit gegangen zu betteln. Also beschloss sie, die Erfrischungen zu ignorieren, schaute geradeaus und ließ die Hände im Schoß liegen, bis er fertig war.

Da spürte sie, wie etwas ihren Oberarm antippte. Sie drehte sich um und sah, dass die dickfingrige Hand ihres Mannes ihr einen Becher Wein hinhielt. Er bot ihn ihr an, begriff sie, und sie beeilte sich, ihn zu nehmen.

»Danke«, sagte sie so leise, dass es kaum mehr als ein Flüstern war, und war überrascht, wie viel ihr diese Geste bedeutete. Und als er ihr eine Feige reichte, konnte sie nicht anders, sie lächelte zu ihm hinauf.

Seine Antwort war nur mehr ein Knurren, aber Klytämnestra spürte, wie sie eine hoffnungsvolle Wärme durchströmte, als sie am süßen Fruchtfleisch der Feige knabberte. Sie war ihm immer noch wichtig. Das wusste sie jetzt. Und das bedeutete, dass immer noch die Chance bestand, Glück und Harmonie in ihrem geteilten Leben zu finden. Sie hatte das Gefühl, als wäre eine grauenvolle Last von ihrer Brust gefallen, und sie trank schweigend ihren Wein.

Als Agamemnon mit seinem Essen fertig war, winkte er einem Diener, der den Rest abräumte. Dann rief er mit dröhnender Stimme seinem Herold am Eingang des Saals zu: »Lass den nächsten rein, Talthybios. Ich will nicht den ganzen Nachmittag hier sitzen.«

Der Herold nickte, verschwand kurz und kehrte dann zurück, um den nächsten Bittsteller anzukündigen.

»Kalchas von Argos, Sohn des Thestor, Seher und Priester des Tempels von Paton-Apollo.«

Die Wärme, die sich in Klytämnestra ausgebreitet hatte, verwandelte sich in Kälte. Sie bemühte sich, ihre Angst nicht zu zeigen, als der Priester in den Saal schritt.

Agamemnon schenkte sich einen neuen Becher Wein ein und schaute hoch, um zu sehen, wer gekommen war.

»Ah. Warst du nicht schon mal hier? Du kommst mir bekannt vor«, sagte er leichthin und schwenkte den Wein in seinem Becher.

»Ja, mein Herr«, sagte Kalchas und sah Agamemnon direkt in die Augen. Klytämnestra wusste, dass er sie neben dem König gesehen haben musste, aber er schien entschlossen, nicht in ihre Richtung zu blicken. Dafür war sie ihm dankbar. »Ich bin vor zwei Monaten schon einmal hier gewesen, im Auftrag meines Tempels. Wir haben uns Sorgen um das Mädchen Leukippe gemacht.«

Er war also letzten Monat nicht gekommen, als sie nicht an der Audienz hatte teilnehmen dürfen. Das war weise, dachte Klytämnestra. Agamemnons Wut war damals sicher noch zu frisch gewesen, und er hätte vielleicht erraten, dass der Priester an der Sache beteiligt gewesen war. Sie versuchte, ihre zitternden Hände mit einem Schluck Wein zu beruhigen.

»Ah ja«, sagte Agamemnon und richtete sich ein wenig auf. »Ja, jetzt erinnere ich mich. Tja, ich kann dir versichern, dass es ihr sehr gut geht.«

»Das mag sein«, erwiderte Kalchas und sah aus, als müsste er sich zurückhalten, dem König nicht zu widersprechen. »Aber ich bin nicht nur gekommen, um nach dem Mädchen zu fragen. Stattdessen beabsichtige ich, sie zurück zum Tempel zu bringen.«

»Ja, das wolltest du schon letztes Mal tun«, sagte Agamemnon, er klang verärgert. »Nun, meine Antwort ist dieselbe wie damals. Das Mädchen bleibt bei mir. Nichts hat sich geändert, wenn das also alles ist, weswegen du gekommen bist, dann solltest du lieber zurück …«

»Ich bitte um Vergebung, Herr«, unterbrach der Priester, »aber es hat sich doch etwas geändert.« Er trat einen Schritt vor. Sein mit Bändern umwickelter Stab machte ein dumpfes, Unheil verkündendes Geräusch, als er ihn auf den Steinboden des Saals stieß. »Ich bin nicht nur Priester, sondern auch Seher, Herr. Apollo hat mich mit der Gabe des Hellsehens und der Fähigkeit gesegnet, die Stimmungen der Götter zu deuten. Und ich bin gekommen, Euch zu sagen, dass das Mädchen Gefahr bedeutet. Artemis ist erzürnt, dass eine ihrer Anhängerinnen gestohlen und geschändet wurde. Sie ist zornig auf Euch, Herr, und sie wird Euch bestrafen. Ich habe es gesehen. Der einzige Weg, ihren Zorn zu besänftigen, ist, das Mädchen zurückzugeben. Deshalb bin ich gekommen, Herr. Um Euch zu warnen und zu erretten. Lasst mich das Mädchen mitnehmen, dann seid Ihr sicher.«

Agamemnon hörte schweigend zu, was Kalchas zu sagen hatte, wobei er mit seinen großen Händen die Lehnen des Throns umklammerte. »Warum sollte ich dir glauben?«, sagte er schließlich. »Deine hellseherischen Kräfte sind mir nicht bekannt. Warum sollte ich dich beim Wort nehmen?« Er setzte sich auf seinem Thron zurecht. »Vielleicht willst du das Mädchen für dich selbst, he? Ist es das? Lässt dich der Gedanke an diese weißen Brüste nachts nicht schlafen, Priester?« Er lachte tief und bellend, und Klytämnestra drehte sich der Magen um. Dann sagte er ernsthafter: »Das Mädchen gehört mir, und ich höre mir deine Lügen nicht länger an.«

Klytämnestra sah den Zorn in Kalchas' Blick. Sie fürchtete, er würde etwas Dummes sagen oder tun, versuchte aber gleichzeitig, ihre Sorge zu verbergen.

»Es sind keine Lügen, Herr. Die Göttin ist erzürnt, und Ihr werdet dafür büßen.«

»Das klingt in meinen Ohren wie eine Drohung«, grollte Agamemnon, der sich halb von seinem Thron erhoben hatte. »Ich habe genug gehört. Wache!«, schrie er, und innerhalb von Sekunden waren sie schon im Saal. »Bringt den Mann fort«, befahl er.

»Bitte, Herr«, rief Kalchas, als ihn die Wächter beim Arm nahmen und aus dem Saal zerrten. »Ihr müsst zuhören, Herr! Ihr seid in Gefahr! Ihr müsst das M…«

Einer der Wächter schlug ihn in den Magen, und seine Worte gingen in einem Stöhnen unter. Und bevor er Atem holen konnte, um noch etwas zu sagen, war er auch schon fort.

Klytämnestras Herz schlug heftig. Sie hatte Mitleid mit Kalchas.

Sie verstand seine Verzweiflung, sie hatte sie in seinem wütenden Blick gesehen, als man ihn aus dem Saal gezerrt hatte, aber er hatte keine Chance. Er war ein großes Risiko eingegangen, indem er hierhergekommen war. Sie wusste nur zu gut, dass ihr Mann eher entzweibrechen würde, als nachzugeben. Andererseits, wenn sie in Kalchas' Lage wäre, wenn Leukippe Helena oder eine ihrer eigenen Töchter wäre, was würde sie dann tun? Sie würde ebenfalls bis zum Ende kämpfen.

Sie zuckte zusammen, als Agamemnon sie ansprach.

»Diese religiösen Fanatiker, was?«, sagte er und lachte kehlig. »Schick den Nächsten rein, Talthybios!«

21

HELENA

Drei Monate waren vergangen, seit Helena die Frau in den Hügeln aufgesucht hatte, und drei Mal hatte sie den Göttern gedankt, als ihre Blutung gekommen war. Sie hatte die Mittel genauso benutzt, wie die Frau ihr erklärt hatte, und zwar immer dann, wenn ihr Mann beschloss, sich zu ihr zu legen. Zuerst hatte sie befürchtet, er könnte es riechen oder spüren, aber nach den ersten Malen verflog ihre Furcht. Er lag bei ihr wie immer – energisch, pflichtbewusst und in vollkommener Stille.

Manchmal dachte sie an die letzten Worte, die die Frau an sie gerichtet hatte, und sagte ihm, dass sie müde sei oder sich nicht gut fühle. Üblicherweise akzeptierte er diese Ausreden und ließ sie zufrieden, aber sie spürte, er wusste, dass sie genau das waren: Ausreden. Helena mochte diese Lügen nicht, diese Geheimnisse, die Widersprüche. Sie hatte das Gefühl, sie und Menelaos seien weiter voneinander entfernt denn je. Das war nicht, was sie gewollt hatte, aber sie konnte weder den Betrug beenden noch sich dem Schicksal ergeben und ihr Leben wegwerfen. Sie musste überleben.

Es war mitten am Nachmittag, und Helena saß in ihrem Gemach und spann Wolle mit Adraste und Alkippe. Die drei hatten den ganzen Tag miteinander geplaudert und gelacht, so sehr, dass Helenas Wangen schon schmerzten. So viel hatte sie seit Monaten nicht mehr gelacht. Da war die schreckliche Geburt gewesen, und dann hatte sie so viel Angst davor gehabt, bei ihrem Mann zu liegen, ein weiteres Kind zu empfangen. Aber jetzt entspannte sie sich langsam wieder. Drei Monate, drei Blutungen und kein Baby. Offenbar taten diese wertvollen kleinen Tiegelchen genau, was sie sollten.

Plötzlich klopfte es an der Tür.

»Wer ist da?«, rief Helena, die noch kicherte, weil Adraste den schüchternen Wasserjungen so lustig nachgemacht hatte, von dem sie behauptete, dass er in Alkippe verliebt sei. Alkippe kicherte ebenfalls mit geröteten Wangen und schlug nach Adraste, damit sie aufhörte.

Die Tür öffnete sich, und Menelaos trat ein.

Das Gelächter erstarb wie eine ausgeblasene Kerzenflamme. Helenas Zofen standen hastig auf und senkten die Köpfe.

»Ich muss allein mit meiner Frau sprechen«, sagte Menelaos.

Ihre Zofen eilten aus dem Gemach, und Helena geriet in Panik. Warum schickte er sie fort? Wollte er bei ihr liegen? Es war zu früh, sie hatte sich nicht darauf vorbereitet. Sonst kam er nicht vor dem Abend. Konnte sie sich entschuldigen?

Bevor sie eine Entscheidung treffen konnte, war sie schon mit ihrem Gemahl allein. Und er trat auf sie zu.

»Ich wollte gerade nach Hermione sehen«, sagte sie und stand auf, als wollte sie den Raum verlassen.

»Es dauert nicht lang«, sagte ihr Mann und kam näher. »Ich muss mit dir sprechen.«

Helenas Herz pochte heftig, aber sie blieb, wo sie war. »Gut«, sagte sie. »Wenn es nicht lange dauert.«

Menelaos setzte sich auf einen der Stühle neben Helena, und sie setzte sich ebenfalls.

»Wir liegen jetzt schon einige Monate beieinander, und trotzdem bist du noch nicht schwanger«, sagte er leise, wich ihrem Blick aus und fingerte an seinem Siegelring herum.

Helena wurde noch unruhiger. Wusste er es? War er deshalb hier? Um es ihr auf den Kopf zuzusagen? Um sie zu bestrafen?

Sie wagte es nicht, etwas zu erwidern, daher machte sie nur ein kurzes Geräusch statt einer Antwort.

»Ich dachte, es wäre an der Zeit, sich Hilfe zu holen«, fuhr er fort. »Um die Sache etwas zu beschleunigen.«

Helenas Angst wich vorsichtiger Neugier. »Was denn für Hilfe?«

Menelaos setzte sich zurecht und räusperte sich. »Es gibt da eine Höhle. Keinen Tagesritt von hier entfernt«, sagte er, und sein Blick traf Helenas, um dann wieder fortzugleiten. »Man sagt, die Höhle sei Eileithyia geweiht. Wenn ein Mann und eine Frau dort Liebe machen, wird die Göttin ihnen ein Kind schenken.«

Helena tat ihr Gemahl beinahe leid. Er wünschte sich so verzweifelt, sie zu schwängern. Dabei hatte der arme Trottel keine Ahnung, dass sie es war, nicht die Götter, die verhinderte, dass sein Wunsch in Erfüllung ging. Aber dann erinnerte sie sich an den Schmerz und das Blut, daran, was sein Wunsch für sie bedeutete, und ihr Mitleid löste sich in Angst auf.

»Du möchtest, dass wir in diese Höhle gehen?«, fragte sie und bemühte sich um eine feste Stimme.

»Ja«, antwortete Menelaos. »Morgen. Es ist bereits alles arrangiert.«

Helenas Angst schwoll an. Offenbar war die Entscheidung bereits gefallen; sie konnte nicht mehr ablehnen. Und wenn es tatsächlich funktionierte? Was, wenn die Höhle wirklich etwas Besonderes war? Was, wenn die Macht der Göttin stärker war als ihre kleinen Tiegelchen? Panik schnürte Helena die Kehle zusammen, würgte sie, drohte sie zu ersticken. Aber was konnte sie tun?

»Nun gut«, brachte sie endlich hervor. »Ich komme mit.«

Die Sonne stand schon niedrig am Himmel, als sie am nächsten Tag die Höhle erreichten. Helena blinzelte in die letzten blendenden Sonnenstrahlen und sah den klaffenden Schlund im Felsen. Er war breit und hoch, und die Höhle selbst schien ziemlich tief zu sein, denn darin war nur Schwärze zu erkennen.

Ein Sklave trat an die Seite ihres Gemahls und reichte ihm eine entzündete Fackel. Menelaos nahm sie in eine Hand und fasste mit der anderen Helenas schmales Handgelenk. Feierlich schritt er auf die Höhle zu und führte sie hinein.

Helena hatte am Morgen das Zedernharz und den Honigklumpen eingeführt, in den wenigen Minuten, die sie allein gewesen war. Sie hatte befürchtet, dass der Klumpen während des anstrengenden Ritts durch die Hügel verrutschen könnte, aber bisher fühlte es sich so an, als wäre er noch genau dort, wo er sein sollte. Sie versuchte dennoch, ihre Beine nicht zu weit zu spreizen, als sie die Höhle betraten. Vielleicht war es albern, aber sie wollte kein Risiko eingehen. Welche Chance hätte sie gegen eine Göttin ohne ihre Mittelchen? Sie drangen tiefer in die Höhle ein, und Helena stellte sich die göttlichen Augen vor, wie sie sie beobachteten, stellte sich vor, wie sich unter Eileithyias süßem Atem ihre Nackenhärchen aufstellten. Sie schauderte. Ihr eigener Atem beschleunigte sich, und ihr Keuchen war laut in der widerhallenden Stille der Höhle zu hören.

Plötzlich blieb Menelaos stehen. Helena hatte den Blick auf den unebenen Boden gerichtet, aber jetzt wagte sie es aufzublicken.

Im flackernden Licht der Fackel erkannte sie, dass sie schon sehr weit in der Höhle waren. Die Decke war hier niedriger, es war enger, aber immer noch geräumig. Und direkt vor ihr, größer als sie selbst, stand ein großer, abgerundeter Felsblock.

»Das ist er«, sagte Menelaos mit gedämpfter Stimme und berührte den Felsen leicht mit der Fingerspitze. »Der Stein der Eileithyia.«

Hinter dem Rücken ihres Gemahls verzog Helena das Gesicht. Das war es? Ein großer Felsblock? Der hatte doch noch nicht einmal ein Gesicht. Aber andererseits … die Menschen sagten, dass es besondere Orte gebe, Orte, an denen die Götter lebten, ganz normale Bäume und Felsen und Quellen. Und ihr Mann sagte, es gebe Geschichten von Leuten, die hier gelegen hatten und von der Göttin gesegnet worden waren. Vielleicht wohnte hier doch eine höhere Macht. Vielleicht würde sie tatsächlich ein Wunder wirken. Dieser Gedanke ließ Helenas Herz schneller schlagen. Ihre Muskeln spannten sich unwillkürlich an, als wollten sie sie zur Flucht zwingen.

Sie unterdrückte den Instinkt jedoch. Wenn sie floh oder ihn zurückwies, würde Menelaos ihre wahren Gefühle erkennen, würde wissen, dass sie im Geheimen gegen seine Interessen arbeitete. Vielleicht würde er sogar die kleinen Tiegel finden und sie zerstören. Was würde dann mit ihr geschehen? Es war sicherer, mitzuspielen und aus ganzem Herzen zu hoffen, dass dieser Felsblock im Grunde nur ein Felsblock war.

Ihr Gemahl betete jetzt, leistete ein Trankopfer und bat um den Segen der Göttin. Währenddessen betete Helena stumm in ihrem Kopf dagegen. *Halte den Samen fern von mir. Mach meinen Leib unfruchtbar. Halte den Samen fern von mir.*

Dann war das Gebet beendet, und Menelaos wandte sich ihr zu.

Sie trug noch immer den leichten Sonnenschleier, den sie für den Ritt angelegt hatte, und er hob ihn vorsichtig an. Die Geste erinnerte Helena an ihre Hochzeitsnacht, an die Furcht und die Verletzlichkeit, die sie damals gefühlt hatte. Diese Gefühle waren noch immer in ihr, aber es waren nicht mehr die Empfindungen eines naiven Mädchens. Sie waren jetzt tiefer und wurzelten in Erfahrung, getränkt mit ihrem eigenen Blut.

Seine Hände lösten jetzt ihr Kleid. Keine Worte – natürlich keine Worte, daran war sie inzwischen gewöhnt. Keine geflüsterten Nichtigkeiten. Ihr Mann sprach nur, wenn es absolut nötig war. Jetzt aber war es Zeit zu handeln.

Ihr Kleid lag jetzt zu ihren Füßen, und sie schauderte in der Kälte der Höhle. Die Fackel war ihre einzige Wärmequelle, ein paar Meter entfernt zwischen zwei Felsbrocken.

Melelaos zog seine Tunika aus und schaute sie an. Helena fragte sich, ob ihr Gemahl wohl sehen konnte, dass sie zitterte – vor Kälte, vor Angst. War es ihm egal? Er betrachtete ihr Gesicht mit offenem Mund und unsicherem Blick. Es gab bei ihm immer diesen Moment kurzen Zögerns, als wollte er doch noch etwas sagen, aber dann gewann sein Körper jedes Mal gegen seine Zunge.

Er legte seine Hände auf ihre Schultern, ließ sie dann nach unten gleiten, über ihre Brüste, und legte sie auf ihre Taille. Sie zuckte zusammen, als sie über das Netz von Linien auf ihrem Bauch strich. Merkte er es? Offenbar nicht – seine Hände waren zu hungrig und betasteten ihr Fleisch, als gehörte es allein ihm. Bald lagen sie auf dem Boden der Höhle. Sein fester, brauner Körper drängte sich gegen ihren weichen, weißen. Hier unten auf dem rauen Steinboden war es hart und unbequem, aber Menelaos schien das nichts auszumachen. Er war aus einem einzigen Grund hier, und er würde es zu Ende bringen. Aber mit jeder Berührung, jedem Stoß und unterdrückten Stöhnen fühlte Helena, wie sie einen Teil von sich verlor, einen Teil der Kontrolle, die sie erlangt hatte, der Mauer, die sie aufgebaut hatte. Der Gedanke an diese tödliche Saat, daran, dass ihre Schutzmaßnahmen unter dem entschlossenen Angriff von Eileithyia und ihrem Mann nachgeben könnten, erfüllte sie mit heißer Angst.

Sie ließ ihren Körper ganz hart werden, als könnte sie ein Teil dieses Steinbodens werden – unvergänglich, undurchdringlich. Und auch als er längst fertig war, lag sie steif und leblos da, nur ihr Herz schlug wild.

Sie verbrachten die Nacht in der Höhle – er bestand darauf –, und obwohl ihr Mann bald schon schnarchte, war es Helena unmöglich, auf dem harten Stein zu schlafen. Sie fror, obwohl sie sich das Kleid wieder angezogen hatte. Ein Teil von ihr wollte an Menelaos heranrücken, sich an ihm festhalten und seine Wärme genießen. Aber ein anderer Teil von ihr warnte sie. Was, wenn er aufwachte? Was, wenn er es erneut versuchen würde, nur um sicherzugehen? Und noch etwas anderes hielt sie zurück. Sie konnte sich nicht überwinden, dem Mann nahezukommen, der womöglich gerade die Saat für ihren Tod gesät hatte.

Die Fackel war bald ausgegangen, aber jetzt, nach Stunden tintenschwarzer Dunkelheit, sickerte ein wenig Licht in die Höhle. Der Morgen war endlich gekommen. Es war immer noch dämmrig, aber Helena freute sich über diesen Boten des Morgengrauens. Sie hatte nicht geschlafen, und ihr ganzer Körper schmerzte vom Liegen auf dem kalten Felsgestein.

Sie stand auf und reckte sich, halb in der Hoffnung, dass sich Menelaos regte, damit sie gehen konnten. Es half tatsächlich, er setzte sich auf.

»Ist es schon Morgen?«, fragte er müde.

»Ja, mein Gemahl«, erwiderte Helena. Sie stand ein paar Schritte von ihm entfernt, die Arme um den Oberkörper geschlungen, damit er gar nicht erst auf Ideen kam.

Aber zu ihrer Erleichterung sagte er: »Wir haben getan, was nötig war. Wir sollten jetzt gehen.«

Sie hatten nichts mitgenommen, das jetzt hätte gepackt werden müssen, daher stand er einfach auf und ging auf das Tageslicht zu. Helena folgte ihm.

Aber als sie die Höhle schon beinahe verlassen hatten, fiel ihr etwas ein. Sie blieb stehen. »Mein Gemahl, darf ich zum Felsen zurückgehen? Ich möchte ein Opfer für die Göttin dort lassen. Wenn ich ihr etwas Schönes schenke, wird sie vielleicht auf uns herunterlächeln.« Sie ließ ein goldenes Armband von ihrem Handgelenk gleiten, um ihm zu zeigen, was sie meinte.

»Ja«, erwiderte er nach einer kurzen Pause. »Ja, geh nur zurück. Ich warte vorm Eingang auf dich.«

Sie nickte und eilte zurück in die Höhle. Bald stand sie vor dem Felsen. Im Dämmerlicht ragte der riesige Felsblock über ihr auf. Er schien tatsächlich eine merkwürdige Macht zu haben, eine unbeschreibliche Präsenz. Sie hatte das Gefühl, beobachtet zu werden, als wartete der Stein ab, was sie tun würde.

Helena nahm das Armband ab und warf es in den hinteren Teil der Höhle. Es landete irgendwo in der Dunkelheit – es war ihr egal, wo. Dann stieg sie auf den Felsen und trat dagegen. So hart sie konnte, ohne sich zu verletzen. Und dann noch einmal mit dem anderen Fuß. Dann spuckte sie auf ihn und sah mit Befriedigung zu, wie ihr Speichel den unbeweglichen Felsen hinabglitt.

Sie fühlte sich mächtig. Vielleicht ein wenig ängstlich, aber auch mächtig. *Wollen wir doch mal sehen, ob die Göttin jetzt noch auf mich herunterlächelt,* dachte sie trotzig.

Dann eilte sie zurück zum Eingang und zu ihrem Gemahl. Er lächelte, als er sie sah, und sie wand sich innerlich vor Scham, als sein hoffnungsvoller Blick ihren traf. Aber sie fühlte keine Reue.

22

KLYTÄMNESTRA

Ein neuer Tag, ein weiterer Nachmittag am Webstuhl. Aber wie üblich halfen die Mädchen dabei, die Monotonie erträglich zu machen. Elektra war mittlerweile viel stabiler auf den Beinen, und ihr Lieblingsspiel war es derzeit, Iphigenie dazu zu bringen, sie durch die Kammer zu jagen. Heute aber wollte ihre ältere Schwester nicht darauf eingehen. Sie beschäftigte sich lieber damit, ihrer Lieblingspuppe die Miniatur-Tunika und den Mantel, die Klytämnestra für sie genäht hatte, an- und wieder auszuziehen. Elektra schmollte jetzt, weil ihre Schwester ihr keine Aufmerksamkeit schenkte, und Iphigenie war trotz ihrer beeindruckenden Geduld Elektra gegenüber ein wenig gereizt.

»Elektra«, sagte Klytämnestra und unterbrach ihre Arbeit. »Wollen wir raus auf den Hof?« Iphigenie konnte bei Eudora bleiben, dachte sie, damit sich Elektra draußen ein wenig verausgaben konnte.

Elektra war begeistert von der Aussicht, die Kammer verlassen zu können, und kam bereitwillig mit. An der Hand ihrer Mutter, die sie kräftig hin und her schwenkte, machte sie sich auf in den Hof. Klytämnestra wünschte, sie könnte mit ihr den Palast verlassen, im Gras rollen und Steinchen in den Fluss werfen, wie Helena und sie es getan hatten, als sie noch Kinder waren, aber Agamemnon ließ das nicht zu. Mykene war nicht so offen wie Sparta; um wirklich nach draußen zu kommen, musste man die Zitadelle und die äußere Stadt hinter sich lassen. Aber das sei nicht sicher, sagte ihr Gemahl.

Im Laufe der letzten Monate, seit Kalchas' zweiter Bitte, war Agamemnon ihr gegenüber wieder weicher geworden. Wenn er jetzt kam, um nach den Mädchen zu sehen, sprach er auch mit ihr, fragte sie, ob es etwas gebe, was sie brauchte. Hin und wieder lag er sogar bei ihr, und obwohl noch nicht wieder die frühere Intimität zwischen ihnen herrschte, gab das Klytämnestra Hoffnung. Die Hoffnung, dass er sie immer noch begehrte. Hoffnung, dass er zu ihr zurückkommen würde, sobald er Leukippes überdrüssig war. Hoffnung, dass irgendwann alles wieder so sein würde wie früher. Sie musste nur geduldig sein.

Elektra und sie waren jetzt im Hof, und sie ließ die Hand ihrer Tochter los, damit die Kleine herumrennen konnte, wobei sie entschlossen mit den Ärmchen ruderte. Klytämnestra rannte aus Spaß hinter ihr her, wobei sie darauf achtete, sie nicht zu schnell zu fangen. Aber dann packte sie sie, kitzelte sie, bis sie quiekte, und ließ sie erst dann wieder los. So spielten sie eine ganze Weile miteinander. Elektra quietschte und kicherte, und Klytämnestra lachte so sehr, dass sie stehen bleiben und zu Atem kommen musste. Es war wunderbar, so in der Sonne zu spielen. Klytämnestra fühlte sich beinahe selbst wieder wie ein Kind, wenn sie so ihre Röcke raffte und rannte, und all ihre anderen Sorgen schienen dann plötzlich unwichtig zu sein.

Nach einer Weile jedoch hörte Klytämnestra neben dem Kichern und Quietschen ihrer Tochter noch etwas anderes. Zuerst glaubte sie, dass es nur die alltägliche Betriebsamkeit der Zitadelle sei, aber dann wurde es lauter und deutlicher. Menschen kamen näher, und einige von ihnen riefen laut. Etwas geschah gerade, und es bewegte sich in ihre Richtung.

Klytämnestra hörte auf zu lachen, fing Elektra auf und ließ sie nicht mehr los. »Es reicht«, sagte sie, nahm sie beim Handgelenk und ging mit ihr zurück in ihr Gemach. Elektra protestierte zunächst, ging dann aber mit, als sie begriff, dass das Spiel vorbei war.

Klytämnestra war erleichtert, als sie die Tür zur Kammer erreichten. Was auch immer da draußen vor sich ging, sie wollte auf keinen Fall ein Risiko eingehen – nicht mit den Kindern. Am besten war es, im Gemach zu bleiben und die Tür zu verriegeln.

Sie hatten noch nicht lange in der Kammer verharrt, als es heftig gegen die Tür klopfte und eine vertraute Stimme durch das Holz drang.

»Herrin Klytämnestra? Seid Ihr da?«

Obwohl sie froh war, jemanden zu hören, den sie kannte, machte ihr die Dringlichkeit in Talthybios' Tonfall Angst.

Sie entriegelte die Tür und öffnete sie einen Spalt, sodass sie gerade sein ernstes Gesicht sehen konnte.

»Es ist der König, meine Herrin«, sagte der Herold außer Atem, als wäre er gerannt. »Er hatte einen Unfall.«

Agamemnon war in schlechtem Zustand. Er war kaum bei Bewusstsein, und wenn er wach wurde, stöhnte er vor Schmerzen. Klytämnestra war nicht daran gewöhnt, ihren Gemahl so verletzlich zu erleben, und sein Anblick jagte ihr eine Angst ein, die sie noch nie gekannt hatte.

Er war mit einigen seiner Männer auf die Jagd gegangen, wo sein Pferd von einem Keiler aufgeschreckt worden war. Er war aus dem Nichts gekommen, sagten sie, und direkt auf sie zugestürmt. Das Pferd des Königs war gestiegen, hatte ihn zu Boden geworfen und war dann auf ihn gefallen. Sein linkes Bein war im Fall verdreht, so schien es, und unter dem Gewicht des Pferdes zerschmettert worden. Ganz abgesehen von der klaffenden Wunde an seinem Hinterkopf und den Prellungen an seinen Rippen.

Sie wusste nicht, ob er nach ihr gefragt hatte oder ob sie einfach herbeigerufen worden war, weil sie die Königin war. Jetzt, da der König außer Gefecht war, brauchte das Reich einen anderen Anführer, aber Klytämnestra hielt sich selbst für einen schlechten Ersatz.

Dennoch versuchte sie, die Situation zu meistern. Sie befahl, den König in eines der Gästezimmer zu legen, und schickte Sklaven los, die frisches Wasser und Leintücher holen sollten. Außerdem ließ sie nach dem königlichen Arzt senden und befahl, dass alle anderen das Gemach verlassen sollten. Es war einfach zu unruhig, wenn ihn alle umschwirrten wie Fliegen eine Leiche, aber es gab noch einen weiteren Grund: Sie wusste, dass ihr Gemahl es nicht wollen würde, dass der ganze Palast ihn so sah. Er sah so zerbrechlich aus, so sterblich, so schwach. Ein König durfte nicht schwach sein.

Sie wischte ihm die Stirn mit kaltem Wasser ab, nachdem sie seine Kopfwunde gereinigt und verbunden hatte. Die Verletzung war nicht so schlimm, wie sie zunächst ausgesehen hatte.

Der Arzt schien sich am meisten Sorgen um das Bein des Königs zu machen. Es sah nicht richtig aus und stand in einem merkwürdigen Winkel ab, außerdem schien es von Minute zu Minute weiter anzuschwellen. Das Bein war eindeutig die Hauptursache für seine Schmerzen, und Agamemnon schrie mitleiderregend auf, als der Arzt daran herumdrückte. Klytämnestra zuckte bei dem Geräusch zusammen. Nach allem, was sie miteinander durchgemacht hatten, lag ihr Gemahl ihr dennoch am Herzen. Es schmerzte sie, ihn so zu sehen, und sie fürchtete sich, darüber nachzudenken, was geschehen würde, wenn er starb. Würden ihr die Männer Mykenes einen neuen Gemahl suchen? Oder würden sie ihren Bund mit Sparta aufkündigen und sie fortjagen? Und was würde aus ihren Kindern werden? Töchter waren keine Bedrohung für einen neuen König, sagte sie sich, und doch würden sie unweigerlich zu Bauernopfern in einem Machtkampf werden. Sie spürte, wie es in ihrer Brust eng wurde, und zwang sich dazu, langsam zu atmen. Sie ließ ihre Gedanken viel zu weit in die Zukunft schweifen. Ihr Mann lebte noch, und er war stark. Sie musste ruhig bleiben, für ihn und für sich selbst.

Als die Untersuchung abgeschlossen war, schaffte es Agamemnon, bei Bewusstsein zu bleiben. Er schien endlich wieder zu begreifen, wo er war und wer an seinem Bett saß.

»…nestra …«, stöhnte er leise und sah zu ihr hoch. In seinem Blick lag immer noch Schmerz, aber wenigstens war er jetzt klarer.

»Ja, ich bin's«, sagte sie und legte ihm sanft die Hand auf die Schulter.

»Der Keiler … der Keiler …«, murmelte er.

»Ja, ein schrecklicher Unfall. Aber jetzt bist du in Si…«

»Nein«, sagte er und griff plötzlich nach ihrer Hand. »Kein Unfall.« Er sah sie jetzt mit eindringlichem Blick an.

Klytämnestra erwiderte verwirrt seinen Blick.

»Was meinst du damit? Hat … hat das jemand mit Absicht getan?« Sie konnte es nicht glauben, aber sein Blick war so ernst.

»Nein … nicht jemand«, röchelte er und verstummte, weil ihn eine Welle des Schmerzes überkam. »Es war die Göttin.«

Klytämnestra schwieg. Sie wusste nicht, was sie sagen sollte.

»Artemis. Sie hat den Keiler geschickt«, fuhr er fort und drückte ihre Hand. »Der Priester … er hatte recht. Wir müssen das Mädchen zurückschicken. Du musst … sie loswerden.«

Klytämnestra öffnete den Mund, um etwas zu sagen, aber er redete schon weiter.

»Werd sie los«, sagte er und wurde ohnmächtig.

Sie schickte einen Boten nach Argos, und Kalchas kam schon am nächsten Tag in Mykene an. Der König war nicht in der Lage, ihn zu empfangen, also fiel diese Pflicht Klytämnestra zu.

Das erneute Zusammentreffen machte sie unruhig. Würde der Priester dankbar sein, dass er seine Schwester endlich zurückbekam? Oder wütend, weil es so lange gedauert hatte? Leukippe war nun schon beinahe sechs Monate im Palast. Und noch etwas machte ihr Sorgen, noch mehr als alles andere: Kalchas wusste nichts von ihrem Zustand.

Die beiden Frauen saßen wartend im Kaminsaal, Leukippe auf einem schlichten Holzstuhl, der eigens für sie herbeigebracht worden war, und Klytämnestra auf ihrem üblichen geschnitzten Thron. Der Königsthron war leer. Sie war sich nicht sicher gewesen, ob der Saal angemessen für diese Übergabe war, aber immerhin waren sie hier unter sich. An der Tür stand ein Wächter, aber ansonsten war die Halle leer.

Leukippe tippte nervös mit dem Fuß auf den Boden. Klytämnestra griff nach ihrer Hand und drückte sie fest. Das Mädchen lächelte sie an und schien sich ein wenig zu beruhigen.

Es dauerte nicht lange, bis sie Stimmen vor dem Saal hörten, und Kalchas trat ein. Sein Blick fand Leukippe sofort, und er schritt auf sie zu, ein breites, erleichtertes Lächeln im Gesicht. Leukippe keuchte aufgeregt auf und erhob sich. Dabei öffnete sich ihr Mantel, und darunter wurde ihr runder Bauch sichtbar.

Klytämnestra sah, wie sich Kalchas' Gesichtsausdruck veränderte. Seine Wangen sackten nach unten und verloren ihre Farbe, seine Augen verdunkelten sich, als er begriff.

Aber nur eine Sekunde später war Leukippe bei ihm, schlang die Arme um seinen Hals und legte ihre Wange an seine Brust.

»Kalchas«, hauchte sie, löste sich von ihm und schaute zu ihm hoch. »Ich wusste, du würdest kommen. Ich wusste, du würdest mich nicht verlassen.«

Der Priester schien aus seiner Erstarrung zu erwachen und zwang sich zu einem Lächeln.

»Ja, natürlich bin ich gekommen«, sagte er und umarmte sie. Aber über ihren Kopf hinweg traf sein Blick Klytämnestras, und er war voller Angst.

Sie wusste, welche besorgten Gedanken ihn bewegten, weil sie sich ebenfalls mit ihnen herumgeschlagen hatte. Wer würde Leukippe jetzt noch heiraten? Und was sollten sie mit dem Kind tun? Welche Zukunft konnte es für beide geben?

Aber Leukippe schien die Sorge ihres Bruders nicht zu bemerken.

»Gehen wir jetzt nach Hause? Noch diesen Nachmittag?«, fragte sie voller Hoffnung.

»Ja«, antwortete ihr Bruder, der immer noch mit seiner Bestürzung rang. »Ja, wir gehen, sobald wir können, um noch vor Sonnenuntergang wieder zu Hause zu sein.« Sein Blick fiel unausweichlich wieder auf ihren Bauch, und es sah so aus, als wollte er noch etwas zu ihr sagen, aber dann schien er es sich anders zu überlegen und schwieg. Stattdessen wandte er sich steif zu Klytämnestra um.

»Lebt wohl, Herrin. Ich bezweifle, dass wir uns je wiedersehen werden. Grüße an den König.« Und dann waren sie fort.

Sie bemerkte, dass er es fertiggebracht hatte, höflich zu sein, ohne ihrem Gemahl gute Besserung zu wünschen, aber sie konnte es ihm nicht verdenken. Es war ihre Pflicht, ihren Gemahl zu lieben, aber er hatte diesem Mädchen und ihrer Familie Leid angetan und womöglich Leukippes Leben zerstört.

Als sie zurück in der Kammer war, in der Agamemnon halb bewusstlos lag, setzte sie sich neben ihn und schenkte ihm einen Becher Honigwasser ein. Sie legte ihn an seine Lippen, sah zu, wie er ihn austrank, wobei seine dichten schwarzen Brauen vor Schmerz zusammengezogen waren, und erwischte sich dabei, wie sie dachte, dass ihr Ehemann es vielleicht verdiente, ein wenig für den Schmerz zu leiden, den er anderen zugefügt hatte. Aber sie verdrängte den Gedanken wieder. So durfte eine Ehefrau nicht denken. Es war nun vorbei. Leukippe war wieder zurück in ihrer Heimat, und Kalchas würde nicht wiederkommen. Sie musste sich darauf konzentrieren, Agamemnon wieder auf die Beine zu bringen, und vielleicht würde ihr eigenes Leben dann weitergehen.

23

HELENA

Monate waren seit dem Ausflug zu Eileithyias Höhle vergangen, und Helenas Leib war immer noch leer. Sie hatte in den ersten Wochen danach eine solche Angst gehabt, war überzeugt gewesen, dass das Ritual funktioniert hatte, hatte sich selbst verflucht, dass sie geglaubt hatte, der Macht der Göttin widerstehen zu können. Aber dann war das Blut gekommen. Und im Monat danach wieder. Mit jedem Monat fühlte sich Helena mächtiger, unbesiegbarer. Sie hatte sich mit einer Göttin angelegt und gewonnen.

Sie achtete natürlich darauf, nicht selbstgefällig zu werden. Sie benutzte immer noch ihre Mittelchen – tatsächlich hatte sie Adraste zu den Hügeln schicken müssen, um mehr davon zu kaufen –, und sie hielt Menelaos auf Abstand, wann immer es ging. Sie wusste, dass sie ihn verletzte, sie sah in seinen Augen das Wissen darum, dass sie ihn absichtlich von sich stieß, aber was sollte sie tun? Er wollte ein Kind, und sie wollte ihm keins geben. Sie konnte ihm nichts sagen, es gab nichts, was sie tun konnten, um den Konflikt beizulegen. Er war wie eine unsichtbare, unverrückbare Mauer zwischen ihnen.

Aus Mykene war die Nachricht gekommen, dass Nestra ein weiteres Kind erwartete. Es machte Helena natürlich Angst, dass sich ihre Schwester denselben Risiken aussetzte, die sie sich so sehr zu vermeiden bemühte, aber sie freute sich auch für sie. Nestra hatte immer davon geträumt, viele Kinder zu haben; wenigstens eine von ihnen bekam das Leben, das sie sich erträumt hatte. Helena jedoch fühlte sich wie in einer Falle. Sie war zwischen Leben und Liebe gefangen – oder zumindest der Möglichkeit derselben –, aber je verzweifelter sie sich an dem einen festhielt, desto weiter schien ihr das andere zu entgleiten, aus der Reichweite ihrer begehrlichen Finger.

Es war nicht nur ihr Gemahl, der sich von ihr fortbewegte, sondern auch ihre Tochter. Hermione war jetzt fast ein Jahr alt, und doch fühlte sich Helena ihr nicht näher als damals, als sie sie zur Welt gebracht hatte.

Agatha hatte die Verantwortung für ihre Pflege übernommen, in einer eigenen Kammer, genau wie Helena es befohlen hatte. Und selbst wenn Helena ihre Tochter besuchte, war es klar, dass Hermione ihr die Sklavin vorzog; sie weinte jedes Mal, wenn Agatha sie mit ihrer Mutter allein ließ. Helena hatte schreckliche Schuldgefühle, dass sie nicht in der Lage gewesen war, dieses Kind zu lieben, dass sie selbst diesen schier unüberbrückbaren Abgrund zwischen ihnen geschaffen hatte. Es war, als wüsste ihre Tochter, dass ihre Mutter sie nicht gewollt hatte.

Nichts von alldem war Agathas Schuld, Helena wusste das, wenn sie ehrlich war. Und doch verübelte sie es ihr. Sie verübelte ihr, das zu tun, was sie selbst nicht konnte, das zu sein, was sie nicht war, ihrer Tochter zu geben, was sie ihr nicht gab. Immer wenn Hermione beim Anblick der jungen Sklavin lächelte und ihre molligen kleinen Ärmchen nach ihr ausstreckte, wusste Helena, dass sie in Wirklichkeit sich selbst hasste. Aber es war einfacher, Agatha zu hassen.

Sie hatte sich vorgenommen, heute Hermione zu besuchen. Seit ihrem letzten Besuch waren einige Tage vergangen, und sie hatte endlich die Decke fertiggestellt, die sie für sie gewebt hatte. Das Muster war ein wenig grob, und im Gewebe waren ein paar Fehler, aber sie wollte ihrer Tochter etwas schenken, das bei ihr blieb, wenn sie selbst fort war. Ein armseliger Ersatz für eine Mutter, das wusste sie, aber immerhin etwas.

Sie stand vor der Kammertür und öffnete sie, ohne vorher anzuklopfen. Agatha stillte Hermione gerade und hatte dafür ihr Kleid bis zur Taille heruntergeschoben. Das Mädchen zuckte zusammen, als sie Helena sah.

»O guten Tag, Herrin«, stammelte sie und versuchte, mit der freien Hand ihr Kleid hochzuziehen. »Ich wusste nicht, dass Ihr heute zu Besuch kommen wolltet.«

»Ich kann meine Tochter sehen, wann immer mir danach ist, oder etwa nicht? Oder muss ich mich vorher ankündigen?« Helenas Erwiderung klang schärfer als beabsichtigt.

»Ja, natürlich, Herrin. Ich meine, nein … sie ist sowieso gerade fertig«, sagte sie und löste Hermione von ihrer nassen, rosafarbenen Brustwarze, damit sie sich das Kleid wieder ganz hochziehen konnte.

Helena nickte nur. Sie wusste, dass Agatha sich dabei unwohl fühlte, aber sie musste sie einfach anstarren. Dieses lebenserhaltende Ritual, das sie selbst nie beherrscht hatte, faszinierte sie auf bittere Art immer noch.

»Ich wollte sie ein wenig ablegen, Herrin«, sagte Agatha unsicher. »Nach dem Stillen wird sie immer schläfrig. Aber wenn Ihr möchtet, kann ich …«

»Nein, das ist gut«, sagte Helena, die sich nicht vom Fleck bewegt hatte. »Mach ruhig weiter, es ist in Ordnung.«

Agatha trug Hermione zu ihrer Wiege und legte sie hinein. Sie richtete ihr die Decken, und Helena erinnerte sich daran, was sie in der Hand hielt.

»Ich habe eine Decke gebracht«, sagte sie befangen, machte einen Schritt nach vorn und hielt das Webstück hoch.

Agatha drehte sich zu ihr um.

»Der König hat vor Kurzem erst eine machen lassen, Herrin. Hat er Euch das nicht gesagt?« Aber dann schien sie die Enttäuschung in Helenas Gesicht zu erkennen. »Ganz egal«, sagte sie und nahm Helena die Decke aus der Hand. »Dann benutze ich stattdessen diese, Herrin. Sie ist sehr schön«, log sie mit höflichem Lächeln. Sie ging wieder zur Wiege und legte Hermione die Decke über den kleinen Körper.

Helena trat zu der kleinen Holzwiege und sah hinein. Hermione war noch wach, aber ihre Lider senkten sich schon schwer. Helena stand da und schaute zu, wie sich ihre kleine Brust hob und senkte. Sie fragte sich, ob sie die Hand ausstrecken und sie berühren sollte. Würde das ihre Tochter nur wieder unruhig machen? Sie war sich nicht sicher, und sie spürte Agatha neben sich. Sie hatte ständig das Gefühl, dass das Mädchen jede ihrer Taten bewertete.

»Ich habe ein wenig Hunger, Agatha«, sagte sie plötzlich und wandte sich zu dem Sklavenmädchen um. »Würdest du mir etwas zu essen besorgen?«

»Natürlich, Herrin«, erwiderte das Mädchen.

Helena musste sie loswerden, wenn auch nur für kurze Zeit. Ihr selbstverständlicher Umgang mit Hermione zeigte nur Helenas eigene schmerzhafte Unsicherheit umso stärker, und das konnte sie nicht ertragen. Sie brauchte Raum zum Atmen, wenn sie lernen wollte, ihr Kind zu lieben.

Das Geräusch der zufallenden Tür sagte ihr, dass Agatha fort war. Sie entspannte sich ein wenig, aber da war immer noch dieses kleine Leben vor ihr, das jetzt schlief, aber sehr real und lebendig und … unverständlich war. Was dachte es wohl über sie, fragte sie sich? Liebte es sie? Nein, das glaubte sie nicht. Wie sollte es auch? Und doch, vielleicht mit der Zeit …

Sie streckte eine zittrige Hand aus und streichelte die weiche Haut von Hermiones Wange. Ihr kleines Näschen kräuselte sich, und Helena zog rasch die Hand fort, voller Angst, das Kind könnte zu weinen beginnen.

Aber dann schlug sie die Augen auf und schaute zu ihr hoch. Nicht verängstigt oder wütend. Sie sah sie einfach nur an.

Helena fühlte sich plötzlich sicherer und streckte erneut die Hand aus, diesmal griff sie nach einem der kleinen Händchen. Und Hermione hielt ihren Finger fest. Helena wackelte im Griff dieser kleinen Händchen mit ihrem Finger, und ein kleines Kichern ertönte aus der Wiege.

Helena lächelte, und ihre Beklommenheit war vergessen. Mit jedem kleinen glucksenden Kichern hatte sie das Gefühl, einen Fortschritt zu machen, diese flüchtige Beziehung zu formen, deren Abwesenheit im letzten Jahr wie ein Schleier der Schande auf ihr gelegen hatte.

Aber dann hörte sie ein lautes Krachen und Klirren hinter sich, und der Zauber verflog. Hermione begann zu weinen, und Helena wirbelte herum. Agatha stand in der offenen Tür in einem Haufen von Brot, Brühe und zerbrochenem Tongeschirr.

Wut kochte in Helena hoch. Es war beinahe, als hätte Agatha das absichtlich getan, als könnte sie es nicht ertragen, sie glücklich zu sehen.

»Was tust du da bloß?«, schrie sie das Sklavenmädchen an, weil sie nicht genau wusste, was sie sonst schreien sollte, aber unbedingt schreien wollte.

»Verzeihung, Herrin«, sagte das Mädchen und hockte sich auf den Boden, um aufzuräumen. »Es ist einfach umgekippt, und …«

»Du ungeschickte Närrin!«, fuhr Helena sie an. »Jetzt sieh dir nur an, was du angerichtet hast! Und du hast Hermione erschreckt. Ich sollte dich auspeitschen lassen.« Sie tat einen Schritt auf Agatha zu, aber dann ließ sie eine Stimme von der Tür aufhorchen.

»Was ist hier los?«

Hinter Agatha stand Menelaos im Flur. Er war zornig.

»Ah, mein Gemahl«, sagte Helena und trat auf ihn zu. »Genau rechtzeitig. Diese Närrin hat alles fallen lassen, und sie hat unsere Tochter zum Weinen gebracht. Sie muss …«

»Das reicht«, fuhr er sie an und schaute zu Agatha hinunter. »Geht es dir gut?«, fragte er und streckte ihr die Hand hin, um ihr aufzuhelfen.

Noch immer lag Furcht im Blick des Sklavenmädchens, aber sie nickte und sagte: »Ja, mein Herr. Danke, mein Herr.« Dann nahm sie seine Hand und ließ sich auf die Füße ziehen.

Helena schäumte immer noch, aber gleichzeitig war sie verblüfft über das, was sie da sah. Was tat er da? Er war ihr Gemahl. Warum fragte er nicht *sie,* ob es ihr gut ging? Wie oft hatte er sie das überhaupt gefragt? Aber bevor sie die richtigen Worte finden konnte, ergriff Agatha das Wort.

»Es stimmt, was sie gesagt hat, mein Gebieter. Ich habe das Tablett fallen lassen, und das hat Krach gemacht, und …«

»Das ist ja wohl kaum ein Grund, jemanden auspeitschen zu lassen, oder?«, sagte er und sah Helena streng an. »Agatha kümmert sich um unsere Tochter, und ich erwarte von dir, dass du ihr mit mehr Freundlichkeit entgegentrittst.«

Agatha hatte den Kopf gesenkt und schaute zu Boden. Sie muss ja so selbstzufrieden sein, dachte Helena. Es tat weh zu hören, dass ihr Ehemann ein Sklavenmädchen gegen sie verteidigte. Wollte Menelaos sie absichtlich beschämen, weil sie sich nicht um Hermione kümmerte? Ihre Wangen brannten vor Wut, vor Verletztheit, vor Scham, und die Zunge schien an ihrem Gaumen festzukleben.

Nach ein paar Augenblicken des Schweigens sagte Menelaos: »Ich wollte ein wenig Zeit mit Hermione verbringen. Du kannst bleiben, wenn du möchtest, Helena.«

»Ich wollte gerade gehen«, log sie, weil sie es nicht ertragen konnte, bei Agatha und Menelaos zu bleiben, die ihr das Gefühl gaben, ein verzogenes Kind zu sein. Also schritt sie aus der Kammer, wobei sie das Kinn stolz erhoben hielt, und trat in den Flur.

Aus dem Augenwinkel sah sie, wie Menelaos Agatha die Hand auf den Ellenbogen legte. Es war nur eine kleine Geste, und doch ärgerte sich Helena und dachte auf dem Weg zurück in ihr Gemach darüber nach. Hatte er sie nur in die Kammer bitten wollen, oder war da mehr? Gab es da eine Zärtlichkeit zwischen ihnen, geboren in jenen Stunden, die ihr Ehemann mit Hermione verbracht hatte?

Das Gefühl kam wie eine Flut, die sich plötzlich an der Hafenwand brach, und Helena begriff, dass sie eifersüchtig war. Sie wusste, dass das Unsinn war, zumal sie ja versuchte, ihrem Gemahl aus dem Weg zu gehen und absichtlich Distanz zwischen ihnen zu schaffen. Und doch hinterließ der Gedanke einen bitteren Nachgeschmack, nämlich dass er für eine andere Frau etwas empfinden könnte. Trotz allem, was geschehen war, trotz allem, was sie zu tun gezwungen gewesen war, wollte Helena dennoch, dass Menelaos sie liebte, und nur sie. Und erst jetzt begriff sie, dass die Möglichkeit bestand, seine Zuneigung an eine andere zu verlieren.

Andererseits, dachte sie, als sie sich am Abend an ihren Schminktisch setzte, hatte sie sich die Sache vielleicht auch nur eingebildet. Sie zog den Elfenbeinkamm durch ihre langen Haare, bewunderte ihren Glanz im Licht der Lampe. Ihr Gemahl war anständig – vielleicht hatte er Agatha nur als treue Dienerin verteidigt. Tief in ihrem Inneren wusste Helena, dass das Mädchen ihre Beschimpfung nicht verdient hatte, und ihr Gemahl hatte das ebenfalls gewusst. Er war nur freundlich gewesen. Ja, es war vermutlich nicht mehr als das. Immerhin war die Vorstellung ziemlich lächerlich. Agatha sah sehr unscheinbar aus, und sie … sie war Helena von Sparta.

24

HELENA

Einige Wochen später lag Helena im Bett. Der Abend war noch jung, und doch hatte sie ihre Tageskleider bereits ausgezogen und sich unter die Decken gelegt. Sie wusste, dass Menelaos vermutlich bald in ihr Gemach kommen würde, und sie hoffte, seine Liebesabsichten zu ersticken, indem sie so tat, als schlafe sie bereits. Sie hatte ihn bereits zwei Mal in dieser Woche zurückgewiesen und Krankheit oder Müdigkeit vorgeschützt, und sie war sich nicht sicher, ob er eine weitere fadenscheinige Ausrede schlucken würde.

Sie hatte seit der vergangenen Woche kein Zedernharz mehr, zögerte aber, Adraste loszuschicken, um mehr davon zu kaufen. Ihre Zofe glaubte immer noch, dass die Mittelchen nur eine Übergangslösung seien, und Helena wusste nicht, wie lange sie mit dieser Lüge noch durchkommen würde. Natürlich würde Adraste ohnehin tun müssen, worum sie sie bat, aber das war nur ein schwacher Trost. Was würde ihre Freundin von ihr denken, von einer Frau – einer Königin –, die ihre heilige Pflicht nicht tun wollte? Und schlimmer noch, was, wenn sie es jemandem erzählte? Was, wenn Menelaos es herausfand?

Sie konnte Adraste immer noch losschicken, aber diese Ängste hatten dafür gesorgt, dass sie es immer weiter hinausgeschoben hatte. Und jetzt steckte sie fest und konnte sich nur noch auf den Honigklumpen und ihre List verlassen.

Und so lag sie da, mit dem Rücken zur Tür, und klammerte sich an ihre Bettdecken. Sie konnte nicht schlafen und lauschte auf das kleinste Geräusch im Flur. Und dann hörte sie sie. Stiefelschritte auf Stein. Er war da.

Die Tür zu ihrem Gemach öffnete sich, und das Licht aus dem mit Fackeln erleuchteten Flur drang herein. Die Schritte verstummten, als stünde er in der Tür. Dann waren sie erneut zu hören, und das Bett gab nach, als er sich setzte.

Helenas Herz schlug heftig, aber sie versuchte, langsam und regelmäßig zu atmen. Die Sekunden zogen sich unerträglich hin.

»Helena?«, hörte sie die raue Stimme ihres Gemahls hinter sich. »Bist du wach?«

Sie antwortete nicht und lag regungslos da.

Dann lag seine Hand auf ihrer Schulter und schüttelte sie sanft. »Helena?«

Jetzt konnte sie ihn nicht mehr ignorieren. Sie rührte sich und gab einen Laut von sich, als wäre sie gerade erwacht. Sie wandte ihm den Kopf zu, ohne sich ganz umzudrehen.

»Was ist, mein Gemahl?«, fragte sie mit gespielter Schlaftrunkenheit.

»Ich … äh …«, erwiderte er vage. »Die Sonne ist gerade erst untergegangen. Ich dachte, du wärst noch wach.«

»Ich hatte Kopfschmerzen, daher bin ich früh zu Bett gegangen.« Sie ließ die Lüge in der Luft hängen und erwartete halb, dass er etwas dagegen sagen würde. Aber er tat es nicht.

»Nun gut«, seufzte er, und in diesem Seufzer lagen so viel Traurigkeit und Ärger, dass sich Helenas Herz vor schlechtem Gewissen zusammenzog. In gewisser Weise war sein enttäuschter Rückzug schlimmer, als wenn er ihr die Lüge auf den Kopf zugesagt hätte.

Vielleicht sollte sie einfach bei ihm liegen, dachte sie. Der Honigklumpen sollte sie eigentlich schützen – sie war vermutlich übervorsichtig. Und sie vermisste inzwischen selbst die Intimität zwischen ihnen, das Gefühl seiner Haut auf ihrer.

Aber bevor sie ihren Sinneswandel äußern konnte, ergriff Menelaos erneut das Wort. »Ich schaue nach Hermione.« Und in der nächsten Sekunde hatte er auch schon ihr Gemach verlassen.

Helena lag eine Weile nur da und starrte in die Dunkelheit. Die Erkenntnis schwebte über ihr, dass sie es zu weit getrieben, ihn dieses eine Mal zu oft abgewiesen hatte. Ihr Gemahl grollte ihr. Sie fühlte es, sie hörte es am hohlen Klang seiner Stimme, wenn er mit ihr sprach. War dies der Preis, den sie zahlen musste, um ihr Leben zu retten? Sie begann sich zu fragen, ob ein Leben ohne jede Liebe es wert war, gerettet zu werden.

Aber vielleicht war es noch nicht zu spät, dachte sie. Vielleicht konnte sie ihn noch zurückgewinnen, und sie konnten ihr Leben miteinander teilen, wie Mann und Frau es tun sollten. Vielleicht konnte sie immer noch die Liebe finden, nach der sie sich immer gesehnt hatte. Sie konnte immer noch ihre Mittelchen benutzen – sie hatten bisher ja auch geholfen, nicht wahr? –, aber sie würde damit aufhören, Menelaos zurückzustoßen. Sie war immerhin an ihn gebunden. Wenn sie in seinen Armen keine Liebe finden konnte, würde sie sie niemals finden.

Erschüttert von dieser Erkenntnis warf Helena die Decken von sich und stand auf. Sie legte einen Umhang über ihr Nachtkleid und verließ leise das Gemach. Sie würde Menelaos finden, ihm sagen, dass es ihr besser gehe und mit ihm zurück ins Bett gehen. Trotz des Risikos war sie voller Vorfreude. Es würde aufregend sein, dachte sie, die Verführerin zu spielen. Sie konnte es kaum erwarten, Menelaos' Gesicht zu sehen. Alles würde vergessen sein, wenn sie ihn küsste und streichelte, das wusste sie.

Hermiones Kammer lag am Ende des Flurs, und Helena stand bald vor der Tür. Obwohl sie keine Stimmen dahinter hören konnte, legte sie die Hand auf das Holz, um die Tür aufzudrücken.

Aber genau in diesem Augenblick hörte sie doch etwas. Nicht aus Hermiones Kammer, sondern aus der benachbarten. Es war ein Gästezimmer, das zurzeit nicht belegt war, und doch stand die Tür angelehnt.

Neugierig ging Helena darauf zu. Als sie näher kam, hörte sie ein Stöhnen – eine Frau. Und eine tiefere Stimme. Ein Knurren. Ein Murmeln. Das Atmen zweier Menschen, das sich in der Stille der Nacht vermischte. Helena glaubte zu wissen, was sie da hörte, aber sie wandte sich nicht ab. Vielleicht waren es zwei Sklaven. Sie sollte sie in Ruhe lassen, aber ihre Neugier trieb sie voran. Und eine merkwürdige Unruhe, deren Ursache sie nicht recht verstand.

Und dann sah sie sie, und ihr Magen zog sich schmerzhaft zusammen. Da, durch die angelehnte Tür, sah sie Agatha und ihren Gemahl.

Sie bemerkten Helena nicht. Menelaos stand mit dem Rücken zur

Tür, und Agatha hatte die Augen geschlossen. Sie war nackt und saß auf einer Tischkante. Menelaos hatte seine Tunika hochgerafft und küsste ihren Hals. Die Hand hatte er auf ihre Brust gelegt, die Hüften zwischen ihre weißen Schenkel gepresst. Vom Anblick seiner angespannten Hinterbacken wurde es Helena übel, und doch wandte sie den Blick nicht ab. Er küsste jetzt Agathas Lippen, streichelte ihre Wange, flüsterte in ihr Ohr.

Erst da schaute Helena weg. Sie zog sich ein paar Schritte zurück und ließ sich dann gegen die Flurwand fallen. Ihr rasselnder Atem war so laut, dass sie glaubte, sie würden sie hören, aber es war ihr gleichgültig. Ein Teil von ihr wollte sogar, dass sie sie hörten.

Es war nicht so sehr die Untreue, die sie verletzte – was sonst hätte sie erwarten sollen, da sie ihn ja selbst von sich gestoßen hatte? Nein, das war es nicht. Es war die Art, wie er sie berührt, wie er sie geküsst hatte. Als wäre sie das einzig Wichtige auf der Welt. Er war so zärtlich, so leidenschaftlich. Warum war er mit ihr nie so gewesen? Warum hatte er ihr diesen Teil von sich nie offenbart? Selbst vor dem Baby, vor allem, war er bei ihr niemals so gewesen.

Und dann durchfuhr sie ein dunkler Gedanke. Lag es an *ihr?*

Das war der wahre Grund für ihre Verletztheit, begriff sie. Trotz all ihrer Schönheit, all ihrer schönen Kleider und ihrer viel gerühmten Reize liebte ihr Gemahl sie nicht. Die ganze Zeit hatte sie geglaubt, er sei nicht genug, er sei nicht in der Lage, zu fühlen oder es zu zeigen, wenn er es doch tat. Und jetzt begriff sie, dass sie selbst das Problem gewesen war. Helena von Sparta, die Schönheit, die nicht liebenswert war.

TEIL
3

25

KLYTÄMNESTRA

Sieben Jahre später

Klytämnestra saß auf ihrem reich geschnitzten Sessel im Kaminsaal und nähte goldene Plättchen auf den neuen Umhang ihres Gemahls. Ein kalter Wind blies heute durch den Palast, weswegen sie die Wärme des Kaminsaals aufgesucht hatte. Sie lächelte, als das Licht des Feuers die glänzenden Scheibchen aufleuchten ließ, und besah sich die Arbeit, die sie bereits getan hatte. Es machte sie zufrieden, sich vorzustellen, wie großartig Agamemnon in diesem neuen Umhang aussehen würde, und zu wissen, dass die Blicke, die ihren Gemahl bewunderten, auch die Arbeit ihrer Hände bewundern würden.

Sie hatte endlich das Gefühl, dass ihr Leben so verlief, wie es sollte. Die ersten Jahre, nachdem Leukippe fort gewesen war, waren schwierig gewesen. Klytämnestra hatte geglaubt, dass das Fortgehen des Mädchens das Ende ihrer Sorgen sein würde, aber tatsächlich begannen ihre Probleme damit erst. Die Hoffnung, die ihre eigene Schwangerschaft hatte auflodern lassen, so bald, nachdem sie wieder mit ihrem Gemahl zusammen war, war zu bitterer Asche zerfallen, als das Baby endlich kam. Es war blau und tot. Und das Baby im Jahr danach auch, genauso blau und tot. Es war ein schlechtes Vorzeichen, wenn man den Tod auf die Welt brachte anstelle des Lebens, und dann auch noch zwei Mal in ebenso vielen Jahren … Sie war überzeugt gewesen, dass Agamemnon und sie bestraft wurden, dass Artemis immer noch darüber zürnte, was mit Leukippe geschehen war. War der Unfall ihres Gemahls nicht genug gewesen? Er war wieder genesen, ja, aber nicht ganz. Sein Bein war immer noch verdreht, und er hatte ein Hinken zurückbehalten. Andererseits – vielleicht war es gar nicht Artemis, die sie strafte. Vielleicht hatten sie etwas getan, um Eileithyia zu verärgern, ihr nicht genügend geopfert oder ihren Schrein vernachlässigt. Beide Göttinnen hatten Macht über Geburten; es konnten beide sein, die jetzt gegen sie arbeiteten. Klytämnestra hatte zahllose schlaflose Nächte darüber nachgegrübelt und überlegt, wie sie alles wiedergutmachen konnte.

Zu ihrer Überraschung und Erleichterung hatte Agamemnon ihr keinerlei Schuld gegeben. Sie hatte das Gefühl gehabt, ihn als Gemahlin zu enttäuschen, aber er war dennoch an ihrer Seite geblieben, hatte immer wieder gesagt, dass noch ein Kind kommen würde. Wenn überhaupt, dann hatte diese dunkle Zeit sie einander nähergebracht, als sie es je gewesen waren.

Und dann kam tatsächlich ein Kind. Chrysothemis hatten sie sie genannt. Noch ein Mädchen, ja, aber nach dem, was geschehen war, war Klytämnestra überglücklich, ein gesundes Kind aus sich herausgleiten zu sehen, rosa und schreiend, genau, wie es sein sollte. Das Baby hätte auch zwölf Zehen haben können, es wäre ihr egal gewesen – es war ein neues, warmes Leben, das in ihren Armen lag, und mehr wollte sie nicht. Selbst Agamemnon schien nicht verärgert zu sein, dass das Baby wieder ein Mädchen war. Erbe oder nicht, es war ein Zeichen, dass ihr Geschick sich gewendet hatte, dass ihre Bestrafung vorbei war.

Klytämnestra hatte sich dennoch weiter Sorgen gemacht. Mindestens die ersten Jahre war ein Teil von ihr davon überzeugt gewesen, dass Chrysothemis krank werden und ihnen doch noch entrissen werden würde. Aber sie hatte überlebt. Sie hatte jetzt schon ihren vierten Geburtstag hinter sich, und Klytämnestras Herz wagte es endlich, darauf zu vertrauen, dass sie ihnen blieben würde. Nicht nur das, sie war auch wieder schwanger, und ihr Leib war bereits geschwollen und wurde jeden Tag größer. Wenn die Götter es so wollten, würde es nicht mehr lange dauern, bis sie ein weiteres Kind in den Armen halten würde, und dieses Mal war sie sich sicher, dass es der Sohn war, auf den Agamemnon wartete. Diese Schwangerschaft fühlte sich anders an als die anderen. Sie war sich nicht sicher, warum, aber sie wusste tief in ihrem Herzen, dass sie einen Jungen in ihrem Leib trug.

Es war ein langer Weg gewesen, weit entfernt davon, einfach zu sein, aber es schien wirklich, als hätte sich ihr Geschick gewendet. Und die Leukippe-Zeit, jene wenigen Monate, die Klytämnestra solche Qual bereitet hatten, schienen nicht mehr als eine ferne Erinnerung zu sein. Wenn Agamemnon nicht ein krankes Bein behalten hätte, hätte sie sie vielleicht sogar vollkommen vergessen.

Klytämnestra schaute von ihrer Arbeit auf. Ihre Augen waren ganz geblendet vom ständigen Starren auf die glitzernden Goldplättchen, von denen sie jedes präzise aufgenäht hatte. Sie lehnte sich mit geschlossenen Augen in ihrem Sessel zurück und genoss, wie die Wärme des prasselnden Kaminfeuers ihren Rock wärmte. Nach zwölf Jahren Ehe fühlte sie sich in Mykene endlich zu Hause. Sie war jetzt eine echte Königin, die im ganzen Palast respektiert wurde. Agamemnon fragte sie sogar hin und wieder um Rat. Er lud sie stets zu seinen öffentlichen Audienzen ein und ließ sie an seiner Seite sitzen, wenn er Gäste empfing.

Sie verbrachte viel mehr Zeit außerhalb der eigenen Wände, verglichen mit jenen ersten Jahren. An den Nachmittagen, so wie heute, saß sie oft im Kaminsaal, tat ihre neueste Näharbeit oder spann mit Iphigenie und Elektra Wolle. Die beiden waren jetzt richtige kleine Damen, besonders Iphigenie. Klytämnestra wusste, dass sie vielleicht nicht mehr viele Jahre mit ihnen haben würde, daher genoss sie diese Zeit wie das letzte Glas eines guten, alten Rotweins. Bald würden sie heiraten und eigene Kinder haben, aber jetzt noch nicht. Bis dahin blieben sie hier bei ihr, und ihre kleine Familie war ganz und glücklich und würde bald noch größer werden.

Ein Rufen scholl aus dem Hof herein, und Klytämnestra öffnete die Augen. Die unverkennbare, dröhnende Stimme ihres Gemahls drang mit Leichtigkeit durch die riesigen Holztüren des Saals – tatsächlich bezweifelte sie, dass es irgendeinen Ort im Palast gab, in dem sie nicht zu hören war. Er beschwerte sich über irgendwas, aber das war nicht unüblich, daher schloss sie die Augen wieder

Trotz ihrer ehelichen Harmonie war Agamemnon in den letzten Monaten rastlos gewesen. Er konnte immer noch reiten und jagen, trotz seines steifen Beins, aber wenn er eine seiner Launen hatte, schien ihn nicht einmal das zufriedenstellen zu können. Ein glückliches Zuhause und ein blühendes Königreich schienen ihr alles zu sein, was sich ein Mann wünschen konnte, doch ihrem Gemahl reichte das nicht. Sie hoffte, dass die Geburt eines Sohnes all das lindern würde, was ihn unruhig machte. Ja, dachte sie und streichelte ihren geschwollenen Leib, die Gelegenheit, sein Wissen über das weitergeben zu können, was einen Mann ausmachte, würde seine nervöse Energie sicher in die richtige Richtung leiten. Aber das Baby würde erst in einem guten Monat kommen. Bis dahin würde ihr Mann einfach warten müssen.

26

HELENA

Helena schaute zu, wie Hermione im Hof spielte. Ihr Haar leuchtete in der Sonne. Es war dunkler als das ihrer Mutter, und doch hatte es etwas von seinem rötlichen Schimmer – eher ein dunkler Karneol-Ton als flammendes Rot, aber dennoch hübsch. Sie hatte auch die helle Haut Helenas geerbt – obwohl sie sie nicht lange behalten würde, wenn Agatha sie weiter ständig draußen spielen ließ. Vielleicht sollte sie mit Agatha darüber sprechen, ihr sagen, dass sie Hermione nicht ständig hinauslassen sollte, aber dann verwarf sie die Idee. Es war merkwürdig: Sie war Hermiones Mutter, und doch hatte sie das Gefühl, weniger Macht über das Leben ihrer Tochter zu haben als Agatha. Die Sklavin – ein Mädchen war sie schon lange nicht mehr – war mehr Hermiones Mutter als sie selbst, und die meiste Zeit ließ Helena ihr freie Hand. Sie hatte schon vor langer Zeit beschlossen, dass es einfacher war, ihr diese Rolle zu überlassen, als um etwas zu kämpfen, das sie nie wirklich gewollt hatte.

Sie sah ihre Tochter natürlich regelmäßig. Manchmal, so wie heute, schaute sie aus dem Schatten der Säulenhalle zu, wie Hermione tanzte und in der Sonne lachte; an anderen Tagen brachte Agatha sie in Helenas Gemach, und sie führten ein formelles Gespräch. Helena fragte dann, welche Fortschritte Hermiones Spinnkünste machten oder was sie zum Frühstück gegessen hatte, und Hermione antwortete höflich mit ihrem hohen, leisen Stimmchen. Helena berührte ihre Tochter kaum – es war schon Jahre her, seit sie sie umarmt oder auf ihren Schoß gesetzt hatte –, aber so war es auch besser. Es hätte sich unnatürlich angefühlt, dachte sie, weil zwischen ihnen ein so tiefer Abgrund entstanden war. Es war besser, sich die Sache aus der Entfernung anzusehen. Hermione wirkte glücklich mit Agatha. Helena bezweifelte, dass sie da mithalten konnte, daher war es einfacher für ihren Stolz, es gar nicht erst zu versuchen.

Agatha hatte sie noch auf andere Weise übertroffen: Sie hatte Menelaos einen Sohn geschenkt. Megapenthes, wie ihn sein Vater genannt hatte, spielte ebenfalls im Hof. Er hatte lockiges Haar und rosige Wangen.

Agatha zog die beiden Kinder gemeinsam auf, und Menelaos kümmerte sich um seinen Bastardsohn ebenso liebevoll wie um seine eheliche Tochter. Helena gönnte Hermione ihren Spielgefährten und Menelaos seinen Erben – sie hatten etwas bekommen, das sie selbst nicht hatte geben wollen, und das, sagte sie sich, war nur gut –, aber sie fühlte sich dennoch manchmal ein wenig zur Seite gedrängt. Agatha war nachgiebig und bescheiden wie immer, und Helena war sich nicht einmal sicher, ob sie und Menelaos überhaupt noch das Bett teilten, aber indem sie ihm einen Sohn geschenkt hatte, hatte sie ihre Stellung auf eine Ebene gehoben, die Helenas gefährlich nahekam.

Sie war vielleicht noch dem Namen nach Königin, aber ihre Rolle im Palast war im Laufe der Jahre immer mehr ausgehöhlt worden, sodass sie jetzt das Gefühl hatte, auf nicht viel mehr als einem hohlen Hügelchen zu stehen, das eines Tages in sich zusammenbrechen und sie in die Dämmerung einsamer Unwichtigkeit stürzen würde. Ihre Mutter hatte dasselbe Schicksal getroffen. Mit dem Ableben ihres Vaters war der letzte Strohhalm der Unterstützung verschwunden. Vielleicht war es unausweichlich, dass auch sie, Helena, denselben Niedergang erleiden würde.

Auf gewisse Weise war Helenas Leben jetzt einfacher. Sie musste sich zum Beispiel nicht mehr davor fürchten, ein Kind zu empfangen. Sie und Menelaos teilten immer noch das Bett, wie es sich gehörte, aber nur sehr selten machte er Anstalten, intim mit ihr zu werden. Offenbar erschien es ihm nach der Geburt Megapenthes' weniger dringend, ein weiteres Kind von ihr zu bekommen. Vermutlich sollte sie Agatha dafür danken, aber manchmal war es mehr ein Fluch als ein Segen. Das wenige an Zärtlichkeit, das sie und Menelaos einst miteinander hatten, war immerhin besser gewesen als gar nichts. Er war immer noch freundlich, ja, und respektvoll, aber manchmal, wenn sie neben der warmen Masse seines Körpers wach lag, wünschte sie sich mehr als alles auf der Welt, dass er die Hand ausstrecken und sie berühren möge.

Beim Geräusch schneller Stiefelschritte merkte Helena, dass sie schon eine ganze Weile ins Nichts gestarrt hatte. Sie verdrängte ihr Ehebett, die Vorstellung warmer Hände und weicher Haut, und konzentrierte sich wieder auf den sonnigen Hof. Und dort, als wäre er von ihren zerstreuten Gedanken herbeigerufen worden, kam Menelaos auf sie zu. Ihr Herz flatterte voller Hoffnung, als sie ihn erkannte. Worüber er wohl mit ihr sprechen wollte, fragte sie sich.

»Helena«, sagte er, als er vor ihr stand. »Gäste vom anderen Ende des Meeres sind gekommen – die königliche Delegation aus Troja. Ich werde ihnen heute Abend ein Festmahl bereiten lassen, und ich möchte, dass du daran teilnimmst.«

Helena war ernüchtert, zwang sich aber zu einem pflichtbewussten Nicken. Ach so, die hohle Königin hatte immer noch einen Nutzen, dachte sie bitter. Welchen Sinn hatte es denn, die schönste Braut Griechenlands zu gewinnen, wenn man nicht vor seinen Gästen mit ihr prahlen konnte?

Helena saß in der Kaminhalle auf dem Sessel, der einst ihrer Mutter gehört hatte, und wartete. Der Wein war gemischt und das Essen vorbereitet worden. Ihr Magen knurrte, als sie an das Festmahl dachte, und der Duft gebratenen Fleisches, von Koriander und Kreuzkümmel zog zu ihr herein. Sie sehnte sich danach, sich ein wenig Wildschweinfleisch in den Mund zu stopfen, aber das wäre unhöflich gewesen. Sie musste darauf warten, bis die Gäste eingetreten und ihre Geschenke präsentiert hatten. Helena wünschte, sie würden sich damit beeilen.

Zu ihrer Rechten saßen Kastor und Pollux. Keiner von ihnen hatte geheiratet, aber als die Söhne des ehemaligen Königs und Brüder der Königin genossen sie eine hervorgehobene Position am Hof von Sparta. Menelaos hätte jedes Recht, sie fortzuschicken, wenn er das wollte, aber er schien ihre Gesellschaft zu genießen. Und sie waren beide fähige Krieger für den Fall, dass das Königreich Krieger brauchte.

Zu ihrer Linken, neben Menelaos, saß Deipyros, Jugendfreund und rechte Hand ihres Gemahls, und zu dessen Linken saß Helenas Mutter, die Königswitwe Leda. Helena war heimlich froh über den Abstand zwischen ihr und ihrer Mutter. Sie liebte sie immer noch sehr, natürlich, aber es war immer so schwierig, mit ihr zu reden. Vaters Tod war für sie alle schwer gewesen, aber am schlimmsten für ihre Mutter. Obwohl schon fünf Jahre seit seiner Beerdigung vergangen waren, trug sie immer noch ihre Trauerkleidung, und der schwarze Schleier umrahmte ihr geisterhaft bleiches Gesicht. Das war eine wahre Liebe gewesen, dachte Helena und beobachtete ihre Mutter mit traurigem Neid. Vater hatte sie vergöttert, und sie ihn, selbst jetzt noch. Es war nicht angemessen für eine Witwe, so lange zu trauern, doch niemand mochte ihr das sagen. Helena war überrascht, dass sie überhaupt zum Festmahl erschienen war. Normalerweise mied sie öffentliche Veranstaltungen, vielleicht aber hatte Menelaos eigens darum gebeten.

Ich sollte zu ihr gehen und mit ihr reden, dachte Helena. Womöglich saß ihre Mutter sonst den ganzen Abend lang allein da. Ihre Brüder würden trinken und allen, die es hören wollten, ihre derben Zoten erzählen. Die Gesellschaft ihrer Mutter war ihnen inzwischen für ihren Geschmack zu düster. Nein, es musste Helena sein, die zu ihr Kontakt aufnahm.

In diesem Moment hörte man das scharrende Geräusch von Holz auf Stein.

Als sich die Holzflügel teilten und die Sklaven beiseitetraten, erschien der am extravagantesten gekleidete Mann, den Helena je gesehen hatte. Seine Kleider waren ein wahres Chaos an Farben – reiches Purpur, tiefes Rot, leuchtendes Gelb, die alle in wundervoll kompliziertem Mustern zusammengestellt worden waren. Er hatte sich ein Leopardenfell über die Schultern gelegt, das seinen Rücken bedeckte und der bunten Mischung noch sein eigenes, luxuriöses Muster hinzufügte. Sein langes, dunkles Haar fiel in üppigen Locken auf seine Schultern und in seine Stirn, die mit Goldreifen und glitzernden Juwelen geschmückt war. Ähnliche Schmuckstücke leuchteten an seinen Ohren, an seinem Hals und an seinen Fingern, sodass er insgesamt wie ein Mosaik aus Licht und Farben wirkte, das schimmerte, als er auf sie zukam. Die Begleiter des Mannes, die hinter ihm gingen, waren ähnlich extravagant gekleidet, und doch erstrahlte er wie ein Leuchtturm unter ihnen, ein glitzerndes Juwel unter polierten Steinen.

Jetzt, da er näher gekommen war, konnte Helena das Gesicht des Mannes besser erkennen. Er sah sehr gut aus, hatte feine Gesichtszüge und gebräunte, makellose Haut. Er war jung, vielleicht ungefähr in Helenas Alter, und hatte etwas Leichtes an sich, als würde er jeden Moment lächeln. Seine Augen waren von einem goldenen Haselnussbraun und mit Kajal umrahmt, sodass man nicht anders konnte, als sie anzusehen. Tatsächlich glaubte Helena nicht, jemals einen so schönen Mann gesehen zu haben.

Menelaos stand auf, und sie tat es ihm nach. Dann begrüßte ihr Gemahl die Gäste und hob seine natürlicherweise raue Stimme, damit sie alle im Saal hören konnten.

»Prinz Paris von Troja, Sparta grüßt Euch und heißt Euch als Gast willkommen. Möge Euer Besuch Freundschaft zwischen unseren Königreichen sprießen lassen, und mögen die Götter uns beiden erlauben, dadurch zu erblühen.«

Kaum dass die letzten Worte ihres Gemahls verhallt waren, antwortete der glitzernde Prinz auch schon.

»König Menelaos, Troja dankt Euch für Eure Gastfreundschaft und ehrt Euch als edlen Gastgeber und Freund. Um die Freundschaft zwischen unseren Völkern zu beweisen, habe ich Geschenke für Euch und Euer Königreich gebracht.«

An dieser Stelle wandte sich der Prinz um und nickte seinen Begleitern zu. Eine große Truhe wurde gebracht, der Deckel geöffnet. Der Prinz holte einen Gegenstand nach dem anderen heraus und hielt ihn in die Höhe, damit alle Anwesenden ihn bewundern konnten. Ein feines bronzenes Pferdegeschirr, zwei goldene Rührschüsseln, Dolche mit silbern verzierten Elfenbeingriffen, purpurn gefärbter Stoff, einen mit Lapislazuli verzierten Kamm …

Als er Menelaos alle Gegenstände gezeigt und der sie angenommen hatte, bückte sich der Prinz ein weiteres Mal und holte eine kleine geschnitzte Elfenbeindose vom Boden der Truhe. Aber statt sie dem König zu überreichen, wandte er sich um und hielt sie Helena hin, wobei er den Nacken beugte und sie dennoch ansah.

»Ein letztes Geschenk für Eure wunderschöne Königin«, sagte er mit seinem fremden, weichen Akzent.

Helena war überrascht und zögerte einen Moment. Gastgeschenke waren für Könige bestimmt, nicht für ihre Gemahlinnen. Sie warf Menelaos einen Blick zu, der ihr leicht zunickte, also streckte sie die Hand aus und nahm die Dose sanft aus den Händen des Prinzen. Plötzlich waren aller Augen auf sie gerichtet, als sie den Deckel mit zitternden Händen öffnete und den Inhalt herausholte, damit alle ihn sehen konnten. Es war eine Kette – drei Reihen hellen, klaren Bernsteins, und zwischen den Perlen waren Goldtröpfchen aufgefädelt.

»Sie ist wunderschön«, sagte sie atemlos und lächelte, als die Steine das Licht der Fackeln reflektierten.

Sie schaute hoch, um zu sehen, ob der Prinz ebenfalls lächelte, aber sein Gesicht zeigte gespielte Enttäuschung.

»Ach nein, ich dachte, die Steine würden zu der feurigen Schönheit passen, von der ich schon so viel gehört habe, aber jetzt sehe ich, dass sie blass und trüb neben Euch aussehen.«

Helena konnte nicht anders, ihr Lächeln wurde bei dieser Schmeichelei breiter, und sie spürte, wie sich ihre Wangen unter der Schminke röteten. War die Kunde von ihrer Schönheit wirklich bis nach Troja gedrungen? Eigentlich wusste sie gar nicht genau, wie weit weg Troja lag, aber seine Worte gaben ihr das Gefühl, als wäre sie das Gespräch der ganzen Welt. Selbst nach all den Jahren war sie noch nicht bedeutungslos geworden. Sie war immer noch jemand, wenigstens für die jungen Männer in Troja, wenn auch nicht für die Menschen in Sparta. Nach diesen Worten fühlte sich Helena so heiter wie seit Langem nicht mehr.

Jetzt, da die Geschenke übergeben waren, wurden sie fortgeräumt, damit das Festmahl beginnen konnte. Helena blieb den Rest des Abends ausgezeichneter Stimmung, und obwohl der Prinz nicht mehr das Wort an sie richtete, trafen sich ihre Blicke immer wieder. Sie hatte vollkommen vergessen, dass sie mit ihrer Mutter hatte sprechen wollen. Sie verbrachte den Abend zufrieden lächelnd und beobachtete den glitzernden Prinzen über den ganzen überfüllten Saal hinweg.

27

HELENA

In den nächsten fünf Tagen wurden Paris und seine Gefährten in Menelaos' Sälen unterhalten. Es wurde auch über Politik geredet, aber hauptsächlich wurde getrunken und gegessen.

Jeden Abend kam Helena in die Kaminhalle, und jeden Abend spürte sie die Blicke des Prinzen auf sich. Sie war jetzt anscheinend nicht mehr die Beobachterin, sondern die Beobachtete, und obwohl sie das zunächst befangen machte und sie seinem Blick beständig auswich, merkte sie bald, dass ihr die Aufmerksamkeit gefiel. Sie zog zu den Abendessen ihre schönsten Gewänder an und zeigte so viel von sich, wie sie es wagte. Sie freute sich auf seinen Blick auf ihrer nackten Haut, der eine angenehm flatternde Aufregung in ihrem Bauch auslöste. Es war so lange her, seit sie sich begehrt gefühlt hatte – oder zumindest bemerkt –, so lange, seit ein Mann sie auf diese Weise angesehen hatte. Ihr Gemahl tat das nie, nicht mehr, und kein anderer Mann hätte es gewagt. Aber Paris war anders. Er war mutig. Selbst wenn sie ihn dabei erwischte, wie er sie anstarrte, schaute er nicht weg, sondern hielt ihrem Blick stand. Einmal kreuzten sich ihre Blicke, und er nahm ein Stück Feige von seinem Teller, die er an seine Lippen legte. Dann saugte er am süßen Fleisch, und der rote Saft glänzte auf seinen Lippen. Sie wurde rot und wandte sich ab, dann schaute sie sich verstohlen um, um sicherzugehen, dass sie niemand beobachtet hatte. Sie begann eine nichtige Unterhaltung mit ihrem Sitznachbarn, um sich abzulenken, aber sie lächelte innerlich, weil sie seinen Blick immer noch auf sich ruhen fühlte. Ihre Haut wurde ganz warm davon, als wären seine goldenen Augen die Sonne selbst.

Am sechsten Tag, als Helena in ihrem Gemach saß, webte und dabei überlegte, welches Gewand sie am Abend tragen sollte, trat Menelaos ein, um mit ihr zu sprechen, und blieb ein paar Meter vor ihrem Webstuhl stehen.

»Ich gehe fort, Helena«, verkündete er abrupt. »Es sind Nachrichten aus Kreta eingetroffen. Mein Großvater Katreus ist gestorben, und ich muss mich um die Bestattungsriten kümmern.«

»Ja, ja, natürlich musst du das«, erwiderte sie und versuchte zu verstehen, was er da gerade gesagt hatte. »Wirst du schon heute aufbrechen?«

»Ich fürchte, ja«, sagte er. »Es ist ein schlechter Zeitpunkt, zumal wir Gäste haben, aber da ist nichts zu machen. Sie werden es verstehen, da bin ich sicher, aber auch deshalb möchte ich mit dir sprechen. Ich muss dich bitten, an meiner Stelle Gastgeberin zu spielen. Stelle sicher, dass sich für den Rest ihres Aufenthalts gut um sie gekümmert wird, und sorge dafür, dass angemessene Abschiedsgeschenke gemacht werden, wenn ich nicht rechtzeitig zu ihrem Aufbruch wieder zurück sein sollte. Ich vertraue dir die Aufgabe an, Sparta und mich selbst zu vertreten«, sagte er feierlich.

Helena nickte steif, aber in ihrem Magen regten sich merkwürdige, widerstreitende Gefühle. Da waren Dankbarkeit und Überraschung, dass ihr Gemahl ihr vertraute, aber auch noch etwas anderes – eine Art Nervosität.

»Ich werde meine Pflicht erfüllen, mein Gemahl«, sagte sie leise. Und dann, weil die Nervosität übermächtig wurde, setzte sie hinzu: »Wann wirst du wiederkommen?«

»Ich werde sicher nur eine Woche fort sein«, entgegnete er mit einem aufmunternden halben Lächeln. »Und deine Brüder sind ja auch noch da.«

Sie hatte das Gefühl, dass er auf eine Art Bestätigung wartete, also lächelte Helena, nickte und verdrängte ihre Furcht. »Ja, ich werde das schon schaffen. Und unseren Gästen wird es gut gehen. Mögen die Götter dich auf deiner Reise beschützen.«

»Danke, Helena. Und nun muss ich gehen.« Mit einem letzten kurzen Nicken wandte er sich um und verließ das Gemach.

Kaum dass die Tür geschlossen war, wurde die Unruhe in Helenas Brust stärker. Menelaos *ging fort*. Seine Anwesenheit war in den letzten Tagen eine Art Anker für sie gewesen, als Paris sie vom anderen Ende der Tafel beobachtet hatte. Ja, der Prinz flirtete mit ihr, und ja, vielleicht hatte sie ihn sogar ermutigt, aber wenn Menelaos in ihrer Nähe saß, fühlte sie sich sicher, glaubte, alles unter Kontrolle zu haben. Solange sie an ihren Gemahl gebunden war, war ein Flirt nur das und nichts mehr. Aber jetzt hatte sie das Gefühl, als sei ihre Ankerkette durchtrennt worden, als triebe sie davon, und diese Freiheit war gleichzeitig beglückend und beängstigend.

28

HELENA

Helena saß am Kopf der Tafel, neben sich Menelaos' leerer Thron. Sie hatte ein etwas zurückhaltenderes Gewand als am Abend zuvor gewählt, weil sie nicht mehr Aufmerksamkeit auf sich ziehen wollte, als sie in der Lage wäre zu bewältigen, und das Schicksal nicht weiter herausfordern wollte, als es angemessen war. Sie fühlte sich ohne ihren Gemahl auf seltsame Weise ungeschützt, und ihr Herz pochte in ihrer Brust, als sie sich setzte und die Gäste willkommen hieß.

Paris trat ein, nickte seiner Gastgeberin höflich zu und setzte sich zwischen seine Gefährten. Das Festmahl begann, Becher wurden gefüllt und geleert und erneut gefüllt, und Helena wartete darauf, dass diese goldenen Augen sie über die Tafel hinweg anstrahlten, dass ihr Blick sie streichelte und sie so tun konnte, als merke sie es nicht. Aber sie spürte sie nicht, und jedes Mal, wenn sie den Blick auf den fremden Prinzen richtete, lachte und trank er mit seinen Sitznachbarn. Er schien vollkommen desinteressiert an ihr zu sein und würdigte sie den ganzen Abend über kaum eines Blickes. Tatsächlich schenkte er Helenas Brüdern weit mehr Aufmerksamkeit als ihr selbst.

In gewisser Weise war sie deswegen erleichtert. Sie hatte sich schon Sorgen gemacht, ob sein Flirten in der Abwesenheit Menelaos' wohl eskalieren würde. Und doch war sie auch ein wenig verletzt. Vielleicht hatte sie sich das Interesse des Prinzen nur eingebildet. Oder er hatte sich an ihr sattgesehen. Im Laufe des Abends wünschte sie sich, ein einladenderes Gewand angezogen zu haben. Sie stocherte ernüchtert in ihrem Essen herum und schwieg.

Nach ein paar Stunden beschloss Helena, dass ihre Pflicht als Gastgeberin erfüllt war, und überließ die Männer ihrem Wein. Sie bezweifelte, dass man sie vermissen würde – ihre Brüder unterhielten ihre ausländischen Gäste sehr gut auch ohne sie.

Als Helena sich wieder in ihrem Gemach befand, war sie dankbar, dass es leer war. Sie war nicht in der Stimmung, mit ihren Zofen zu sprechen, und zog sich ihr Nachtgewand an. Sie wusste, dass sie froh über das nachgelassene Interesse des Prinzen sein sollte. Jetzt musste sie nicht mehr aufpassen oder sich um ihren Ruf sorgen. Aber wenn das gut war, warum war sie dann so enttäuscht?

Sie wusch sich den Kajal von den Augen, das Bleiweiß von den Wangen und den roten Ocker von den Lippen. Sie spürte eine leichte Bitterkeit, wenn sie sich an die nervöse Vorfreude erinnerte, mit der sie die Schminke aufgetragen hatte. Was war sie nur für eine Närrin. Dann löschte sie die Lichter und ging ins Bett.

Helena wusste nicht, wie spät es war, als ein Klopfen an der Tür sie aus dem Schlaf riss. Sehr spät, dachte sie, denn sie hatte bereits tief geschlafen und geträumt. Bestimmt waren schon alle zu Bett gegangen, wer klopfte also an ihre Tür? Ein Sklave? Aber was hatte er um diese Zeit hier zu schaffen? Oder war es vielleicht ein Bote? Gab es Neuigkeiten von ihrem Mann?

Helena sprang aus dem Bett und tappte barfuß über den Boden des Gemachs. Als sie die Tür erreichte, zog sie sie nur einen Spalt auf, weil sie sich in ihrem Nachtgewand nicht anständig angezogen fühlte. Und als das Licht aus dem Flur durch den Spalt drang, sah sie ein Paar goldene Augen.

»Prinz Paris!«, rief sie überrascht aus. Der unerwartete Anblick dieses Gesichts lähmte ihre Zunge, aber als sie ihre Worte wiederfand, sagte sie: »Was tut Ihr hier? Braucht Ihr etwas? Ich bin mir sicher, dass die Sklaven …«

»Eigentlich will ich dich«, sagte er und lächelte. »Ich will mit dir sprechen, meine ich.«

»Es ist sehr spät«, sagte sie und hoffte, dass er nicht bemerkte, wie sie im trüben Licht errötete. »Ich … ich bin allein und … nicht ordentlich gekleidet.« Er lächelte sie nur an, und sie verstummte. All das war wahr, und sie hätte einen dieser Gründe anführen können, um ihn fortzuschicken, doch sie tat es nicht. Stattdessen öffnete sie die Tür weiter. »Tretet ein, Prinz Paris.«

»Bitte nenn mich einfach Paris«, sagte er und ging an ihr vorbei ins Gemach. »Und ich hoffe, dass ich dich im Gegenzug Helena nennen darf«, fügte er hinzu und drehte sich zu ihr um.

»Ja, wenn Ihr mögt«, sagte sie schüchtern. »Ihr seid immerhin mein Gast.« Ihr Herz pochte bei dieser Kühnheit. Es war nicht richtig, mit diesem fremden Mann allein zu sein, ob er nun ihr Gast war oder nicht. Sie wusste, dass sie ihn nicht hätte eintreten lassen sollen, dass sie ihn fortschicken sollte. Aber ein Teil von ihr war ganz erregt von seiner Anwesenheit hier in ihren Privaträumen, in ihrem Ehegemach, dem letzten Ort auf der ganzen Welt, an dem er sein durfte.

Helena zündete eine Lampe an und schloss die Tür, und als sie sich wieder zu ihm umwandte, erschrak sie, weil er näher an sie herangetreten und jetzt nur noch wenige Meter von ihr entfernt war. Sie konnte seine parfümierte Haut riechen, ein Duft, der gleichzeitig erdig und süß war, mit fremden Noten, die sie nicht kannte.

»Helena«, sagte er plötzlich, und seine seidige Stimme ließ ihren Namen ganz weich klingen. »Lass uns nicht so tun, als wüsstest du nicht, warum ich gekommen bin. Du musst wissen, dass ich dich bewundere, dass ich dich beobachtet habe. Du bist in meinen Gedanken, seit ich hier angekommen bin. Ich muss mit dir reden, mein Herz vor dir erleichtern. Wirst du es erlauben?«

Helena starrte ihn verwirrt an. Hatte er sie nicht den ganzen Abend lang ignoriert? Und jetzt plötzlich wollte er mit ihr über seine Gefühle sprechen? Das war doch vollkommen unsinnig … aber dann roch sie es zusammen mit seinem Parfüm.

»Ihr seid noch unter dem Einfluss des Weins vom Festmahl«, sagte sie, verärgert und merkwürdig enttäuscht. »Ihr solltet gehen.«

Sie wandte sich um, um die Tür erneut zu öffnen, aber plötzlich lag seine Hand auf ihrem Handgelenk.

»Nein, meine Dame«, sagte er ernsthaft und sah ihr direkt in die Augen. »Ich schwöre, das ist es nicht, was mich hierhergebracht hat. Ich habe kaum zwei Becher während des ganzen Abends getrunken.«

»Aber … ich habe Euch gesehen«, sagte sie, entschlossen, sich nicht von diesen Augen in den Bann ziehen zu lassen. »Ihr habt mit meinen Brüdern getrunken. Vermutlich habt Ihr sie gerade erst verlassen.« Es lag Bitterkeit in ihrer Stimme. Wenn sie nur daran dachte, dass sie für nicht mehr als weinselige Lust womöglich alles riskiert hätte.

»Das ist falsch, Helena«, sagte er drängend. »Ich habe so getan, als hätte ich genauso viel getrunken wie sie, aber das ist nicht die Wahrheit. Ich dachte, wenn ich sie mit Wein abfüllte, hätte ich eine bessere Chance, dich heute Nacht besuchen zu können … unbeobachtet.«

Helena schwieg und versuchte, in seinen Augen die Wahrheit zu erkennen. Er wirkte nicht betrunken, und doch war sie argwöhnisch.

Er ließ ihr Handgelenk los und griff stattdessen nach ihren weißen Fingern.

»Es tut mir leid, dass ich dich den ganzen Abend lang nicht beachtet habe. Ich wollte kein Misstrauen erregen, aber jetzt fürchte ich, dein Herz gegen mich verhärtet zu haben. Ich musste dich einfach allein sehen, mit dir sprechen … aber vielleicht hast du recht. Vielleicht sollte ich lieber gehen …«

Er ließ ihre Finger los und machte einen Schritt auf die Tür zu, aber diesmal war es Helena, die nach seinem Handgelenk griff.

»Nein, warte«, sagte sie. »Geht nicht.«

Er blieb stehen und wandte sich zu ihr um.

»Ich glaube Euch«, sagte sie langsam. »Und … ich glaube, Ihr solltet sagen, was Ihr zu sagen gekommen seid, jetzt, da Ihr schon hier seid.« Sie sprach, als wäre er nur gekommen, um eine Bitte vorzutragen, und doch schlug ihr das Herz bis zum Hals bei dem Gedanken daran, was er womöglich sagen würde.

»Sehr gut«, sagte er leise. Er trat sogar noch näher an sie heran, sodass sie seinen süßen Atem riechen konnte. »Ich liebe dich, Helena. Ich bin gekommen, um dir das zu sagen. Dass ich dich mit einem Feuer liebe, das so hell brennt, dass ich nichts anderes und niemanden sonst sehen kann, nur dich. Ich bin gekommen, um dir zu sagen, dass ich dein Gesicht am Tag vor mir sehe und es des Nachts meine Träume erfüllt. Dass deine Schönheit die Sonne trüb aussehen lässt, dass sie in meinem Herzen schmerzt, dass ich bis ans Ende der Welt gehen würde, nur um in ihrer Nähe sein zu können. Dass sich der

Gedanke daran, Sparta zu verlassen, den Rest meines Lebens ohne dich verbringen zu müssen, anfühlt wie ein Todesurteil, denn es ist der Tod, wenn ich dein Gesicht nie wieder sehen darf.«

Helena stand ganz still da. Sie konnte sich nicht rühren und auch nicht sprechen. Paris' Erguss war wie eine Flut nach einem Jahrzehnt der Dürre. In diesem Augenblick musste sie versuchen, nicht darin zu ertrinken.

Er nahm ihre Hände in seine, und die Berührung brachte sie wieder zu sich. Sie schaute auf seine glatten Finger, an denen die goldenen Ringe glitzerten, und dann hoch in seine Augen.

»Dein Ehemann schätzt dich nicht für das, was du bist. Er kann es nicht, ich habe gesehen, wie er sich dir gegenüber verhält. Er sieht dich kaum je an. Wenn du meine Frau wärst, Helena, würde ich niemals aufhören, dich anzusehen.« Er hob die Hand und legte sie sanft an ihre Wange. »Ich würde niemals aufhören, dich festzuhalten, dich zu berühren, ich würde niemals aufhören …«

Und dann waren seine Lippen auf ihren, weich und warm. Bevor sie wusste, wie ihr geschah, erwiderte sie seine Küsse, ihre Lippen sogen gierig den Leben spendenden Nektar ein, wie ein Festmahl für die Hungrigen. Sie hätte für immer so verharren können, in seinen Armen, und seinen berauschenden Duft einatmen.

Er war es, der sich von ihr löste.

»Es tut mir leid. Das war falsch. Ich hätte nicht … es ist nur … wenn ich in deiner Nähe bin, kann ich an nichts anderes mehr denken.«

»Nein, wir hätte das nicht tun sollen«, sagte sie, wich von ihm zurück und versuchte, ihren heftigen Atem zu beruhigen. Und doch wünschte sie, er würde sie erneut küssen.

Einige Augenblicke lang standen sie schweigend da, der Blick seiner goldenen Augen in ihren grünen versunken. Sie waren einander so nah, dass sie glaubte, seinen Herzschlag hören zu können. Vielleicht war es auch ihr eigener.

»Du solltest gehen«, sagte sie schließlich und wandte den Blick ab. »Du solltest nicht hier sein … Ich … Du hättest all das nicht sagen dürfen.«

»Wünschst du dir, ich hätte es nicht gesagt?«

Helena öffnete den Mund, brachte aber kein Wort heraus. Dann wiederholte sie ihre Worte, wenn auch leiser. »Du solltest gehen.«

Paris deutete eine Verbeugung an. Helena öffnete die Tür ihres Gemachs und schaute rechts und links den Flur hinunter. Die Luft war rein, und sie trat einen Schritt beiseite, um ihn hinauszulassen. Aber gerade als Helena die Tür hinter ihm schließen wollte, legte er die Hand gegen das Türblatt.

»Darf ich wiederkommen?«, flüsterte er.

Helena betrachtete forschend sein wunderschönes Gesicht. Dann nickte sie knapp und schloss die Tür.

29

HELENA

Auch in der nächsten Nacht kam Paris zu ihrem Gemach, und in der Nacht darauf ebenfalls. Sie saßen in den dunkelsten Stunden der Nacht beieinander. Er sah sie an, sagte ihr, wie schön sie sei, manchmal hielt er ihre Hand oder berührte ihren Arm. Er erzählte ihr Geschichten aus seiner Jugend, davon, wie er mit seinen Brüdern durch das Ida-Gebirge gestreift war, wie sie Pferderennen in der Ebene veranstaltet hatten oder in Trojas verschlungenen Gassen Krieg gespielt hatten. Er erzählte ihr auch von seinen Reisen, von den Orten, die er gesehen, und den Menschen, die er in weit entfernten Ländern, von denen sie noch niemals gehört hatte, kennengelernt hatte. Er war ein Jahr jünger als sie, wie sie herausfand, und doch hatte er schon so viel erlebt. Dadurch begriff Helena, wie klein ihr Leben war. Sie hatte Lakonien noch nie verlassen.

Sie hatte das Gefühl, mit Paris gemeinsam die Welt zu bereisen, wenn er ihr seine Geschichten erzählte, und wenn er sagte, dass er jetzt in seine Kammer zurückkehren müsse, bat sie ihn, nur noch ein wenig länger zu bleiben. Seine Worte, seine Blicke … sie nährten einen Teil von Helena, der im Laufe der Jahre so klein geschrumpft war, dass sie gelernt hatte, ohne ihn zu leben. Aber jetzt, bei jeder Liebeserklärung, bei jedem Lob ihrer Schönheit, bei jeder zarten Berührung ihres Arms fühlte sie, wie dieser geschrumpfte Teil von ihr wieder anschwoll. Und sie konnte ihn nicht länger unbeachtet lassen. Ihr Herz pochte, und ihre Lippen hungerten nach seiner Haut, ihre Haut hungerte nach seinen Lippen. Sie fühlte sich wieder lebendig.

In der vierten Nacht saß Helena schon auf der Bettkante, als das Klopfen ertönte. Sie trug noch das edle Gewand, das sie zum Festmahl gewählt hatte, und hatte ihren Zofen versichert, dass sie sich selbst entkleiden würde. Sie belog sie nur ungern, aber Paris' Besuche waren ihr so viel wert, dass ihr diese Täuschung wie ein kleiner Preis vorkam. Sie konnte es nicht riskieren, dass es irgendwer herausfand, dass Paris fortgehen musste, dass der ganze, wunderschöne Traum endete.

Das Klopfen kam ein wenig früher als sonst, und Helena lächelte. Sie ging zur Tür und ließ den Prinzen ein. Hinter ihm schloss sie leise die Tür.

»Sind meine Brüder schon zu Bett gegangen?«, fragte sie.

»Nein, sie trinken noch mit meinem Cousin Äneas.« Er machte einen Schritt auf sie zu und legte ihr seine weiche Handfläche auf die Wange. »Ich musste einfach kommen. Ich konnte nicht mehr warten.«

Helena lächelte und legte ihre zierliche Hand auf seine.

»Ich bin froh, dass du früher gekommen bist. Das gibt uns mehr Zeit. Du kannst mir die Geschichte von deinem Besuch in Hattusa erzählen oder von der Königin von Milet oder davon, wie du deine Schwester vor dem Ertrinken gerettet hast. Diese Geschichte hat mir besonders gefallen.« Sie strahlte ihn an.

»Ich habe eine andere Idee«, sagte er und ließ seine Hand über ihren Hals auf ihre Schulter gleiten. Er senkte den Blick, um sie dann wieder direkt anzusehen. »Helena, deine Schönheit ist wie die Sonne.« Sie lächelte, und er fuhr fort: »Aber … bisher habe ich nur einen Teil ihrer Pracht sehen dürfen, so wie einen Sonnenstrahl, der durch eine Lücke zwischen den Wolken dringt. Ich … ich frage mich, ob du es mir wohl erlauben würdest, deine ganze Schönheit zu betrachten. Unverhüllt.«

Jene goldenen Augen sahen sie bedeutungsvoll an, und sie wurde rot, als sie begriff, was er meinte.

»Es tut mir leid«, sagte er und trat einen Schritt zurück. »Ich habe dich beschämt. Ich hätte nicht fragen dürfen. Es ist nur, dass …«

»Nein«, sagte sie und nahm seine Hand. »Ich will, dass du mich siehst. Alles von mir.« Erst als sie die Worte ausgesprochen hatte, begriff sie die Wahrheit und Stärke ihrer Gefühle, die darin lagen.

Helena hob seine Hand und führte sie an ihrem pochenden Herzen vorbei auf das Stück Stoff, das über ihrer Schulter lag. Er zögerte und ließ dann, ohne den Blick von ihr zu lösen, den Stoff sanft von ihrer Schulter gleiten. Und dann von der anderen Schulter.

Helena sog unwillkürlich die Luft ein, als sie spürte, wie der Stoff von ihren Brüsten glitt, aber Paris' Blick hielt den ihren. Er senkte die Hände und machte sich daran, den Gürtel um ihre Taille zu lösen. Helena spürte, wie sie zitterte, aber nicht vor Angst. Ihr ganzer Körper bebte vor Energie, und als er den feinen Stoff von ihren Hüften zog, ließ die Berührung seiner Hand auf ihrer Haut sie warm erbeben.

Das Kleid lag jetzt zu ihren Füßen, und Helena stand wie erstarrt da. Das einzige Geräusch im Raum war ihr schneller Atem. Paris trat einen Schritt zurück. Sein Blick löste sich von ihrem und glitt über ihre weiße Haut, nahm jeden Quadratzentimeter von ihr in sich auf. Es war merkwürdig; sie fühlte sich nicht befangen, wie wenn Menelaos sie ansah oder ihre Hofdamen. Paris' Blick gab ihr das Gefühl, schön zu sein, begehrt, wertvoll, und sie sonnte sich darin.

»Du bist schöner, als ich es mir hatte vorstellen können«, sagte Paris endlich. Sein goldener Blick tauchte wieder in ihre Augen. »Wahrlich, die Göttinnen selbst könnten dich nicht in den Schatten stellen.«

Helena hätte ihn tadeln sollen, weil er so respektlos von ihnen sprach, aber sie musste einfach lächeln. Paris trat wieder auf sie zu und nahm ihre Hand, die er sanft drückte.

»Danke, Helena. Ich bin froh, heute Abend gekommen zu sein. Ich musste alles von dir sehen, bevor ich gehe.«

Helenas Herz zog sich zusammen. »Du gehst?«

»Ja. Gleich am frühen Morgen.« Sein Blick blieb ganz ruhig.

»Nein, das kannst du nicht«, sagte sie und fühlte, wie Panik in ihrer Brust aufstieg. »Du musst länger bleiben. Zumindest, bis Menelaos zurückkehrt. Du kannst noch nicht gehen. Das könnte ich nicht ertragen.« Gerade war sie noch so glücklich gewesen, und jetzt stand sie kurz vor einem Tränenausbruch.

»Und doch muss ich es tun.« Er wandte sich um, als wollte er bereits auf die Tür zusteuern. »Ich werde zu Hause gebraucht, und es wäre nicht klug von mir, hier zu sein, wenn dein Gemahl zurückkehrt. Ich fürchte, er würde bemerken, was zwischen uns gewachsen ist.«

Helena stand da und starrte ihn mit offenem Mund und flehendem Blick an, aber sie sah es seinem entschlossenen Blick an, dass die Entscheidung gefallen war.

Verzweifelt legte sie seine Hand auf ihre Brust und drückte sie. »Dann liege bei mir, bevor du gehst, wenn es schon sein muss. Bitte«, sagte sie. Ihr Herz pochte unter der Wärme seiner Finger. »Ich … ich kann den Gedanken nicht ertragen, dass alles wieder so wird, wie es war, bevor du kamst. Schlimmer als vorher, jetzt, da …« Sie blinzelte die Tränen zurück, die ihr in die Augen getreten waren. »Aber vielleicht, wenn ich diese Erinnerung habe, an der ich mich festhalten kann … vielleicht kann ich es dann besser ertragen.«

Sie wusste, wie jämmerlich sie wirken musste, aber es war ihr gleichgültig. Ihr kleines Stückchen Glück war im Begriff, ihr zu entgleiten – sie musste es festhalten, es so lange behalten, wie sie konnte, um etwas davon in sich bewahren zu können. Es war der einzige Weg, wie sie überleben konnte.

Paris hatte kein Wort gesagt, und sie konnte seinen Gesichtsausdruck nicht deuten.

»Sag, dass du es tun wirst«, sagte sie und legte seine andere Hand an ihre Wange. »Sag, dass du heute Nacht bei mir liegen wirst. Menelaos wird es niemals herausfinden. Ich werde nicht schwanger werden, ich kenne Mittel und Wege …«

»Helena«, sagte er leise und bewegte seine Hand sanft von ihrer Brust hoch zu ihrer Wange. »Ich kann nicht bei dir liegen. Es wäre nicht richtig, mit der Frau eines anderen Mannes in dessen eigenem Haus zu schlafen.«

»Es ist auch nicht richtig, dass du mich so gesehen hast oder das zu sagen, was du zu mir gesagt hast, und doch hast du es getan!«

»Bei dir zu liegen, würde eine weitere Grenze überschreiten, Helena, das weißt du auch. Ich werde dich nicht in deinem eigenen Haus zur Hure machen. Du bist zu gut dafür.«

Helena war wütend. Sah er denn nicht, dass er sie ebenfalls verließ? Das, was er in ihr erweckt hatte? Es war nicht richtig von ihm, sie mit Liebe zu ködern, wenn es ihm gefiel, und ihr sie dann zu verweigern. Neue Tränen traten in ihre Augen.

»Weine nicht«, sagte er und hob ihr Gesicht an. Sie schloss die Augen, um ihn nicht ansehen zu müssen, und fühlte, wie seine Lippen ihre Lider berührten.

Selbst jetzt noch brachte er sie dazu, ihn zu lieben. Sie wand sich, es war so bitter, sie war so dumm, dass sie nicht gesehen hatte, wie es enden würde. Sie beugte sich vor, legte ihren Kopf an seine Brust und benetzte seine Tunika mit ihren stummen Tränen.

Eine Weile blieben sie so stehen. Paris hatte die Arme um sie geschlungen, seine Hände streichelten ihre nackte Haut. Schließlich brach er das Schweigen.

»Und wenn du mit mir nach Troja kämst?«

Helena erstarrte. Die Frage kam ihr so absurd vor. Sie lachte bitter auf. »Als deine Hure, meinst du? Ich dachte, ich sei zu gut dafür?«

»Nicht als meine Hure. Als meine Frau.«

Helena richtete sich auf und sah ihn an.

»Als deine Frau?« Die Worte fühlten sich auf ihrer Zunge merkwürdig an. Sie hatte diese Möglichkeit nie in Erwägung gezogen. »Aber … ich habe bereits einen Gemahl.«

»Wohl kaum«, erwiderte Paris. »Wer wäre er, Anspruch auf dich zu erheben? Wo er dich so vernachlässigt, während du deine Jugend und Schönheit verschwendest?« Er nahm ihr Gesicht zwischen seine warmen Hände. »Ich liebe dich, Helena. Ich könnte dir ein neues Leben geben, eins, das du verdienst, mit allen Annehmlichkeiten, die du dir wünschst. Du würdest vielleicht nicht länger Königin sein, aber eine Prinzessin von Troja ist kein schlechter Rang. Und du hättest alle meine Schwestern und Schwägerinnen als Gefährtinnen. Sie würden dich als ihre Schwester willkommen heißen. Ich weiß, dass dir das gefallen würde.«

Allerdings würde ihr das gefallen, begriff sie. Es war so lange her, seit sie eine Schwester gehabt hatte. Dieses neue Leben klang so einladend, wenn er es beschrieb, so leicht, als könnte sie einfach die Hand ausstrecken und es nehmen, wenn sie wollte. Aber das konnte sie nicht. Oder doch?

»Ich … du würdest mich nicht als deine Gemahlin wollen, Paris«, sagte sie und löste sich von ihm. »Ich werde keine Kinder mehr haben. Ich würde dich enttäuschen.« Sie kannte das Gewicht dieser Worte und wappnete sich gegen seinen verwirrten Blick, vielleicht sogar seine Ablehnung. Aber er zuckte kaum mit der Wimper.

»Das ist mir nicht wichtig«, sagte er lächelnd und zog sie wieder an sich. »Ich bin nicht der Erstgeborene. Ich brauche keine Erben.«

»Aber willst du denn keine?«, fragte sie ungläubig. Jeder Mann wollte Söhne.

»Was ich will, bist du.« Er beugte sich vor und öffnete ihre Lippen mit seinen.

Helena wurde es schwindelig. Konnte sie das hier wirklich glauben? Dass ein Mann sie um ihrer selbst willen wollte, nicht für die Kinder, die sie ihm geben konnte? Und doch blickten diese goldenen Augen so ehrlich, und seine Umarmung war so tröstlich. Sie fühlte sich unbelastet in seinen Armen, als wäre ihr die Last von den Schultern genommen, Erbin und Königin und Mutter zu sein. Vor noch einer Stunde war sie Helena von Sparta gewesen, und das einzige Licht am Horizont war für sie ein weiterer Abend mit Paris. Die Welt draußen blieb im Nebel der Unwichtigkeit. Aber jetzt stand die Möglichkeit eines neuen, hoffnungsvollen, befreiten Lebens vor ihr, die Chance, eine Helena einer ganz anderen Welt zu sein. Es kam ihr alles so seltsam und zerbrechlich vor, als hätte man ihr den Boden unter den Füßen weggezogen, und die einzige Sicherheit, an der sie sich festklammern konnte, war, dass sie in Paris' Nähe sein wollte, wollte, dass er sie wieder berührte, sie küsste, ihr sagte, dass er sie liebe. Sie glaubte nicht, dass sie dieser Worte jemals überdrüssig werden würde.

»Du musst mir jetzt noch nicht antworten«, erklang diese honigsüße Stimme. »Obwohl wir natürlich möglichst bald aufbrechen müssten, wenn wir nicht gesehen werden wollen.« Er hob ihr Kinn sanft an. »Denk darüber nach, Helena. Denke darüber nach, welches Leben du haben möchtest. Ich kehre in einer Stunde zurück, um mir deine Entscheidung anzuhören.«

Dann küsste er sie erneut und verließ ihr Gemach.

30

HELENA

Helena zog ihr Kleid wieder an, setzte sich auf die Bettkante und stütze den Kopf auf die Faust. In weniger als einer Stunde musste sie die Entscheidung getroffen haben: Wollte sie Helena von Sparta bleiben oder Helena von Troja werden? Ein Teil von ihr konnte immer noch nicht glauben, dass sie überhaupt vor dieser Wahl stand. Konnte sie das wirklich tun? Ihr Zuhause, ihre Familie verlassen? War es Irrsinn, überhaupt daran zu denken, all das zu verlassen? War es Irrsinn, es nicht zu tun?

Es klopfte an der Tür.

Helena erstarrte. Es war zu früh, Paris konnte es nicht sein. Aber wenn er es nicht war, wer war es dann? Es war spät – niemand hatte einen Grund, sie zu dieser Stunde noch zu besuchen. Vielleicht hatte es sich Paris anders überlegt. Vielleicht hatte er beschlossen, dass das Risiko zu groß war. Bei dem Gedanken wurde Helenas Herz ganz schwer.

Ein zweites Klopfen, ungeduldiger als das erste.

Helena erhob sich hastig und ging zur Tür. Bevor sie sie öffnete, atmete sie tief durch und wappnete sich für die Enttäuschung. Aber als sie die Tür öffnete, war es nicht Paris' Gesicht, das da erschien.

»Mutter!«, rief Helena erstaunt aus.

Ihre Mutter sagte nichts, sondern drängte sich an ihr vorbei ins Gemach, wobei sie sich umschaute. Helena hatte den Eindruck, dass sie getrunken hatte, und der Geruch nach Wein, den ihre Mutter hinter sich herzog, bestätigte ihren Verdacht. Sie hatte tiefe Ringe unter den Augen, und ihre Frisur war aufgelöst.

»Was für eine Überraschung, dich zu sehen, Mutter«, sagte Helena verunsichert und versuchte zu lächeln. »Ich habe gar nicht erwartet …«

»Ich weiß, was da läuft, Helena«, sagte ihre Mutter plötzlich und warf ihr einen scharfen Blick zu. »Niemand achtet auf die arme Königin Leda, niemand – hat ihre Schönheit, ihre Tochter, ihren Ehemann verloren … Aber ich lebe immer noch, obwohl es für euch alle einfacher ist, so zu tun, als täte ich es nicht. Und ich sehe Dinge …« Sie verstummte und spähte auf unsicheren Beinen in Richtung Helena. »Ich sehe dich … *Hure.*«

Sie spuckte das Wort aus, als wäre es Gift, und es drang wie ein Dolch in Helenas Herz. Sie fühlte sich gelähmt, gefesselt von diesen hasserfüllten Augen.

»Ich wusste, dass du eine Hure bist«, fuhr ihre Mutter fort. »Nicht wie deine Schwester, so ein süßes Mädchen … Aber Huren werden von Huren geboren, und hier bist du nun und spreizt die Beine für jeden Mann, der dir eine hübsche Halskette schenkt.«

Nein, so war es nicht. Helena wollte sich verteidigen, doch die Worte blieben ihr in der engen Kehle stecken, und ihre Mutter fuhr schon fort, bevor sie sie aussprechen konnte.

»Du musst dir keine Sorgen machen. Ich werde es niemandem sagen. Dein Vater würde sich im Grab umdrehen. Nein, ich könnte ihm diese Schande nicht antun. Zu viel, zu viel …« Plötzlich weinte sie und schüttelte den Kopf, als kämpfte sie innerlich mit etwas. Helena war verwirrt und beobachtete ihre Mutter mit großen Augen. Ein Teil von ihr war verletzt, aber ein anderer wollte sie umarmen, sie festhalten und daran hindern, sich vollkommen aufzulösen. Doch dann schien sie sich wieder zu fassen.

»Nein, ich werde deine Schande nicht offenlegen.« Sie atmete tief durch, und ihre ausgemergelte Brust bebte dabei. »Ich bin gekommen, dir zu sagen, dass ich dich *sehe,* Helena, und was ich da sehe, macht mich ganz krank. Du bist vielleicht von meinem Blut, aber du bist nicht meine Tochter. Das warst du nie, nicht wirklich. Und ich will nichts mit dir zu tun haben.«

Sie warf ihr einen letzten, durchdringenden Blick zu und schritt aus dem Gemach. Helena blieb mit offenem Mund zurück.

Jetzt war es ausgesprochen. Ihre Mutter hasste sie. Sie hatte sie auf gewisse Weise immer gehasst. Sie erkannte das jetzt, obwohl sie es nicht verstand. Sie war nie gut genug gewesen, nie so wie Nestra. Helena, die Hure, Helena, die Enttäuschung, Helena, die Ungewollte.

Sie begann zu weinen. Dicke Tränen rannen ihr Gesicht hinab und über den Hals, und sie schluchzte schmerzhaft und seelenzerfetzend. Eine ganze Weile lang konnte sie nichts tun, außer die Tränen fließen zu lassen. Es war, als hätten sie sich schon die ganzen Jahre gesammelt, im Grunde ihr ganzes Leben, und als hätten sie nur auf diesen Moment des Begreifens gewartet.

Aber endlich begannen sie abzuebben, es war, als träte sie aus einem Unwetter heraus. Und als der Himmel in ihrem Kopf wieder klar wurde, kam ihr ein anderer Gedanke. Sie musste nicht Helena, die Ungewollte, bleiben. Nicht mehr. Sie konnte mit Paris gehen und Helena, die Begehrte, werden, Helena, die Geliebte – sie konnte Helena von Troja werden.

Was gab es hier denn noch, wofür es sich lohnte zu bleiben? Nestra war fort, ihr Vater war tot. Ihre Mutter hasste sie, ihrem Ehemann war sie gleichgültig. Ihre Brüder würden weiter ihre Würfelspiele spielen und trinken, ob sie nun hier war oder nicht. Und Hermione … sie hatte einmal geglaubt, dass zwischen ihnen Liebe entstehen könnte, doch das schien immer weniger wahrscheinlich, je mehr Zeit verging. Hermione brauchte sie nicht. Sie hatte sie nie gebraucht. Sie hatte Agatha. Helena bezweifelte, dass Helena sich irgendwann überhaupt an ihr Gesicht erinnern würde.

Sie war jetzt entschlossen. Ihr Zuhause war nicht mehr als eine vertraute Hülle. Niemanden hier würde es kümmern, wenn sie fort wäre, warum sollte sie also bleiben? Sie stand vor einer Entscheidung zwischen dem leeren Leben, das sie kannte, und dem hoffnungsvollen, das sie nicht kannte, und sie musste die Hoffnung wählen.

31

HELENA

Sie ritten durch die Nacht und erreichten den südlichen Hafen von Gythion, gerade als der Morgen zu grauen begann. Helena hatte nicht geschlafen, aber sie war nicht müde. Es war alles so aufregend, mitten in der Nacht hinauszuschleichen und in ihr neues Leben zu reiten, mit Paris' Brust an ihrem Rücken, seinem Atem an ihrem Nacken, seinem Arm um ihre Taille. Ihr Körper kribbelte während der gesamten Reise, und jetzt, da die schwarzen Schiffe in Sicht kamen, überlief sie ein Schauder. Es geschah wirklich. Sie würde gehen.

Sie stiegen von den Pferden, und Helena stand Paris gegenüber. Ihre Hand lag in seiner. Nach dem langen Ritt stand sie unsicher auf den Beinen und schwankte ein wenig. Sie lächelte zu ihm auf. Er lächelte zurück.

»Ich bin froh, dass du mit mir gekommen bist, Helena«, sagte er leise, und sein Blick glitt forschend über ihr Gesicht.

»Ich auch«, hauchte sie.

Dann beugte er sich zu ihr herunter und küsste sie, sanft und lang.

Als sie sich wieder voneinander lösten, schaute Helena über seine Schulter und sah einige große Truhen am Ufer stehen, die darauf warteten, verladen zu werden.

»Was ist denn darin?«, fragte sie beiläufig, als Paris' Männer die erste davon den Landungssteg hinaufzuzerren begannen.

»Nur ein paar Kleinigkeiten, die ich nach Hause bringen will«, sagte er und legte eine Hand an ihre Wange, damit sie ihn wieder ansah. Aber sie beobachtete die Männer weiterhin.

»Aus dem Palast?«, fragte sie.

Er zögerte, bevor er antwortete. »Ja, aus dem Palast.«

»Hat mein Gemahl sie dir geschenkt? Ich dachte, er hätte mir gesagt …«

»Er hat mir die Dinge nicht geschenkt, nein«, sagte Paris, und es klang ein wenig verärgert. Helena sah ihn an.

»Ich wollte nicht … ich war nur neugierig«, sagte sie, um den erregenden Rausch ihrer Flucht nicht zu verderben.

»Es ist das Recht des Gastes, Abschiedsgeschenke zu erhalten. Wir haben nur genommen, was von Rechts wegen uns gebührt. Und dir auch«, fügte er hinzu. »Eine Braut braucht eine Aussteuer. Spartas Reichtum ist auch der deine, oder etwa nicht?«

Helena antwortete nicht, beobachtete aber weiter, wie die Truhen auf das Schiff geladen wurden. Eine kleine Falte war zwischen ihren Brauen entstanden. Das war nicht richtig. Der Gastgeber musste die Geschenke machen, die Gäste durften sie sich nicht einfach nehmen. Sicher würde Menelaos ganz und gar nicht froh sein, wenn er nach Hause zurückkehrte und sah, dass sein Heim geplündert und seine Frau ebenfalls mitgenommen worden war. Sie wollte ihn nicht mehr verletzen als unbedingt notwendig.

»Helena, sieh mich an«, hörte sie Paris' Stimme, und sie wandte sich zu ihm um. »Das ist nichts. Nur ein paar läppische Kleinigkeiten. Du bist der größte Schatz, den Sparta zu bieten hat. Was kümmert mich Gold, wenn ich dich habe?«

Sie musste lächeln. Seine Stimme war wieder weich, seine Augen funkelten wieder.

»Ich hätte nichts davon genommen, wenn ich gewusst hätte, dass es dir Sorgen macht. Ich dachte, du hättest vielleicht gern ein paar Erinnerungen an dein Zuhause, ein wenig Trost in deinem neuen Leben. Ich würde alles zurückbringen, wenn ich könnte, aber jetzt haben wir keine Zeit mehr.« Er sah sie reumütig an und wartete auf ihre Reaktion.

»Ist schon in Ordnung«, sagte sie mit einem aufmunternden Lächeln. »Ich weiß, dass du niemandem schaden wolltest. Aber ich brauche keine Schätze. Ich brauche nur dich.« Sie lächelte erneut, und er lächelte zurück, und sie schob ihre unangenehmen Gedanken beiseite. Er nahm sie bei den Schultern und küsste sie erneut.

»Jetzt müssen wir los«, sagte er. Paris nahm ihre Hand und führte sie die Landungsbrücke hinauf. Er lächelte sie an, als sie diese schicksalhaften Schritte tat, sodass sie nur sein schönes Gesicht, diese goldenen Augen sehen konnte, die so viel versprachen. An Bord nahm er sie in die Arme, hielt sie fest, küsste sie und streichelte ihr Haar, sodass sie das Gefühl hatte, die ganze Welt um sie herum versinke und nur sie beide blieben. Nur seine starken Arme und ihr klopfendes Herz.

Dann ließ er sie los, die Welt formte sich wieder, und Helena begriff, dass sie schon in Bewegung waren, dass bereits ein Streifen Meer zwischen ihnen und dem Ufer lag, der unablässig breiter wurde.

Einfach so lag Griechenland plötzlich hinter ihr, und sie hatte es kaum bemerkt. Aber jetzt fühlte sie es, sie fühlte, dass ihr altes Leben, ihr Zuhause, ihre Familie von ihr wegtrieben und mit dem Horizont verschmolzen. Alles, was sie kannte und je gekannt hatte, Gutes wie Böses, wurde durch diesen schwellenden blauen Streifen von ihr gerissen, und erst jetzt begriff sie wirklich, dass sie niemals zurückkehren konnte.

Eine merkwürdige Panik pulsierte in ihrem Bauch, und sie fragte sich, ob sie das Richtige getan hatte. Es hatte sich so viel sicherer angefühlt, als sie noch die Möglichkeit gehabt hatte umzudrehen, aber jetzt, da um sie herum nur noch Wasser war … Sie wünschte, sie hätte wenigstens ihre Zofen mitgenommen. Was hatte sie sich nur dabei gedacht, sich nicht einmal von ihnen zu verabschieden? Sie war so überwältigt von allem gewesen. Jetzt würde sie sie niemals wiedersehen. Und Hermione … Sie wünschte, ihrer Tochter einen Abschiedskuss gegeben, ihr eine letzte Erinnerung an sie geschenkt zu haben. Traurig machte sie auch der Gedanke, dass sie nie sehen würde, wie ihre Brüder heirateten, und die letzten Worte ihrer Mutter an sie. Sie war sogar ein wenig traurig darüber, Menelaos nie wieder sehen zu können. Er war gut zu ihr gewesen, trotz allem.

Aber für all das war es jetzt zu spät. Sie hatte ihre Entscheidung gefällt. Paris war auch ein guter Mann – und vor allem liebte er sie, und sie liebte ihn. Sie musste ihn doch lieben, oder? Wenn sie ihm um die halbe Welt folgte? Etwas an Paris zog sie an, brachte sie dazu, ihm zu vertrauen, ihm nah sein zu wollen.

Sie sah zur Seite, wollte seine Hand nehmen, damit er sie stützte, aber er war nicht da. Sie entdeckte ihn an der anderen Seite des

Decks. Er sprach mit seinem Cousin. Helena wandte sich um, schaute zur schrumpfenden Küstenlinie hinüber und hielt sich stattdessen an der Reling fest.

Sie hatte das Richtige getan, sagte sie sich. Sie musste gehen. Sie war kurz vor dem Ersticken gewesen. Niemand würde sie vermissen. Menelaos als Letzter. Er würde verstehen. Es würde alles gut werden. Ihr neues Leben würde eine Wiedergeburt werden, eine neue Chance auf Liebe.

Und als sie da nun auf diesem schwankenden Deck stand, betete sie zu den Göttern, dass sie damit recht behalten würde.

32

KLYTÄMNESTRA

Klytämnestra saß im Kaminsaal. Ihr neugeborener Sohn gluckste in ihren Armen. Sie konnte gar nicht aufhören, ihn anzusehen – und das hatte sie in den letzten Tagen auch nicht getan. Er war wirklich da, endlich ein Erbe. Ihre kleine Familie war endlich komplett, und sie hätte nicht glücklicher sein können. Sie strahlte die Besucher an, die Geschenke brachten und Segenssprüche aufsagten. Das hier war nicht nur ihr Sohn, sondern der Sohn Mykenes, und es schien ihr, als sei das halbe Königreich gekommen, um den Tag seiner Namensgebung zu feiern. Ein unablässiger Strom ehrfürchtiger Gesichter war schon den ganzen Morgen in die Halle und wieder hinaus geflossen, und die Geschenke reichten von silbernen Rasseln bis hin zu hastig gepflückten Wildblumen. Alle Geschenke waren willkommen. Klytämnestra wollte ihr Kind und ihre Freude mit so vielen Besuchern teilen, wie kommen wollten.

Orest hatte ihr Gemahl ihn genannt. Ein guter Name, dachte sie. Auch er hatte den ganzen Morgen das Kind angestrahlt und ihn allen Eintretenden stolz als »meinen Sohn Orest, Prinz von Mykene« vorgestellt. Genau wie es sich Klytämnestra erhofft hatte, hatte seine Geburt ihren Ehemann beruhigt. Heute war es ganz deutlich, dass er nirgendwo anders lieber war als hier mit ihr und ihrem Sohn.

Plötzlich bemerkte Klytämnestra einen Tumult vor dem Saal. Verständlich, jetzt, da die ganzen Menschen Schlange standen, um einen Blick auf das Baby zu werfen, aber sie wünschte sich doch, Talthybios würde sie ruhig halten. Sie wollte nicht, dass Orest zu weinen begann. Bisher war er so brav gewesen.

Agamemnon hatte die Unruhe auch bemerkt und schaute böse in Richtung Tür. Dann plötzlich veränderte sich sein Gesichtsausdruck, und Klytämnestra wandte sich um, um zu sehen, warum.

Die Menge im Saal teilte sich, und Menelaos schritt auf sie zu.

»Bruder!«, dröhnte Agamemnon. »Dich habe ich gar nicht erwartet! Bist du gekommen, um deinen Neffen zu segnen?« Sein jovialer Ton übertönte den Lärm der Menge, aber sein Lächeln verschwand, als er den Gesichtsausdruck seines Bruders sah.

»Du musst alle bitten zu gehen«, sagte Menelaos. »Ich muss mit dir sprechen. Allein.«

Klytämnestra konnte seine Miene nicht deuten, aber sein Blick war ernst. Sie legte instinktiv die Hand auf den Kopf ihres Sohnes, als wollte sie ihn vor einem beginnenden Unwetter beschützen.

Agamemnon nickte seinem Bruder zu und erhob sich. An die Menge gewandt, sagte er: »Ich und mein Sohn danken Euch für Eure Segensworte, aber die Audienz ist nun beendet. Geht zurück nach Hause.« Dann gab er ein Zeichen an Talthybios, der die Menschen hinausdrängte.

Als es still war im Saal und die Türen wieder geschlossen waren, erzählte Menelaos seinem Bruder, was ihn nach Mykene geführt hatte.

»Fort?«, dröhnte Agamemnon. »Was meinst du mit *fort?* Hast du sie verlegt?« Er kicherte kurz, aber weder Menelaos noch Klytämnestra lächelten.

»Wir hatten fremdländische Gäste, die in unserem Palast wohnten, aus Troja ...«

»Trojaner? Was hat dich geritten, diese Dreckskerle zu bewirten? Ich würde ihnen kein Bett geben, selbst wenn sie darum flehten. Sollen sie doch bei ihren Hethiter-Herren katzbuckeln, sage ich.« Er spuckte auf den Boden.

»Ich dachte ... Sie kamen in Frieden, Bruder. Sie wollten die alten Handelsstraßen wieder öffnen, sagten sie. Aber ... du hast recht. Ich hätte ihnen nicht vertrauen dürfen«, sagte Menelaos bitter. »Meine Männer glauben, dass meine Gemahlin mit ihnen gegangen ist. Ich war fort – bei der Beerdigung unseres Großvaters –, und als ich wiederkam, war sie nicht mehr da. Es ist nicht sicher ... wie sie mitgenommen wurde. Aber niemand hörte Hilferufe.«

Klytämnestra wusste, was er damit andeuten wollte, doch sie konnte es nicht glauben. Helena würde niemals freiwillig ihre Familie verlassen. Sie musste in eine Falle gelockt worden sein. Vielleicht hatten sie ihre Tochter bedroht – sie selbst würde alles tun, um ihre Kinder zu beschützen.

Sie sorgte sich um Helena. Sie musste furchtbare Angst haben, jetzt, da sie aus ihrem Zuhause gerissen und von einem ausländischen Mann vergewaltigt wurde. Aber wenn sie nicht vergewaltigt worden war, wenn sie aus freiem Willen gegangen war … Dieser Gedanke gefiel ihr keineswegs besser. *Oh, Helena. Was hast du getan?*

»Du hattest recht damit, zu mir zu kommen«, sagte Agamemnon ernst. »Sobald das der Rest Griechenlands hört … Was werden sie sagen? Dass wir unsere Frauen nicht halten können? Dass wir es zulassen, wenn unsere Gäste uns respektlos behandeln? Nein, das Haus Atreus lässt sich nicht verhöhnen. Ich werde nicht …«

Dann erschien ein merkwürdiger Ausdruck auf seinem Gesicht, als wäre ihm gerade etwas eingefallen. Und zu Klytämnestras großer Verblüffung kräuselten sich seine Lippen zu einem Lächeln.

»Nein, wir lassen uns nicht verhöhnen«, wiederholte er langsam. »Bruder, das ist keine Prüfung, die die Götter uns geschickt haben. Es ist eine Chance.«

Er beugte sich jetzt auf seinem Thron vor, und seine Miene strahlte vor Energie. Menelaos sah verwirrt und ebenso ungläubig drein wie Klytämnestra.

»Eine *Chance?* Hast du mich missverstanden, Bruder?«, fragte Menelaos angespannt. »Meine Frau ist fort. Entführt. Entweder durch Verführung, in dem Fall hat man mir Hörner aufgesetzt und mich vor aller Welt zum Narren gemacht. Oder sie wurde gewaltsam entführt, um von ausländischen Männern geschändet zu werden, vergewaltigt und zusammengeschlagen. Vielleicht ist sie sogar schon tot.«

Klytämnestra wurde übel. Die so seltenen Emotionen in Menelaos' Tonfall machten ihr Angst. Sie fragte sich, wo Helena wohl gerade war, und das Bild von der Leiche ihrer Schwester, wie sie auf dem Meeresboden verweste, erschien vor ihrem inneren Auge. Sie verdrängte es. Konnte Helena das wirklich getan haben? War sie aus freiem Willen gegangen? Hatte sie es aus Liebe getan? Sie begann zu hoffen, dass es so war.

Agamemnons dröhnende Stimme riss sie aus ihren Gedanken.

»Ich verstehe die Lage recht gut, Bruder. Besser als du, so scheint es.« Menelaos runzelte ärgerlich die Stirn, aber Agamemnon fuhr fort, bevor er etwas sagen konnte. »Erkennst du es nicht? Deine Gemahlin, die Blume Griechenlands, wurde von ausländischen Gästen aus deinem eigenen Palast gepflückt. Sie haben die heiligen Gesetze der Gastfreundschaft gebrochen. Sie haben dich entehrt. Dich beleidigt. Aber noch mehr als das, Bruder, haben sie Griechenland beleidigt.«

Menelaos schwieg einen Augenblick und sah seinen Bruder forschend an. Dann sagte er leiser: »Sie haben außerdem meine Schatzkammer geleert. Ich hielt die Sache mit meiner Gemahlin für dringender, aber …«

»Noch besser«, rief Agamemnon aus und schlug mit der Faust auf die Armlehne seines Throns. Klytämnestra sah, wie sein Lächeln breiter wurde. »Diese Ratten aus dem Osten haben Griechenland bestohlen. Wir müssen ihnen zeigen, dass sie unsere Frauen nicht einfach so vergewaltigen, dass sie unser Gold nicht rauben dürfen.«

»Und wie willst du das tun?«, fragte Menelaos vorsichtig.

»Indem wir uns das Gestohlene zurückholen.«

Agamemnons Worte hallten im Saal wider, und Klytämnestra schien es, als seien sie besonders schwer, besonders bedeutsam und könnten nicht mehr zurückgenommen werden jetzt, da sie in der Welt waren.

»Du meinst, wir ziehen in den Krieg.«

Und mit diesen Worten sprach Menelaos den Gedanken aus, der sich in Klytämnestras Kopf schon zu formen begonnen hatte.

»Sei kein Narr, Bruder«, fuhr er fort, als Agamemnon schwieg. »Wir sind dafür nicht stark genug. Troja ist eine reiche und mächtige Stadt, mit reichen und mächtigen Freunden. Du solltest sie nicht unterschätzen. Selbst wenn wir die Streitkräfte Spartas und Mykenes vereinigten …«

»Sparta und Mykene? Du missverstehst mich«, sagte Agamemnon. »Es sind nicht nur du und ich, die in diesen Krieg ziehen werden, sondern ganz Griechenland.«

»Wie?«, fragte Menelaos verblüfft. »Wie willst du sie davon überzeugen? Es ist nicht ihr Anliegen. Warum sollten sie das für die Gemahlin eines anderen Mannes riskieren?«

»Du vergisst, dass Helena nicht nur deine Braut war, Bruder, sondern die Braut Griechenlands. Jedes Königreich von hier bis Ithaka schickte einen Prinzen, um sie zu gewinnen. Und jeder dieser Männer hat den Eid geleistet, dem Mann zu helfen, der sie verliert.«

Menelaos begriff, und Klytämnestra erkannte in seinem Gesichtsausdruck, dass es stimmte, was ihr Gemahl gesagt hatte. In ihrem Bauch begann die Furcht zu rumoren.

»Griechenland steht unter unserem Kommando, Bruder.« Agamemnon war vor Begeisterung ganz lebhaft geworden. »Wir werden die Freier an ihren Eid erinnern und ihnen erzählen, wie die ausländischen Schänder deine Gemahlin gestohlen und deine Schätze geplündert haben. Und wir werden diese ausländischen Hunde lehren, dass man sich mit Griechenland besser nicht anlegt.«

Klytämnestra hatte ihren Gemahl seit Monaten, vielleicht sogar Jahren nicht mehr so lebendig gesehen. Nicht einmal die Geburt ihres Sohnes hatte seine Augen so sehr strahlen lassen. Das machte ihr Angst. Er war ein entschlossener Mann, und sobald er sich einmal etwas in den Kopf gesetzt hatte … Wenn er einen Krieg wollte, würde er einen Krieg bekommen. Sie erkannte nun, dass er genau auf eine solche Gelegenheit gewartet hatte. Eine Chance, etwas Großes zu bewirken, seine Macht zu vergrößern. Mykene reichte ihm nicht. Seine Familie reichte ihm nicht. Nicht einmal Orest war genug. In diesem Moment begriff Klytämnestra, dass ihr Gemahl immer mehr wollen würde.

Obwohl sie sich um ihre Schwester Sorgen machte, fürchtete sie auch, ihren Gemahl zu verlieren. Sie konnte den Gedanken nicht ertragen, ihre Familie zerbrechen zu sehen, gerade jetzt, da sie endlich komplett war. Und wenn Agamemnon sterben sollte, was würde dann aus ihren Kindern werden? Was würde aus ihr werden? Aber Helena war ebenfalls Familie, durch ihr Blut und die Jahre an sie gebunden, die sie gemeinsam in Sparta verbracht hatten. Der Gedanke, dass sie allein in einem fremden Land war, den Launen ihres

Entführers ausgeliefert – oder sogar ihres Verführers –, hatte seinen eigenen Schrecken. In Klytämnestras Kopf war Helena immer noch das hoffnungsvolle, lebensfrohe, naive kleine Mädchen, das sie in Sparta zurückgelassen hatte, und jetzt wünschte sie sich mehr denn je, sie wiedersehen zu können, um zu wissen, dass es ihr gut ging.

Zerrissen zwischen der Familie, die sie zurückgelassen, und der neuen, die sie gegründet hatte, warnte Klytämnestra ihren Gemahl weder vor seinen Visionen des Ruhms, noch ermunterte sie ihn. Sie saß schweigend da und wiegte sanft ihren Sohn, während die Männer Pläne schmiedeten und sich die Räder des Krieges in Bewegung setzten.

33

KLYTÄMNESTRA

Orest war unruhig. Es war ein warmer Tag, vielleicht lag es daran. Er hatte den ganzen Morgen immer wieder geweint und sich gegen seine Windeln gewehrt, so sehr, dass Klytämnestra sie ihm schließlich ausgezogen hatte. Sie lief jetzt mit ihm auf dem Arm im Palast herum und wiegte ihn dabei. Es schien zu wirken, und er beruhigte sich ein wenig. Seine Schreie wurden langsam zu glucksendem Murmeln.

Es hatte eine Zeit gegeben, in der es ihrem Gemahl nicht gefallen hatte, wenn sie ohne Begleitung durch den Palast gegangen war, aber in den letzten Jahren hatte er sich darum kaum noch gekümmert. Sie hoffte, dass es daran lag, dass er ihr vertraute, und nicht daran, dass es ihm gleichgültig war, aber in jedem Fall war es schön, sich im Palast frei bewegen zu können.

Sie ging weiter und schaukelte den kleinen Orest in ihren müden Armen, bis sie zum Haupthof kam. Genau in diesem Augenblick sah sie einen dünnen Mann aus der Kaminhalle kommen und den Hof überqueren.

Sie hielt kurz inne und ging dann direkt auf die offene Tür zu, aus der er gerade herausgekommen war. Sie spähte hinein, und dort, auf seinem vergoldeten Thron, saß ihr Gemahl.

Er schaute auf und erkannte sie. »Ah, Frau! Bring mir meinen Jungen. Ich will, dass er sich an mein Gesicht erinnert, wenn ich fort bin.«

Und da war es wieder: die Erinnerung an das, was sie so gern vergessen wollte. Sie wusste, dass das kindisch war, aber den Gedanken zu verdrängen, machte ihn weniger wirklich, zumindest fürs Erste.

Als sie vor ihrem Gemahl stand, sah sie, dass er eine tönerne Schreibtafel in den Händen hielt, die er jetzt auf den Boden legte, um ihr Orest aus den Armen zu nehmen.

»Neuigkeiten?«, fragte sie und spähte zur Tontafel. Doch sie wusste, es war aussichtslos, einen Sinn in den merkwürdigen Symbolen erkennen zu wollen. Es war ihr immer etwas rätselhaft erschienen, dass Männer, indem sie viele kleine Linien anschauten, die Stimme eines anderen Mannes sehen konnten, obwohl der vielleicht meilenweit entfernt war.

»Der letzte Bote ist gerade zurückgekehrt«, sagte ihr Gemahl befriedigt. »König Odysseus hat mich wochenlang warten lassen. Mehr als zögerlich, sagt man. Aber dann hat er sich doch entschieden, genau wie die anderen. Zweifellos macht er sich Sorgen, sonst nichts vom Ruhm abzubekommen!« Agamemnon lachte bellend auf, seine Augen leuchteten. »Die ganze Sache ging viel leichter als gedacht, um ehrlich zu sein. Ich würde sogar sagen, dass ich sie alle auch ohne ihren Eid überzeugt hätte! Gib ihnen nur einen Grund, gib ihnen die Gelegenheit, behaupten zu können, sie kämpften für Griechenland oder die Freiheit oder … was auch immer, und sie reißen sich darum.«

Klytämnestra lächelte schwach. Sie hatte bemerkt, dass er Helena gar nicht erwähnt hatte, aber sie biss sich auf die Lippen. Sie hatte halb gehofft, die anderen Prinzen würden Agamemnons Aufruf nicht Folge leisten, doch es schien, als wären sie ebenso erpicht auf Ruhm wie ihr Gemahl.

»Du wirst bald die Gemahlin nicht nur des Königs von Mykene sein, sondern auch des Oberbefehlshabers über alle Griechen. Und das Königreich unseres Sohnes wird größer sein als das aller seiner Vorfahren. Ich werde Reichtümer aus der Troas mitbringen.«

Seine Augen funkelten, als besäße er bereits all die Reichtümer, die er stehlen wollte. Sie zwang sich zu einem weiteren Lächeln, aber die Erwähnung ihres Sohnes war zu viel für sie.

»Was, wenn du nicht wiederkommst? Mykene gehört uns nur, weil es dein ist«, sagte sie und schaute auf das kleine Bündel in den starken Armen ihres Gemahls. »Willst du unsere Kinder wehrlos zurücklassen?« Sie wusste, dass es kühn war, einfach das Wort zu ergreifen, aber davor fürchtete sie sich am meisten. Wenn Agamemnon fort war, würde Mykene verwundbar sein und ihre Kinder die Zielscheiben für jeden ehrgeizigen Krieger, der ein Königreich erobern wollte.

Agamemnon wurde jetzt ernst. »Habe Vertrauen, Frau. Die Götter würden uns diese Gelegenheit nicht geben, wenn wir sie nicht ergreifen sollten und daraus nichts Gutes erwachsen würde. Du wirst sehen.«

Sie nickte, obwohl sie noch nicht überzeugt war.

»Mykene wird nicht schutzlos bleiben«, fuhr er fort. »Ich werde eine Garnison Männer zurücklassen und einen Verwalter, der dir beim Regieren hilft.«

»Regieren?«, wiederholte sie überrascht.

»Du bist die Königin von Mykene, oder etwa nicht? Orest ist zu jung. Das Volk braucht einen Herrscher.«

Sie nickte ernsthaft. »Na-natürlich.«

»Der Verwalter wird sich um das meiste kümmern. Ich brauche dich hier, damit sich das Volk erinnert, wer ihr König ist. Gäste unterhalten und Ähnliches.«

»Oh«, sagte sie, als sie begriff, wie er es gemeint hatte. Sie war selbst überrascht, wie enttäuscht sie war. »Ja, mein Gebieter.«

»Und du musst natürlich die Opferrituale beaufsichtigen. Wir brauchen die Götter auf unserer Seite.«

»Ja, mein Gemahl.«

»Tatsächlich habe ich bereits Maßnahmen ergriffen, damit du aufhören kannst, dir Sorgen zu machen.«

Sie warf ihm einen fragenden Blick zu.

»Einen Seher. Wir werden einen brauchen, wenn wir die Launen der Götter begreifen wollen. Ich habe bereits nach ihm geschickt. Nach dem besten im ganzen Königreich, so heißt es, und ich zweifle nicht daran.«

Plötzlich überkam Klytämnestra eine Ahnung.

»Welcher Seher?«

»Aus Argos. Ich erinnere mich nicht an den Namen, aber du kennst vermutlich noch sein Gesicht. Er war vor Jahren mal in diesem Palast. Er war derjenige, der meinen Unfall vorhergesehen hatte – daher habe ich nach ihm schicken lassen.«

Kalchas.

»Ja, ich … ich erinnere mich vielleicht an ihn, wenn ich ihn wirklich gesehen habe«, sagte sie. Ihr Herz hämmerte bei der Erinnerung an jene Zeit, die sie so sehr hatte vergessen wollen, und an den Zorn im Blick des Priesters, als sie ihn zum letzten Mal gesehen hatte.

»Bist du dir sicher, dass er der beste im ganzen Reich ist?«, fragte sie und bemühte sich, sorglos zu klingen. »Ich habe von vielen großen Sehern gehört. Es gibt da einen in Tiryns, der …«

»Ja, ich bin mir sicher«, unterbrach sie ihr Gemahl. »Es gibt viele, die behaupten, die Kunst des Sehens zu beherrschen, aber nur wenige haben sich darin bewiesen, und noch weniger haben sich mir bewiesen. Er ist derjenige, den ich erwählt habe.«

»Aber mein Gemahl, erinnerst du dich nicht, warum er damals nach Mykene kam? Es ging … um dieses Mädchen. Und vielleicht grollt er dir noch, weil die Dinge doch damals so endeten.«

»Bei den Göttern, Frau! Worum du dich ständig ängstigst! Ich habe gesagt, dass er derjenige ist, den ich will, und dabei bleibt es. Ich habe bereits einen Boten nach Argos gesandt.«

Noch nach all den Jahren reichte eine schroffe Entgegnung ihres Gemahls aus, um sie einzuschüchtern. Sie wollte mehr sagen, ihn davor warnen, dem Priester zu sehr zu vertrauen, wusste aber, dass er nicht auf sie hören würde. Das tat er nie. Und wenn schon nach Kalchas gesandt worden war, konnte sie wenig tun.

Agamemnons Ärger schien zu verrauchen, als er mit seinem Finger im festen Griff seines Sohnes wackelte. Aber dann begann Orest zu weinen.

»Hier«, sagte sein Vater und hielt das Kind seiner Mutter hin. »Bring ihn zurück in die Kammer, ja? Ich ertrage es nicht, wenn sie weinen.«

34

KLYTÄMNESTRA

An jenem Abend war Klytämnestra erneut im Kaminsaal. Diesmal saß sie auf ihrem Sessel mit Elfenbein-Intarsien, neben ihrem Gemahl, der auf dem Thron saß. Die Kinder lagen bereits im Bett, Eudora passte auf sie auf. Klytämnestra hatte die Audienz auf keinen Fall verpassen wollen. Sie wusste, dass sie da sein musste, wenn er kam. Sie musste sein Gesicht sehen.

Kalchas stand vor ihrem Gemahl auf dem Steinboden, die Flammen des Kamins flackerten hinter ihm. Er wirkte älter, fand Klytämnestra. Einige Jahre waren vergangen, seit sie ihn zum letzten Mal gesehen hatte, aber für ihn schien doppelt so viel Zeit vergangen zu sein. Die jugendliche Rundheit seiner Wangen war fort, seine breite, glatte Stirn hatte Linien bekommen, und er stützte sich auf seinen Stab, als wäre sein Körper ebenfalls vorzeitig gealtert.

»Hab Dank dafür, dass du so schnell gekommen bist, Seher.« Agamemnon lehnte sich auf seinem Thron zurück, und seine Stimme dröhnte, ohne dass es ihm irgendwelche Mühen bereitete. »Jetzt, da ich die Zusagen habe, wünsche ich so bald wie möglich nach Aulis aufzubrechen. Aus deiner Anwesenheit hier schließe ich, dass du meiner Bitte entsprichst?«

»Allerdings, mein König«, erwiderte der Priester höflich. Sein Gesichtsausdruck blieb undurchdringlich. »Ich fühle mich geehrt, als Seher den Griechen dienen zu dürfen.«

Klytämnestras Herz zog sich zusammen. Sie hatte immer noch gehofft, er würde ablehnen.

»Gut zu hören!«, bellte Agamemnon und lächelte breit. »Ich habe nicht vergessen, wie du das letzte Mal in meinen Saal kamst. Ich wusste, dass deine Kräfte echt sind. Mein Unfall hat es bewiesen.«

»Ihr meint Eure Strafe, mein König«, sagte Kalchas leise. »Ich sagte Euch, dass die Göttin Euch strafen würde.«

»Ja, ja. Das meinte ich ja«, erwiderte ihr Gemahl und wedelte wegwerfend mit der Hand.

»Weil Ihr Leukippe genommen habt.« Kalchas' Gesicht war steinern, sein Blick fixierte Agamemnon.

»Ach ja! Darum ging es, jetzt erinnere ich mich!« Er klang jovial, als hätten sie beide schon herzlich darüber gelacht. »Wie geht es dem kleinen Bastard denn? Er muss ja schon … sieben, acht Jahre alt sein?«

Klytämnestra sah, wie sich die Lippen des Priesters beinahe unmerklich aufeinanderpressten. »Das Kind hat die Geburt nicht überlebt. Auch die Mutter nicht.«

Er sprach ganz ruhig, aber Klytämnestra spürte den Schmerz hinter diesen unbewegten Gesichtszügen. Sie spürte sie ebenfalls, diese Traurigkeit darüber, dass das arme Mädchen so früh aus dem Leben gerissen worden war, und auch darüber, dass das Baby tot war, die Saat ihres Gemahls. Aber bei all der Traurigkeit und dem Mitleid regte sich auch Angst. Mit diesen wenigen Worten hatten sich die Spielregeln geändert, und sie fürchtete dieses steinerne Gesicht und diese ruhige Stimme mehr denn je.

»Ach ja, dann war das wohl der Wille der Götter«, sagte ihr Gemahl etwas nüchterner, doch sofort klang er wieder ganz begeistert. »Hast du mit den Göttern über mein Unterfangen gesprochen? Wollen sie Glück schicken? Sind ihnen meine Opfer genehm?«

Klytämnestra war sich sicher, dass Kalchas seine Wut nicht länger würde verstecken können, dass er es nicht zulassen würde, dass Agamemnon das Thema Leukippe so leichthin verließ, aber als er sprach, hätte er kaum freundlicher sein können.

»Ich muss sie nicht fragen, mein König, weil sie mir erst heute ein Vorzeichen geschickt haben. Ich sah es, als ich von Argos hierherreiste: eine tote Häsin am Straßenrand, schwanger mit Jungen. Zwei süße Vögel darauf, einer schwarz, einer weiß, und rissen an dem Fleisch und dem Schatz, der darin verborgen war. Zwei Vögel für zwei Brüder, die ruhmreichen Atriden. Der eine Ihr, mein König, der andere Euer geschädigter Bruder. Und die Häsin natürlich Troja selbst.«

Von dem Bild wurde Klytämnestra übel, aber es schien ihrem Gemahl zu gefallen. »Hervorragend«, sagte er und rieb sich die riesigen Hände. »Du hast bereits deinen Wert unter Beweis gestellt, und wir haben noch nicht einmal die Mauern Mykenes verlassen!« Er lachte bellend. »Ja, ich wusste doch, dass du die richtige Wahl bist. Dann ist es also entschieden. Wir werden morgen aufbrechen, und du sollst uns begleiten.«

Kalchas verbeugte sich ehrerbietig.

»Talthybios wird dir deine Kammer zeigen und dir alles geben, was du benötigst. Schlaf gut – es ist vielleicht die letzte Nacht in einem richtigen Bett für lange Zeit!«

Der Priester verbeugte sich erneut und verließ schweigend die Halle.

»Bitte, mein Gemahl«, flüsterte Klytämnestra dringlich, sobald sich die Türen wieder geschlossen hatten. »Nimm ihn nicht mit dir. Wähle einen anderen Seher. Ich fürchte, er meint es nicht gut mit dir.«

»Unsinn. Warum sollte er? Du hast doch das Omen gehört. Er sieht meinen Ruhm, und er wird mir dabei helfen, ihn zu erlangen.«

»Aber das Mädchen…«

»Geht es schon wieder nur darum?«, fuhr er sie an. »Das ist eine bedauerliche Geschichte, aber nichts, was nicht jeden Tag irgendeiner armen Hure passieren würde. Warum sollte es ihn kümmern? Was war sie schon für ihn? Irgendeine Dienerin des Tempels? Ich nehme mal an, er hat es den Göttern gedankt, zwei Mäuler weniger stopfen zu müssen.«

Klytämnestra sah ihren Gemahl erschrocken an. War er wirklich so blind? Manchmal konnte sie sich selbst davon überzeugen, dass sie ihn liebte, aber dann wiederum … Ihr wurde schlecht, von ihrem Gemahl, von dem, was mit Leukippe geschehen war, von der Aussicht auf Krieg, von ihrer vollkommenen Hilflosigkeit. Sie konnte Agamemnon nicht sagen, dass Leukippe Kalchas' Schwester war – sie hatte beim Leben ihrer Kinder den Göttern einen Eid geschworen, dass sie das niemals tun würde –, aber selbst wenn, würde es vermutlich kaum etwas ändern. Es war, als hätte er Mauern um sich herum errichtet und die Ohren mit Wachs verschlossen. Er konnte nur noch Troja und den Krieg und seinen eigenen strahlenden Ruhm sehen.

»Komm«, sagte er, nahm sie bei der Hand und erhob sich vom Thron. »Ich breche am Morgen auf. Lass uns sehen, ob ich dir noch einen weiteren Sohn für meine Rückkehr machen kann.«

35

KLYTÄMNESTRA

Es war schon beinahe ein Monat vergangen, seit Agamemnon aufgebrochen war, und doch war das Leben im Palast weniger verändert, als es sich Klytämnestra vorgestellt hatte. Vielleicht war es ein wenig leerer, und einige der Gesichter fehlten, an die Klytämnestra gewöhnt war. Die Räume kamen ihr ohne Agamemnons raumgreifende Persönlichkeit leerer vor. Doch der Alltag war im Grunde derselbe. Sie verbrachte die Nachmittage immer noch damit, den Mädchen Spinnen und Weben beizubringen, und stillte Orest in den Nächten. Es war, als wäre ihr Gemahl nur zu einem seiner Besuche aufgebrochen und würde bald mit neuen Geschenken für seine Kinder heimkommen.

Eines aber hatte sich doch verändert. Jeden Morgen ließ sie die Kinder bei Eudora, sobald sie gewaschen und gefüttert waren, und ging in einen der kleineren Räume hinter der Kaminhalle. Diese Räume hatten auf Klytämnestra lange geheimnisvoll gewirkt, allein deshalb, weil sie nie einen Grund gehabt hatte, dort hinzugehen. Es war nicht so, dass es ihr verboten gewesen wäre – nicht im eigentlichen Sinne –, aber sie wusste, dass es ihrem Gemahl nicht gefallen hätte. Das war kein Ort, der Damen etwas anging, hätte er gesagt und spöttisch gelacht oder tadelnd die Brauen hochgezogen. Aber jetzt, da Agamemnon fort war, gab es niemanden, der ihr sagen konnte, wie sie ihre Zeit verbringen sollte oder nicht. Und daher ging sie seit dem Morgen, an dem er aufgebrochen war, jeden Tag hierher.

Auch an diesem Morgen, so wie an allen anderen Morgen, seit sie zum ersten Mal nervös vor dieser schlichten Holztür gestanden hatte, klopfte sie an.

»Guten Morgen, Herrin«, sagte der kleine Mann, der die Tür öffnete. Er schlurfte zurück in den Raum und deutete auf einen geschnitzten Sessel, der edler war als die anderen Möbel im Raum. »Ich hole Euch nur eben eine neue Tontafel, dann können wir beginnen.«

In dieser engen, muffigen Kammer verrichteten die Schreiber ihre Arbeit. Hier listeten sie die Vorräte des Palastes auf, die Steuern, die sie in den Dörfern eingetrieben hatten, die Opfergaben an die Götter. Hier wurden Wörter und Ziffern in Ton geritzt, dann getrocknet und im Archiv nebenan aufbewahrt. All das wirkte auf Klytämnestra beinahe wie ein Wunder, und sie liebte es zuzusehen, wie die Schreiber geschäftig vor sich hin kratzten, als wäre das nicht schwieriger, als Wolle zu spinnen.

Aber was sie wirklich interessierte und eigentlich lernen wollte, war, die geschriebenen Symbole zu verstehen. Sie war jetzt die wahre Königin Mykenes, verantwortlich für alles, was im Palast und außerhalb davon geschah. Wie sollte sie ihre Pflicht für das Königreich verrichten, wenn sie die Nachrichten nicht entziffern konnte, die man ihr brachte, wie es ein Mann konnte? Sie konnte sich nicht darauf verlassen, dass andere ihr diese Dinge vortrugen. Was, wenn sie die Worte veränderten? Wenn sie etwas ausließen? Sie musste die Nachrichten selbst lesen.

Eusebios, der oberste Schreiber, hatte ihr beigebracht, was die Striche bedeuteten, welchen Laut sie repräsentierten, wie sie zusammenpassten. Sie übte sogar, sie selbst zu zeichnen. Sie war immer noch sehr langsam und machte manchmal Fehler – einige der Formen waren einander einfach zu ähnlich –, aber sie wurde mit jedem Tag besser. Eusebios war überrascht gewesen, wie schnell sie lernte.

Zunächst hatte er sehr zurückhaltend auf ihre Bitte reagiert, Lesen lernen zu wollen. Er glaubte nicht, dass Agamemnon das recht wäre, und fürchtete sich davor, nach seiner Rückkehr von ihm bestraft zu werden. Frauen sollten keine Buchstaben lernen, Königinnen vielleicht sogar noch weniger. Doch sie hatte ihm versichert, dass sie die gesamte Schuld auf sich nehmen würde, wenn es denn eine gab, und überzeugte ihn davon, dass Mykene während der Abwesenheit des Königs eine echte Königin brauchte. Und das stimmte schließlich, oder etwa nicht? Aber als sie die geheimnisvollen Formen zu verstehen lernte, begriff sie, dass eine ganze Welt vor ihr versteckt worden war. Wer wusste schon, was ihr Gemahl, ihr Vater, ihre Brüder gelesen hatten, wie viel sie davon mit ihr geteilt und wie viel sie einfach verschwiegen hatten? Sie fühlte sich mächtig, jetzt, da sie in diese geheimnisvolle Welt ohne Stimmen eingetreten war.

Vielleicht konnte sie diese Macht mit ihren Töchtern teilen, überlegte sie, während sie sorgsam die Oberfläche der Tafel glättete, die Eusebios ihr gegeben hatte. Was wäre das für ein Geschenk! Und für sie würde es viel einfacher sein, weil sie noch jung waren. Wenn man ihnen beibringen würde, wie man Buchstaben formte, ebenso wie man ihnen beibrachte, Wolle zu spinnen, wenn sie lernen könnten, Worte zu weben, so, wie sie Muster am Webstuhl webten, würden ihre Hände mit der Zeit die Arbeit ganz von selbst erledigen. Sie würden ihre Gedanken materialisieren können, sobald sie ihnen kamen.

Aber noch nicht. Eusebios war ein Risiko eingegangen, indem er sich bereit erklärt hatte, sie zu unterrichten, und sie wollte seine Gutwilligkeit nicht ausnutzen. Klytämnestra hatte das Gefühl, als seien sie und der Schreiber beinahe Freunde geworden. Es war schön, dass sie einen weiteren Verbündeten im Palast hatte – neben Eudora und den Zofen. Jetzt, da Agamemnon fort war, musste sie sich ihre eigene Basis aufbauen, Respekt und Loyalität finden. Immerhin war sie bis zu seiner Rückkehr für Mykenes Sicherheit zuständig, und dafür brauchte sie die Unterstützung von Männern.

Sie hatte gerade begonnen, die ersten Buchstaben mit ihrem Griffel zu ritzen, als es an der Tür klopfte. Sie schaute nicht von ihrer Arbeit auf, sah aber aus dem Augenwinkel, dass sich Eusebios erhob.

»Eine Nachricht ist angekommen. Von König Agamemnon.«

Klytämnestra hob den Kopf, als sie die Stimme des Verwalters hörte.

»Man hat mir gesagt, ich könne die Königin hier finden«, fuhr er fort. Sie glaubte, einen Hauch Missbilligung in seinem Tonfall gehört zu haben, sagte sich aber, dass sie sich das sicher nur eingebildet hatte.

»Ja, Damon«, sagte sie und stand auf. »Welche Nachrichten? Wie läuft der Feldzug? War die Überfahrt nach Troja erfolgreich?« Sie sah, dass das Siegel auf der Tontafel bereits gebrochen war, und fürchtete seine Worte. Sicher würde Agamemnon keinen Boten den ganzen Weg aus der Troas schicken, wenn es nichts Ernstes war.

»Die Flotte hat Griechenland noch nicht verlassen, meine Königin«, berichtete Damon. »Sie wartet noch in Audis. König Agamemnon hat ihren Aufbruch verschoben, bis … bis Prinzessin Iphigenie mit Achilles vermählt ist, dem Prinzen von Pythia. Der König bittet, sie sofort für die Zeremonie nach Aulis zu schicken.«

Klytämnestra brauchte eine Weile, bis sie begriff, was der Verwalter gesagt hatte. Iphigenie, *ihre* Iphigenie, sollte verheiratet werden? Und nicht mit irgendeinem Mann, sondern mit Achilles selbst? Ja, sein Ruhm war auch ihr zu Ohren gekommen. Ein großer Krieger, so sagte man, begünstigt von den Göttern und Erbe des Reiches seines Vaters. Auf eine bessere Partie hätte sie nicht hoffen können, und doch … es war doch erst so kurz her, dass sie sie in den Armen gehalten und an ihrem Busen genährt hatte. Ihre Erstgeborene, so rein und zart und wertvoll. Sie hatte gewusst, dass der Tag kommen würde, an dem ihr ein Gemahl würde gesucht werden müssen, für das Königreich, aber es war doch noch viel zu früh. Iphigenie war erst elf – viel zu jung und noch nicht bereit, eine Frau zu werden. Sie hatte noch nicht einmal zu bluten begonnen. Wie sollte sie sie da in ein einsames Leben im Palast eines fremden Mannes schicken, weit entfernt von allen, die sie liebten, während ihr neu angetrauter Gemahl im Krieg kämpfte?

Und in diesem Moment erkannte sie, was sie tun musste. Sie würde ihre Tochter nach Aulis begleiten und mit den Männern verhandeln, damit Iphigenie fürs Erste in Mykene bleiben konnte, zumindest, bis der Krieg vorbei war. Sie würde nichts gegen die Hochzeit einwenden – sie war sich sicher, dass Agamemnon einen guten Grund dafür hatte, sie so früh zu verheiraten –, aber worin lag der Sinn darin, ihre Tochter fortzuschicken, obwohl sie doch noch nicht zur Gemahlin taugte?

Agamemnon würde ihrer Meinung sein, dessen war sie sich sicher. Alles würde gut werden. Und sie würde die Zeit mit ihrer Tochter ein wenig länger genießen können.

»Herrin?«, hörte sie Damons Stimme.

»Ja. Wir werden Prinzessin Iphigenie sofort losschicken«, erwiderte sie und plante im Kopf bereits die Rede, mit der sie Agamemnon überzeugen wollte.

»Und ich werde mit ihr gehen.«

36

KLYTÄMNESTRA

Sie brachen am nächsten Morgen auf, in einem überdachten Wagen, der die Regentropfen aufhalten sollte, die nun dumpf auf die Plane klatschten. Klytämnestra saß ihrer Tochter gegenüber, zwischen ihnen stand eine große Truhe, die ihnen als eine Art Tischchen diente. Darin befand sich unter anderem auch Iphigenies Brautkleid. Klytämnestra war froh, dass sie ihrer Tochter bereits ein Kleid und einen Schleier gemacht hatte, in dem Wissen, dass sie beides eines Tages benötigen würde. Obwohl sie bedauerte, dass beides noch nicht so ausgearbeitet war, wie sie es sich erhofft hatte. Am Kleid fehlten noch die Goldstickereien, und der Schleier, obwohl er schön gewebt war, war ein wenig dick. Sie hatte noch einen anderen machen wollen, aber dann hatten sich die Ereignisse überschlagen … Sie hätte ihren eigenen Hochzeitsschleier einpacken sollen, dachte sie plötzlich – den hauchdünnen, den ihre Mutter gewebt hatte –, aber jetzt war es zu spät, um noch zurückzukehren. Sie waren schon seit einer Stunde auf dem Weg.

Orest wurde jetzt vermutlich zum zweiten Mal am Tag gefüttert, dachte sie, und Gewissensbisse zogen ihr das Herz zusammen. Es hatte sie geschmerzt, ihn bei der Amme zu lassen, ihr eigen Fleisch und Blut, so klein und zart, aber er war im Palast sicherer als auf der Reise. Und in diesem Moment brauchte ihre Tochter sie dringender.

Sie warf einen Blick auf Iphigenie, die die Hügel betrachtete, die an ihnen vorbeizogen. Sie hatte sich nicht darüber beschwert, so plötzlich aufbrechen zu müssen, und nichts gegen den Wunsch ihres Vaters eingewandt. Sie hatte ihn schon immer angebetet. Vor allem freute sie sich darauf, ihn wiederzusehen, bevor sie die Überfahrt nach Troja unternahm.

Klytämnestra lächelte beim Anblick der glänzenden Augen ihrer Tochter. Es kam nicht oft vor, dass die Mädchen die Gelegenheit hatten, den Palast zu verlassen; Elektra hatte geschmollt, weil sie nicht hatte mitkommen dürfen. Und als Klytämnestra ebenfalls die Landschaft betrachtete, begriff sie, dass diese Reise sie selbst weiter von Mykene fortbringen würde, als sie je gewesen war, seit sie vor zwölf Jahren in Mykene angekommen war. Wie nervös sie auf jener anderen Reise gewesen war, als junge Braut, wissend und doch wieder nicht wissend, was sie am Ziel erwarten würde. Sie sah Iphigenie an und versuchte nachzuvollziehen, was in ihr vorging. War sie nervös? Dachte sie an die Hochzeit? Daran, was danach geschehen würde? Wenn, dann zeigte sie es nicht. Aber es war nicht immer leicht, sie einzuschätzen. Sie war immer so heiter, so lieb – Klytämnestra machte sich manchmal Sorgen, dass sie ihre Traurigkeit versteckte, nur damit andere keine Last mit ihr hatten.

»Man sagt, Achilles sei ein großer Mann«, begann sie und löste den Blick nicht von der feuchten Landschaft. »Ein großer Krieger. Und schneller als jeder andere lebende Mensch.«

Aus dem Augenwinkel sah sie, dass Iphigenie sie kurz musterte und den Blick dann wieder auf die Landschaft richtete.

»Ja, das ist er sicher. Ein großer Mann, meine ich«, sagte sie heiter. Dann, nach einer kurzen Pause: »Ich glaube nicht, dass Vater mich mit ihm verheiraten würde, wenn er das nicht wäre.«

In ihrer hohen Kinderstimme lag der Schatten einer Frage, und Klytämnestra beeilte sich, ihn zu verjagen.

»Nein, natürlich würde er das nicht. Du bist eine Prinzessin von Mykene. Dein Vater würde dich nicht irgendeinem Mann zur Frau geben.« Sie lächelte ihre Tochter an, die ihr Lächeln erwiderte.

»Ja, das dachte ich auch«, sagte sie wie zu sich selbst und blickte wieder nach draußen.

Ein paar Minuten saßen sie schweigend da und ließen sich vom Wagen durchrütteln, der über Steine und durch Schlaglöcher der engen Talstraße ruckelte. Schließlich durchbrach Iphigenie das Schweigen.

»Selbst wenn er ein großer Mann ist – und ich bin mir sicher, dass er das ist, wenn Vater ihn gewählt hat –, aber … selbst wenn er das ist … Ich bin mir nicht sicher, ob ich bereit bin, eine Ehefrau zu sein.«

Ihre dürren Worte schwebten in der Luft, und sie hielt den Blick auf die Hügel gerichtet, aber als Klytämnestra ihre Hand nahm, wandte sie ihren hübschen goldenen Kopf zu ihrer Mutter, und zum ersten Mal, seit ihre Tochter von dem Beschluss ihres Vaters gehört hatte, sah Klytämnestra Furcht in ihren Augen.

»Es besteht kein Grund zur Sorge«, sagte Klytämnestra und lächelte warm. »Es ist nur eine kleine Zeremonie, damit alles offiziell ist. Du wirst noch nicht seine Gemahlin sein müssen, erst, wenn du bereit bist. Du bist zu jung für all das.« Sie drückte die Hand ihrer Tochter. »Wir werden die Rituale vollziehen und am Festmahl teilnehmen, und vielleicht musst du es zulassen, dass er dich küsst – nur ein kleiner Kuss –, aber danach kommst du mit mir nach Hause.« Sie lächelte und versuchte, nicht nur Iphigenie, sondern auch sich selbst damit zu beruhigen. »Du wirst schon sehen. Dein Vater wird mir zuhören. Und ich werde immer bei dir sein.«

Iphigenie atmete erleichtert aus und erwiderte das Lächeln ihrer Mutter.

»Ich bin so froh, dass du da bist«, sagte sie und schaute dann wieder hinaus.

Ich auch, dachte Klytämnestra und betrachtete das Gesicht ihrer Tochter, wie der Wind ihr helles Haar zauste, wie ihr Blick über die Landschaft glitt. Sie wollte nicht, dass sich Iphigenie Sorgen machte, und tat alles, um sie zu beruhigen, doch ihre eigenen Ängste wurden derweil immer größer. Was, wenn sie die Männer nicht würde überzeugen können? War sie eine Närrin zu glauben, dass sie es schaffen könnte? Konnte sie ihrer Tochter wirklich versprechen, dass sie wieder mit ihr nach Hause reisen durfte, wenn all das vorbei war? Vielleicht waren dies die letzten Tage, die sie miteinander verbrachten. Jede einzelne Minute war wertvoll, jede Sekunde unwiederbringlich. Sie würde diese Reise und ihre Tochter genießen, sosehr sie konnte.

Es kam Klytämnestra viel zu früh vor, als sie hinter der nächsten Bergkuppe am frühen Abend des dritten Tages schwarze Masten sah, die wie hohe, kahle Bäume in den graublauen Himmel ragten. Sie schluckte bei ihrem Anblick, und die Nervosität stieg ihr in die Kehle. Sie berührte Iphigenie leicht am Arm.

»Wir sind da.«

Das Militärlager war groß und weitläufig, mit provisorischen Gebäuden und Feuerstellen und ausgetretenen Schlammwegen, die aussahen, als seien sie schon eine ganze Weile in Benutzung. Der Geruch nach Leder und Pferden und weniger angenehmen Dingen war nach der frischen Luft der Hügel ziemlich überwältigend, und als die Männer auf ihr Kommen aufmerksam wurden, war Klytämnestra einmal mehr froh über ihren dicken Schleier. Sie zog ihn sich vors Gesicht und fühlte sich schuldig, dass sie Iphigenie ihren noch nicht gegeben hatte. Sie versuchte, die anzüglichen Rufe zu ignorieren, die schamlosen Blicke und das Flüstern.

Sie nahm an, dass es ein wenig merkwürdig wirkte – zwei Frauen, die ein Soldatenlager betraten, ohne männliche Begleitung außer ihrem Kutscher und einer kleinen Nachhut. Vielleicht hatte sich die Nachricht von der Hochzeit noch nicht herumgesprochen – vielleicht aber hielt Agamemnon sie auch noch geheim, damit die anderen Männer nicht ein ähnliches Recht für sich forderten wie Achilles. Ja, das schien ihr eine vernünftige Erklärung zu sein. Sie glaubte nicht, dass sie in der Lage wäre, auch ihre zweite Tochter wegzugeben. Noch nicht jedenfalls.

Obwohl sie ihre Neugier verstand, bereute es Klytämnestra, nicht einen der Männer aus ihrem Schutztrupp vorgeschickt zu haben, um Agamemnon zu holen, damit er sie ins Lager geleiten konnte. Selbst der dreisteste Soldat würde es niemals wagen, derartige Respektlosigkeiten von sich zu geben, wenn ihr Gemahl bei ihr war.

In diesem Moment hörte sie ein vertrautes Geräusch, mehr ein Bellen als eine Stimme, und war selbst davon überrascht, wie froh sie war, es zu hören. Vor ihr erhob sich das unverkennbare Dröhnen ihres Gemahls über die allgemeine Geräuschkulisse, und bald erblickte sie auch den dunklen Kopf, zu dem es gehörte.

»Sieh mal«, sagte sie zu Iphigenie, drückte ihre Hand und zeigte über die Schulter des Mädchens. »Wir sind endlich da.«

Iphigenie wandte den blonden Kopf, und Klytämnestra sah, wie sie zu strahlen begann.

»Vater!«, rief sie begeistert aus. Und irgendwie hörte er sie über all die Rufe, das Rumpeln und Rumoren des Lagers hinweg und drehte den Kopf.

Er erwiderte das Lächeln seiner Tochter nicht, sondern wandte sich mit ernstem Gesicht an Talthybios, der wie so oft an seiner Seite kauerte. Klytämnestra sah, wie die Lippen ihres Gemahls einen Befehl formten, und der Herold eilte davon, um alles für ihren Aufenthalt vorzubereiten. Aber selbst als Talthybios schon fort war, schaute Agamemnon nicht mehr zu ihnen hin. Erst als sie neben ihm hielten, reagierte ihr Gemahl auf ihre Ankunft.

»Ich habe dich nicht gebeten mitzukommen«, sagte er, und der Blick aus seinen grauen Augen war hart. »Du hättest nicht kommen sollen.«

Klytämnestra öffnete den Mund, aber sie wusste nicht, was sie darauf erwidern sollte. Dies war nicht die Begrüßung, die sie nach ihrer langen Reise erwartet hatte, und sie war deswegen ein wenig verletzt.

»Vater!«, rief Iphigenie zum zweiten Mal aus, sprang aus dem Wagen und schlang die Arme um ihn. »Ich freue mich ja so, dich zu sehen, Vater!«, zwitscherte sie und vergrub ihren goldenen Kopf an seiner breiten Mitte.

Er stand steif da, wie ein Baum, der dem Wind widersteht. Kurz hob er die Hand, als wollte er den Kopf seiner Tochter tätscheln, aber dann zögerte er. Stattdessen legte er beide Hände auf ihre schmalen Schultern und schob sie sanft von sich, wobei er sich zu einem halben Lächeln zwang, als sie zu ihm aufschaute.

»Ich freue mich, dass du sicher angekommen bist«, sagte er nur und wandte sich wieder an Klytämnestra, die inzwischen ebenfalls aus dem Wagen gestiegen war.

»Du hättest nicht kommen sollen«, wiederholte er. Zwischen seinen Brauen war eine tiefe Falte entstanden. »Das Lager ist kein Ort für Frauen. Du untergräbst meine Autorität durch deine Anwesenheit. Und was ist mit unserem Sohn? Du hast ihn zurückgelassen – was sollen die Männer denken? Dass meine Gemahlin hier ist, während mein Sohn allein zu Hause geblieben ist? Du entehrst mich.«

Diese letzten Worte schmerzten wie Schläge, und Klytämnestra war sich sicher, dass er sie gesagt hatte, nur um sie zu verletzen. Warum verhielt er sich so? Wenn das Lager kein Ort für Frauen war, warum hatte er dann Iphigenie zu sich gerufen? Hatte er wirklich erwartet, dass sie ihre Tochter allein zu ihm schicken würde? Sie hatte versucht, alles richtig zu machen, für ihn und ihre Kinder, aber unter seinem eiskalten Blick begann sie, an sich zu zweifeln.

»Ich weiß, dass du mich nicht gebeten hast zu kommen, aber du hast es auch nicht verboten. Ich dachte …«

»Genug.« Seine Stimme war ganz untypisch leise, was sie nur noch bedrohlicher klingen ließ. »Du wirst morgen früh gehen. Jetzt ist es zu spät.«

»Aber dann verpasse ich das Hochzeitsritual!«, flehte sie. »Darf ich nicht bis zur Hochzeit bleiben, jetzt, da ich den ganzen Weg aus Mykene gekommen bin? Unsere Tochter hat hier doch noch nicht einmal eine Zofe, die sie ankleiden kann!«

Iphigenies Blick glitt zwischen ihren Eltern hin und her, und es war deutlich, dass sie auf der Seite ihrer Mutter stand.

»Nein. Das ist nicht möglich. Du kannst nicht hierbleiben. Tut mir leid.«

Seine Entschuldigung entwaffnete sie, und sie schwieg einen Moment, schaute in diese grauen Augen und versuchte, darin etwas zu erkennen, vielleicht die Hoffnung, dass er seine Meinung doch noch ändern würde. Doch sie fand nichts.

»Nun gut«, sagte sie steif und mochte ihre Tochter nicht ansehen, weil sie die Enttäuschung oder Schlimmeres nicht ertragen konnte, die sie in ihrem Blick finden würde. Sie hatte ihr versprochen, *versprochen,* dass sie bei ihr bleiben würde. »Ich werde morgen früh aufbrechen«, sagte sie, »aber zuerst muss ich mit dir über die Zeit nach der Hochzeit sprechen. Bitte, mein Gemahl. Ich hatte gehofft, dass …«

»Ja, ja. Nun gut. Ich werde mit dir reden, bevor du morgen früh aufbrichst. Aber jetzt muss ich mich um einige Angelegenheiten kümmern.«

Sie hätte es vorgezogen, früher mit ihm zu sprechen, um sowohl sich als auch Iphigenie zu beruhigen, doch in der Angst, auch noch das wenige an Boden zu verlieren, das sie gewonnen hatte, sagte sie schlicht: »Danke, mein Gemahl.«

Er nickte. »Für Iphigenie ist ein Zelt vorbereitet. Ihr könnt beide dort nächtigen. Talthybios wird euch den Weg zeigen – hier kommt er auch schon.« Und bevor sein Herold sie erreicht hatte, war er auch schon fort.

Sie standen im Schlamm und schauten zu, wie diese breiten Schultern auf einem der ausgetretenen Pfade immer kleiner wurden, und Klytämnestra, die ihre Tochter an der Hand hielt, ertrug ihren Schmerz schweigend. Sie hatte gedacht, dass Agamemnon sich freuen würde, sie zu sehen. Ein ganzer Monat war vergangen, seit sie sich getrennt hatten, und die Götter wussten, wie viele noch vergehen würden, bis sie sich wiedersehen konnten, vielleicht sogar niemals. Möglicherweise war es falsch gewesen zu kommen, aber jetzt war sie hier, und doch wollte er nicht einmal sein Zelt mit ihr teilen.

Du bist albern, sagte sie sich. *Wie ein kleines Mädchen.* Sie war kein Mädchen mehr, nicht einmal mehr nur eine Frau. Sie war eine Königin, das durfte sie nicht vergessen. Sie war mit einem König verheiratet, und nicht mit irgendeinem König, sondern mit dem Befehlshaber ganz Griechenlands. Im Moment war diese Pflicht wichtiger als die eines Ehemanns oder gar eines Vaters.

37

KLYTÄMNESTRA

In dieser Nacht konnte Klytämnestra nur schwer einschlafen. Die Männer im Lager blieben noch lange nach Sonnenuntergang wach, tranken und würfelten an ihren Lagerfeuern. Ihre Stimmen drangen durch die dicken Planen des Zeltes. Doch sie waren es nicht, die sie wach hielten. In ihrem Kopf schwirrte es. Was, wenn sie Agamemnon nicht überzeugen konnte? Konnte sie Iphigenie wirklich alleine heiraten, sie in ein fremdes Königreich schicken lassen? Konnte sie sich weigern, das Lager zu verlassen? Ihrem Gemahl trotzen? Das war nicht weise, aber die arme Iphigenie …

Sie lauschte dem langsamen, flachen Atem auf der anderen Seite des Zeltes. Wenigstens eine von ihnen konnte schlafen, obwohl Klytämnestra nicht wusste, wie. Vielleicht hatte sie Vertrauen in ihren Vater, dass er sie nicht wegschicken würde, damit sie ihre Jugend in einsamer Überflüssigkeit verschwendete. Oder das Vertrauen, dass ihre Mutter das nicht zulassen würde. Klytämnestra wünschte, sie könnte dasselbe Vertrauen haben.

Endlich musste sie doch eingeschlafen sein, denn als Klytämnestra die Augen aufschlug, waren die Stimmen im Lager verstummt, und das schwache Licht der Lagerfeuer war verloschen.

Aber nein. Da war noch Licht. Nur eins, ganz in der Nähe ihres Zeltes. Und es kam näher.

Sie konnte kaum noch den Kopf vom Kissen heben, bevor die Eingangsplane des Zeltes angehoben wurde und das Licht hereinfiel.

»Mein Gemahl?«, flüsterte sie. Nein, die Gestalt, die hinter der Lampe sichtbar wurde, war zu klein. Aber wenn es nicht Agamemnon war …

Das Licht bewegte sich auf sie zu. Sie öffnete den Mund, um Hilfe zu rufen, aber dann schob die Gestalt die Kapuze vom Kopf, und ein vertrautes Gesicht erschien.

»Alkimos?«, flüsterte sie verblüfft. »Bist das wirklich du?« Sie glaubte zu träumen. Vor ihr stand ein Mann, den sie seit ihrer Kindheit nicht mehr gesehen hatte. Ein Sklave ihres Vaters, der sie mit seinen lustigen Grimassen zum Kichern gebracht hatte, wenn ihre Mutter nicht hinschaute. Er war jetzt natürlich älter, wirkte aber immer noch stark und gesund. Bei seinem Anblick hatte sie plötzlich Heimweh.

»Was tust du hier?«, zischte sie möglichst leise, um Iphigenie nicht zu wecken. »Im Lager, meine ich?«

»Ich bin hier, um dem König zu dienen, Herrin«, flüsterte er zurück.

Aber Vater ist tot, war ihr erster Gedanke, bis ihr einfiel, dass er Menelaos meinte. Es war eine dumme Frage gewesen, sie war noch nicht ganz wach.

»Ja, ja, natürlich«, erwiderte sie und schaute zu dem dunklen, von der Lampe erleuchteten Gesicht hoch. »Es ist so schön, dich zu sehen«, sagte sie und meinte es auch so.

»Ich freue mich auch, Euch zu sehen, Herrin. Aber ich bin in einer sehr dringenden Angelegenheit gekommen.«

In seinem Gesicht war keine Spur jenes lustigen Lächelns zu sehen, an das sie sich erinnerte. Stattdessen sah er grimmig drein, sein Körper war angespannt. Klytämnestra setzte sich auf, jetzt hellwach.

»Ihr und Eure Tochter müsst gehen«, flüsterte er. »Noch vor Sonnenaufgang. Lasst all Eure Sachen hier, nehmt ein Pferd und reitet, so weit ihr könnt, bevor er herausfindet, dass ihr fort seid. Ihr könnt doch noch reiten?«

Klytämnestra nickte leicht und verwirrt. »Bevor wer herausfindet, dass wir fort sind?«

»König Agamemnon«, flüsterte er und schaute über seine Schulter, als würde ihr Gemahl auftauchen, sobald man seinen Namen aussprach.

»Aber … ich verstehe nicht.«

»Ihr habt keine Zeit, Herrin. Ihr findet ein Pferd vor dem Zelt. Die Wächter sollten Euch nicht behelligen, aber …«

»Nein«, sagte sie, jetzt entschlossener. »Ich werde nicht mitten in der Nacht mit meiner Tochter in die Wildnis reiten, ohne zu wissen, warum!«

Alkimos sah sie an, dann glitt sein Blick zum Bett, in dem Iphigenie lag. Ihre Tochter schlief immer noch tief und fest.

»Es ist nicht sicher. Für sie«, murmelte er. »Euer Gemahl führt Böses im Schilde.«

»Böses? Meinst du die Hochzeit? Ist Achilles ein grausamer Mann?«

»Nein, nein, meine Herrin. Ihr versteht nicht. Es gibt keine Hochzeit.«

Jetzt war sie noch verwirrter.

»Was meinst du damit, es gibt keine Hochzeit? Warum sollte er uns sonst hierhergerufen haben? Das ergibt doch alles keinen Sinn …«

»Es war eine Lüge … alles war eine Lüge … ich …« Er hielt inne. »Mögen die Götter uns allen vergeben, Herrin. Er hat sie hierherbringen lassen, um sie zu töten.«

Klytämnestra hatte schon gehört, wie die Leute davon gesprochen hatten, wie ihnen das Blut in den Adern stockte, aber erst jetzt verstand sie, was sie damit meinten.

»Nein«, sagte sie. »Du lügst. Er würde nie … das könnte er nicht.«

»Es ist wahr, Herrin. Ich hatte gehofft, Euch das ersparen zu können, aber Ihr wolltet nicht hören, und ich konnte nicht … Ihr müsst gehen. Jetzt.«

Aber seine Worte waren wie ein Rauschen in Klytämnestras Ohren.

»Aber *warum?*«, fragte sie. »Warum sollte er … er liebt sie. Ich kann nicht …«

»Es gab eine Prophezeiung. Die Winde stehen schon so lange schlecht … König Agamemnon hat seinen Seher gefragt, warum die Götter unsere Überfahrt verhindern …«

»Seinen Seher?«, fragte Klytämnestra plötzlich.

»Ja, Herrin. Der Seher hat ihm gesagt, dass er eine Hirschkuh getötet habe, die Artemis heilig war, und dass er die Göttin erzürnt habe. Er sagte, die Prinzessin sei das Opfer, das die Götter forderten. Dass die Schiffe nicht segeln könnten, bis …«

Aber Klytämnestra hörte nicht mehr zu. Sie war aus ihrem Bett gesprungen und eilte zu Iphigenies Lager.

»Hmm? Was ist, Mutter?«, sagte ihre Tochter schläfrig, als Klytämnestra sie an der Schulter schüttelte. Als sie das Gesicht ihrer Mutter erkannte, fragte sie: »Was ist passiert?«

»Nichts«, log Klytämnestra. »Du bist in Sicherheit. Alles ist gut. Aber du musst dich jetzt ankleiden. Zieh dein Reisegewand an.«

Iphigenie sah sie fragend an, und dann riss sie die Augen auf, als sie den Mann hinter ihr entdeckte. »Wer ist das?«

»Ein Freund«, flüsterte sie. »Er wird bei dir bleiben, bis ich zurückkomme. Keine Sorge – er wird nicht hinsehen.«

»Aber … wohin gehst du?«

»Nicht weit fort. Ich bin gleich wieder da. Jetzt tu, was ich dir gesagt habe, mein gutes Mädchen.«

Sie beugte sich vor, um ihre Tochter auf die Stirn zu küssen, und konnte einer kurzen Umarmung nicht widerstehen.

»Ich habe dich sehr lieb«, flüsterte sie und versuchte verzweifelt, nicht ängstlich zu klingen.

Dann richtete sie sich auf und wandte sich an Alkimos. »Wo geht es zum Zelt des Sehers?«

38

KLYTÄMNESTRA

Klytämnestras Nachtgewand schleifte durch den Schlamm, als sie über das Lager marschierte. Sie hatte keine Zeit gehabt, sich umzuziehen – sie hatte sich in der Eile nicht einmal Sandalen angezogen. Steinchen bohrten sich in ihre Fußsohlen, aber sie merkte es kaum. Sie sah nur das Zelt vor sich, dessen heilige Bänder im Mondlicht flatterten, genau, wie Alkimos es beschrieben hatte.

Wut stieg in ihr hoch und hinterließ einen metallischen Geschmack in ihrem Mund. Wie konnte er? Wie *konnte* er nur? Iphigenie … *ihre* Iphigenie … Sie musste mit ihm reden. Selbst wenn sie flohen, würde ihre Tochter nicht in Sicherheit sein. Sie musste diese Sache klären.

Das Zelt war jetzt nur noch ein paar Schritte von ihr entfernt. Sie hielt ihre Lampe so fest, dass ihre Hand zitterte. *Wie konnte er nur?*

Sie riss das Zelt auf und trat hinein. Sie schaute sich darin um, und im Licht der Lampe erkannte sie ein Bett, eine Decke und den Schläfer darunter. Er war allein.

»Die Götter mögen dich verfluchen, Kalchas!«, knurrte sie und riss die Decke weg. »Die Götter mögen dich verfluchen! Wie konntest du nur? Meine Iphigenie … was hat sie dir getan?«

Sie war entschlossen gewesen, nicht zu weinen, aber schon jetzt traten ihr die Tränen in die Augen. Sie musste sich anstrengen, damit ihr die Stimme nicht brach.

Kalchas setzte sich in seinem Bett auf und schaute ganz ruhig zu ihr hoch.

»Klytämnestra«, sagte er gleichmütig, so als wäre es völlig normal, dass sie mitten in der Nacht in sein Zelt kam. »Kann ich etwas für Euch tun?«

Seine Ruhe machte sie nur noch wütender.

»Du weißt ganz genau, warum ich hier bin, Kalchas«, spie sie ihm entgegen. »Du weißt, was du getan hast. Meine Iphigenie … *warum?*

Ich habe versucht, dir zu helfen! Du und Leukippe … ich … Ich habe meinen Gemahl für euch belogen, ich …«

»Die Götter fordern, was sie fordern, Herrin. Ich lese nur die Zeichen …«

»Wage es nicht, mich zu belügen«, zischte sie. »Ich bin nicht so blind wie mein Gemahl!« Sie hielt inne, um sich zu fassen, weil sie merkte, dass sie ihre Stimme erhoben hatte. »Du musst das zurücknehmen, Kalchas. Du musst ihnen sagen, dass das nicht wahr ist. Nur die Götter wissen, warum du so etwas überhaupt gesagt hast.«

»Du weißt, warum.« Sein Blick lag auf ihr, ruhig und hart wie ein Stein.

»Also willst du ein unschuldiges Leben rächen, indem du ein anderes nimmst?«

»Ich …« Er verstummte, und sein Blick flackerte ein wenig. Er seufzte ganz leise. »Um die Wahrheit zu sagen, hätte ich nicht gedacht, dass er sich darauf einlassen würde. Ich dachte, wenn ich … wenn die Götter das Unvorstellbare forderten, dass er dann gezwungen sein würde aufzugeben. Dass sein Feldzug vorbei sein würde und sein Ruf zerstört. Ich dachte, er würde dann gedemütigt sein und nach Hause zurückkehren.«

»Aber … aber die Männer werden doch nicht von ihm erwarten, dass er sein eigenes Kind opfert? Er hätte doch einfach Nein sagen können. Sie hätten ihn dafür nicht verurteilt.«

»Nicht?« Kalchas schaute erneut zu ihr hoch. »Diese Männer, die so viel geopfert haben, um für ihn zu kämpfen? Um für Griechenland zu kämpfen? Sie haben ihre Königreiche schutzlos, ihre Söhne ohne Väter, ihre Väter ohne Söhne zurückgelassen. Viele von ihnen werden vermutlich ihr Leben lassen. Und dann will ihr Anführer, derjenige, der sie zu den Waffen gerufen hat, nicht einmal ein Kind opfern? Und dazu noch eine Tochter, nicht einmal einen Erben? Man hätte ihn mit Schande überschüttet.«

Klytämnestras Mund blieb offen stehen, sie wusste nicht, was sie darauf sagen sollte.

»Ich dachte, er würde die Schande auf sich nehmen«, fuhr Kalchas fort. »Es wäre genug gewesen, ihn aus dieser Höhe fallen zu sehen.

Dann hätte ich mein Leben weiterleben können. Aber ich … ich habe ihn unterschätzt. Seinen Stolz, seine Eitelkeit. Seinen Ehrgeiz. Er hat Troja zu seinem Ziel gemacht. Es ist, als hätte ein Fieber seinen Verstand ergriffen.« Er klang jetzt angeekelt. »Alles, was er sehen kann, ist Troja, und seine Faust, die es ergreift. Er wird sich durch nichts aufhalten lassen, das sehe ich jetzt.«

»Aber es stimmt nicht!«, sagte Klytämnestra verzweifelt. »Er muss dieses Opfer gar nicht bringen! Die Götter fordern es nicht, nur du! Du kannst ihm sagen, dass du gelogen oder dich geirrt hast oder dass die Götter ein neues Zeichen gesandt haben! Die Winde werden kommen, und die Schiffe werden segeln – und ich behalte meine Tochter.« Ihr letztes Wort ging beinahe in einem Schluchzer unter.

»Ich fürchte, das kann ich nicht«, sagte Kalchas, dessen Ton jetzt wieder ganz ruhig war.

Klytämnestra sah ihn scharf an. »Aber du musst! Du bist der Einzige, der diesen Irrsinn verhindern kann!« Sie hielt inne und versuchte, seinen Blick aufzufangen. »Du bist ein guter Mann, Kalchas, oder du warst zumindest ein guter Mann. Du hast deine Schwester geliebt, du weißt, wie es ist, jemanden zu verlieren, den du liebst. Ich weiß, wie sehr er dich verletzt hat … wie sehr *er* dich verletzt hat, und es tut mir leid. Aber Iphigenie zu töten, wird Leukippe nicht zurückbringen!«

Sie kniete sich nieder und flehte, packte seine Bettdecke und ließ mit gebrochenem Herzen ihre Tränen fließen. Aber er starrte sie nur stumpf an, wie Stein.

»Es tut mir leid«, sagte er leise. »Glaubt nicht, dass mir das Freude macht. Nein, tatsächlich fühlte ich … fühle ich kaum noch etwas.« Er gab einen hohlen Laut von sich, wie ein Lachen ohne den Atem, der es trug. »Euer Gemahl ist ein böser Mensch, und er muss leiden. Ich habe jetzt die Gelegenheit, ihn leiden zu lassen, und ich werde sie nicht verstreichen lassen, egal, was es kostet. Ich kann Eurer Bitte nicht entsprechen. Ich werde ihm diesen Ausweg nicht bieten.«

Klytämnestra war wie gelähmt. Was konnte sie da noch sagen? Was konnte sie tun? Sie starrte ihn an, versuchte irgendetwas in seinem Gesicht zu finden, einen Weg, damit er es sich anders überlegte, irgendeine Lücke in dieser steinernen Fassade. Aber seine harten Augen sahen sie an, und sie wusste, da gab es nichts. Sie verschwendete nur ihre Zeit.

Sie stand auf und wandte sich zum Gehen, aber auf halbem Weg zur Tür ließ sie die Stimme des Priesters stehen bleiben.

»Ihr könnt mich hassen, wenn es das leichter für Euch macht. Ich weiß, dass Ihr das tut. Aber es ist Euer Gemahl, der uns auf diesen Pfad geführt hat und nicht zurückkehren lässt.« Sie schüttelte den Kopf und machte einen weiteren Schritt, blieb aber erneut stehen, als er fortfuhr. »Ihr könnt versuchen, ihn zu überreden – versucht es unbedingt. Sagt ihm, er solle umkehren und nach Hause zurückgehen. Vielleicht habt Ihr Erfolg, wo sein Bruder versagt hat. Vielleicht habt Ihr diesen Einfluss.« Sie schaute über ihre Schulter zu ihm zurück. »Aber denkt an den Eid, den Ihr mir geleistet habt. Ihr schwort beim Leben Eurer Kinder, dass Ihr Eurem Gemahl nichts von meiner Verwandtschaft mit Leukippe sagen würdet. Riskiert nicht das Leben Eurer Kinder für jemanden, der bereits verloren ist.«

»Ich weiß, was ich geschworen habe«, knurrte sie bitter. Dann drehte sie sich um, bevor weitere Tränen fließen konnten, und eilte aus dem Zelt.

39

KLYTÄMNESTRA

Klytämnestra marschierte durch das Lager zurück, und ihre Brust hob und senkte sich qualvoll bei jedem Atemzug. Jetzt hatte sie Panik bekommen. Ihre einzige Möglichkeit war es, fortzulaufen. Sie hatte schon so viel Zeit verschwendet. Sie musste zurück zu ihrer Tochter. Sie mussten sofort los.

Ihr schlammgetränktes Gewand war schwer und klatschte gegen ihre zitternden Beine. Sie raffte den Wollstoff zusammen und ging schneller. Beinahe da. Sie konnte ihr Zelt schon sehen. Nur noch ein paar Schritte.

Sie riss die Zeltplane beiseite und eilte hinein. »Ich bin zurück, mein Liebling. Bist du f…«

Aber es war nicht ihre Tochter, die vor ihr stand.

»Mein Gemahl«, würgte sie hervor und tat unwillkürlich einen Schritt zurück. »Ich … ich hatte dich so spät gar nicht erwartet.« Sie spähte hinter ihn. »Wo ist Iphigenie?«

»Ich habe unsere Tochter in mein Zelt geschickt, damit sie dort weiterschläft. Ich dachte, sie wäre dort vermutlich sicherer.«

Er wusste es. Sie merkte es an seinem Ton, dem dunklen Blick. Jemand musste sie gesehen haben.

Alkimos war nirgends zu sehen. War er hier gewesen, als Agamemnon gekommen war? Vermutlich. Oder vielleicht war er aus dem Zelt geschlüpft …

Dann sah sie es. Was sie für einen Haufen Kleidung gehalten hatte, neben Iphigenies Bett. Nur dass dieser Haufen sich bewegte. Und wimmerte.

Gewissensbisse überkamen sie. Sie hätte einfach gehen sollen, als er es ihr gesagt hatte. Wenn sie nur gegangen wäre … Oh, der arme Alkimos. Und Iphigenie …

»Du kannst das nicht machen«, sagte sie leise. »Bitte, mein Gemahl. Sie ist unsere Tochter.«

»Die Schiffe müssen segeln.«

»Warum? Warum müssen sie das? Wenn der Preis dafür so hoch ist? Wir könnten einfach nach Hause zurückkehren. Es ist noch nicht zu spät.« Sie versuchte, seine Augen, sein Herz anzusprechen, aber er schaute sie gar nicht an. Sie berührte seinen Ärmel. »Mein Gemahl …«

»Du verstehst gar nichts«, fuhr er sie barsch an und zog seinen Arm weg. »Wie kann eine Frau wissen, wie es ist, ein Mann zu sein? Was ein Mann tun muss? Was ein Mann sein muss? Du redest von Dingen, von denen du keine Ahnung hast.«

»Ich weiß, was es bedeutet, eine Mutter zu sein. Ein Kind in sich zu tragen – *dein* Kind. Es auf die Welt zu bringen. Es an der Brust zu nähren. Angst davor zu haben, dass die Sommerkrankheit sie fortnimmt, sich vor der Kälte des Winters zu fürchten. Es zu erziehen, damit es gut und freundlich und stark wird. Es jeden Tag zu lieben. Ich weiß das.«

Er gab einen abfälligen Laut von sich. »Du gibst mir die Schuld, obwohl alles nur die Schuld deiner Schwester ist. Du hasst mich für ihre Fehler. Wir segeln, um sie zurückzubringen, oder hast du das vergessen? Soll ich sie bei den Ausländern lassen? Eine Hure für irgendeinen Hund aus dem Osten?«

Seine Worte taten ihr weh, und sie hielt inne. Bei all ihrer Angst um Iphigenie hatte sie Helena beinahe vergessen.

»Meine Schwester würde niemals wollen …«, murmelte sie. Dann, lauter: »Unsere Tochter muss nicht sterben. Die Winde werden kommen!«

»Närrische Frau. Der Sklave hat gesagt, dass er dir von der Prophezeiung erzählt hat. Zweifelst du etwa an den Göttern?«

»Nur an ihren Boten«, erwiderte sie und sah ihm direkt in die Augen. »Dem Seher ist nicht zu trauen. Er …«

»Du stocherst im Trüben herum«, bellte ihr Gemahl. »Du hattest schon etwas gegen meinen Seher, bevor der Feldzug begann. Ich weiß nicht, was er getan hat, um dich zu beleidigen, aber …«

»Es geht darum, was *du* getan hast«, schrie sie zurück. »Erinnerst du dich nicht? Das Mädchen und das Kind und … Wie kannst du nur so *blind* sein?«

Es klatschte, als seine Hand auf ihr Gesicht traf. Sie schwankte und hielt sich die brennende Wange.

»Du vergisst dich.« Seine Stimme donnerte wie ein Unwetter über ihr. »Es ziemt sich nicht für eine Königin, an der Einschätzung des Königs zu zweifeln. Du kannst froh sein, dass ich dich nicht schlage, weil du mich heute Nacht entehrt hast.« Sie warf einen Blick auf den Kleiderhaufen, der Alkimos war und sich nicht mehr rührte. »Aber ich habe Mitleid mit dir wegen der Sache, die getan werden muss. Strapaziere meine Geduld nicht.«

Langsam und mit pochender Wange richtete sie sich auf und sah ihm erneut direkt in die Augen.

»Kalchas lügt«, krächzte sie und versuchte, ihn mit ihrem Blick dazu zu bringen, es zu erkennen, zu sehen, was sie wusste.

»Ich glaube ihm«, entgegnete ihr Gemahl schroff. »Er hat schon vorher recht gehabt. Es wäre dumm, nicht auf ihn zu hören.« Ihr Blick wurde jetzt verzweifelter, und Tränen traten ihr in die Augen. »Und selbst wenn ich ihm nicht glaubte«, fuhr er fort, »die Männer tun es. Sie haben die Prophezeiung gehört. Sie wissen, was ich tun muss und was es bedeutet, wenn ich es nicht tue. Ich habe ihnen Ruhm versprochen. Sie dürsten danach … Du musst verstehen, wenn ich diese Sache nicht tue, tun sie es womöglich stattdessen. Und vielleicht hören sie dann nicht mit Iphigenie auf. Wir würden alles verlieren und nichts gewinnen.«

»Du meinst dich. *Du* würdest nichts gewinnen.« Sie war selbst überrascht von der Verachtung in ihrer Stimme. Sie zitterte jetzt, vor Wut, vor Schmerz. Aber es machte sie auch mutig. Sie wappnete sich gegen einen neuen Schlag, aber es kam keiner. Agamemnon sah sie nur mit diesen grauen Augen an, als wäre die Diskussion für ihn beendet. Ihr Herz pochte ihr bis zum Hals, ihre Beine zitterten. Er versuchte ihr Angst zu machen, sie dazu zu zwingen nachzugeben. Aber das würde sie nicht tun. Hier ging es um das Leben ihrer Tochter. Ihrer Iphigenie. Ein Teil von ihr wusste, sie sollte schweigen, aber sie war nun schon so weit gekommen. Sie konnte ihn nicht gehen lassen, weil sie wusste, was das bedeutete. Sie musste kämpfen.

»Liegt es daran, dass sie nur ein Mädchen ist? Wie kannst du bereit sein, ihr Leben wegzuwerfen? Wenn ich Orest jemals etwas antun würde, würdest du es mir niemals verzeihen.«

»Was sagst du da?« Er trat auf sie zu und schien mit jedem Schritt größer zu werden. Er hatte die Schultern gestrafft. »Wage es nicht, meinen Sohn zu bedrohen.«

Sie wich zurück. »Ich … Das habe ich nicht getan. Ich meinte nur, dass …«

»Ich tue das für ihn, verstehst du das nicht?« Sein Körper strahlte eine beängstigende Energie aus, ein seltsames Licht glomm in seinen Augen. »All dies! Um ihm zu zeigen, dass sein Vater ein großer Mann ist, ebenso wie mein Vater einer war. Damit er stolz darauf sein kann, Sohn des Agamemnon zu sein. Um ihm ein Vermächtnis zu hinterlassen!«

»Und was ist mit Iphigenies Vermächtnis?«, gab sie zurück, und ihr Zorn überwog ihre Angst. »Wen wird sie heiraten? Welche Kinder wird sie bekommen? Was wird ihr Vermächtnis sein?«

Er sah sie ruhig an. »Ihr Vermächtnis wird der Ruhm Griechenlands sein. Ihr Blut wird das Blut sein, das hundert Schiffe hat segeln lassen. Sie werden sie die Retterin Griechenlands nennen – könnte sie auf ein wertvolleres Vermächtnis hoffen?«

Seine Augen funkelten bei diesen großen Worten, und es schien, als wäre er von seinen eigenen Worten überzeugt. Klytämnestra wurde übel davon, sie wich vor ihm zurück, bis zur Zeltwand, und ihre Zunge war wie gelähmt. Dieser schreckliche Gesichtsausdruck … er war so verzückt vom Ruhm, den man ihm versprochen hatte – vom Feldzug, von Troja, von seinem eigenen großen Vermächtnis –, dass er die schreckliche Wirklichkeit nicht erkennen konnte, die wunderschöne Tochter aus Fleisch und Blut, die er so leichten Herzens töten lassen wollte. Er war so fasziniert vom Traum, Troja zu erobern, dass er blind für alles andere war.

Er konnte versuchen, Helena die Schuld zu geben oder den Göttern oder der Armee; er konnte zu behaupten versuchen, er tue all das für seine Familie, sogar für Griechenland, aber er wusste und sie wusste, dass er dies aufhalten konnte, wenn er das wollte. Er allein hatte diesen Weg gewählt.

»Iphigenie wird heute Nacht in meinem Zelt bleiben, und du wirst im Morgengrauen nach Mykene aufbrechen.«

Seine Stimme klang dumpf in ihren Ohren, als wäre sie schon weit weg, aber sie begriff, was er gesagt hatte – und was das bedeutete.

»Nein«, krächzte sie. »Ich werde nicht gehen.« *So leicht mache es dir nicht,* sagte sie sich selbst. »Wenn du unsere Tochter töten willst, musst du es tun, während ich hier bin.« Sie sah ihn böse an, mit hartem Blick, und forderte ihn heraus.

»Nun gut«, sagte er. »Obwohl ich dich davor warnen muss, dich einzumischen.«

Sie zwang sich zu einem Nicken.

»Lass mich am Morgen bei ihr sein«, sagte sie plötzlich. »Lass mich sie … vorbereiten. Als wäre es für ihre Hochzeit.« Er sah skeptisch aus, aber sie fuhr fort. »Das ist das, was sie erwartet. Ich glaube, es ist am besten, wenn sie es nicht weiß«, sagte sie mit zitternder Stimme. »Bitte, mein Gemahl. Lass ihre letzten Stunden glücklich sein.«

»Nun gut«, sagte er. »Ich werde dich aber beobachten lassen.«

Sie nickte erneut steif. Mehr Zugeständnisse konnte sie nicht erwarten.

Er wandte sich zum Gehen, blieb aber stehen, als sein Blick auf den Haufen Kleider fiel. Klytämnestra folgte seinem Blick und suchte nach einer kleinen Bewegung, die ihr sagte, dass Alkimos noch atmete. Nichts rührte sich.

»Ich werde Talthybios schicken, damit er das da wegräumt«, sagte Agamemnon knapp. »Dann schlage ich vor, dass du ein wenig schläfst.« Und mit einem missbilligenden Blick auf ihre schmutzigen Röcke verschwand er.

Klytämnestra zitterte. Sie wankte zu ihrer Reisetruhe und sank darauf nieder, den Kopf in die Hände gestützt.

Sie hatte versagt. Mehr konnte sie nicht tun. Ihre Tochter war jetzt außerhalb ihrer Reichweite, und morgen würde sie sie für immer verlassen. Ein schreckliches, verängstigtes Röcheln entrang sich ihrer Brust. Übelkeit stieg in ihre Kehle auf.

Gab es nicht doch noch etwas zu tun? Irgendetwas musste da doch sein. Irgendetwas, was sie übersehen hatte. Konnten sie morgen fliehen? Ein Pferd stehlen und … Aber sie wusste, dass das hoffnungslos war. Agamemnon würde sie ab jetzt an der kurzen Leine halten. Ihre Chance auf eine Flucht war vergangen. Und wohin sollten sie auch fliehen?

Sie schluchzte, bittere Tränen tropften auf ihren Rock. Nass und voller Trauer und absolut nutzlos. Sie war so schwach, so machtlos …

Da fiel ihr etwas ein.

Die Götter. Warum hatte sie daran nicht gedacht? Sie musste um ihre Hilfe bitten. Um ihre Hilfe flehen. Nein, sie musste nicht zu ihnen beten. Sie wusste, wer ihr helfen würde.

Sie stand auf, wischte sich hastig die Tränen am Ärmel ab und hob den Deckel ihrer schweren Reisetruhe. So viele feine Kleider, so viel Schmuck – was nützte das jetzt noch? Sie schob alles beiseite, wühlte in den weichen Stoffen, bis …

Da. Sie hatte es gefunden. Vorsichtig holte sie es aus der Truhe und wickelte es aus dem golddurchwirkten Schal, in den sie es eingewickelt hatte.

»Göttin«, seufzte sie und hielt die kleine Holzfigur in den Händen.

Sie war nicht länger als ihr Unterarm, und die Farbe war verblichen – besonders im Gesicht und an der Brust hatten zahllose Finger die Bemalung abgerieben. Die Statuette war schon seit Generationen in Mykene aufbewahrt worden – niemand wusste genau, wie alt sie war. Manche sagten, sie sei vom Himmel gefallen, von den Göttern gesandt. Wie auch immer ihre Geschichte lautete, sie war lang. Und das gab ihr Macht.

Klytämnestra schloss die Truhe, legte die Figur sanft auf ihren Deckel und die Lampe daneben. Sie kniete sich hin und betrachtete das blanke Holz des Gesichts – die kleine Erhebung, wo eine Nase angedeutet worden war, die geschnitzte Linie des Mundes. Sie hatte Hera, die Göttin, mitgenommen, um ihr Kraft für die Verhandlungen mit den Männern zu geben, und jetzt brauchte sie diese Kraft mehr denn je.

»Göttin Hera«, krächzte sie und räusperte sich. »Du bist eine Ehefrau und Mutter, so wie ich, daher weißt du, was Mutterliebe bedeutet. Rette meine Tochter, oh, Hera mit den weißen Armen, und ich werde hundert Widder in Mykene opfern. Lass nicht zu, dass ihr Blut fließt, dann werde ich ihr Blut für dich fließen lassen. Lass es nicht zu, dass ein Vater seine Tochter tötet, entgegen allem, was rechtens ist, so wie dein Vater versuchte, dich zu töten. Ich bin schwach, aber du bist stark. Beim Mutterblut, das uns verbindet, bei allem, was rechtens ist, beschütze meine Tochter Iphigenie.«

Sie verstummte, und es war wieder still im Zelt, als hätte sie diese Worte niemals ausgesprochen. Das hölzerne Gesicht sah sie starr an.

Sie hatte direkt aus ihrem Herzen gesprochen, ein Opfer angeboten, hatte alles getan, was sie tun musste, und doch … und doch war es nicht genug. Dies hier war keine Bitte um eine gute Ernte oder eine sichere Reise. Hier ging es um das *Leben* ihrer Tochter. Und es sollte ihr genommen werden, gegen alles, was anständig, was heilig, was gerecht war. Und zwar von dem Mann, der genau dieses Leben am meisten beschützen sollte. Es war nicht richtig. Es war einfach nicht *richtig*.

Bevor ihr bewusst war, dass sie wieder sprach, flossen die Worte auch schon wie Wasser über eine Klippe.

»Göttin Hera. Ich schwöre dir nun bei meinem eigenen Leben, bei allem, was mir lieb ist, wenn mein Gemahl diese schreckliche Tat begeht, wenn – wenn Agamemnon unsere Tochter tötet –, dann schwöre ich, dass ich ihn selbst töten werde.« Sie hielt inne, erschrocken, was sie da gesagt hatte. »Mach mich nicht zur Mörderin meines Gemahls, oh, Göttin Hera«, fuhr sie fort. »So wie du deine Kinder liebst und ich meine, so lass meinen Gemahl erkennen, was richtig ist, und beende diesen Irrsinn.«

40

KLYTÄMNESTRA

»Der Morgen ist angebrochen, Herrin.«

Die Stimme von Talthybios drang durch die Zeltplane und sagte ihr, was sie längst wusste. Sie hatte zugesehen, wie es im Zelt immer heller wurde, gelauscht, wie die Diener in der Nähe die Pferde fütterten, und ihr Herz wurde schwerer und schwerer.

»Ich bin bereits wach, Talthybios«, rief sie zurück. Die Worte brachen in ihrer trockenen Kehle. »Du kannst eintreten.«

Die Zeltplane wurde zurückgeschlagen. Sie zwang sich, sich aufzusetzen.

Und erschrak.

Neben dem Herold stand ihre Tochter. Sie wusste nicht, ob sie beim Anblick dieses frischen Gesichts voller Liebe oder Angst weinen sollte, schaffte es aber, beides zu unterdrücken.

»König Agamemnon hielt es für das Beste, wenn die Prinzessin in Eurem Zelt vorbereitet würde, Herrin, zumal Ihr die Reisetruhe habt.«

»So früh?«, fragte sie. »Die Sonne ist kaum aufgegangen.« Konnte es sein, dass Agamemnon ihrer Tochter nur noch so wenige Stunden in der Sonne zugestand?

Talthybios nickte nur.

»Er bat mich, Euch zur Seite zu stehen. Wenn Ihr Hilfe braucht, müsst Ihr es nur sagen.«

Er sprach, als sei er ihr Diener, obwohl er in Wirklichkeit ihr Wächter war.

»Danke, Talthybios«, sagte sie dennoch und wandte sich dann ihrer Tochter zu. »Dann komm, Iphigenie.« Es fiel ihr schwer zu lächeln, aber sie schaffte es. »Wir müssen aus dir eine Braut machen.«

Iphigenie fragte natürlich nach der vergangenen Nacht, aber Klytämnestra wischte die Frage beiseite. »Ich dachte, wir würden gehen müssen, aber ich hatte unrecht«, log sie und half ihrer Tochter aus dem Nachtgewand. »Es tut mir leid, dass ich dich geweckt habe, mein Liebling. Hast du gut geschlafen im Zelt deines Vaters?«

War es falsch, ihr die Wahrheit zu verschweigen? Sie war vermutlich die einzige Seele im ganzen Lager, die nicht wusste, warum sie wirklich hier war. Und doch … ja, es war besser so. Warum sollte sie sie in Angst und Schrecken versetzen? Sie lächelte, sie war zufrieden – vielleicht ein wenig nervös, aber heiter. Klytämnestra konnte es nicht über sich bringen, ihr das zu nehmen. Nicht jetzt, da es alles war, was sie noch hatte.

Und vielleicht musste sie es niemals erfahren. Tief in ihrem Herzen hoffte Klytämnestra immer noch, dass es sich ihr Gemahl anders überlegte. Diese Hoffnung war es, die ihre Hände davor bewahrten zu zittern, als sie das goldene Haar ihrer Tochter bürstete und jedes Mal lächelte, wenn Iphigenie sich zu ihr umwandte. Die Vorstellung, dass dieses süße Leben ausgelöscht werden sollte wie eine Lampe, die gerade erst entzündet worden war … und dieser schreckliche Eid, den sie letzte Nacht geleistet hatte, als sie vor Verzweiflung fast erstickt wäre … All das war für ein lebendiges Herz zu viel zu ertragen.

Nein. Er würde es nicht tun. Sie war immer überzeugter davon, als sie Iphigenie in ihre feinen Brautkleider hüllte. Vielleicht konnte er die Vorstellung davon ertragen, vielleicht würde er es sogar beinahe tun, aber wenn der Moment kam, wenn seine liebende Tochter vor ihm stand, dann würde er nicht in der Lage sein, es wirklich zu tun.

»Geht es dir gut, Mutter?«

Sie merkte, dass sie minutenlang den Ärmel ihrer Tochter glatt gezogen hatte.

»Ja, Liebling.« Sie zwang sich zu einem Lächeln. »Ich dachte nur gerade, wie wunderschön du für deinen Gemahl aussehen wirst.«

»Hast du ihn gesehen?«, fragte sie eifrig. »Achilles. Sieht er gut aus?«

»Nein, ich habe ihn nicht gesehen«, antwortete sie und versuchte, den sorglosen Tonfall ihrer Tochter aufzunehmen. »Aber es heißt, er sei der bestaussehende Mann von allen Griechen.«

Iphigenie erwiderte ihr falsches Lächeln mit einem ehrlichen. »Ich hoffe, er findet mich hübsch.«

Klytämnestra fasste ihre Tochter bei den Schultern. »Er wird dich wunderschön finden«, sagte sie. »Wenn nicht, ist er ein Narr.«

Iphigenie kicherte, und ihre Wangen röteten sich. »Vielleicht, wenn du mich fertig gemacht hast.«

Klytämnestra lächelte und nickte, aber als sie Iphigenies bereits glänzendes Haar erneut bürstete, bildete sich ein Kloß in ihrer Kehle. Sie wünschte sich, niemals damit fertig zu werden, dass sie ihr Haar bis zur Abenddämmerung bürsten und morgen nach Hause reisen könnte, ohne dass der heutige Tag stattfinden würde.

»Ich habe mit deinem Vater gesprochen«, sagte sie und flocht ihrer Tochter das Haar. »Und er hat zugestimmt, dass du nach dem Hochzeitsmahl nach Hause zurückkehren darfst. Daher musst du dir deswegen keine Sorgen machen.«

Sie wusste nicht, was sie das sagen ließ, aber Iphigenies Schultern schienen sich ein wenig zu entspannen, daher war sie froh, dass sie es gesagt hatte.

»Ich bin froh, dass ich so Elektra alles erzählen kann«, zwitscherte sie. »Und wir müssen ihr ein Geschenk mitbringen. Ich habe es versprochen.«

Sie plauderte noch eine Weile darüber, was Elektra wohl gefallen würde – vielleicht ein Kiesel vom Strand oder eine Muschel, wenn sie eine finden konnte – und ob sie auch für Chrysothemis und Orest etwas mitbringen sollte. Klytämnestra ließ sich vom süßen Singsang der Stimme ihrer Tochter berieseln und flocht die letzten Strähnen des honigfarbenen Haars. Und als sie den Zopf feststeckte und ihre Hand zurückzog, fühlte es sich an, als sei die letzte Wärme des Sommers verflogen.

Sie versuchte, ihrer Tochter zu sagen, wie hübsch sie aussehe, aber die Worte blieben ihr im Hals stecken. Stattdessen wandte sie sich von ihr ab und holte den safranfarbenen Hochzeitsschleier aus der Reisetruhe. Sie spürte sein Gewicht und war nun froh darüber, dass er so dick war. Es war besser, wenn Iphigenie nicht hindurchsehen konnte.

Sie wandte sich wieder um und sah ihre Tochter an – sah sie wirklich an. Sie wusste, dass dies vielleicht die letzte Gelegenheit dazu war, die sie bekommen würde, und sie wollte nichts vergessen, keine einzige Sommersprosse.

»Worauf wartest du, Mutter? Ich will wissen, wie es sich anfühlt.«

Klytämnestra lächelte entschuldigend, und Iphigenie lächelte zurück. Dann, mit bebenden Händen, legte sie das dicke Stück Stoff auf den Kopf ihrer Tochter und befestigte es mit einem goldenen Diadem.

»Es ist ja so dunkel unter dem Schleier!«, rief Iphigenie aus und wedelte mit den Armen vor sich. »Ich kann ja die Hand nicht vor meinen Augen sehen!« Sie kicherte und wandte den Kopf nach rechts und links. »Es ist doch eine Schande, dass ich mein Haar bedecken muss, oder? Jetzt, da du es so hübsch frisiert hast.«

»Ja, das ist es wohl«, sagte Klytämnestra leise und ließ es endlich zu, dass ihr Lächeln in sich zusammensank, jetzt, da Iphigenie sie nicht mehr sehen konnte. »Aber der Schleier ist ein sehr wichtiger Teil der Hochzeit. Du darfst ihn nicht abnehmen oder auch nur anheben. Versprichst du es mir?« Klytämnestra legte die Hände auf die schmalen Schultern ihrer Tochter. »Dein Anblick gehört deinem Gemahl, nach dem Opfer.« Sie musste das letzte Wort hervorwürgen.

»Ja, ich weiß, Mutter.« Dann seufzte sie leicht. »Ich wünschte, ich könnte sehen, wie ich aussehe.«

»Du siehst aus … wie eine Prinzessin von Mykene«, sagte Klytämnestra, und Tränen brannten in ihren Augen. »Ich bin ja so stolz auf dich.«

»Geht es dir gut, Mutter?« Iphigenie musste die Tränen in ihrer brüchigen Stimme gehört haben.

Sie nahm die Hand ihrer Tochter. »Es ist immer ein schwieriger Tag, wenn man die eigene Tochter an einen Gemahl geben muss.«

»Aber ich komme hinterher doch wieder nach Hause. Sei nicht traurig, Mutter«, sagte das Stimmchen unter dem Schleier.

Klytämnestra musste den Schluchzer hinunterschlucken, der ihr in die Kehle stieg. Da sie nicht in der Lage war zu antworten, nickte sie unsinnigerweise.

Es war immer noch früh am Morgen, als Talthybios sie aus dem Zelt geleitete. Die Sonne stand noch niedrig, und die Wolken leuchteten noch rosa. Klytämnestra nahm ihre Tochter fest bei der Hand und führte sie langsam neben sich her.

»Das Hochzeitsopfer wird auf der Wiese vor dem Lager stattfinden«, verkündete der Herold, der voranging. Männer und Pferde wichen vor ihnen zurück, grimmige Gesichter schauten sie an.

Bei jedem Schritt erwartete Klytämnestra, dass ihr Gemahl auftauchen und ihnen sagen würde, sie sollten umdrehen, dass es kein Opfer geben würde. Sie schaute sich nach seinem dunklen Kopf um, aber die Zelte standen hier schon nicht mehr so dicht beieinander, sie erklommen schon die Anhöhe zur Wiese, und er war noch immer nirgends zu sehen.

»Wir sind beinahe da«, sagte sie zu ihrer Tochter und hoffte, sie würde das Beben in ihrer Stimme für Kurzatmigkeit halten.

Agamemnon wird es beenden. Die Göttin wird sie retten. Agamemnon wird es beenden. Die Göttin wird sie retten. Sie begann, die Worte innerlich zu skandieren. Ganz sicher hatte Göttin Hera ihr Gebet erhört. Sie würde etwas unternehmen. Ihr Gemahl würde zur Vernunft kommen. Er würde all dies hier beenden. Sie wusste es. Sobald er sah …

Und da war er. Er stand auf der Anhöhe mit seinen breiten Schultern. Und neben ihm ein Priester – nicht Kalchas, der Feigling – und daneben …

Ein Altar.

Klytämnestras Magen zog sich zusammen, und sie stolperte, als zerrte jemand sie weiter.

»Geht es dir gut, Mutter?«, fragte Iphigenie und tastete blind nach ihrem Arm. »Was ist los? Sind wir angekommen?«

»Ja, Liebling. Beinahe. Nur noch ein paar Schritte.« Sie unterdrückte gewaltsam die Angst in ihrer Stimme, doch Iphigenie spürte, dass etwas nicht in Ordnung war.

»Warum ist es so still hier, Mutter? Wo sind die Hochzeitslieder?«

Klytämnestra hatte nicht die Kraft zu antworten, sondern führte sie immer weiter, und bei jedem Schritt kämpfte sie gegen den Drang an, sich umzudrehen und fortzulaufen.

Agamemnon wird es beenden. Die Göttin wird sie retten. Es ist sinnlos fortzulaufen. Agamemnon wird es beenden.

Ihr Gemahl trat auf sie zu. »Da bist du, meine Tochter«, sagte er, aber seine Stimme klang dünner als sonst. Dunkle Schatten lagen unter seinen Augen.

Ein kleiner erleichterter Seufzer drang unter dem Schleier hervor. »Vater.«

»Komm. Es ist Zeit.«

Er nahm ihre blasse Hand in seine und warf Klytämnestra einen scharfen Blick zu, der ihr sagte, dass sie ihre andere Hand loslassen sollte.

Sie zögerte, griff noch fester zu, aber er packte nun ihr Handgelenk und drückte so stark, dass sie zusammenzuckte. Die Hand ihrer Tochter fiel aus ihrer.

Er führte Iphigenie zum Altar, an den der Priester getreten war, und ließ sie dort stehen. Dann kehrte er um und stellte sich neben Klytämnestra. Er packte erneut ihr Handgelenk mit seiner riesigen Hand.

Er wird es beenden. Die Göttin wird sie retten. Die Stimme in ihrem Kopf wurde immer drängender.

»Vater?«, rief Iphigenie. »Mutter? Was geschieht hier?«

»Ich bin hier«, rief Klytämnestra zurück. »Keine Angst.« Ihr Herz hämmerte.

Agamemnon wird es beenden. Die Göttin wird sie retten.

Der Priester hatte ein Messer in der Hand.

Klytämnestra wandte sich zu ihrem Gemahl und sah ihn flehend und mit Tränen in den Augen an. Aber er hatte das Gesicht abgewandt.

Feigling. Er konnte es nicht einmal ertragen zuzusehen. Er würde ihre Tochter ganz allein leiden lassen. Aber ihre Mutter würde sie nicht im Stich lassen.

Die Göttin wird sie retten. Es wird etwas geschehen. Sie wird nicht sterben. Sie kann nicht sterben.

Ihre Tochter weinte jetzt.

Der Priester hob das Messer – *Agamemnon wird es beenden, die Göttin wird sie retten* – und hob Iphigenies Schleier ein wenig, um ihren Hals zu entblößen.

Es geschah. Ihr Vater würde es nicht beenden. Die Göttin würde sie nicht retten.

»Nein!«, schrie sie.

Das Messer durchtrennte Iphigenies Hals.

41

KLYTÄMNESTRA

Klytämnestra schrie.

Sie entwand sich Agamemnons Griff und stürzte zu ihrer Tochter, die zu Boden fiel.

»Nein, nein, nein, nein, nein, nein, nein …«, keuchte sie.

Es war, als hätte sie ein Pferd gegen die Brust getreten. So viel Blut. Weiße Haut, die sich rot färbte. Sie riss den Schleier vom Kopf ihrer Tochter, aber ihre starren Augen waren tot.

Sie legte die zitternde Hand auf die Wunde, sie konnte nicht glauben, dass all das echt war, als könnte sie sie zurückbringen. Aber sie wusste, dass Iphigenie bereits tot war. Sie presste ihre Tochter an ihre Brust, wiegte sie und heulte.

»Es tut mir leid, es tut mir leid«, flüsterte sie zwischen ihren Schluchzern. »Ich habe dich im Stich gelassen. Es tut mir leid.«

Sie schaute sich nach ihrem Gemahl um, doch der stand noch immer abgewandt.

»Ihr werdet sie nicht mitnehmen!«

Klytämnestra schlug mit einem Arm wild nach dem Priester und seinen Helfern, mit dem anderen hielt sie Iphigenies schlaffen Körper.

»Die Rituale müssen vollzogen werden, Herrin«, sagte der Priester und machte einen Schritt rückwärts.

»Ich werde nicht dabei zusehen, wie meine Tochter wie ein Ochse verbrannt wird!«, schrie sie, und Tränen rannen ihr über die tauben Wangen, ohne dass sie es spürte. »Sag das meinem Gemahl. Sie wird in Mykene begraben werden, wo sie hingehört.«

Sie schaute zu den Männern hoch, die um sie herumstanden, und sah sie herausfordernd an.

»Nun gut, Herrin«, sagte der Priester schließlich. »Wir werden es ihm sagen.« Sie schlurften mit gesenkten Köpfen davon.

Sie kniete noch immer im Gras, an derselben Stelle, an der es passiert war. Sie war mit dem Blut ihrer Tochter befleckt – ihre Hände, ihre Arme, ihre Brust. Alles roch danach. Von etwas so Reinem stieg der Gestank des Bösen auf und breitete sich aus.

Der Schrecken all dessen wühlte in Klytämnestra wie ein wildes Tier, das in einem Käfig gefangen war. Sie schrie und schluchzte und heulte und fluchte, aber das Tier blieb und schlug seine Krallen in ihr Herz. Sie kratzte zurück, pflügte mit ihren Nägeln über ihre kalten Wangen, bis ihr eigenes dunkles Blut auf das ihrer Tochter fiel. Sie spürte es kaum.

Agamemnon musste zugestimmt haben, das Verbrennen zu überspringen, denn als die Diener zurückkehrten, kamen sie mit einem Wagen und einem Leichentuch.

Noch immer umklammerte sie ihre Tochter, sie war noch nicht bereit, sie loszulassen. Geduldig, vorsichtig entwanden ihr die Diener ihren toten Körper, und endlich ließ sie es zu, dass sie ihm das Blut abwuschen und ihn in das duftende Tuch hüllten. Sie wusste, dass eigentlich sie das tun sollte, aber es war, als wären ihre Füße mit der Erde verwurzelt. Ihre Arme waren bleischwer, sie konnte sie kaum anheben. Also schaute sie verwirrt und schweigend zu, wie die Tochter, deren süßes Stimmchen sie noch vor weniger als einer Stunde gehört hatte, auf den Wagen gehoben wurde, eine Leiche.

Klytämnestra folgte dem Gefährt zurück ins Lager. Ihre Füße bewegten sich ohne ihr Zutun. Sie sah kaum die Gesichter der Umstehenden, die sie anstarrten, hörte kaum ihr Aufkeuchen beim Anblick des Blutes und die gemurmelten Gebete. Sie lief beinahe in den Wagen hinein, als er schließlich stehen blieb.

»Herrin«, ertönte eine Stimme neben ihr. Sie wandte sich um, und nach ein, zwei Sekunden verstand sie, dass sie von Talthybios kam.

»Ihr solltet Euch umziehen, Herrin«, sagte er leise. Die Ruhe, die er vorher an den Tag gelegt hatte, war jetzt brüchig, sein Gesicht bleich. Erst als er die Plane hob, begriff sie, dass sie vor ihrem Zelt standen. »Schnell. Jetzt hinein. Da sind wir, Herrin.«

Sie stolperte hinein, und die Plane schloss sich hinter ihr. Vor ihr stand Iphigenies Bett.

Es war, als wäre ein Schleier angehoben worden, und der Wind der Realität wehte den stumpfen Nebel von ihr fort.

Ihre Tochter war tot. Und sie hatte es geschehen lassen.

Sie hätte sie retten sollen, statt sie wie eine Närrin in ihren Tod zu führen. Es war falsch gewesen, sich auf die Göttin zu verlassen. *Sie* hätte etwas unternehmen sollen. Und jetzt … jetzt war es zu spät. Und das war alles ihre Schuld.

Nein. Das stimmte nicht.

Es war Agamemnon. Agamemnon hatte den Befehl gegeben. Agamemnon hatte es geschehen lassen. Agamemnon, dessen Ehrgeiz so groß war, dass er sein eigenes Kind opfern konnte – ihr gemeinsames Kind –, um zu bekommen, was er wollte. Und so war es doch, oder? Ihr ganzes Leben, seit sie nach Mykene gezogen war, war von dem bestimmt, was *er* wollte. Was für eine Ehefrau sie sein sollte, was für Kinder er haben wollte. Sie hatte immer nur eine Familie haben wollen, und die hatte sie sich auch verdient, oder etwa nicht? Mit ihrem Pflichtbewusstsein, ihrem Gehorsam, ihrer erstickenden Sanftheit. All die Stunden, in denen sie Wolle gesponnen und den Blick gesenkt, ihren Mund gehalten und die Schenkel geöffnet hatte. Und dennoch konnte er ihr nicht diese eine Sache lassen. Die Ungerechtigkeit wütete in ihr, die Ungerechtigkeit ihr gegenüber, ihrer Tochter gegenüber, denn jene leer starrenden Augen hatten ihr das Licht der Welt bedeutet.

Und dann erinnerte sie sich an ihren Schwur.

Ich werde ihn töten. Das hatte sie in jener dunklen Nacht geflüstert. Ihre steifen Lippen formten die Worte, erinnerten sich an ihre Form. Und verdiente er es nicht? Ihre Tochter war kalt und in ein Leichentuch gehüllt. Und wofür? Für einen guten Wind? Für die Chance auf Ruhm?

Ihre Wangen waren jetzt ganz heiß, ihr Herz pochte. Je länger sie auf das leere Bett schaute, desto heftiger hämmerte es. Und desto entschlossener wurde sie.

Sie zog sich nicht um. Wenn sie zögerte, würde sie womöglich ihre

Entschlossenheit verlieren. Stattdessen drehte sie sich auf dem Absatz um und verließ das Zelt.

Das Zelt ihres Gemahls war nicht weit entfernt – sie sah es von ihrer Position aus über den anderen Zeltdächern aufragen. Sie ging mit langen Schritten darauf zu, achtete nicht auf die Blicke und das Flüstern.

Als sie näher kam, wurde ihr klar, dass sie nicht wusste, was sie tun sollte, wenn sie dort war.

Töte ihn, sagte das Tier, das immer noch in ihr wütete.

Wie?, fragte ihre eigene, duldsame Stimme. Aber sie hatte keine Zeit. Sie war da.

Kein Wächter. Es war, als triebe Göttin Hera sie an. Ihre Hand zitterte, als sie die Plane öffnete.

Agamemnon saß am anderen Ende des Zeltes, sein breiter Rücken war der Zeltöffnung zugewandt. Er schien nicht zu hören, dass sie eintrat. Sie zögerte.

Konnte sie es wirklich tun? Sie hob die Hände, die noch immer mit dem Blut ihrer Tochter beschmiert waren. Waren dies die Hände einer Mörderin?

Sie konnte es für Iphigenie tun.

Sie trat leise vor und schaute sich im Zelt um.

Da. Auf dem Tisch, der zwischen ihr und ihrem Gemahl stand – ein Dolch. Sein goldener Griff glänzte ermutigend, als hätte die Göttin Hera selbst ihn dort hingelegt.

Sie nahm ihn in die Hand und ging damit auf den breiten, ungeschützten Rücken ihres Gemahls zu.

Beinahe dort. Ihre Beine waren ganz steif, aber sie ging weiter. Sie hob den Dolch. Sie war ihm so nahe, dass sie seinen Atem hören, seinen Schweiß riechen konnte.

Sie zögerte, den Dolch in die Luft erhoben. Es war, als hielte ihn etwas dort oben.

Sie musste es tun. Sie hatte einen Eid geleistet.

Sie hob den Dolch höher und …

»Mein König.«

Klytämnestra riss den Arm wieder herunter und drehte sich zur

Zeltöffnung, von wo die Stimme gekommen war. Sie schaffte es gerade noch rechtzeitig, die kleine Klinge in ihrem Ärmel verschwinden zu lassen, als Talthybios eintrat.

»Mein Kö…, Königin Klytämnestra«, sagte er überrascht. »Eure Kleider – ich dachte, Ihr wolltet Euch umziehen?«

»Ja, ich …«

»Was tust du hier?«, sagte ihr Gemahl hinter ihr.

Aber als sie sich zu ihm umdrehte, verwandelte sich sein verwirrter Gesichtsausdruck in Besorgnis – vielleicht war es auch Abscheu.

»Dein Gesicht …«, sagte er. »Talthybios, ich habe dir doch gesagt, dass du dich um meine Gemahlin kümmern solltest? Warum ist sie immer noch mit Blut besudelt? Ist sie so durch das Lager gegangen? Und diese Schrammen …«

»J-ja, mein König. Ich meine, ich habe versucht …«

»Lass einen Diener hierherkommen, der sich um sie kümmern soll. Ich will nicht, dass sie im Lager herumwandert. Und sag ihnen, sie sollen frische Kleidung bringen.«

»Ja, mein König. Sofort.«

Talthybios eilte davon und ließ die beiden wieder allein. Klytämnestra war immer noch erschrocken von dem, was geschehen war – von dem, was beinahe geschehen war. Sie schaute stumm zu ihrem Gemahl auf.

»Iphigenie wird in Mykene begraben, so wie du es willst«, sagte Agamemnon schroff. Er schien ihr nicht direkt ins Gesicht schauen zu können. »Möge es dir Trost bringen. Ich … Es ist eine schreckliche Sache, die du heute erleiden musstest. Ich schlage vor, dass du so früh wie möglich wieder nach Hause aufbrichst.«

Selbst jetzt konnte er sich nicht entschuldigen, konnte nicht die Verantwortung dafür übernehmen, was er getan hatte. Sie stand da und schaute böse zu ihm auf, und die Hand, die den Dolch hielt, zitterte. Nur noch ein paar Sekunden. Mehr hätte sie nicht gebraucht. Diese wenigen Sekunden des Zögerns. Wenn sie nur nicht so ein Feigling gewesen wäre.

»Ich werde deinen Wagen vorbereiten lassen«, sagte er. »Ich werde dich nicht mehr sehen, bevor du gehst. Der Seher hat die Wahrheit gesagt – die Winde haben sich bereits gedreht. Ich muss Vorbereitungen für unseren Aufbruch treffen.« Er ging zur Zeltöffnung.

»Mein Gemahl«, murmelte sie, und er blieb stehen und drehte sich um. Aber es kamen keine Worte mehr. Sie umklammerte den Griff des Dolches fester.

»Lebe wohl, Gemahlin«, sagte er. »Bis ich zurückkomme.«

Und damit war er gegangen, und ihre Chance mit ihm.

TEIL 4

42

HELENA

Zwei Jahre später

Hin und zurück. Hin und zurück. Helena schickte das Schiffchen durch die Fäden. Nach all diesen Jahren spendete der Webstuhl ihr tröstliche Vertrautheit. Der Rhythmus des Schiffchens, der Geruch der Wolle, die verwurzelte Solidität des hölzernen Webstuhls. Wenn sie die Augen schloss, konnte sie sich beinahe vorstellen, wieder in Sparta zu sein.

Auf der anderen Seite der Kammer saß Paris und frisierte sein Haar. Er kämmte süß duftendes Öl in jede Locke und kontrollierte seinen Fortschritt mit einem silbernen Spiegel. Hin und wieder reflektierte das polierte Metall das Licht, das durch das Fenster hereinfiel, und Helena sah es dann durch die Fäden ihres Webstuhls blinken.

Troja befand sich im Krieg, aber im Allgemeinen ging das Leben weiter wie bisher. Seit die griechischen Truppen vor zwei Jahren angekommen war, hatten sie viel Zeit damit verbracht, die umliegenden Ortschaften zu plündern, und waren durch Trojas weitläufiges Hinterland dick und reich geworden. Paris hatte ihr gesagt, dass sie sogar einige Inseln vor der Küste überfallen hatten. Er nannte sie Feiglinge.

»Trojas Mauern können nicht erstürmt werden«, hatte er ihr versichert. »Deine Griechen wissen das, und sie fürchten unsere Männer. Sollen sie doch die Bauern töten. Sie werden Troja niemals einnehmen.«

Die Stadt wirkte tatsächlich sehr gut verteidigt. Die Zitadelle, in der sich die königlichen Paläste befanden, lag oben auf einer felsigen Akropolis, mit Mauern so hoch und breit, dass Helena glaubte, sie müssten von Riesen errichtet worden sein. Unten in der Ebene, wie das Fleisch um einen Olivenkern, lag die untere Stadt, die selbst von einer weiteren Mauer umgeben war, um die sich wiederum ein breiter Graben zog. Die wenigen Scharmützel, die stattgefunden hatten – alle in den ersten Monaten nach Ankunft der Griechen –, waren hinter der Stadt auf der Ebene zwischen Trojas Schutzmauern und dem Strand ausgefochten worden, an dem die griechischen Schiffe gelandet waren. Ohne die Nahrungsmittelbeschränkungen wäre niemand darauf gekommen, dass überhaupt ein Krieg im Gange war.

Die Griechen behaupteten, gekommen zu sein, um sie zurückzuholen, aber fürs Erste schienen sie mehr daran interessiert zu sein, die Troas auszuplündern. Helena fragte sich manchmal, welcher Verlust ihrem Gemahl wohl mehr ausmachte: ihrer oder der von Spartas königlichem Schatz.

Aber was kümmerte es sie? Sie hatte jetzt ein neues Leben und einen neuen Gemahl. Paris sah gut aus, war reich und … Sie hatte hier in Troja alles, was sie brauchte.

Helena webte weiter. Hin und zurück, hin und zurück. Sie begann zu summen, eine vertraute Melodie, die ihr kam, ohne dass sie darüber nachdenken musste, ein Lied aus ihrer Kindheit, das sie gesungen hatte, wenn sie mit Nestra zusammen Wolle in den Frauengemächern spann …

Das Lied blieb ihr im Hals stecken. Ein schreckliches Gefühl breitete sich in ihrer Brust aus. *Oh, Nestra.*

Die Kunde von dem, was Agamemnon getan hatte, um seine Armee an ihr Ufer zu bringen, hatte auch Troja erreicht. *Arme Nestra.* Früher hatte der Gedanke an ihre Schwester Helena nur Trost gebracht, aber jetzt fühlte sie nur Schuld. Sie hatte nie gewollt, dass so etwas passierte, nicht Nestra, niemandem. Sie hatte überhaupt nichts von alldem gewollt, was geschehen war. Es war einfach so passiert.

»Warum siehst du so elend aus?« Paris hatte sich ihr jetzt zugewandt, da sein Haar zu seiner Zufriedenheit frisiert war. »Du siehst viel hübscher aus, wenn du lächelst.«

Helena wischte sich die Träne weg, die ihr aus dem Auge hatte fallen wollen, und zwang ihre Mundwinkel nach oben.

»So ist es besser«, sagte Paris und erhob sich von seinem Schemel.

»Ich gehe hinunter in die Waffenkammer. Mein Schwert braucht eine neue Scheide – diese hier glänzt gar nicht mehr.«

»Kann ich mitkommen?«, fragte Helena und stand von ihrem Stuhl auf. Sie war nicht gern allein in der Kammer.

Paris lachte. »Glaubst du, eine Harpyie kommt und raubt dich, wenn ich weg bin?« Er warf sich sein Leopardenfell um die Schultern. »Die Waffenkammer ist kein Ort für eine Frau. Setz dich in den Saal zu den anderen, wenn du Gesellschaft willst.«

Helena zögerte.

»Komm«, sagte Paris und ging zur Tür. »Ich muss ohnehin dort entlang. Ich begleite dich.«

Helena nickte. Sie mochte nicht zugeben, dass der Frauensaal ihr ebenso viel Angst machte wie die Aussicht, allein zurückzubleiben.

Paris ging mit ihr den kurzen Weg zur Halle, wie er versprochen hatte. Sie schritten zwischen den schönen Gebäuden hindurch, die auf der mittleren Terrasse standen. Helena ging dicht hinter ihm. Eine der Türen zum Frauensaal war angelehnt, und sie hörte darin Stimmen. Sie wandte sich zu Paris um, um sich von ihm zu verabschieden, aber er verschwand schon durch das Tor zur unteren Terrasse. Sie atmete tief durch und schlüpfte durch die große Holztür.

Kaum dass sie eingetreten war, verstummten die Stimmen. Helena vermied es, die Anwesenden anzusehen, und ging mit gesenktem Kopf zur nächsten freien Ecke. Langsam erhoben sich die Stimmen wieder, aber Helena spürte immer noch missbilligende Blicke, und immer wenn sie eine Frau in der hiesigen Sprache sprechen hörte, war sie sicher, dass sie über sie sprach. Sie versuchte, ihren Namen im Schwall fremder Laute herauszuhören, aber sie sprachen zu schnell.

Helena verfluchte sich, dass sie ihre Spindel nicht mit in den Saal gebracht hatte; sie würde sicher weit weniger unbeholfen wirken, wenn sie eine Beschäftigung hätte. Sie kam sich so dumm vor, wie sie hier in ihrer einsamen Ecke saß und auf ihre Sandalen starrte. Sie sollte einfach gehen. Eine leere Kammer war immer noch besser als das hier. Es war nur ihre dumme Angst, die sie so verwundbar sein ließ. Niemand würde es wagen, in ihre Kammer zu kommen, wenn Paris nicht da war.

Helena wollte gerade aufstehen, als sie sah, wie ein blauer Rock näher kam. Sie schaute auf. Vor ihr stand ein junges Mädchen, das sie ansah.

»Hallo«, sagte das Mädchen und lächelte strahlend. Sie hatte helles Haar und war schlank, mit knochigen Ellenbogen und freundlichen Augen. »Ich heiße Kassandra. Darf ich mich zu dir setzen?«

Helena war ein wenig verblüfft, dass das Mädchen so plötzlich vor ihr stand, brachte aber dennoch eine Antwort hervor. »J-ja, ich glaube schon. Setz dich – wenn du möchtest.«

Das Mädchen strahlte und zog einen Schemel herbei. Sie saß mit den Händen im Schoß da und befingerte den Stoff ihres Rockes.

»Ich heiße Helena.«

»Ich weiß«, erwiderte das Mädchen. »Du bist mit meinem Bruder verheiratet.«

»Ah. Also bist du eine der Töchter König Priamos'«, sagte Helena wie zu sich selbst. Es gab so viele Frauen in Troja – die Frauen des Königs, die Töchter des Königs, die Frauen der Söhne des Königs –, manchmal war sie verwirrt und wusste nicht mehr, wer wer war.

»Dein Haar ist so wunderschön«, sagte Kassandra und sprach jedes Wort besonders deutlich aus. Sie sprach perfektes Griechisch, obwohl es nicht ihre Muttersprache war. »Mein Bruder Polites ärgert mich immer wegen meines Haars«, fuhr sie fort, und ihr Blick glitt zwischen Helenas Augen und ihrem Schoß hin und her. »Er sagt, die Götter hätten vergessen, es zu färben. Aber ich habe ihm gesagt, dass das dumm ist. Die Götter färben das Haar der Menschen nicht.«

Helena kicherte, überrascht, wie entspannt sie sich plötzlich fühlte.

»Also ich finde, dein Haar ist sehr hübsch«, sagte sie und lächelte vorsichtig.

»Warum sitzt du hier allein statt mit den anderen Damen?«, fragte Kassandra leise. »Magst du sie nicht?«

»Es liegt nicht so sehr an …«, sagte Helena und schaute zu den anderen Frauen hinüber. »Sie … Es ist nur, dass ich nicht so recht zu ihnen passe.«

»Oh«, machte Kassandra und nickte weise mit ihrem blonden

Kopf. »Ich passe auch nicht zu den anderen Mädchen. Sie reden immer nur so einen Unsinn. Und sie verstehen es nie, wenn ich versuche … Manche geben mir böse Namen.«

Helena antwortete nicht, sondern beobachtete das Gesicht des Mädchens, das weiter auf seine Knie starrte.

Schließlich schaute Kassandra hoch. »Hättest du etwas dagegen, wenn ich eine Weile hier bei dir bliebe?«

Helena schüttelte den Kopf. »Nein, wenn du möchtest«, sagte sie wie beiläufig und dankte bei sich den Göttern, dass sie immerhin eine Frau im Saal nicht so behandelte, als hätte sie die Pest.

43

KLYTÄMNESTRA

Ah, Theophilos. Ist denn schon ein Stier für das Opfer morgen ausgewählt worden?«, fragte Klytämnestra, als sie ihren Oberpriester über den Hof auf sie zugehen sah. »Der letzte hatte ein schlimmes Temperament. Wir können uns einen solchen Vorfall wie neulich nicht noch einmal leisten.«

Der Priester verbeugte sich. »Ja, Herrin. Dieser wird Göttin Hera ganz sicher gefallen. Er ist ein schönes Tier.«

»Gut«, erwiderte sie, ohne ihre Schritte zu verlangsamen. »Danke, Theophilos«, rief sie ihm noch hinterher, als der alte Priester zum königlichen Schrein weiterging.

Sie drehte sich um und sah Damon, den Verwalter, der in der Tür vor ihr wartete.

»Königin Klytämnestra«, sagte er liebenswürdig und ging neben ihr her durch das kühle Innere des Palastes. »Habt Ihr schon darüber nachgedacht, was wir nach Argos zurückmelden sollen? Ihr habt gesagt, ich solle unsere Antwort nicht vor …«

»Ja, Damon. Danke, dass du mich daran erinnerst. Sag ihnen, wir wissen, dass die Ernte nicht so gut war wie letztes Jahr, dass es ihnen aber immer noch besser geht als den meisten anderen. Sag ihnen, dass das Königreich ihren Beitrag braucht«, erwiderte sie knapp. Dann verlangsamte sie ihren Schritt und fügte hinzu: »Aber schmeichle ihnen ein wenig. Du weißt ja, wie die Argiver sind.«

»Ja, Herrin«, erwiderte Damon mit einem kurzen Nicken und bog in einen Nebenflur ab, während Klytämnestra weiter zum Haupteingang ging.

Ianthe, eine junge Zofe, die sie bald nach ihrer Rückkehr nach Mykene aufgenommen hatte, trottete hinter ihr her. Sie hatte gedacht, dass das Mädchen Eudora mit den Kindern helfen könnte, damit sie mit ihrer Trauer zurechtkommen konnte. Aber das war, bevor sie beschlossen hatte, Orest fortzuschicken.

Sie musste das tun, das wusste sie. Als männlicher Erbe war er eine Zielscheibe für diejenigen, die Mykene in Abwesenheit ihres Gemahls erobern wollten. Und doch war es so schmerzhaft gewesen, viel zu kurz nach ihrem anderen Verlust. Immer wenn sie ihren Entschluss zu bereuen begann und darüber nachdachte, dass ihr Sohn aufwachsen würde, ohne das Gesicht seiner Mutter zu kennen, sagte sie sich, dass sie als Mutter und Königin in ihrem Leben viele schwierige Entscheidungen treffen musste und es nicht zulassen durfte, dass ihr Herz über ihren Verstand herrschte. Also wuchs ihr wunderschöner Sohn jetzt in Phokis auf, im Palast von König Strophios und seiner Gemahlin Anaxibia, Agamemnons Schwester. Das war weiter entfernt, als ihr gefiel, aber immerhin war er bei seiner Familie. Er würde dort in Sicherheit sein, und das war das Allerwichtigste.

Klytämnestra trat aus dem Palast, machte sich an den Abstieg über die Große Treppe und atmete tief die Morgenluft ein. Mykene fühlte sich immer mehr wie ihr wahres Zuhause an. Sie genoss den Respekt des Palastes, die Zuneigung des Volkes – die Handwerker der Zitadelle lächelten und verbeugten sich, wenn sie vorbeiging –, dennoch, trotz all der Menschen, die sie umgaben, spürte sie, dass die Einsamkeit doch immer wieder in ihr emporkroch.

Der Verlust ihrer Mutter hatte ihr mehr zugesetzt, als sie geglaubt hätte. Die Nachricht von Königin Ledas Tod hatte Mykene vor etwas über einem Jahr erreicht und schmerzte sie immer noch wie eine offene Wunde in ihrem Herzen. Sie konnte nicht umhin zu denken, dass, wenn sie dort gewesen wäre … Sie musste sich so allein gefühlt haben nach Vaters Tod. Und jetzt, da Helena fort war … Ihre Mutter hatte damals alle ihre Hofdamen entlassen und war kaum noch im Palast gesehen worden, sagten die Leute. Das war zwei Tage, bevor man sie gefunden hatte. Die Vorstellung von ihrem aufgedunsenen Körper, der dort hing, unbetrauert, unvermisst, suchte Klytämnestra in ihren Träumen heim.

Die Leute sagten, sie habe es aus Scham getan – wegen Helena. Vielleicht hatten sie recht, vielleicht war es der Skandal um sie gewesen, der für ihre Mutter den Ausschlag gegeben hatte, aber sie war immer zerbrechlich gewesen. Sogar als Kind hatte Klytämnestra die

Traurigkeit ihrer Mutter gespürt. Sie hatte sie wie eine Wolke umgeben. Doch dann hatte es auch diese Zeiten gegeben, in denen sich die Wolke verzogen hatte, und ihre Mutter war zum Vorschein gekommen – ihre *wahre* Mutter, mit all ihrer Wärme und ihrem Witz und …

Seit dem Tag, an dem sie Sparta verlassen hatte, hatte sie ihre Mutter nicht mehr gesehen, und doch spürte sie ihre Abwesenheit. Es war, als gäbe es jetzt noch einen Anker weniger, der sie an die Welt band, so wie damals, als ihr Vater gestorben war. So viele Menschen hatten sie schon verlassen; sie hatte das Gefühl, als hätte sie nicht mehr genug von sich selbst übrig, um die Lücken zu füllen, die sie hinter sich gelassen hatten.

Ihre Kinder waren jetzt ihre Anker, und sie bewiesen es ihr jeden Tag. Elektra war bereits eine junge Dame, und Chrysothemis beeilte sich, ihre ältere Schwester einzuholen. Es tröstete Klytämnestra, ihnen beim Aufwachsen zuzusehen, sie zusammen spielen und lachen zu sehen. Aber es machte sie auch traurig, weil sie oft an deren Schwester denken musste, die doch eigentlich bei ihnen hätte sein sollen. Sie hatte den Mädchen nicht die ganze Wahrheit dessen erzählt, was geschehen war – wie hätte sie das auch können? Immer wenn sie sie danach gefragt hatten, mussten sie gespürt haben, wie sehr sie das Thema aufregte, und schließlich hatten sie aufgehört zu fragen. Jetzt wurde Iphigenies Name kaum je erwähnt, als hätte sie nie existiert.

Deshalb musste Klytämnestra wie jeden Tag die Mauern der Zitadelle verlassen. Jemand musste sich an sie erinnern. Sie musste ihre Tochter am Leben erhalten, wenn auch nur in ihren Gedanken.

Sie war jetzt durch das Tor gegangen und schon beinahe am Grab angelangt – sie sah es vor sich, wie es wie ein riesiger Bienenstock vor ihr aufragte. Sie blieb vor dem riesigen Steintor stehen. Es war natürlich versiegelt, bis das Grab für die nächste Beerdigung wieder geöffnet wurde. Sie betete still, dass es nicht für eines ihrer Kinder sein würde, und machte sich daran, ihre Opfergabe zu jenen zu legen, die sie bereits dort hinterlassen hatte.

Sie gab Ianthe ein Zeichen, die den Weinschlauch und den silbernen Kelch brachte. Klytämnestra füllte ihn bis zum Rand, betete und goss die dunkle Flüssigkeit auf die staubige Erde.

»Für meine Tochter Iphigenie. Mögen die Durstigen ihre Seele unter der Erde segnen und beschützen.«

Dann füllte sie den Kelch erneut und goss seinen Inhalt ebenfalls in den Staub.

»Für meine beiden Babys, die niemals mit lebenden Augen die Sonne gesehen haben. Mögen die Durstigen sie mit freundlichen Augen ansehen.«

Die beiden Babys, die sie bei der Geburt verloren hatte, lagen neben ihrer Schwester im Grab, voller Liebe in Blattgold gehüllt. Obwohl sie einander im Leben nie gekannt hatten, tröstete Klytämnestra der Gedanke, dass sie im Tod vereint waren. Eines Tages würde auch sie in der Stille des Grabes liegen, und sie hoffte, dass ihre Seelen einander im Jenseits finden würden.

Sie stand einen Moment lang da und erinnerte sich an die Kinder, die sie verloren hatte. Sie rief sich Iphigenies Gesicht in Erinnerung, obwohl es inzwischen verschwommen und veränderlich war und mit jedem Tag, der verging, undeutlicher wurde. Ganz klar aber erinnerte sie sich an ihre Freundlichkeit, ihr Lachen – ja, beides konnte man nicht so leicht vergessen. Aber ebenso wenig hatte sie ihre Angst an jenem Morgen vergessen, die Tränen in ihrer Stimme, als sie nach ihrer Mutter rief …

Nein. Manche Erinnerungen waren einfach zu schmerzhaft. Die Toten fühlten keine Angst, sagte sie sich.

Bevor sie die Grabstätte verließ, legte sie noch einige Honigküchlein auf den Boden – Iphigenies Lieblingssüßigkeit. Dann richtete sie sich auf und ging den Weg zurück, den sie gekommen war. Ianthe folgte ihr.

Als Klytämnestra auf das Löwentor zuging, schaute sie hinauf zu den beiden wütenden Tieren, die ihr solche Angst eingejagt hatten, als sie am ersten Abend in Mykene angekommen war. Ein merkwürdiges Gefühl überkam sie – halb Belustigung, halb Traurigkeit –, wenn sie an ihre Furcht damals dachte. Eine kindische Furcht – denn was hatte das Mädchen damals von echtem Schrecken gewusst? Inzwischen hatte sie sich an jene steinernen Blicke gewöhnt, fühlte sich sogar gewissermaßen sicher, wenn sie unter ihnen hindurchging, im Schutz dieser wilden Löwinnen. Sie war jetzt eine von ihnen, dachte sie, als sie durch die verräucherten Straßen der Zitadelle ging. Sie musste es sein, um ihrer Kinder willen, um ihres Königreichs willen. Eine Beschützerin, eine Ernährerin, eine Anführerin. Eine Löwin von Mykene.

Sie war nicht mehr weit von der Großen Treppe entfernt, als Damon vor ihr auftauchte, ein wenig außer Atem.

»Herrin, ich war gerade auf der Suche nach Euch«, sagte er und verbeugte sich leicht. »Ein Mann ist im Palast angekommen und ersucht unsere Gastfreundschaft. Er behauptet, von edlem Blut zu sein. Sollen wir ihn aufnehmen, oder soll ich ihn fortschicken?«

»Sind wir Barbaren, Damon?«, fragte sie, lächelte aber, als sie sein ernstes Gesicht sah. »Natürlich gewähren wir ihm unsere Gastfreundschaft. Die Götter wissen, dass in Zeiten des Krieges nur wenige Gäste kommen. Ich würde sagen, wir könnten ein neues Gesicht gut gebrauchen.«

»Sehr gut, Herrin.« Damon nickte ernsthaft. »Ich werde ihn in eine Kammer führen.«

Er wandte sich zum Gehen, aber Klytämnestra hielt ihn auf.

»Warte, Damon. Ich werde mit dir zum Palast gehen«, sagte sie und begann die steile Straße hinaufzugehen. »Ich würde diesen Besucher gern mit eigenen Augen sehen.«

44

HELENA

Helena saß da und starrte in die Flammen des Kamins, wobei sie ihren Weinbecher in den schlanken Fingern hielt. Sie war erst zu wenigen Gelegenheiten im Trojanischen Kaminsaal gewesen. Er war ein Ort für die wichtigen Männer, für die königliche Familie, für heilige Rituale und Staatsangelegenheiten. Er war das Juwel inmitten der Zitadelle, das Herz der Stadt – und ausländische Ehefrauen, die Krieg und Tod mit sich brachten, durften seine Ruhe nicht stören.

Aber heute wurde jeder Edle und jede Frau in der Zitadelle in den heiligen Raum gelassen – oder zumindest auf den Hof davor, wenn man nicht königlich genug für einen Platz in der überfüllten Halle war. Helena saß darin, neben ihrem Ehemann. All die anderen Frauen hatten ebenfalls ihre Frauen dabei, daher konnten sie sie vermutlich nicht ausschließen.

Am Kopf der Tafel, neben König Priamos auf seinem bemalten Thron, saß Paris' älterer Bruder Hektor, der Erbe von Troja. Er war breitschultrig und gebräunt, trug einen schwarzen Bart und hatte einen festen Blick. Neben ihm saß seine Gemahlin Andromache, ebenso wie er mit schwarzem Haar. Sie hatte große mandelförmige Augen. Und in den Armen trug sie ein Bündel Stoff, das sich bewegte. Das Festmahl war die Geburtstagsfeier von Hektors Sohn, dem Erben Trojas nach seinem Vater. Obwohl die Nachschubwege bedroht waren und die Vorratskammern schwer bewacht wurden, verlangte eine solche Gelegenheit nach ein wenig Luxus. Sie hatten den Jungen Astyanax genannt, »Herr der Stadt«. Es war ein großer Name für ein so kleines Wesen – aber andererseits, dachte Helena, wurden alle Menschen in ihr Schicksal geboren.

Paris saß zu Helenas Rechten. Er hatte den ganzen Abend lang kaum ein Wort mit ihr gesprochen. Er ignorierte sie nicht absichtlich, da war sie sich sicher, obwohl sie sich schon wünschte, dass er merkte, wie allein sie ohne ihn war. Im Moment war er tief ins Gespräch mit seinem Cousin Äneas versunken, der an seiner anderen Seite saß.

»Hattusa wird bald seine Armeen schicken, und dann ist das hier endlich vorbei«, hörte sie ihren Gemahl beiläufig sagen. Er trank von seinem Wein. »Du machst dir zu viele Sorgen, Vetter.«

»Aber sie haben ihre eigenen Sorgen«, erwiderte Äneas. Helena spitzte die Ohren, um trotz des Lärms in der Halle alles mitzubekommen. »Erst letzte Woche haben sie die Nachricht geschickt, dass die Assyrer …« Aber mehr hörte Helena nicht, weil irgendwo zu ihrer Linken ein wildes Lied angestimmt wurde.

»Gefällt dir mein Kleid, mein Gemahl? Ich habe es erst diese Woche fertiggestellt.«

»Hmm?«, machte er statt einer Antwort und wandte sich ihr halb zu. »Ja, sehr hübsch«, sagte er dann, ohne es sich anzusehen, und wandte sich wieder an seinen Cousin, wobei er einen Schluck Wein nahm.

Helena seufzte lautlos und stocherte in dem Linsengericht auf ihrem Teller herum. Sie dachte daran, wie es gewesen war, als Paris und sie sich kennengelernt hatten, als sie sich gefühlt hatte, als sei sie alles, was er sich auf dieser Welt wünschte. Damals hatte er die ganze Nacht mit seinem weichen Akzent mit ihr geredet und sie geküsst, als wäre ihre Haut die Luft selbst. Er begehrte sie immer noch – zumindest lag er noch bei ihr –, aber ihr gemeinsames Leben war nicht so, wie sie es sich vorgestellt hatte.

Sie führte den Löffel mit den gewürzten Linsen zum Mund, und ihr Blick glitt zu Hektor und Andromache, die vom Kaminfeuer erleuchtet wurden, als bestünden sie aus Gold. Hektor ermunterte seinen Sohn, seinen Finger zu umklammern, kitzelte die Handfläche des Babys und lachte leise, als es dem Säugling gelang. Andromache strahlte sie beide an. Ihr Muttersein ließ sie von innen leuchten. Helena machte der Anblick der Szene ein wenig traurig. Sie musste an ihr eigenes Kind denken und wie anders es damals gewesen war. Aber sie war auch froh. Sie sah Hektor nur selten lächeln, und es stand ihm gut. Er war sonst so ernsthaft. Sie machte ihm daraus keinen Vorwurf. Tatsächlich bewunderte sie ihn sehr. Die Verteidigung

Trojas lag allein auf seinen Schultern, und er trug die Last voller Würde. Er war ein wenig älter als Paris und sie, und doch war er so edel, so stattlich … Er würde eines Tages ein großer König sein, das wusste Helena.

Sie konnte kaum den Blick vom glücklichen Paar wenden. Wie sie ihr Kind anschauten, wie sie einander ansahen … Hektor legte sanft seine Hand auf die Wange seiner Frau, und es war, als existierten nur noch sie beide. Sie zu beobachten, ließ Helenas Herz seltsam schmerzen. Aber sie musste es weiter tun, als wäre in ihrem Herzen eine Wunde, die sie immer wieder berühren musste.

Sie wurde aus ihrer Versunkenheit gerissen, als sie jemand von links anstieß. Deiphobos, ein weiterer von Paris' Brüdern, hatte sich vorgebeugt und dabei gegen ihren Arm gestoßen, den Becher in der Hand.

»Verzeihung, meine Dame«, lallte er und verschüttete Wein über ihren Teller. Dann sah er ihr prüfend ins Gesicht. Sein Blick war glasig. »Bei den Göttern, du bist *wirklich* schön.« Er sagte es, als sähe er sie zum ersten Mal, obwohl sie sich schon bei vielen Gelegenheiten getroffen hatten. »Ich kann meinem Bruder keinen Vorwurf machen, dass er dich hierhergebracht hat«, fuhr er fort und ließ seinen Blick hinuntergleiten.

Plötzlich war da ein Arm an ihrem Rücken, eine Hand an ihrer Taille. Helena schaute nach rechts, aber Paris war damit beschäftigt, mit seinem Cousin zu sprechen. Deiphobos zog sie an sich. »Vielleicht hätte ich dich selbst stehlen sollen.«

Helena wich vor ihm zurück.

»Mein Gemahl«, sagte sie ein wenig zittrig, und die Hand zog sich zurück. »Darf ich deinem Neffen meine Gunst erweisen?«, fragte sie hastig.

»Hmm? Ja, was immer du willst«, antwortete er und wandte sich wieder seinem Gesprächspartner zu.

Helena erhob sich von ihrem Platz und ging durch den Saal. Sie hatte gerade einmal fünf Schritte getan, als sie schon wieder diese bedeutungsschwangere Stille verfolgte, die sie schon kannte. Lieder wurden beendet, Becher wurden gesenkt, und aller Blicke schienen sich auf sie zu richten. Sie begann es zu bereuen, ihren Platz verlassen zu haben.

Sie ging dennoch weiter und stellte einen befangenen Fuß vor den anderen, bis sie endlich vor dem königlichen Paar stand.

»Ich … ich wollte gratulieren«, sagte sie nervös. »Und meinen Segen für das Kind aussprechen. Hier«, sagte sie und nahm die goldenen Ringe von ihren Ohren – sie gehörten zu den wenigen Schmuckstücken, die sie aus Sparta mitgenommen hatte. »Ein Geschenk für den künftigen König Astyanax.«

Helena hielt ihnen ihre Gabe mit zitternden Händen hin, aber Andromache wandte das Gesicht ab und zog ihren Sohn an sich, als glaubte sie, Helena könnte ihn anstecken.

Helena wollte die Hand schon wieder zurückziehen, als Hektor das Wort ergriff. »Danke, Helena«, sagte er und nahm die Ohrringe. »Du bist überaus freundlich.«

Sie lächelte schwach und nickte. Dankbarkeit stieg in ihr auf, als sie wieder zu ihrem Platz ging, und der Lärm im Saal setzte wieder ein. Im Stimmengewirr glaubte Helena die tadelnde Stimme Andromaches hinter sich ausmachen zu können. Sie wandte sich gerade rechtzeitig um, um Hektors Lippen lesen zu können, der sich zu seiner Gemahlin beugte und sagte: »Ruhig jetzt, es ist ja nicht ihre Schuld. Sie ist doch nur ein dummes Mädchen.«

Diese Worte hallten den Rest des Abends in Helenas Kopf wider.

45

KLYTÄMNESTRA

Klytämnestra saß allein im Kaminsaal und trank unverdünnten Wein. Sie hatte etwas gebraucht, um ihre Nerven zu beruhigen, bevor sie ins Bett ging, daher war sie in den Saal gekommen, um zu trinken, nachzudenken und allein zu sein.

Am Tag zuvor hatte das Gerücht Mykene erreicht, dass Agamemnon in einem Scharmützel bei Troja getötet worden war.

»Wir werden Gerüchten keinerlei Glauben schenken«, hatte Klytämnestra ihrem Personal gesagt, aber innerlich keimte eine merkwürdige Hoffnung auf. Konnte das wahr sein? War ihr Gemahl wirklich tot? Sie sah seine Leiche auf der trojanischen Ebene, und es war, als wäre ein Felsblock von ihrem Herzen gefallen. Erleichterung, kalt und heiß zugleich, hatte sie durchströmt. Würde sie ihn jetzt tatsächlich nie mehr wiedersehen müssen?

Aber heute, erst vor einer Stunde, war ein Bote aus der Troas gekommen. Er hatte Nachschub verlangt und bestätigt, dass der König am Leben und bei bester Gesundheit war. Und Klytämnestras winzige Hoffnung war gestorben, kaum dass sie geboren war.

Der Krieg zog sich hin, und die Frage in ihr wuchs. *Was würde sie tun, wenn ihr Gemahl zurückkehrte?* Sie hatte der Göttin einen Eid geleistet, und sie hatte ihn ernst gemeint. Sie hatte den Dolch schon in den Händen gehalten. Blut für Blut. Und doch … sie war halb verrückt vor Trauer gewesen, oder? Konnte sie es immer noch tun, wenn die Zeit kam?

Aber die Alternative … Wie konnte sie ihm unter die Augen treten? Wie konnte sie ihn jeden Tag ansehen, ihm als seine Gemahlin dienen, das Bett mit ihm teilen? Sie besuchte jeden Tag Iphigenies Grabstätte und würde das bis zum Ende ihres Lebens tun. Sie hatte sie im Leben im Stich gelassen; sie würde sie im Tod niemals verlassen. Aber wie konnte sie die Tochter betrauern, die sie verloren hatte, indem sie die Gemahlin eines Mannes spielte, der ihren Tod befohlen hatte? Der ihr zartes Leben gegen seinen eigenen harten Ehrgeiz aufgewogen hatte? Der Mann, bei dessen Namen sich bereits ihr Herz zusammenzog? Es war undenkbar. Es war unerträglich. Es war … es war …

Plötzlich hörte sie ein Knacken. Der dünne Stiel des Weinglases war in ihrer Hand gebrochen, und der Wein schwappte auf ihren Rock. Erst da begriff sie, wie fest sie das Glas gehalten hatte.

Sie seufzte und schaute teilnahmslos zu, wie der dunkle Wein in ihr feines Gewand einsickerte. *Vielleicht kommt es nie dazu,* sagte sie sich. Diesmal hatte das Gerücht nicht gestimmt, aber es war nicht das erste gewesen und würde auch nicht das letzte sein. So böse und feige sie sich dabei fühlte – das Beste, was sie tun konnte, war, zu hoffen, dass die Nachricht vom Tod ihres Gemahls sich eines Tages als wahr erweisen würde. Dass er weit weg an jenem fernen Gestade sterben und die schreckliche Entscheidung von ihr genommen werden würde.

Sie wollte sich gerade aufrichten und den Saal verlassen, als sich eine der schweren Türen knarrend öffnete und Damons Gesicht erschien.

»Herrin«, rief er durch den Saal. »Unser Gast möchte mit Euch Eure Feuerstelle teilen. Darf ich ihn einlassen?«

Klytämnestra wollte schon Nein sagen, überlegte es sich dann aber anders. Der Gast war bereits zwei Tage da, und sie hatte ihn noch nicht einmal unterhalten. Was würden die Leute über die Gastfreundschaft Mykenes sagen? Und abgesehen davon, würde seine Gesellschaft eine willkommene Abwechslung sein.

»Ja, ja«, rief sie zurück. »Sag ihm, er darf gern mit mir am Kamin sitzen. Und lass die Sklaven mehr Wein bringen. Und ein wenig Obst, bitte.«

»Natürlich, Herrin«, erwiderte Damon, und sein Kopf verschwand wieder.

Ein paar Augenblicke später erschien ein anderer Kopf, dann ein ganzer Mann, der bescheiden ins Licht des Kaminfeuers trat.

»Habt Dank, Majestät«, sagte er und verbeugte sich, »dass ich die Freude habe, Eure Gesellschaft genießen zu dürfen. Ich weiß, dass Ihr sicher viel zu tun habt.«

»Es geziemt sich so«, sagte sie, lächelte und wies auf den Platz neben sich. »Ihr seid immerhin unser Gast.«

Der Mann war größer als der Durchschnitt, aber ansonsten unscheinbar. Seine Haut war verwittert, obwohl er immer noch eine jugendliche Energie ausstrahlte, eine Art robuster Vitalität, wie Bauern sie oft hatten – schlank, aber stark. Er war jünger als ihr Gemahl, aber älter als sie selbst, nahm sie an. Und in den Augen, die aus dem gebräunten Gesicht blickten, glomm ein freundliches Licht.

Als er im Palast angekommen war, hatte er einen dünnen Reiseumhang und derbe, schlichte Stiefel getragen. Hätte er nicht so gute Manieren gehabt und seine drahtige Gestalt mit würdevoller Selbstsicherheit bewegt, hätte sie daran gezweifelt, dass er von edlem Geblüt war. Aber jetzt, da er in einer feinen Tunika neben ihr saß, das Haar gewaschen und die Haut mit Kardamom parfümiert, war er wie ein neuer Mann.

Damon hatte den Mann in den Saal begleitet und saß jetzt neben der Tür. Selbst als regierende Königin Mykenes war es unziemlich für sie, mit einem männlichen Gast allein zu sein – besonders nach dem, was mit ihrer Schwester geschehen war. Dennoch war sie ein wenig beleidigt, dass der Verwalter ihr nicht vertraute.

»Ich hoffe, Euer Aufenthalt bisher war angenehm«, sagte sie und schenkte ihrem Gast einen Becher Wein ein. »Hat man sich gut um Euch gekümmert?«

»Oh, ja, Majestät, sehr gut«, erwiderte er und nahm den Becher aus ihren Händen. »Obwohl ich froh bin, endlich meine Gastgeberin kennenzulernen – so richtig, meine ich.«

»Ja, ich muss mich entschuldigen, Euch nicht früher unterhalten zu haben. Tatsächlich habe ich Euren Namen vergessen, so viel Zeit ist seit unserem ersten kurzen Zusammentreffen vergangen.«

»Das kann ich Euch verzeihen, Majestät, denn ich glaube nicht, dass ich ihn nannte.« Er lächelte liebenswürdig, ohne sie aus den Augen zu lassen. »Aigisthos hat mich mein edler Vater genannt.«

»Aigisthos«, wiederholte sie und ließ den Namen über ihre Zunge rollen. »Recht ungewöhnlich, oder? Und doch glaube ich ihn schon einmal gehört zu haben.«

»Natürlich müsst Ihr mich nicht an Euren Namen erinnern«, sagte Aigisthos, der seinen Weinbecher in beiden Händen hielt. »Euer edler Ruf ist überall bekannt, selbst bei jenen, die so weit entfernt wohnen wie ich, Königin Klytämnestra.«

Sie lächelte. »Und wo genau lebt Ihr, Aigisthos?«

»Oh, hier und da«, sagte er und lächelte fröhlich. »Aber meine Familie hat uralte Verbindungen zu Mykene. So ein interessanter Ort, oder? So eine reiche Geschichte.«

Klytämnestra nickte höflich. »Ja, so ist es wohl. Obwohl ich gestehen muss, dass ich nicht viel über Mykenes Geschichte weiß, zumal ich nicht hier geboren bin.«

»Mmm«, erwiderte Aigisthos und warf sich eine Weinbeere in den Mund. »Nein, vermutlich nicht.« Er pflückte eine weitere Weinbeere von der Traube und rollte sie zwischen den Fingern, um sie dann anzusehen. »Hat Euch Euer Gemahl je die Geschichte erzählt, wie er König von Mykene wurde?«, fragte er.

»Nun ja, ich weiß, dass mein Vater ihm half, den vorigen König vom Thron zu stoßen – so kam es dazu, dass ich König Agamemnon heiratete, wisst Ihr – aber … jetzt, da ich darüber nachdenke, ist das alles, was ich weiß. Mein Gemahl … nun, er ist nicht gerade jemand, der viele Geschichten erzählt.« Sie lächelte schwach und versuchte, ihr Unbehagen bei der Erwähnung Agamemnons zu verbergen.

»Vielleicht erlaubt Ihr mir, den Rest zu erzählen«, sagte Aigisthos und beugte sich leicht zu ihr vor. »Es ist eine ziemlich aufregende Geschichte, wenn Ihr sie hören mögt?« Er lächelte, doch da war keinerlei Humor in seinem Blick.

Obwohl Klytämnestra nicht gerade darauf erpicht war, Geschichten von ihrem Gemahl zu hören, war sie neugierig. Was war sie für eine Königin, wenn sie nicht einmal die Geschichte ihres eigenen Königreiches kannte?

»Dann fahrt fort«, sagte sie und nahm ihren Weinbecher. »Ich höre zu.«

Aigisthos setzte sich auf seinem Sessel zurecht, räusperte sich und begann.

»Nun, wie so viele Geschichten beginnt auch diese mit zwei Brüdern. Einer hieß Thyestes, der andere, jüngere hieß Atreus.« Klytämnestra öffnete den Mund, um etwas zu sagen, aber er sprach schon weiter.

»Ja, Ihr kennt diesen Namen sicher, denn Atreus war der Vater Eures edlen Gemahls. Nun, diese beiden Brüder waren die Söhne des großen Königs Pelops, aber sie wurden ihres Königreiches verwiesen, als sie ihren Halbbruder umzubringen planten, weil sie selbst den Thron für sich beanspruchten. So wanderten die Brüder durch Griechenland, bis sie schließlich am Herd Mykenes willkommen geheißen wurden. Denn König Eurystheus, der dieses Land all die Jahre zuvor regiert hatte, hatte keine Söhne gezeugt und fürchtete um die Sicherheit seines Königreiches.

Die Brüder verbrachten zwei glückliche Sommer in Mykene und hätten das womöglich auch weiter getan, wenn die Schicksalsgöttinnen nicht so launenhaft wären. Denn bevor König Eurystheus wählen konnte, welcher der beiden Brüder sein Nachfolger werden sollte, starb er.

Thyestes und Atreus, gute Freunde und Brüder, regierten eine Zeit lang das Königreich gemeinsam. Aber obwohl Thyestes' Anspruch als älterer Bruder auf den Thron größer war und er sich als guter Regent erwiesen hatte, war Atreus der ehrgeizigere von beiden. Er fürchtete, dass das Volk seinen Bruder ihm vorziehen würde, und begann, ohne Thyestes Audienzen abzuhalten und Maßnahmen zu ergreifen, um die Macht seines Bruders zu schmälern.

Und vielleicht wäre Atreus mit dem größeren Teil des Throns zufrieden gewesen. Doch einer seiner Spione, die er beauftragt hatte, seinen Bruder zu beobachten, weil er sich fürchtete, verdrängt zu werden, erzählte Atreus, dass er seine Gemahlin Aerope gesehen habe, wie sie mehrfach Thyestes' Gemächer besucht hatte – allein.

Glühend vor Eifersucht konfrontierte Atreus seine Gemahlin mit diesen Vorwürfen, und aus Angst vor dem Zorn ihres Gemahls erzählte sie ihm alles. Sie flehte ihn an, Thyestes nichts anzutun – denn sie liebte ihn aufrichtig – und ihn stattdessen fortzuschicken. Aber Atreus hatte andere Pläne.

Er lud Thyestes ein, mit ihm ein Festmahl einzunehmen, und

spielte den liebenden Bruder. Er bewirtete ihn mit Wein und köstlichem geschmorten Fleisch. Erst als der Magen seines Bruders voll war, erzählte Atreus, welche Missetat er begangen hatte. Er fragte, ob Thyestes seine Mahlzeit genossen habe, und ließ eine Platte in den Saal bringen – in genau diesen Saal, in dem wir jetzt sitzen –, und darauf lagen die Hände und Köpfe von Thyestes' kleinen Söhnen. Und er wusste, was sein Bruder getan und was er selbst in seinem Unwissen getan hatte.«

Klytämnestra wurde es übel. Sie hielt sich an den Armlehnen ihres Throns fest, ließ sie dann aber wieder los. War das etwa der Thron, auf dem jener monströse Mann gesessen hatte?

»Wie können Menschen so etwas tun?«, fragte sie heiser. »Und dann auch noch mit ihren eigenen Verwandten?« Ihr Magen drehte sich bei der Erinnerung an einen Schrecken um, den sie zu verdrängen versuchte. »Ich … ich bin mir nicht sicher, ob ich den Rest der Geschichte hören will.«

»Aber das müsst Ihr, Majestät«, drängte Aigisthos. »Jetzt, da wir schon damit angefangen haben. Es ist eine Geschichte voller Bösartigkeit, ja, und voller Gewalt und Verlust. Aber so ist das Leben, oder etwa nicht?« Er schaute ihr in die Augen.

Sie hielt seinem Blick stand. Wusste er von ihrem Verlust? »So ist das Leben, ja«, sagte sie und bemühte sich, mit fester Stimme zu sprechen. »Aber ich höre nicht gern davon.«

Aigisthos nickte entschuldigend. »Ich habe Euch betrübt, Majestät. Aber bitte, lasst mich die Geschichte zu Ende erzählen. Der Rest ist nicht mehr ganz so böse.«

Klytämnestra zögerte und betrachtete ihren Gast argwöhnisch. »Nun gut«, sagte sie schließlich. »Fahrt fort.«

Aigisthos lehnte sich zurück.

»Für das Verbrechen, menschliches Fleisch gegessen zu haben, wurde Thyestes ins Exil geschickt – nicht nur durfte er nicht mehr in Mykene verweilen, sondern nirgends mehr in der Zivilisation. Er durfte keine Heiligtümer mehr betreten, an keinen Ritualen mehr teilnehmen. Er wanderte viele Monate lang herum, wurde an jeder Tür zurückgewiesen, bis ein Ziegenhirte und seine Familie sich seiner erbarmten. Sie gaben ihm Arbeit und ein Heim, das so bescheiden war wie ihre eigene Unterkunft. Und mit der Zeit gewöhnte sich Thyestes an sein neues Leben und zeugte sogar einen neuen Sohn, mit der Tochter des freundlichen Ziegenhirten.

Thyestes hatte seinen Frieden mit dem Schicksal gemacht, das für ihn gesponnen worden war, und so wuchs sein Sohn auf, ohne von seinem königlichen Geblüt oder dem Leben zu wissen, das er hätte haben können. Aber als der Junge zum Mann wurde und mehr Fragen stellte, als sein Vater Antworten hatte, wusste Thyestes, dass er seinem Sohn die Wahrheit über seine Herkunft erzählen musste. Und als dieser hörte, was sein Vater einst gewesen war und was sein grausamer Onkel getan hatte, war der Junge erbost – für seinen Vater und für die Brüder, die er nie gekannt hatte, und für sich selbst, da man ihn seines eigenen Glückes beraubt hatte.

In jener Nacht, als sein Vater schlief, rannte der Junge fort. Er reiste nach Mykene und fand König Atreus, seinen Onkel, schutzlos an der Küste, wo er ein Opfer darbot. Der Junge ergriff seine Gelegenheit und tötete Atreus direkt dort am Strand, obwohl er selbst noch kaum ein Mann war. Und Mykene, das jahrelang unter der Schreckensherrschaft Atreus' gelitten hatte, hieß Thyestes und seinen Sohn als seine Könige willkommen.

Da Thyestes ein freundlicherer Mann war als sein Bruder, ließ er Atreus' Söhne leben und jagte sie lediglich aus seinem Königreich fort. Doch das – wie Ihr sicher schon erratet – war ein Fehler. Denn fünf Jahre nach dem Tod Atreus' konnten seine Söhne – dein edler Gemahl Agamemnon und sein Bruder Menelaos – genügend Verbündete gewinnen, um nach Mykene zurückzukehren und es für sich zu erobern. Diesen Teil kennt Ihr sicherlich, denn Euer Vater war der stärkste jener Verbündeten. Es scheint, als habe König Agamemnon immer noch die Gabe, Armeen um sich zu versammeln.« Er lächelte traurig und ein wenig schief. »Sie töteten Thyestes und hätten den Mörder ihres Vaters ebenfalls getötet, wenn diesem die Diener des Palastes nicht geholfen hätten zu fliehen.

Und das ist sie«, seufzte Aigisthos. »Die Geschichte Mykenes, wie ich sie erzählen kann.«

»Ihr erzählt sie gut«, sagte Klytämnestra freundlich, obwohl sie immer noch ein merkwürdiges Gefühl in der Magengrube hatte. »Tatsächlich bin ich beeindruckt davon, wie viel Ihr wisst.«

»Oh, das ist allgemein bekannt – jenen, die es wissen wollen.«

»Und was ist mit Thyestes' Sohn – dem, der entkommen ist? Ist sein Schicksal bekannt?« Sie sah Aigisthos lange an und hielt seinem Blick stand.

»Einigen«, sagte er langsam. »Euch auch, glaube ich.«

Klytämnestras Magen zog sich zusammen.

»Damon, hol die Wachen«, rief sie durch den Saal, ohne den Blick von Aigisthos zu wenden. Hatte er eine Klinge? Sie konnte keine entdecken.

»Damon!« Sie hatte ihn nicht gehört. Sie drehte sich nach ihm um und sah, dass er immer noch an seinem Platz saß und sie gleichmütig ansah. »Damon?«

Und dieser Blick ließ sie begreifen, wie ein Pfeil, der durch die unheimliche Stille des Saals geschossen wurde und sie mitten ins Herz traf. Sie war betrogen worden.

46

KLYTÄMNESTRA

Klytämnestra wollte schreien, aber eine Hand hielt ihr den Mund zu. »Bitte, Majestät«, sagte Aigisthos. Seine Augen waren nur noch einige Zentimeter von ihren entfernt. »Ich bin nicht gekommen, um Euch wehzutun.« Er musste die echte Angst in ihrem Blick erkannt haben, denn er fügte hastig hinzu: »Eure Kinder sind in Sicherheit. Niemand wird ihnen etwas antun. Ihr müsst nur anhören, was ich zu sagen habe. Werdet Ihr das tun?«

Verzweifelt forschte sie in seinem Blick nach der Wahrheit. Aber sie kannte diesen Mann nicht. Ihre Kinder konnten bereits tot sein. Vielleicht hielt man ihnen in diesem Moment Klingen an den Hals. Sie warf einen wütenden Blick zu Damon, den sie für ihren Verbündeten gehalten hatte.

»Er sagt die Wahrheit, Herrin«, sagte der Verwalter und rang die Hände. »Es tut mir leid … ich – Eure Kinder sind in Sicherheit, das verspreche ich Euch.«

Sie sah wieder Aigisthos an, der seine salzige Hand immer noch auf ihren Mund gepresst hielt. Ihr Blick war fest, sie warnte ihn damit vor einer Lüge. Doch er schaute sie ganz ernst an, beinahe ängstlich.

Langsam, vorsichtig nickte sie.

Die Hand ließ sie los, und sie schrie nicht. Aber ihr Blick ließ Aigisthos nicht los, beobachtete ihn, wartete auf Anzeichen für Gefahr.

»Es ist, wie Ihr gefolgert habt«, sagte er. »Ich bin Aigisthos, Sohn des Thyestes. Mörder von Atreus und der Vetter Eures Gemahls. Aber ich bin nicht gekommen, um meinen Vater zu rächen oder seinen Thron zurückzugewinnen. Ich bin gekommen, um Euch ein Angebot zu machen.«

Klytämnestra brachte ein ungläubiges Lachen hervor. »Ist das so? Und dieser kleine Hinterhalt« – sie warf Damon einen scharfen Blick zu –, »den habt Ihr nur veranstaltet, um mich ein wenig aufgeschlossener für Euer Angebot zu machen, was?« Sie atmete zittrig durch. »Nein, ich … ich glaube, Ihr solltet jetzt gehen. Beide. Bevor ich meine Wachen rufe.«

Sie hob das Kinn ein wenig, die Zähne entschlossen zusammengebissen, und hoffte, er sähe die Angst hinter ihrem wütenden Blick nicht.

Plötzlich ertönte Damons Stimme vom anderen Ende des Saals. »Ich rate Euch, ihn anzuhören, Herrin.«

Klytämnestra biss die Zähne noch fester zusammen. Sie hatte dem Verwalter vertraut, ihn sogar für ihren Freund gehalten. Sie drehte sich nicht zu ihm um.

»Herrin …«

»Warum sollte ich?«, fuhr sie Aigisthos an. »Ihr habt meine Gastfreundschaft missbraucht, Euch in *mein* Zuhause eingeschlichen, wo meine Kinder …« Sie brach ab, weil sie plötzlich einen Kloß im Hals hatte. »Ihr seid der Herr von Nirgendwo, König von Niemandem. Was könntet Ihr mir schon anzubieten haben?«

»Sicherheit«, versetzte Aigisthos ruhig. »Für Euch und Eure Kinder. Und für Mykene. Das kann ich anbieten.«

»Ich habe genug gehört«, blaffte Klytämnestra und erhob sich. »Wie konntet Ihr nur glauben …«

»Indem ich Euer Gemahl werde.«

Sie hielt mit offenem Mund vor Erstaunen inne.

»Bevor Ihr irgendetwas sagt, ich würde nichts von Euch erwarten. Ihr könntet das als … eine Art Handel betrachten, nehme ich an. Ich würde mein rechtmäßiges Zuhause zurückbekommen, und Ihr hättet meinen Schutz.«

»Aigisthos«, begann sie. »Ich brauche keinen Gemahl. Ich habe bereits einen. Und ich regiere sehr gut auch ohne ihn.«

»Ja, das hat mir Damon gesagt. Alles läuft zurzeit recht gut. Aber Ihr seid verletzlich. Eure Autorität hängt von Eurem Gemahl ab. Die Männer folgen Euch, weil sie ihn fürchten. Und solange er lebt, werden sich Eure Feinde vielleicht fernhalten. Doch was ist, wenn Agamemnon sterben sollte? Mykene würde Euch genommen. Entweder von innen oder von außen. Eure Kinder würden sofort umgebracht werden. Und Ihr vielleicht ebenso. Oder Ihr würdet als Trophäe gehalten, als Sklavin in Eurem eigenen Zuhause, und man wird Euch herumkommandieren oder beschlafen oder schlagen, ganz wie es Eurem neuen Herrn gefällt.«

Klytämnestras Mund blieb offen stehen, aber sie schwieg.

»Ihr wisst, dass wahr ist, was ich sage«, fuhr Aigisthos leise fort. »Ihr habt Angst davor.«

Das stimmte. Sie hatte viele Nächte mit diesen Gedanken wach gelegen. Gleichgültig, wie gut sie regierte, gleichgültig, wie viel Respekt sie genoss, sie war nur die Königin, weil Agamemnon König war. Ohne Mann war eine Frau nichts. Die lächelnden Gesichter, die ihr jetzt dienten, würden eine Frau als unwürdig ablehnen, die es wagte, allein zu regieren. Das war die bittere Wahrheit, die sie nicht leugnen konnte. Und Aigisthos kannte noch nicht einmal das volle Ausmaß ihrer Qual – denn selbst wenn Agamemnon sicher nach Hause kam, würde sie ihn womöglich selbst umbringen. Sie fürchtete nicht so sehr die Tat selbst wie die Gefahr, der sie ihre überlebenden Kinder dadurch aussetzen würde, dass sie dasjenige rächte, das sie verloren hatte.

»Wenn Euer Gemahl in diesem Krieg stirbt, werdet Ihr und Eure Kinder mit ihm niedergehen«, sagte Aigisthos ernst. »Ihr steht auf des Messers Schneide. Ich biete Euch einen Ausweg. Verbündet Euch mit mir, und ich werde in dieser Nacht schon einen heiligen Eid schwören und ihn mit Opfergaben bestätigen, dass ich weder Euch noch Euren Kindern je etwas antun werde, dass ich alles tun werde, um Euch zu beschützen. Ich habe immer noch Unterstützung in Mykene und seinem Hinterland, Menschen, die meinem Vater vor seinem Exil treu ergeben waren, Menschen, die erzürnt über das sind, was Atreus tat, Menschen, die mir und meinem Vater dienten, bevor man uns verjagte. Damon ist einer von ihnen. Sein Vater diente meinem Vater, half ihm, seine Angelegenheiten zu regeln. Er wurde dafür umgebracht, als Eurer Gemahl Mykene eroberte. Damon musste einen Küchenjungen spielen, um sich zu retten. Und er rettete auch mein Leben – er half mir, aus dem Palast zu fliehen. Er ist mir treu ergeben, ja, aber genau deswegen wird er Euch nicht weniger treu dienen.«

Sie sah zu Damon hinüber, der den Blick auf seine Füße gesenkt hatte.

Aigisthos fuhr fort. »Majestät, wenn ich Anspruch auf den Thron von Mykene erhebe, werden sich mir nur wenige Menschen widersetzen. Tatsächlich versichert mir Damon, dass viele meine Rückkehr sogar begrüßen werden. Es gibt viel Groll gegen Euren Gemahl wegen dieses unnötigen und teuren Krieges. Aber Ihr, Majestät, Ihr seid beliebt beim Volk. Wenn wir beide uns vereinigten, könnten wir dieses Königreich mit Stärke und einer gerechten Hand regieren. Und ich schwöre, dass ich Eure Kinder behandeln werde, als wären es meine eigenen. Eure Töchter werden in Sicherheit und Glück aufwachsen. Und Euer Sohn Orest wird sein Geburtsrecht behalten, sollte er nach Mykene zurückkehren und Anspruch darauf erheben.«

Er verstummte. Es war ganz still, als er auf Klytämnestras Reaktion wartete.

»Ihr … wollt, dass ich meinen Gemahl verrate«, sagte sie schließlich. Es war mehr eine Feststellung als ein Protest. Was war sie für eine Frau, wenn sie den Thron ihres Gemahls einem anderen Mann gab? Andererseits: Was für eine Frau hoffte, dass ihr Gemahl getötet würde, oder dachte darüber nach, ihn selbst zu töten?

»Agamemnon hat uns beide beraubt«, sagte Aigisthos leise. »Ich habe Euch an der Grabstelle Eurer Tochter gesehen. Ich habe die Geschichte gehört, wie sie dort hingelangt ist. Ihr schuldet ihm nichts.«

Klytämnestra setzte sich gerade hin und bemühte sich, ruhig zu wirken. Was wusste dieser Mann über Iphigenie? Er hatte sie nicht gekannt, hatte ihr süßes Stimmchen niemals vernommen, hatte nie ihre weiche Hand in seiner gehalten. Konnte es sein, dass er so tief gesunken war, dass er die Erinnerung an sie für seine eigenen Ziele nutzte? Und doch, als sie in seine Augen sah, fand sie nichts anderes als Mitgefühl. Und als er ihren Blick erwiderte, fühlte sie, dass er den Schmerz verstand, den sie zu verbergen suchte.

»Aber … das ist doch nicht möglich«, seufzte sie. »Ihr redet, als würde es kein Blutvergießen geben, aber … das kann ich nicht glauben. Mein Gemahl wird Nachrichten aus seinem Königreich erhalten. Wenn er hört, dass er abgesetzt wurde, wird er zurückkommen und seinen Thron zurückfordern. Es wird einen Bürgerkrieg geben. Das kann ich meinem Königreich nicht antun.«

»Er wird davon nichts hören«, sagte Aigisthos voller Überzeugung. »Nicht, wenn wir die Nachrichten kontrollieren, die er erhält. Ihr schickt regelmäßig Nachschub in die Troas, oder? Dann schicken wir mit jedem Schiff einen Bericht – wir geben ihm die Nachrichten, bevor er danach fragt. Damon sagt, Ihr genießt die Ergebenheit der Schreiber. Sie werden schreiben, worum Ihr sie bittet. Und wir schicken unsere eigenen Männer, um die Botschaften zu übergeben – Männer, denen wir vertrauen.«

»Und wenn er seine eigenen Boten schickt?«

»Dann schicken wir einen von unseren zurück. Er ist weit weg und muss sich auf das verlassen, was Ihr ihm schickt. Sagt ihm, dass alles gut ist, und er wird es glauben – denn das ist das, was er hören will. Wie oft ist Agamemnon in den beiden Jahren seit Kriegsbeginn in sein Königreich zurückgekommen? Nicht ein Mal. Sein Interesse gilt Troja, nicht Mykene. Er hält seine Herrschaft hier für selbstverständlich, während er woanders nach mehr verlangt. Er hat uns den Rücken zugekehrt.«

»Aber so einfach ist es nicht«, protestierte Klytämnestra. »Was ist mit Außenstehenden? Den anderen Königreichen? Sie werden die Wahrheit erfahren. Vielleicht schicken sie die Nachricht an Agamemnon.«

»Ich werde den Kontakt zum Ausland vermeiden. Ihr werdet das Aushängeschild Mykenes bleiben, zumindest, bis Agamemnon nicht mehr unsere Bedrohung ist. Es werden ohnehin wenige ausländische Gäste kommen. Wie viele habt Ihr hier empfangen, seit Euer Gemahl fort ist? Entweder kämpfen sie auf den Schlachtfeldern um Troja oder bemühen sich, ihre eigenen Königreiche zusammenzuhalten.« Er verstummte und beugte sich weiter vor. Dann sagte er: »Vertraut mir, Majestät. Ich weiß, dass ich Euch dafür bisher wenig Grund gegeben habe, aber um Eurer Kinder und Euer selbst willen müsst Ihr verstehen, dass das der beste Weg ist. Je länger Ihr wartet, desto größer ist die Chance, dass Euer Gemahl auf dem Schlachtfeld stirbt. Vielleicht ist er bereits tot. Und sobald diese Nachricht Griechenland erreicht, kommen die Wölfe. Und dann werdet Ihr Euch wünschen, einen Löwen zu haben, der sie vertreiben, einen Freund, der Euch verteidigen kann. Das ist es, was ich anbiete.«

Damit lehnte sich Aigisthos zurück und beobachtete genau ihr Gesicht. Er kannte ihre Situation, verstand sie so gut wie sie. Er musste sie nur pflücken wie eine reife Frucht.

»Nun, ich sehe, dass Ihr schon alles geplant habt«, sagte sie in scharfem Ton. »Aber es gibt Dinge, die Ihr nicht wisst, Dinge, die … Ihr kennt mich ganz und gar nicht. Und ich kenne Euch nicht.«

»Nein«, erwiderte Aigisthos und beugte sich erneut vor, die Hände ineinander verschränkt. »Nein, ich mache mir nicht vor, Euch zu kennen, Majestät. Wobei ich hoffe, dass wir uns mit der Zeit besser kennenlernen werden. Damon sagt mir, dass Ihr eine bemerkenswerte Frau seid – freundlich und mutig und intelligent.« Er warf dem Verwalter einen Blick zu, und sie sah, wie Damons Blick kurz zu ihr und dann zurück auf seine Füße glitt. Sie spürte, wie ihre Wangen warm wurden.

»Aber vor allem«, fuhr Aigisthos fort, »weiß ich, dass Ihr eine Mutter seid, und eine Mutter wird alles tun, um ihre Kinder zu beschützen. Ich aber gebe Euch diese Chance.«

Klytämnestra schwieg und sah Aigisthos kritisch an. Konnte sie diesem Mann trauen? Traute sie ihrem Gemahl noch? Konnte sie überhaupt irgendwem außer sich selbst vertrauen? Und doch hatte er recht. Sie war verletzlich. Selbst eine Löwin konnte nicht allein regieren.

»Ich brauche Zeit, um über Euren Vorschlag nachzudenken, Aigisthos«, sagte sie würdevoll. »In der Zwischenzeit werdet Ihr hier im Palast bleiben – bewacht.«

»Wenn Ihr es so wünscht«, erwiderte Aigisthos mit einem bescheidenen Nicken.

»Das tue ich«, sagte sie und faltete die Hände im Schoß. Und doch war ihr Zögern nur zum Schein. Sie hatte ihre Entscheidung bereits getroffen.

Aigisthos hatte recht; sie würde alles tun, um ihre Kinder zu beschützen, ihre Zukunft zu sichern. Sie musste nur den Mut aufbringen, ihm zu vertrauen, und beten, dass die Götter sie nicht für das niederstreckten, was die schlimmste Form der Weiblichkeit war: eine verräterische Ehefrau.

47

HELENA

Sieben Jahre später

Helena saß in ihrem Gemach und webte, als sie das Klirren von Bronze durchs Fenster hörte. Die Kämpfe waren heute recht nah an die Stadt herangerückt – normalerweise musste sie sich bemühen, sie überhaupt zu hören. Die Geräusche machten ihr aber keine Angst mehr wie früher. An den meisten Tagen fanden jetzt Schlachten außerhalb der Stadtmauern statt, draußen auf der Ebene oder unten beim griechischen Lager am Strand. Die Griechen hatten bereits seit ungefähr einem Jahr das gesamte Hinterland so weit ausgeplündert, dass dort nichts mehr zu holen war, und die Trojaner wollten nicht mehr in ihren Stadtmauern eingesperrt sein – abgesehen davon, dass sie immer mehr Handelsvermögen verloren, je länger sich der Krieg zog. Und daher blieb ihnen nichts anderes, als zu kämpfen, Mann gegen Mann, Prinz gegen Prinz, bis endlich eine Seite gewinnen würde.

Seit die Griechen ihre Aufmerksamkeit der Stadt zugewandt hatten, war es schwieriger und schwieriger geworden, Nachschub durch die feindlichen Reihen zu liefern. Die Edlen in der Zitadelle beschwerten sich über den Mangel an Wein und Gewürzen, über die mageren Fleischrationen und das Verbot von Festmahlen, doch Helena wusste, dass es die Menschen in der unteren Stadt waren, die wirklich litten. Kassandra ging mit ihrer Mutter hinaus, um sich um die Kranken zu kümmern und die allgemeine Moral zu heben – solange die Kämpfe weit von den Stadtmauern stattfanden –, und sie hatte Helena erzählt, dass das Volk von der bitteren Linsenwicke lebte, die sonst ans Vieh verfüttert wurde.

Dieser Krieg hatte von den Reichen wie auch von den Armen genommen. Jeden Tag warteten die Frauen der Zitadelle am Osttor darauf, dass ihre Ehemänner und Söhne von den Kämpfen zurückkehrten. Helena wartete mit ihnen, selbst wenn sie Paris sicher in seiner Kammer wusste. Sie schaute jeden Tag bei Sonnenuntergang zu, wie sich das Volk langsam verzog, wie die Frauen erleichtert weinten, wenn ihre Männer durch die Tore traten. Selbst jene, die verletzt worden waren, die von ihren Kameraden durch die Tore getragen werden mussten, blutend oder bewusstlos, waren für die Wartenden ein willkommener Anblick. Aber am Ende jedes Tages gab es immer Frauen, die übrig blieben. Und jeden Tag hatten mehr Frauen einen Grund, sie zu hassen.

Sie ging nicht mehr zum Westtor. Sie ging auch nicht mehr in den Frauensaal. Sie konnte die bösen Blicke und Verwünschungen nicht mehr ertragen, dennoch konnte sie es den Frauen nicht verdenken. Sie wusste, dass der Krieg ihre Schuld war, dass so viele Männerleben auf ihr Konto gingen, aber auch andere Leben – das ihrer Mutter und Iphigenies. Wenn sie all das zurücknehmen könnte, würde sie das tun. Aber so konnte sie nur ihre Strafe ertragen – ihren Hass und ihr eigenes schreckliches Schuldgefühl.

Paris saß auf der anderen Seite des Gemachs und polierte seine Beinschienen. Kriegsgeräusche drangen durchs Fenster.

»Wirst du nicht in der Ebene gebraucht?«, fragte sie unschuldig. »Die Schlacht ist nun schon seit einer Weile im Gange, und doch bist du noch hier.«

Er schaute nicht auf.

»Frauen wissen nichts von Kriegsführung«, sagte er und tunkte sein Tuch in frisches Öl. »Wenn du davon Ahnung hättest, wüsstest du, dass es wichtig ist, einige Männer immer frisch und ausgeruht zu halten, damit sie ihre ermüdeten Brüder ersetzen können.«

Helena wob weiter.

»Klingt so, als bräuchten sie dringend Ersatz«, sagte sie leise.

Er antwortete nicht, aber er wirkte säuerlich und widmete sich jetzt seinem Helm, der bereits glänzte.

Sie schaute ihrem Gemahl mit seinem sorgfältig gelockten Haar und seiner makellosen Tunika zu, und galliger Groll stieg in ihr hoch. Wenn sie nur daran dachte, dass sie so viel Zank und Schrecken für ihn verursacht hatte. Sie hatte solch große Hoffnungen auf ihr neues Leben gesetzt, auf die Liebe und das Glück, die sie in Troja finden würde, doch die Wirklichkeit hatte sich als völlig anders herausgestellt. Zunächst war es alles sehr aufregend gewesen, aber sie hatte schnell herausgefunden, dass ihr Gemahl wie ein Weinbecher war – wunderschön und so einladend, sobald der Wein ausgetrunken war jedoch, blieb ihr nur noch ein leeres Gefäß. Aber das war sie auch für ihn gewesen, oder? Langsam, ganz langsam, im Laufe der langen Jahre, die sie in dieser einsamen Zitadelle verbracht hatte, hatte sie die Lüge losgelassen, an die sie geglaubt hatte, und die Wahrheit begriffen. Dass sie, Helena, die Blume Griechenlands, das Juwel Spartas, nur ein weiteres Schmuckstück war, das seine Gemächer zierte.

Und doch, abgesehen von Kassandra und ihrer Freundschaft, war Paris das Einzige, woran sie sich in Troja festhalten konnte. Sie konnte ihm grollen, ihn sogar hassen, aber sie konnte ihn nicht verlassen. Und er wusste das.

Als sie gerade den Blick von ihrem Gemahl abwandte, hörte man ein Geräusch hinter der Tür des Gemachs.

»Paris!«, ertönte Hektors Stimme im marmorn gefliesten Gemach. Er kam hinter dem Vorhang hervor, seine braune Haut glänzte vor Schweiß, die Brustplatte war blutbespritzt. Helena fürchtete, er könne verletzt sein, doch sie sah keine Wunden.

»Paris«, knurrte er jetzt, seine Brauen wütend zusammengezogen. Seine Stimme klang noch ganz heiser. »Ich dachte, ich hätte dich auf dem Schlachtfeld nur nicht gefunden! Was tust du hier? Warum versteckst du dich hier? Du Feigling. Die Männer kämpfen für dich, und du bist nicht bei ihnen!«

Paris stand auf. Er hielt seinen glänzenden Helm in der Hand.

»Ich wollte gerade kommen und mich euch anschließen, Bruder«, sagte er, hielt das Kinn hoch erhoben und erwiderte Hektors grimmigen Blick. »Komm, Helena. Ich bitte dich, mir mit meiner Rüstung zu helfen.«

Helenas Mund blieb offen stehen, aber es war sinnlos, mit ihm zu streiten. Sie stand auf und ging pflichtbewusst und mit zusammengepressten Lippen zu ihm hinüber.

Hektor sah noch immer wütend drein, doch auch er hatte offenbar beschlossen, Paris' Verhalten nicht weiter zu kommentieren.

»Geh sofort zum Tor, wenn du fertig bist«, sagte er stattdessen und wandte sich bereits zum Gehen. »Wir sehen uns auf dem Schlachtfeld.«

Und so schnell, wie er gekommen war, war er auch schon wieder verschwunden und eilte zurück zu seinen Kameraden.

Helena schnallte schweigend Paris' Rüstung fest, wobei sie das Leder etwas fester zuzog als nötig. Als sie fertig war, richtete sie sich wieder auf, sodass sie einander gegenüberstanden. Sie hatte den Blick auf die Leopardenpfoten gerichtet, die an seinem Hals festgebunden waren. Er beugte sich zu ihr vor, doch sie wandte das Gesicht ab. Erst da begriff sie, dass er nur nach seinem Schild gegriffen hatte. Und ohne dass sie noch ein Wort miteinander gewechselt hätten, ging er zum Tor.

* * *

Die Schlacht vor der Stadt wütete weiter, und Helena blieb in ihrem Gemach. Sie war aber nicht lange allein – Kassandra setzte sich zu ihr, sobald Paris fort war. Sie schien stets genau zu wissen, wann Helena ihre Gesellschaft am dringendsten benötigte.

Kassandra war jetzt eine junge Frau und Helenas beste – und einzige – Freundin. Es war merkwürdig gewesen, dabei zuzusehen, wie sie heranwuchs, und zu wissen, dass ihre eigene Tochter ungefähr im selben Alter war. Manchmal dachte sie an Hermione, die auf der anderen Seite des Meeres in Spartas Gemächern Wolle spann. Ob sie jemals an ihre Mutter dachte? Ob sie sich an sie erinnerte?

Helena fand es weit leichter, Kassandras Freundin zu sein.

Die beiden saßen oft beisammen, spannen und unterhielten sich, allerdings nur, wenn Paris nicht da war. Er mochte das Geplapper von Frauen nicht. Helena war überrascht, als es Königin Hekabe zugelassen hatte, dass Kassandra und sie einander so nahegekommen waren. Sie wusste, dass die Königin sie nicht mochte oder ihr zumindest misstraute – immerhin war sie Helena, die Hure. Aber andererseits hatte auch Kassandra nicht viele Freundinnen unter den Frauen. Vielleicht war ihre Mutter daher einfach nur froh, dass sie nicht allein war.

Kassandra summte vor sich hin, wie sie es oft tat. Ihr Summen schien niemals einer Melodie zu folgen, es waren nur Töne, die sie aneinanderreihte, doch Helena fand es seltsam tröstlich.

»Glaubst du, Tiere heiraten einander, Helena?«, fragte sie plötzlich, ohne von ihrem Spinnrocken aufzuschauen. »Das ist ein merkwürdiger Gedanke, oder?«

Helena lächelte und nickte. Sie war an Kassandras merkwürdige Fragen gewöhnt und auch daran, dass sie nicht wusste, was sie auf sie antworten sollte. Sie hatte gelernt, dass es am besten war, sie einfach vor sich hin reden zu lassen.

»Ich glaube, die Menschen heiraten, weil andere Menschen auch heiraten. Sie glauben, sie müssten es tun«, überlegte Kassandra und hob den fertigen Faden von ihrem Spinnrocken. »Es ist merkwürdig, wie viel im Leben genau so funktioniert.«

Helena nickte erneut. Sie saßen eine Weile schweigend da, bevor ihre Freundin wieder das Wort ergriff.

»Vater sagt, ich werde verheiratet.«

Sie sagte es so schlicht, dass Helena einen Moment brauchte, um darauf zu reagieren. »Wirklich? Wann? Mit wem?«

»Er heißt Othryoneus«, sagte sie leise, als wäre das ein Geheimnis. »Er ist vor vierzehn Tagen in der Stadt angekommen, aus Kabesos. Er … ist kein reicher Mann, aber er hat meinem Vater versprochen, dass er und seine Männer die Griechen von unseren Küsten vertreiben werden, wenn er meine Hand erhält. Er ist gerade da draußen und kämpft.« Sie hatte ihre glatte Stirn sorgenvoll gerunzelt.

»Hast du ihn kennengelernt?«, fragte Helena.

»Oh, ja. Er hat darum gebeten, mich kennenzulernen, als er ankam. Er wollte mich fragen, ob es mir recht sei, ihn zu heiraten.«

»Er hat *dich* gefragt?«, fragte Helena überrascht. »Na, das ist *wirklich* unüblich. Sicher weiß er, dass es eigentlich die Entscheidung deines Vaters ist.«

»Ja, aber er sagte, er wolle mich nur, wenn ich ihn wolle.«

»Und was hast du geantwortet?«

»Wir haben eine Weile miteinander gesprochen. Er hat mir gestanden, dass er nicht so wohlhabend ist wie vermutlich meine anderen Bewerber, dass er keinen Brautpreis bezahlen könne, der meinem Stand angemessen sei, aber dass er alles in seiner Macht Stehende tun wolle, um mich glücklich zu machen. Und … ich habe es ihm geglaubt. Also habe ich gesagt, wenn er meinen Vater überzeugen könne, würde ich ihn heiraten.«

Kassandras Wangen waren ganz rosig, aber hinter ihrer Schüchternheit schien sie ehrlich begeistert. Helena fragte sich, wie lange sie wohl gewartet hatte, ihr alles zu erzählen.

»Und wann werdet ihr heiraten?«

»Vater hat ihm gesagt, dass er mich nicht haben könne, bis er sein Versprechen erfüllt hat, die Griechen zu vertreiben. Aber wir können uns bis dahin trotzdem sehen – wenn Mutter dabei ist und es keine Schlachten zu schlagen gibt. Er sagt, dass ich ganz anders bin als alle Frauen, die er bisher getroffen hat.« Sie lächelte verschämt, und Helena konnte nicht anders, sie musste ebenfalls lächeln. Sie freute sich, ihre Freundin so glücklich zu sehen.

»Ich hoffe, der Krieg endet bald«, sagte sie und beugte sich vor, um Kassandras Hand in ihre zu nehmen.

Noch ungefähr eine Stunde lang spannen sie weiter, sie schwiegen und plauderten miteinander. Aber Kassandra ertrug es nie lange zu sitzen.

»Ich gehe nach unten zum Tor«, verkündete sie und legte ihren Spinnrocken nieder. »Ich will die Neuigkeiten hören.«

Helena nickte, stand aber nicht auf. »Ich bleibe hier«, sagte sie. »Paris möchte nicht, dass ich meine Röcke beschmutze.« Sie lächelte schwach.

Kassandra nickte ebenfalls. Sie kannten beide den wahren Grund, aus dem Helena nicht zum Tor gehen wollte, aber sie war dankbar, dass sie nicht darüber sprechen musste. Allein beim Gedanken an diese hasserfüllten Blicke zuckte sie zusammen.

Wieder allein, wandte sich Helena wieder ihrem Webstuhl zu. Das Muster zu verfolgen, war eine bessere Ablenkung als das Spinnen. Dabei verfiel sie weniger ins Nachdenken, weniger ins Grübeln.

Sie war sich nicht ganz sicher, wie viel Zeit vergangen war, doch irgendwann bemerkte sie, dass der Lärm draußen ein wenig leiser geworden war. Vielleicht bedeutete es das Ende der Schlacht. *Wie viele Frauen heute wohl vergeblich warten?*, fragte sie sich, schob den Gedanken dann aber fort. *Konzentriere dich auf die Fäden*, sagte sie sich.

Plötzlich hörte sie schnelle Schritte, leicht, aber dringlich, und nur Sekunden später erschien Kassandra.

»Helena«, keuchte sie. »Komm schnell. Es ist Paris.« Sie rang nach Atem. »Er wird gegen Menelaos kämpfen.«

48

HELENA

Los, komm! Sie warten nur auf die Widder.« Kassandra zog Helena beim Handgelenk aus dem Gemach. »Wir können von der Mauer aus zusehen.«

Helena stolperte hinter ihr her und versuchte zu begreifen, was Kassandra gesagt hatte. *Paris kämpfte gegen Menelaos? Warum jetzt? Nach all den Jahren?* Ein paar Stunden zuvor hatte er überhaupt nicht kämpfen wollen.

Als hätte sie Helenas Gedanken gehört, rief Kassandra über ihre Schulter hinweg: »Menelaos hat ihn herausgefordert – das habe ich so gehört. Und ich nehme an, er konnte das wohl nicht ablehnen. Dann würde man ihn einen Feigling nennen – oder Schlimmeres.«

Sie standen an der Treppe, die hinauf zu den Festungszinnen führte. Kassandra hatte ihre Röcke mit einer Hand gerafft und nahm immer zwei Stufen auf einmal. Helena folgte ihr, aber mit jedem Schritt wurde sie wackeliger auf den Beinen.

Als sie oben angelangt waren, schauten sie über die Mauer. Dort, außerhalb der Stadt, nur wenig mehr als einen Pfeilschuss entfernt, hatten sich die beiden Armeen versammelt. Sie standen einander gegenüber, zwischen ihnen eine genau abgegrenzte Gasse. Und in dieser Gasse standen vier Männer.

Selbst aus dieser Entfernung erkannte sie drei von ihnen sofort. Da war Paris, der sein Leopardenfell um die Schultern geschlungen hatte. Sein goldener Helm glänzte in der Sonne. Sein Helmbusch aus Pferdehaar schwang bei jedem seiner gestiefelten Schritte auf der staubigen Erde. Hinter ihm stand Priamos, sein Vater, der weißhaarige König von Troja. Und da, ihnen gegenüber, die Gestalt, die ihr Herz einen Schlag aussetzen ließ: Menelaos. Er war natürlich älter, aber seine Gestalt hatte sich ansonsten kaum verändert. Er war immer noch ein Krieger. An seine muskulösen Arme waren Lederriemen geschnallt, die Brust mit einer zerbeulten Brustplatte bedeckt.

Sein strohfarbenes Haar schaute unter einem Helm mit einem Keilerstoßzahn darauf hervor und ließ sein Gesicht unbedeckt – ein Gesicht, dem sie all die Jahre so nah gewesen war, und doch hatte sie es nicht mehr gesehen, seit sie Sparta verlassen hatte. Merkwürdigerweise zog sich ihr bei seinem Anblick die Brust zusammen.

Neben Menelaos stand ein weiterer, breiterer Mann, der sich auf einen dicken Holzstab stützte. Sie begriff, dass das Agamemnon sein musste, obwohl sein Gesicht von ihr abgewandt war. Er sagte etwas zu seinem Bruder, aber Menelaos' Blick schien nach vorn gewandt zu sein, auf die Stelle, an der Paris stand.

Wenn er zur Mauer hochschaut, wird er mich dann sehen?, dachte sie plötzlich. *Würde er mich erkennen?* Würde sich bei ihrem Anblick seine Brust so wie ihre zusammenziehen? Oder würde er etwas anderes fühlen? Hass? Wut? Abscheu? Sie duckte sich ein wenig und zog den Schleier fester um den Kopf, um ihr flammend rotes Haar zu verbergen.

»Mach dir keine Sorgen um Paris«, hörte sie Kassandras Stimme neben sich. »Mein Bruder ist gut darin, Problemen auszuweichen.« Sie wandte sich zu Helena um und lächelte. »Die Griechen müssen die Mauern Trojas durchbrechen, bevor auch nur ein Tropfen seines Blutes fällt.«

Sie wusste, dass ihre Freundin sie nur beruhigen wollte, aber Helena hörte kaum zu. Sie beobachtete Menelaos immer noch. Die winzige Gestalt ihres Gemahls schritt ungeduldig die Ebene auf und ab, so weit entfernt, dass sie ihr kaum wirklich vorkam, und doch so real, dass es war, als stünde er direkt vor ihr, als könnte sie seinen Schweiß riechen und seinen Herzschlag hören.

Ihr eigenes Herz schlug ihr bis zum Hals, als sie ihn beobachtete, und sie musste an die Jahre denken, die sie zusammen verbracht hatten, an ihr Zuhause in Sparta. Es war ein anderes Leben gewesen, und doch, wenn sie ihn dort so sah, so nah, so greifbar, hatte sie das Gefühl, nur die Hand ausstrecken zu müssen, um alles zurückzuholen.

»Sie haben die Widder geholt!«, verkündete Kassandra und lehnte sich über die Zinnen, um zuzusehen, wie ein Wagen zwei Widder mit dickem Fell aus dem Inneren der Stadtmauern brachte, einer schwarz, der andere weiß. Die trojanischen Reihen teilten sich, und der Wagen fuhr hindurch und blieb neben König Priamos stehen.

»Wofür sind die denn? Ein Opfer?« Die Widder wurden jetzt vom Wagen geladen.

»Sie haben einen Eid geleistet«, erwiderte Kassandra, die den Blick nicht vom Geschehen auf der Ebene lösen konnte. »Mit diesem Opfer wollen sie ihn besiegeln. Mein Vater vertraut der Ehre der Griechen nicht.«

»Welchen Eid?«, fragte Helena. König Priamos schnitt dem schwarzen Widder die Kehle durch.

Kassandra drehte sich endlich zu ihr um und sah sie an.

»Sie kämpfen um dich, Helena! Ich dachte … ich dachte, du wüsstest das«, hauchte sie, und der Wind wehte ihre Worte beinahe davon. »Der Gewinner darf dich als Gemahlin behalten und dazu den Schatz von Sparta. Und dann ist der Krieg beendet.«

Helena hielt sich an der Zinne fest. Ihr Herz schlug plötzlich schneller. Würde dann wirklich alles vorbei sein? Sie schaute blicklos nach unten, als das rote Blut des weißen Widders auf den staubigen Boden spritzte. Hinter ihm stand ihr ehemaliger Gemahl und packte seinen Speer. Seine Muskeln waren fest angespannt, er war bereit, sich auf seinen Gegner zu stürzen. Paris flüsterte unterdessen seinem Vater etwas ins Ohr, er sah wütend aus, drängend. Aber König Priamos schüttelte den Kopf und wandte sich von seinem Sohn ab, um auf den Wagen zu klettern, der die Widder gebracht hatte. Er fuhr zurück in die Stadt, und auch Agamemnon trat von seinem Bruder fort und stellte sich in die Reihen der Griechen.

Jetzt standen nur noch zwei Gestalten in der Gasse zwischen den Heeren, das Blut der Widder bildete eine dunkle Schwelle zwischen ihnen. Und als Helena sie beobachtete, wie sie umeinander herumgingen, die Speere in der Hand, ertappte sie sich dabei, dass sie hoffte, Menelaos würde gewinnen.

Paris war der Erste, der seinen Speer warf. Er stürzte vor, um ihn zu werfen, und rannte dann schnell wieder zurück. Die Waffe flog gerade, verfehlte Menelaos jedoch, der trotz seiner Größe behände auswich. Und er blieb nicht stehen, sondern rannte auf Paris mit erhobener Speerhand zu. Er warf ihn, lief weiter, und als der Speer in Paris' Schild stecken blieb, zog Menelaos sein Schwert, ohne langsamer zu werden. Paris wich zurück, als wäre er zurückgeworfen worden, immer weiter und weiter ging er rückwärts, bis er fast gegen die trojanischen Truppen prallte – fest, unnachgiebig. Endlich zog er sein Schwert, gerade, als Menelaos ihn erreichte. Die bronzene Klinge sang, als die beiden Schwerter aufeinandertrafen, und das Geräusch drang bis nach oben zu Helena hinter den Zinnen. *Menelaos wird gewinnen,* ertönte eine Stimme in ihrem Kopf. *Er ist wild entschlossen.*

Aber dann brach seine Klinge – sie zerbrach in viele kleine Teile, als wäre sie von Zeus' Blitz getroffen. Menelaos trat zurück, doch er war noch nicht fertig. Er startete einen neuen Angriff und schwang seinen Schild wie ein wütendes Tier. Paris zögerte, sichtlich nervös angesichts Menelaos in seiner wilden Wut, unsicher, wo er ihn treffen sollte. Dann rammte er sein Schwert nach vorn, aber der Schild seines Gegners stieß es zur Seite, und das Schwert flog ihm aus der Hand und fiel nutzlos ein paar Meter weiter zu Boden.

Paris sprang hinterher, doch Menelaos war zu schnell. Er stürzte sich auf Paris und packte ihn beim Pferdehaar an seinem Helm, um ihn so von den Füßen zu reißen. Menelaos zerrte ihn jetzt hinter sich her, wobei seine Hände und Füße durch den Staub schleiften.

Das war's. Helena fühlte sich gleichzeitig flau und erleichtert. Paris' Hände legten sich an seinen Hals und zerrten am Riemen unter seinem Kinn, und Helena begriff, dass er keine Luft mehr bekam. Das war nicht richtig. Merkte Menelaos das nicht? Trotz allem tat es ihr in der Seele weh, Paris so verzweifelt zu sehen. Das war nicht der Tod, den ein Mann sterben sollte.

Dann wurde der Helm plötzlich aus Menelaos' Hand gerissen – der Riemen musste nachgegeben haben. Und Paris war wieder auf den Beinen und rannte, bevor Menelaos begriff, was passiert war. Er drehte sich um und begann, ihm hinterherzulaufen, aber es war schon zu spät. Paris war bereits zu den trojanischen Reihen gelaufen. Und dann war er zwischen den Soldaten verschwunden. Helenas

Mitleid verwandelte sich in Verachtung, als er sich unter den Hunderten Köpfen verlor. *Der Feigling*.

Menelaos stand allein in der offenen Arena, und seine breite Brust hob und senkte sich. Er schrie etwas, das Helena nicht verstand, und schleuderte den leeren Helm in Richtung der trojanischen Armee. Er schrie erneut, die Arme emporgerissen, aber seine Worte gingen im Lärm von beiden Seiten unter, als die Männer begriffen hatten, was passiert war.

Als klar war, dass Paris nicht wieder auftauchen würde, wandte sich Menelaos an seine eigenen Männer und dann an die Trojaner. Helena sah, dass Hektor aus der Menge trat und mit Menelaos sprach. Doch er hatte ihn kaum erreicht, als auch schon Agamemnon auftauchte und sich zu den beiden Männern stellte. Selbst aus dieser Entfernung konnte Helena sehen, dass Menelaos wütend war. Er schritt hin und her, den Schild immer noch in der Hand. Es schien, als wollte Hektor ihn beruhigen, aber statt Menelaos sprach Agamemnon mit ihm, der die Arme vor seiner breiten Brust verschränkt hatte.

Was war da los? Helenas Herz pochte, als sie sich über die Zinne lehnte. Sie wünschte, sie könnte ihre Worte hören. Hatte Menelaos gewonnen? Würde sie nach Hause gehen? Aber als sie sah, wie Agamemnon den Kopf schüttelte, zurück zu den Griechen ging und Menelaos ihm folgte, glaubte Helena die Antwort zu kennen und war überrascht, wie enttäuscht sie war.

Hektor stand einen Moment da und schaute den beiden Brüdern hinterher, um sich dann wieder den Trojanern zuzuwenden. Kurz danach trennten sich die beiden Armeen – die Griechen gingen zurück zum Strand, die Trojaner durch das Skajanische Tor in die untere Stadt. Die Kämpfe waren für heute vorbei, der Krieg war es nicht.

Kassandra und sie standen schweigend auf der Festungsmauer. Kassandra beugte sich vor, um zu beobachten, wie die Trojaner durch das Tor strömten, aber Helenas Blick war weiter in die Ferne gerichtet und versuchte, Menelaos' Gestalt zu verfolgen, die schließlich in der Menge der Griechen verschwand. Ein Schmerz, den sie sich noch vor Stunden nicht hätte vorstellen können, durchfuhr sie, als sie sich fragte, ob sie sie wohl jemals wiedersehen würde.

Als ihre griechischen Landsleute nicht mehr als schwarze Flecken waren, sagte Helena, dass sie in ihr Gemach zurückkehren wolle. Diesmal konnte sie Kassandras Gesellschaft nicht ertragen. Sie war erschüttert. Zerrissen. Als zerrte man sie in zwei entgegengesetzte Richtungen. Vor einem Moment noch hatte sie geglaubt, sie würde nach Hause gehen, aber jetzt war sie wieder hier hinter diesen Mauern gefangen, musste bei den Trojanern bleiben, ohne eine von ihnen zu sein.

Sie war befangen – sogar noch mehr als sonst –, als sie durch die Zitadelle zurück in ihr Gemach ging. Sie schlang ihren Schleier fest um den Kopf, verfluchte das leuchtende Haar, das sie einst so stolz gemacht hatte, drängte sich durch die Menge und hielt dabei den Blick auf das Kopfsteinpflaster gerichtet. Überall hörte sie, wie die Menschen das Duell diskutierten.

Was ist passiert?

Wie konnte Paris entkommen?

Behält er jetzt die griechische Hure?

Sie war erleichtert, als sie endlich die Stille ihres Gemachs erreicht hatte. Aber als sie hinter dem Vorhang vor der Tür hervortrat, sah sie, dass sie nicht allein war.

»Oh, du bist es«, sagte Paris dumpf. Er lag auf einer gepolsterten Liegestatt und ruhte sich aus. Seine Rüstung hatte er abgelegt. »Ich dachte, es sei vielleicht Hektor, der mir sagen will, was für ein Feigling ich bin«, sagte er spöttisch und nahm sich eine Weinbeere aus der Schüssel, die neben ihm stand.

»Du bist ein Feigling«, sagte Helena, die die Arme steif hängen ließ. »Jetzt wird der Krieg deinetwegen weitergehen. Und noch mehr Leute werden sterben.«

»Hüte deine Zunge«, fuhr Paris sie an. Doch dann stand er auf, und sein Gesicht wurde weich. Er trat auf sie zu und legte die Hände auf ihre Taille. »So schöne Lippen sollten keine so hässlichen Worte formen.« Er beugte sich vor, um sie zu küssen, aber sie wandte das Gesicht ab.

»Du willst dich mir verweigern?«, fragte er halb im Scherz, doch seine Stimme klang hart. »Nachdem ich gerade um dich gekämpft habe?«

»Du hast gekämpft, weil du keine Wahl hattest«, sagte sie leise, aber klar. »Und selbst so konntest du es nicht zu Ende bringen.«

»Du undankbare Schlampe«, sagte er, und sein schönes Gesicht verzog sich wütend. Er schob sie von sich und goss sich einen Becher Wein ein. »Weißt du, all die Jahre haben meine Brüder, mein Vater, meine Mutter auf mich eingeredet und mich angefleht, dich aufzugeben. Schick sie zurück, haben sie gesagt, vielleicht gehen die Griechen dann. Und weißt du, was ich jedes Mal erwidert habe?«

Helena schwieg.

»Ich habe Nein gesagt.« Er schaute ihr direkt in die Augen. »Und ich habe meinen Freunden reiche Geschenke gemacht, damit sie ebenfalls Nein sagen. Immer wenn das Thema wieder diskutiert wird. Bei den Göttern, weißt du eigentlich, wie viel es mich gekostet hat, dich zu lieben?«

Was es *ihn* gekostet hatte?, dachte sie bitter und machte einen Schritt zurück. Und was hatte es sie gekostet? Was hatte es Griechenland gekostet? Oder Troja?

Er trat auf sie zu. »Und zu deinem Gemahl, als er kam, habe ich ebenfalls Nein gesagt. Selbst als er sagte, ich könne die Kostbarkeiten behalten, die ich gestohlen habe. Ich sagte Nein. Und ich werde weiter Nein sagen. Weil du *meine* Frau bist. Ich habe dich erobert und dich mitgenommen. Die schönste Frau der Welt gehört mir, und kein anderer Mann soll dich haben, solange ich lebe.«

Er nahm noch einen Schluck Wein. Helena stand regungslos da. Es hatte eine Zeit gegeben, in der diese Worte sie durcheinandergebracht hätten, aber das war lange vorbei. Jetzt bestätigten sie nur, was sie bereits wusste: dass sie immer nur sein Preis gewesen war, wie diese arme, wunderschöne Kreatur, die er um die Schultern trug. Nein, es waren nicht diese Worte, die ihre Aufmerksamkeit erregten.

»Wann ist Menelaos gekommen?«, fragte sie. Eine merkwürdige Hitze breitete sich in ihrer Brust aus. »Das hast du mir nie gesagt.«

Aber es war, als hätte sie kein Wort gesprochen. Paris nahm noch einen tiefen Schluck, wobei ein wenig vom roten Wein seinen Hals hinunterlief. Er wischte sich nachlässig den Mund ab, und Helena fragte sich, wie sie ihn je hatte schön finden können.

»Und da ich nun so teuer für dich bezahlt habe«, sagte er und ließ den leeren Becher auf den Boden fallen, um dann noch einen Schritt auf sie zuzumachen, »da ich für dich gekämpft und dem Tod ins Auge gesehen habe« – er legte ihr eine Hand auf die Schulter und schlug mit der anderen ihren Schleier zur Seite –, »wirst du mich da nicht trösten, als meine Frau?«

Für dich. Für dich. Die Worte schmerzten in ihren Ohren, und sie merkte, wie sie die Zähne zusammenbiss. Was hatte er jemals für jemand anderen als sich selbst getan?

Er zog sie an sich und presste seine Lippen auf ihre, wobei ihr sein Weinatem in die Nase stieg. Aber diesmal wandte sie sich nicht ab. Sie sagte kein Wort, als er ihre Schärpe löste, zuckte nicht zusammen, als seine verhasste Hand ihre Brust griff. Welchen Sinn hätte es gehabt, ihm Widerstand zu leisten? Er hatte recht; sie war seine Frau. Ihr Leben hatte ihr niemals selbst gehört. Sie war eine Närrin gewesen zu glauben, es könnte so sein. Sollte er sie haben. Sollte er sie benutzen. Es änderte nichts daran.

49

KLYTÄMNESTRA

Klytämnestra kam an diesem Morgen ein wenig zu spät zu Iphigenies Grabstätte, doch die Rituale vollzog sie so gründlich wie immer. Es war der ruhigste Teil ihres Tages, hier draußen außerhalb der Mauern der Zitadelle. Nur sie und Ianthe und der Wind.

Als sie die Gebete gesagt und den Wein vergossen hatte, musste sie zurück in den Palast und einen neuen geschäftigen Tag beginnen. Damon hatte ein Treffen erbeten, um mit ihr über die Getreidespeicher zu sprechen, und sie hatte eine Audienz mit dem neuen obersten Priester von Argos. Sie hatte Chrysothemis außerdem versprochen, ihr beim Schreiben zu helfen. Vielleicht würde auch Elektra dazukommen – Klytämnestra hoffte es sehr. Sie sah sie in letzter Zeit so selten.

Sie war gerade oben auf der Palasttreppe angekommen, als sie Eudoras Stimme hörte.

»Ja, da ist sie. Ich habe doch gesagt, dass sie bald wieder da sein würde.«

Klytämnestra lächelte, als sich Aletes von Eudoras Hand losriss und auf sie zurannte. Er war flink auf den Beinen – sie hatte Glück, Eudora und Ianthe zu haben, die ihr dabei halfen, auf ihn aufzupassen.

Aletes erreichte sie, und Klytämnestra nahm ihn hoch. Er war ziemlich schwer geworden.

»Na, hast du mich vermisst?«, fragte sie und rieb ihre Nase an seiner. Aletes kicherte. »War er brav?«, fragte sie Eudora und stellte ihn wieder auf den Boden. »Könntest du vielleicht noch eine Weile auf ihn aufpassen? Ich muss noch etwas erledigen. Ianthe hilft dir.«

»Natürlich, Herrin.« Eudora lächelte und zeigte die Lücken zwischen ihren Zähnen. »Wir finden schon etwas Lustiges, was wir mit dem kleinen Prinzen tun können, nicht wahr?« Sie lächelte auf Aletes hinunter, dessen kleine Hand wieder in ihrer lag. »Ich habe Chrysothemis bei ihrer Schwester gelassen«, sagte sie und wandte sich wieder an Klytämnestra. »Ich hoffe, das ist so richtig, Herrin.«

»Aber ja«, erwiderte sie und beugte sich hinunter, um Aletes zum Abschied zu küssen. »Sie sind ja jetzt junge Damen. Ich werde in ihrem Gemach vorbeischauen, sobald ich mit meiner Aufgabe fertig bin. Danke, Eudora.«

Die ältere Frau nickte und ging mit Aletes fort.

Ihre Audienz mit dem Priester war beendet, die schweren Türen der Kaminhalle wieder geschlossen, und sie saß allein im quadratischen Saal. Die Sonne stand noch hoch, ihr Licht strömte durch das Loch über der Feuerstelle und erweckte die leuchtenden Farben an den Wänden zum Leben. Männer in Rot und Frauen in Weiß spazierten um die Halle herum, führten ihre Pferde am Zügel, trugen ihre Körbe, schritten durch eine Welt in Blau und Gelb. Sie lehnte sich zurück und bewunderte die eleganten Gestalten, die sie umgaben. Wie lange sie wohl schon so gingen? Immer rundherum um den Kamin. Wie lange diese Wände wohl schon standen? Wie lange brannte hier schon das Feuer? Länger, als sie lebte, länger, als ihre Mutter gelebt hatte, und deren Mutter davor. Es lag ein seltsamer Trost in der soliden Beständigkeit dieser Mauern.

Sie atmete tief durch, und der Rauch der ewigen Flammen drang ihr in die Nase. Dieses Feuer würde auch weiter brennen, wenn sie schon lange fort sein würde, und wer würde sich dann noch an sie erinnern? Wenn ihre Kinder tot waren und deren Kinder ebenfalls? Welche Stimmen würden hier in der Halle widerhallen? Würde der Name Klytämnestra jemals wieder am knisternden Kamin ausgesprochen werden? Was würden jene gesichtslosen Zungen sagen? Wie weise sie gewesen war? Wie gerecht? Wie pflichtbewusst?

Sie hielt sich an den Armlehnen ihres Throns fest, die Handflächen nass vor Schweiß, und starrte in die Flammen. Ihr Gesicht wurde ganz heiß in ihrem Licht, und sie lehnte sich zurück und zwang sich, ihren Griff zu lockern. Sie schloss die Augen, vielleicht würden die Stimmen so mit dem Rauch des Feuers zu ihr schweben. Was hoffte sie zu hören?

Das Bellen eines Palasthundes riss sie wieder in die Gegenwart. Sie erinnerte sich an ihr Versprechen an Chrysothemis und erhob sich aus ihrem vergoldeten Sessel. Sie verließ den Saal und durchquerte den Hof, und sie war gerade im Flur angekommen, der zur Kammer ihrer Töchter führte, als sich eine Hand auf ihren Arm legte. Sie drehte sich um und lächelte.

»Ich hatte dich nicht zurückerwartet, bis …«

Aber Aigisthos brachte sie mit einem Kuss zum Schweigen. Seine Lippen waren warm, und seine Hand lag auf ihrem unteren Rücken.

»Auch dir einen guten Morgen«, sagte sie atemlos und löste sich von ihm, um ihm ins Gesicht zu sehen. »Hast du etwas gefangen?«

»Ein paar Hasen«, sagte er und zuckte die Achseln. »Der Keiler ist uns entwischt. Wir haben beschlossen, morgen besser noch einmal hinauszureiten, sobald die Pferde wieder ausgeruht sind.« Seine Wangen waren von dem schnellen Ritt gerötet.

»Ja, das ist sicher richtig.« Sie lächelte und freute sich, ihn so energiegeladen zu sehen. »Chrysothemis wird sich auf jeden Fall über die Hasen freuen – sie wünscht sich schon lange einen neuen Kragen für ihren Winterumhang.«

Er strahlte. »Den soll sie haben!«

Klytämnestra lachte. »Dieses Mädchen hat dich um ihren kleinen Finger gewickelt. Ich glaube, du würdest ihr auch noch die Sonne schenken, wenn sie darum bäte.«

»Ich gebe mir alle Mühe«, sagte er lächelnd und küsste sie erneut. »Und dir, meine Königin, den Mond und die Sterne!«

»Das ist ein nettes Angebot, aber ich glaube, wir lassen sie alle lieber dort, wo sie sind. Ich brauche nicht mehr als das, was ich bereits habe.« Sie lächelte und legte ihre Hand auf seine Schulter.

»Na ja, wir sind noch nicht ganz fertig«, sagte er und legte seine Hand auf ihren Bauch.

»Nicht«, sagte sie und schob sie sanft fort. »Es ist nur so ein Gefühl. Ich möchte nicht, dass du enttäuscht bist.«

»Du könntest mich niemals enttäuschen«, versetzte er und legte die Hand jetzt auf ihre Wange. Er lächelte, und sie lächelte zurück.

So standen sie einen Augenblick ganz nah beieinander.

»Ich sollte ein Bad nehmen«, sagte Aigisthos schließlich und trat zurück.

»Nicht in unserer Kammer«, sagte Klytämnestra. »Ich werde Chrysothemis beim Schreibenlernen helfen. Aber komm doch zu uns, wenn du fertig bist. Du kannst ihr die Hasen zeigen.«

Er lächelte. »Dauert nicht lang.« Dann eilte er zu den Gästekammern.

Klytämnestra lächelte, während sie ihm hinterherschaute, und als er um die Ecke gebogen war, drehte sie sich selbst um und ging zur Kammer der Mädchen. Sie nickte dem Wächter davor zu, klopfte und öffnete die Tür.

»Guten Morgen, Mädchen«, sagte sie heiter. Ihre Töchter spannen Wolle.

»Guten Morgen, Mutter«, erwiderte Chrysothemis und lächelte. Elektra schaute nicht von ihrem Spinnrocken auf.

»Soll ich dir noch bei deinen Buchstaben helfen?«, fragte sie ihre jüngere Tochter. »Ich habe ein paar Tontafeln in meiner Kammer.«

Chrysothemis nickte begeistert, ließ ihren Rocken liegen und lief durch die Kammer zur Tür.

»Möchtest du mitkommen, Elektra? Ich habe auch eine Tafel für dich. Oder du könntest deinen Spinnrocken mitnehmen.«

Endlich schaute Elektra auf. »Wird er da sein?«

Klytämnestra zögerte. »Ja«, sagte sie dann.

»Dann komme ich nicht.«

Klytämnestra biss sich auf die Unterlippe. Es gefiel ihr nicht, dass ihre Tochter so respektlos war, aber sie fürchtete, dass ein Tadel sie nur noch weiter von sich stoßen würde.

»Wenn du nicht mit zu uns kommst, musst du deinen Nachmittag mit Eudora und deinem Bruder verbringen.«

»Er ist nicht mein Bruder«, versetzte Elektra trocken und schaute ihrem Spinnrocken zu.

Klytämnestra biss sich erneut auf die Unterlippe.

»Ich kann dich nicht allein lassen«, sagte sie.

»Ich bin neunzehn, Mutter«, sagte Elektra und gab sich keinerlei Mühe, ihre Ungeduld zu verbergen. »Ich habe doch einen Wächter.«

Klytämnestra öffnete den Mund, um etwas dagegen zu sagen, überlegte es sich dann aber anders. Ihre Tochter hatte recht. Sie war jetzt eine Frau, obwohl sie nicht verheiratet war. Klytämnestra fürchtete nur, dass sie sich selbst ausschloss.

»Wenn du es dir anders überlegst, lass dich vom Wächter zu meinem Gemach begleiten.«

Elektra antwortete nicht.

»Na komm«, sagte sie zu Chrysothemis in dem Versuch, ihre Heiterkeit wiederzufinden. »Aigisthos hat eine Überraschung für dich.«

Der Blick ihrer Tochter leuchtete auf, und Klytämnestra lächelte, aber das Glück, das sie noch vor ein paar Minuten gefühlt hatte, war verblasst.

50

KLYTÄMNESTRA

Klytämnestra lag im Bett, eine Lampe brannte auf dem Tisch neben ihr. Aigisthos hatte Aletes noch eine Geschichte erzählen wollen, bevor er schlafen ging, und sie wartete, dass er zurückkam. Es würde nicht lange dauern, das wusste sie – Aletes fielen meist schon die Augen zu, bevor die Geschichte auch nur zur Hälfte erzählt war.

Klytämnestras neues Leben kam ihr immer noch manchmal merkwürdig vor. An den meisten Tagen lebte sie es einfach, weil sie zu viel zu tun hatte, als dass sie hätte darüber nachdenken können. Aber dann war es plötzlich, als ertappte sie sich dabei, wie sie das Leben einer anderen Frau lebte. Es fühlte sich zerbrechlich an, als könnte es ein starker Windstoß fortwehen, oder als würde sie eines Abends schlafen gehen und am nächsten Tag entdecken, dass alles verschwunden war. Aber die meiste Zeit waren diese Ängste still, und sie genoss ihr Leben einfach.

Inzwischen kam ihr die Erinnerung an jenen ersten Abend merkwürdig vor, als Aigisthos sich ihr zu erkennen gegeben hatte. Wenn an jenem Abend ein Seher zu ihr gekommen wäre und ihr gesagt hätte, was passieren würde, hätte sie es sicher nicht geglaubt. Mehr als ein Jahr lang, beinahe zwei, war ihre Beziehung zu Aigisthos streng formell gewesen. Sie hatte ihn nicht einmal ihren Töchtern vorgestellt und aß lediglich mit ihm zu Abend, bevor sie sich jeweils in ihre eigenen Kammern zurückzogen.

Aber trotz ihrer Vorsicht begann sie mit der Zeit, seine Gesellschaft zu genießen. Er war warmherzig und intelligent. Er brachte sie zum Lachen – zu einem ehrlichen Lachen, das hatte sie so lange nicht mehr gehabt –, und vielleicht war es am wichtigsten, dass sie sich mit ihm nicht mehr so allein fühlte. Er war ihr ein Freund und Partner, gab seinen Rat, wenn sie darum bat, und ermunterte sie, wenn sie das brauchte. Er half ihr beim Regieren, ohne zu versuchen, ihr Vorschriften zu machen.

Und er war so gut mit den Mädchen. Chrysothemis hatte ihn sofort vergöttert, für seine Scherze und seine Geschenke. Und obwohl Elektra weit misstrauischer war, hörte er nicht auf, sich um ihre Zuneigung zu bemühen.

Ihre jetzige Ehe – denn das war es, zumindest in ihren Augen – war so anders als ihre erste. Sie hatte ein neues Glück mit Aigisthos gefunden, eine neue Sicherheit, die sie niemals für möglich gehalten hätte. Erst seit sie mit ihm zusammen war und lernte, ihm zu vertrauen, begriff sie, wie sehr ihr früheres Leben von Angst geprägt gewesen war. Angst, etwas Falsches zu sagen oder zu tun, Angst, Agamemnon zu verärgern, Angst, dass er ihr wehtun würde oder, noch schlimmer, ihren Kindern. Natürlich hatte sie immer noch Ängste, doch jetzt kamen sie von draußen. Sie verfolgten sie nicht in ihrem Zuhause oder lauerten in ihrem Bett auf sie. Sie konnte sich endlich entspannen und ihr wahres Selbst sein.

Sie hörte draußen im Flur die vertrauten Schritte, und die Tür zu ihrem Gemach öffnete sich. Aigisthos' Gesicht erschien. Er lächelte.

»Ich habe es heute nicht einmal zum Festmahl der Centauren geschafft«, sagte er und schloss leise die Tür hinter sich. »Eudora muss ihn vollkommen erschöpft haben.« Er schnürte seine Stiefel auf und schlüpfte neben sie ins Bett. »Ich habe auch noch einmal nach den Mädchen gesehen – es geht ihnen gut. Na ja, jedenfalls so gut, wie es Elektra gehen kann.«

Er beugte sich zu ihr hinüber und küsste sie auf die Wange. Sie wandte sich ihm nicht zu.

»Was ist los?«, fragte er. »Denkst du immer noch über die Kornspeicher nach? Ich glaube, Damon ist vorsichtiger, als er sein müsste …«

»Nein, das ist es nicht«, sagte sie und drehte jetzt doch den Kopf, um ihn anzusehen. »Es ist nur … ich mache mir Sorgen um Elektra. Sie ist so unglücklich.« Aigisthos sah sie voller Mitgefühl an. »Sie spricht kaum mit mir. Zuerst habe ich ja verstanden, dass sie vorsichtig war, aber ich hatte gehofft, dass sie mit der Zeit …«

»Ich bin nicht ihr Vater. Ich erwarte nicht, dass sie mich liebt«, sagte er.

»Aber sie hasst dich. Und sie hasst mich, weil ich dich liebe, weil ich ihren Vater betrüge. Sie liebt ihn immer noch. Für Chrysothemis ist es etwas anderes – sie erinnert sich kaum an ihn. Aber Elektra … Sie wird es niemals akzeptieren.«

Aigisthos sagte nichts, griff dann aber nach ihrer Hand und drückte sie.

»Vielleicht sollte ich ihr einen Gemahl suchen«, fuhr Klytämnestra fort. »Damit sie ihr eigenes Leben in ihrem eigenen Palast beginnen kann. Wenn sie ihr eigenes Glück findet, kann sie mir vielleicht meins verzeihen. Die Götter wissen, dass sie alt genug ist – selbst Chrysothemis ist bereits erblüht. Sie sind so schnell erwachsen geworden, ich fühle mich ganz alt.«

Sie sah Aigisthos an und wünschte sich, dass er ihr sagen würde, was sie tun sollte.

»Du bist nicht alt«, sagte er, lächelte und streichelte ihre Wange. »Und ja, jedes andere Mädchen in Elektras Alter wäre sicher bereits verheiratet, aber sie ist nicht jedes andere Mädchen. Glaubst du wirklich, sie ließe sich von einem Mann beherrschen?« Er zog spielerisch die Augenbraue hoch. »Ein Gemahl ist nicht die Antwort. Und ich weiß, dass du sie nicht fortschicken willst.«

»Nein«, sagte sie leise. »Ich wünschte, ich müsste keine von ihnen je fortschicken. Ich will nur, dass sie glücklich sind.«

»Ich weiß«, sagte Aigisthos und küsste sie auf die Stirn. »Gib ihr Zeit. Vielleicht ändert sich alles, wenn Agamemnon …« Aber er verstummte.

Sie wusste, was er sagen wollte. *Wenn Agamemnon stirbt.* Sie hatten beide auf diesen Tag gewartet, und Jahr um Jahr war vergangen, aber er war nicht gekommen. Neun Jahre war ihr Gemahl jetzt schon im Krieg. Sie hätte niemals erwartet, dass er so lange andauern würde, und vielleicht hatte er das selbst nicht geglaubt. Aber eines Tages musste auch dieser Krieg zu Ende gehen, und was würde dann geschehen?

»Es kann immer noch sein, dass er getötet wird«, sagte sie leise.

Aigisthos nickte, aber er war tief in seinen Gedanken versunken.

»Aigisthos?«

»Und was, wenn nicht?«, flüsterte er. »Er hat schon so lange überlebt. Ich habe gesagt, dass ich dich beschützen werde.«

»Das hast du auch getan.«

»Aber wenn Agamemnon zurückkehrt … wird es einen Bürgerkrieg geben. Das weißt du ebenso gut wie ich. Und jedes verlorene Leben ist Blut an meinen Händen.« Er schaute weg. Der übliche Humor war aus seinem Blick gewichen.

Sie schwiegen beide eine Weile.

»Ich habe einst gelobt, dass ich ihn selbst umbringen werde.«

Es war merkwürdig, diese Worte auszusprechen. Sie klangen so lächerlich aus ihrem Mund, so albern, dass sie freudlos auflachte. Es kam ihr vor, als wäre all das vor einem ganzen Leben geschehen. Sie hatte es niemals irgendjemandem erzählt, nicht einmal Aigisthos.

Er schaute sie fragend an.

»In der Nacht, bevor Iphigenie getötet wurde. Ich schwor bei der Göttin Hera, dass ich Agamemnon töten würde, wenn er meine Tochter tötete. Und ich hätte es auch beinahe getan, ich hatte den Dolch schon in der Hand. Ich …«

Aigisthos sah sie mit seltsamem Gesichtsausdruck an. Lag da Schrecken in seinem Blick? Abscheu? Konnte er sie jetzt noch respektieren, da sie ihm ihr dunkelstes Geheimnis anvertraut hatte? Sie wünschte, sie hätte geschwiegen.

»Du solltest es tun«, sagte er plötzlich. »Wenn er überlebt, wenn er nach Mykene zurückkehrt. Du solltest ihn umbringen.«

Sein Blick war ernst. Er wollte ihre Hand nehmen, aber sie hatte Angst.

»Ich war nur … ich kann nicht.«

»Ich helfe dir. Wir können es zusammen tun. Denk an all die Leben, die du damit retten könntest. Ein Bürgerkrieg würde dieses Königreich auseinanderreißen. Es ist besser, ihn allein zu töten. Wiege ihn in Sicherheit, lass ihn in den Palast kommen, lass ihn in dem Glauben, dass er hier sicher ist. Und dann … du weißt, dass du es tun könntest. Du bist die Einzige, die es tun könnte.«

Sie schwieg, immer noch ängstlich, und schaute in seine leidenschaftlichen Augen.

»Er verdient es zu sterben«, fuhr Aigisthos fort. Seine Wangen waren erneut gerötet. »Für das, was er Iphigenie angetan hat. Die Götter werden nicht dir die Schuld geben. Er hat das weit größere Verbrechen begangen.«

»Ein Verbrechen hebt das andere nicht auf«, wandte sie ein. »Ich würde von den Göttern und den Menschen verdammt werden! Ich habe bereits meine heilige Pflicht als Ehefrau verletzt, aber sie so vollkommen zu entheiligen … Ich würde als die böseste Frau in die Geschichte eingehen, die je gelebt hat.«

Sie atmete jetzt stoßweise. Irgendwie war die Vorstellung inzwischen so viel schrecklicher als vor all diesen Jahren. Damals hatte sie das Gefühl gehabt, Agamemnon habe ihr alles genommen. Es war ihr gleichgültig gewesen, was danach passiert wäre, was die Leute gesagt hätten, wie ihr Leben weitergegangen wäre. Es war ihr gleichgültig gewesen, ob das den Tod für sie bedeutet hätte. Aber jetzt … jetzt war sie glücklich. Jetzt stand so viel mehr auf dem Spiel, und die Vorstellung, all das zu verlieren, erschreckte sie. Und dann fiel ihr noch etwas anderes ein.

»Was ist mit meinen Kindern? Ich kann ihnen das nicht antun – das Wissen, dass ihr Vater von ihrer Mutter getötet wurde. Es würde Elektra zerstören. Sie würde es mir niemals verzeihen.«

»Und was ist mit *unserem* Kind?«, versetzte Aigisthos, dessen Blick ebenso voller Angst war wie ihrer. »Wenn Agamemnon zurückkehrt, wirst du keine Wahl haben. Du wirst Aletes fortschicken, so tun müssen, als hätte es ihn nie gegeben – sonst wird ihn Agamemnon ganz sicher umbringen. Du weißt das.«

Sie schaute in seine Augen und begriff, dass er recht hatte – es standen nicht nur ihre Leben auf dem Spiel. Sie konnte es nicht ertragen, noch ein weiteres Kind zu verlieren. Alles war besser als das. Und doch stand ihr beim Gedanken an Aletes noch ein anderes unschuldiges Gesicht vor Augen. Ihr wunderschöner Orest, der noch ein Kleinkind gewesen war, als sie ihn zum letzten Mal gesehen hatte. Und doch musste er bereits zehn Jahre alt sein. Wenn sie Agamemnon tötete, würde sie Orest vermutlich für immer verlieren – warum sollte Anaxibia ihn der Mörderin ihres Bruders zurückgeben? Aber immerhin würde er in Sicherheit sein. War das nicht der Grund, aus dem sie ihn fortgeschickt hatte? Er würde immer noch ein Zuhause und eine Familie und eine Zukunft haben, aber Aletes … sie konnte ihren süßen Jungen nicht zu einem Leben im Exil verdammen.

Aigisthos und sie sahen einander tief in die glänzenden Augen. Klytämnestra wünschte sich so sehr, solch schreckliche Entscheidungen niemals treffen zu müssen, dass ihr neues Leben weitergehen würde, als hätte es das alte nie gegeben. Aber tief in ihrem Herzen kannte sie die Wahrheit, hatte sie schon all die Jahre gekannt. Sie hatte ihre Entscheidung an dem Tag getroffen, an dem sie Aigisthos' Heiratsantrag angenommen hatte.

»Ich werde es tun«, sagte sie, und es war kaum mehr als ein Flüstern. Sie spürte, wie Aigisthos ihre Hand drückte.

»Wir werden es tun.«

51

HELENA

An diesem Morgen waren sie in Kassandras Gemach. Es war kleiner als Paris', aber gemütlich und in hellen Farben gehalten. Kassandra war eine geschickte Weberin und hängte oft ihre fertigen Stoffe an die Wand. Die Muster waren voller Tiere und Blumen und den Schönheiten der Natur – zart und farbenfreudig gleichzeitig, genau wie Kassandra selbst. Helena schaute sie sich beim Spinnen gern an.

Die Schlachtgeräusche drangen aus der Ferne zu ihnen, heute waren sie weiter entfernt von der Stadt. Viele von Kassandras Brüdern waren unten auf der Ebene, und obwohl sie ihre übliche Leichtigkeit zu bewahren suchte, merkte Helena, dass ihre Freundin Angst um sie hatte. Sie schaute immer wieder zum Fenster, als könnte der Wind die Nachrichten vom Schlachtfeld bringen.

»Glaubst du, ich sollte hinunter zu den Toren gehen?«, fragte sie plötzlich. Sie hatte schon die ganze Zeit nervös mit dem Fuß auf den teppichbedeckten Boden getappt. »Vielleicht gibt es Neuigkeiten. Oder vielleicht kann ich auch helfen.«

Sie sah Helena fragend an.

»Geh hinunter zu den Toren, wenn du möchtest. Ich kann hierbleiben.«

Aber Kassandra zögerte. »Ich weiß nicht. Meine Mutter möchte vielleicht, dass ich ihr bei den Trankopfern helfe …« Sie schaute zur Tür und wieder zu Helena. »Sie sagt, dass Apollo die Jungen vorzieht. Wenn sie nach mir ruft, und ich bin nicht da … nein, ich sollte hierbleiben.«

»Was ist mit Othryoneus?«, fragte Helena in heiterem Ton, in der Hoffnung, ihre Freundin wieder auf fröhlichere Gedanken zu bringen. »Besucht er dich noch? Vielleicht wirst du bald verheiratet.«

Kassandras besorgtes Gesicht glättete sich. Sie lächelte, und Helena wusste, dass es funktioniert hatte.

»Ja, er besucht mich immer noch. Manchmal lässt es Mutter sogar zu, dass er meine Hand hält.« Ihr Lächeln wurde breiter. »Aber meistens reden wir nur. Er ist so ein großherziger Mann. Und er weiß so viele Dinge. Weißt du, er hat mir erzählt, dass …«

Sie wurde von einem Hämmern gegen die Tür unterbrochen.

Kassandra sprang auf, war sofort dort und riss sie auf. Das bleiche Gesicht ihres Zwillingsbruders Helenos erschien.

»Bruder!«, rief sie, als er über die Schwelle stolperte. Seine linke Hand war nur noch ein Klumpen blutgetränkter Wolle, der schlaff an seiner Seite hing.

»Meine Hand«, murmelte er. Schweiß rann ihm das Gesicht hinunter. Er sah aus, als würde er gleich ohnmächtig werden.

Kassandra führte ihn hastig zu dem Stuhl, den sie gerade verlassen hatte, und er ließ sich darauf fallen.

»Was ist passiert?«, fragte sie und holte schnell einen Krug Wasser vom Tisch.

»Meine Hand«, stöhnte ihr Bruder erneut. Sein Gesicht war schmerzverzerrt. »Der Speer ist mitten hindurchgedrungen. Ich … Agenor hat sie abgebunden. Sie ist zerstört, Kass.« Seine Stimme brach, und er sah zu ihr hinauf. In seinem jungen Gesicht lag so viel Angst. »Du musst mir helfen.«

»Ich helfe dir, keine Sorge. Und jetzt ganz ruhig.«

Sie ging zu ihrem Bett und holte den wollenen Schleier, der dort lag. Ein Ende tunkte sie in den Wasserkrug und wischte damit die Stirn ihres Bruders ab.

»Es wird alles gut. Du bist ja jetzt bei mir. Ich passe auf dich auf.«

Helena war so gefangen von Helenos' Auftritt, dass sie die andere Gestalt in der Tür gar nicht gesehen hatte. Jetzt trat Deiphobos in den Raum. Helena drehte sich um und erkannte ihn. Sein rechter Arm war rot vor Blut.

»Kassandra«, sagte Helena und wies auf ihn.

»Deiphobos! Geht es dir gut?« Sie tröstete immer noch Helenos und gab ihrem älteren Bruder das Zeichen, sich auf das Bett zu setzen. »Helena, würdest du ihm helfen?«

Helena nickte und durchquerte das Zimmer, wenn auch zögerlich. Ihr war in Gegenwart Deiphobos' unbehaglich – er sah sie so merkwürdig an, wenn sie einander über den Weg liefen. Sie spürte seinen Blick sogar jetzt auf sich. Aber er brauchte ihre Hilfe, ebenso wie Kassandra.

»Was soll ich tun?«, fragte sie und setzte sich neben ihren Schwager. Das Blut drang aus einer langen Schnittwunde an seinem Oberarm. Sein Gesicht war unbewegt, aber sie sah, dass er Schmerzen hatte.

»Versuch, das Blut zu entfernen, so gut es geht«, antwortete Kassandra, die die Wolle von der Hand ihres Zwillingsbruders wickelte. Aber sie hielt inne, als er vor Schmerz aufschrie.

»Ich brauche ein paar Dinge«, sagte Kassandra und richtete sich wieder auf. Wir brauchen Honig und Kräuter für die Wunden. Und frische Wolle für die Verbände. Wartest du hier, bis ich wiederkomme?« Sie eilte zur Tür, ohne auf die Antwort zu warten. »Ich bringe auch ein wenig starken Wein gegen die Schmerzen mit«, rief sie ihren Brüdern über die Schulter zu. Dann verschwand sie im Flur.

Warum wusste Kassandra immer genau, was zu tun war? Helena saß auf dem Bett und kam sich nutzlos vor. Der Blutgeruch erfüllte den kleinen Raum – sie schmeckte ihn schon auf der Zunge. Helenos saß auf seinem Stuhl und wimmerte zusammenhanglos. Es war wohl besser, ihn nicht anzurühren, dachte sie. Kassandra hatte gesagt, sie solle Deiphobos' Arm reinigen, doch sie fürchtete sich davor, ihn anzufassen. Ihre Hand mit dem feuchten Tuch schwebte in der Luft. Was, wenn sie ihm wehtat?

»Mach es einfach«, sagte Deiphobos, der sie beobachtete. »Los.«

Sie sah ihn an, sog den Atem ein und legte das Tuch auf seine Haut. Das Blut war bereits getrocknet, daher musste sie ein wenig reiben, um es wegwischen zu können. Sie sah, wie Deiphobos die Zähne zusammenbiss, als sie in die Nähe der Wunde kam, aber er sagte nichts. Erst als der Arm sauber war, begann er wieder zu sprechen.

»Wie fühlt sich das an?«, fragte er leise. »Männer für dich bluten zu sehen?«

Seine Frage traf sie völlig unvorbereitet. Sie öffnete ihren Mund, aber kein Wort kam heraus. *Sie bluten nicht für mich,* wollte sie sagen. Doch stimmte das? Sie kämpften um die *Vorstellung* von ihr, aber war das für die Männer von irgendeinem Belang, die tot im Sand lagen? Für die Witwen, die an den Toren warteten? Sie musste nicht mehr antworten, weil Kassandra zurückkam, die Arme voller Tiegel und Bündel. Sie reichte Helena einen Weinschlauch.

»Gib Deiphobos etwas Wein. Ich mache den Umschlag. Aber das meiste solltest du für Helenos aufbewahren«, sagte sie und sah ihren Zwilling sorgenvoll an. »Er wird es brauchen.«

Es dauerte etwas, bis beide Wunden gesäubert und verbunden waren. Kassandra erledigte den größten Teil der Arbeit, aber Helena half, wo sie konnte – brachte frisches Wasser, schenkte mehr Wein ein, hielt die heile Hand des armen Helenos, bis der schlimmste Schmerz vergangen war. Seine linke Hand war so zerschmettert, dass es Helena übel wurde, wenn sie sie ansah. Helena bezweifelte, dass er sie trotz Kassandras Bemühungen je wieder würde benutzen können. Fürs Erste konnten sie ihm nur mehr Wein geben und ihn ausruhen lassen.

Er lag auf dem Bett seiner Schwester auf Kissen, stiller jetzt, aber immer noch sehr blass. Deiphobos, dessen Wunde im Vergleich nur oberflächlich war, hatte sich einen Stuhl genommen und saß neben Helena und Kassandra. Sein Arm war fest in Wolle gewickelt.

»Heute waren die Kämpfe hart«, sagte er und nahm einen Schluck Wein. »Es wurden viel mehr als nur wir zwei verwundet. Manche wurden auch getötet.«

»Und die Griechen?«, fragte Helena. »Sind von ihnen auch viele getötet worden?«

»Wenn es dir um deinen spartanischen Gemahl geht, dann mach dir keine Sorgen«, fauchte Deiphobos. »Der war in bester Form. Vermutlich hat er gehofft, unserem lieben Bruder Paris über den Weg zu laufen.«

»Er war es, der mich geschlagen hat«, kam eine dünne Stimme vom Bett. »Der hellhaarige. Hat einen Speer direkt durch meine …« Er zuckte bei der Erinnerung zusammen. »Hat auch meinen Bogen entzweigeschlagen. Er war wild, oh, ja. Ich glaube, ich habe einen seiner Gefährten erschlagen. Deshalb hatte er es vermutlich so auf mich abgesehen.«

»Wen?«, fragte Helena. »Wen hast du erschlagen?«

»Ich weiß es nicht. Vielleicht seinen Wagenlenker. Er war klein und hatte schwarzes Haar.«

Deipyros? Die Beschreibung passte. Sie fühlte Mitleid für Menelaos. Die beiden waren seit ihrer Kindheit Gefährten gewesen.

»Ich würde keine Tränen für einen armen Griechen vergießen«, sagte Deiphobos schroff zu ihr. »Jeden Tag sterben Männer. Und sie werden weiter sterben. Offenbar wollen die Götter, dass dieser Krieg weitergeht, bis jeder Einzelne von uns in den Hades geschickt worden ist.«

»Ich glaube nicht, dass das stimmt«, ließ sich Kassandras leise Stimme vernehmen. »Der Krieg ist jetzt auf seinem Höhepunkt. Ich glaube, er wird vor dem nächsten Winter beendet sein.«

Deiphobos lachte bitter.

»Das glaubst du, was? Und was weißt du von solchen Dingen, Schwester? Du hast nicht auf der Ebene gekämpft. Du hast den Kampfgeist der Griechen nicht erlebt. Sie werden bis zu ihrem letzten Atemzug kämpfen.«

»Ich habe nicht gesagt, dass sie aufgeben werden«, erwiderte Kassandra, sagte dann aber nichts mehr dazu. Eine Weile sagte niemand ein Wort, dann brach sie erneut das Schweigen. »Wer ist denn im Kampf noch verletzt worden? War Hektor noch unverletzt, als du zurück in die Stadt kamst? Und Paris?«

Helena bemerkte, dass sie selbst vergessen hatte, nach ihrem eigenen Ehemann zu fragen. »Ja, sie waren beide noch in den Reihen«, antwortete Deiphobos. »Und ich glaube, ich habe auch Äneas gesehen.«

»Und Othryoneus?«, fragte Kassandra. »Hast du ihn auch gesehen?«

»Nein«, sagte er langsam, »aber vielleicht ist er weiter in die Ebe…«

»Nein.«

Es kam vom Bett, und sie wandten sich um. Helenos versuchte, sich aufzusetzen.

»Kassandra, es tut mir ja so sehr leid. Ich wollte es dir sagen.«

»Mir was sagen? Ist er verletzt?«

Helenos schüttelte mit Mühen den Kopf. »Er ist tot, Kassandra. Ein griechischer Speer hat seinen Leib durchbohrt. Er ging direkt durch seinen Panzer.«

Kassandra senkte den Kopf ein wenig, als nickte sie. Selbst Helena wusste, dass man eine solche Wunde nicht überlebte. Kassandras Mund stand ein wenig offen, aber kein Laut kam von ihr. Sie saß einfach nur da und schaute geradeaus, und Helena beobachtete, wie ihre Augen zu glitzern begannen. Helenas Herz fühlte sich an wie ein Stein, als sie mit ansehen musste, wie ihre Freundin tiefe Trauer überkam.

Und als Kassandra endlich den Kopf wandte und ihr in die Augen sah, sank ihr das steinerne Herz in den Magen. Ihre Freundin hatte den Gesichtsausdruck, den sie schon hundert Mal gesehen hatte. Sie sah sie mit diesem Blick an, der sie in der Zitadelle überall verfolgte und nicht losließ. Ein Blick, in dem sich Trauer und Schmerz und Verlust mischten. Aber vor allem lag darin ein schwerer Vorwurf.

52

HELENA

Helena saß allein in der Ecke des Frauensaals. Sie war seit Monaten zum ersten Mal in den Saal gekommen, und wenn sie die Wahl gehabt hätte, hätte sie es nicht getan. Aber sonst konnte sie nirgends hin. Paris und sie hatten sich gestritten, und er hatte sie aus ihrem Gemach geschickt. Sie hätte ihn nicht aufbringen dürfen, das wusste sie, aber es war so schwierig, sanft zu bleiben, wenn doch all ihr Unglück seine Schuld war. Warum sollte er sein Leben ungestört weiterführen können, während ihres in Stücke zerrissen wurde?

Früher hätte sie sich in Kassandras Gemach zurückgezogen, aber diese Tür war nicht mehr so einladend wie zuvor. Sie sah Kassandra noch manchmal – im Vorbeigehen oder wenn sie in Paris' Gemach kam, um etwas zu erledigen –, aber ihre Nähe war durch Othryoneus' Tod erschüttert worden, und der Bruch zwischen ihnen war in den Wochen danach noch tiefer geworden. Jetzt lächelte ihre Freundin jedes Mal höflich, wenn sie einander über den Weg liefen, und sie wechselten ein paar Worte miteinander, aber diese befangenen Begegnungen sorgten nur dafür, dass Helenas Herz danach schwerer war, als wenn sie sie gar nicht gesehen hätte.

Ein Teil von ihr war wütend. Welchen Grund hatte Kassandra, ihr die Schuld zu geben? Ohne den Krieg wäre Othryoneus womöglich niemals nach Troja gekommen – es wäre niemals zu der Verlobung gekommen, wenn er nicht die Möglichkeit gehabt hätte, ihre Hand mit seinem Speer zu gewinnen. Es war nicht gerecht, sagte sich Helena, dass sein Tod auch noch zu all dem gerechnet wurde, was ohnehin schon auf ihr lastete. Es war nicht gerecht, dass ihre einzige Freundin ihre Gesellschaft jetzt nicht mehr ertrug.

Und doch argwöhnte sie, dass Kassandra das wusste. Wenn sie wirklich Helena die Schuld für alles gab, müsste sie sie hassen, schmähen, gegen sie wüten. Aber die Wahrheit war, dass Helena, ob sie nun schuldig war oder nicht, den Tod brachte. Sie war wie eine

Pestwolke und schadete allem, was sie berührte. Sie verbreitete Trauer und Elend und Verfall. Sie machte ihrer Freundin keinen Vorwurf, dass sie sich von ihr fernhielt.

Kassandra war an diesem Nachmittag ebenfalls im Frauensaal. Sie saß in der Mitte und mischte mit einigen anderen Edelfrauen Salben und Heilpasten. Der Saal war inzwischen zu dem Ort geworden, an dem die Verwundeten gepflegt wurden. Strohmatten waren an der Seite in einer Reihe ausgelegt worden. Auf den meisten lag jemand.

Auf einer der Matten, nicht weit von Helenas Sitzplatz, lag Prinz Hektor, der von seiner Frau Andromache gepflegt wurde. Er war am Tag zuvor in die Halle gebracht worden, wie sie erfahren hatte. Er hatte keine blutenden Wunden, anders als die anderen Männer in der Halle, aber war von einem großen Stein an der Brust getroffen worden, den einer der Griechen ins Kampfgetümmel geschleudert hatte. Er lag ohne Tunika da, und seine Haut war unter seinem schwarzen Brusthaar rot und violett geschwollen. Er sagte seiner Frau immer wieder, sie solle nicht so einen Aufstand um ihn veranstalten, doch Helena sah, dass er Schmerzen hatte. Jedes Mal, wenn er sich aufsetzte, um einen Schluck Wasser zu trinken, zuckte er zusammen, und sie hatte auch gesehen, wie er Blutklumpen hustete. Sie machte sich Sorgen um ihn und schaute immer wieder zu seinem Lager, wenn Andromache sich gerade abgewandt hatte.

Seit dem frühen Morgen war die Schlacht mit neuer Heftigkeit weitergegangen. Noch im Saal konnten sie das Klirren der Waffen, das Wiehern der Pferde und das Kampfgeschrei hören. Die Griechen waren bereits an der Stadtmauer und schickten schon den ganzen Tag Männer in die Halle, die bluteten und verletzt waren. Es war, als hätte sie ein ganz neuer Kampfgeist überkommen, ein neuer Zorn, ein neuer Blutdurst – oder vielleicht wollten sie auch einfach nur endlich den Krieg beenden.

Hektor wurde immer mutloser, je länger er auf seiner Matte lag – immer mehr seiner Brüder und Kameraden wurden hereingetragen und belegten die Matten neben ihm. Zweifellos lagen noch viele weitere auf dem Schlachtfeld. Und doch konnte er nichts dagegen tun.

Er konnte sie nicht beschützen noch sie rächen, weil er in den Mauern der Zitadelle gefangen war.

Helena hatte bereits mehrere Versuche Hektors beobachtet, das Bett zu verlassen. Aber jedes Mal schalt Andromache ihn.

»Sei kein Narr!«, sagte sie dann. »Wenn du stirbst, ist Troja verloren! Und was soll dann aus deinem Sohn werden? Was aus mir? Du kannst niemanden beschützen, wenn du tot bist.«

Ihr Tonfall war streng, aber Helena konnte die Angst in ihrem Blick sehen. Sie hatte bereits dunkle Ringe unter den Augen, weil sie ihren Gemahl die ganze Nacht hindurch gepflegt hatte. Es war klar, dass sie nichts mehr fürchtete, als ihn zu verlieren.

Mitten am Nachmittag trat eine Sklavin in den Saal und ging direkt zu Hektors Platz.

»Herrin Andromache«, sagte sie und verbeugte sich. »Herr Astyanax braucht Euch, Herrin. Er hat so schreckliche Laune.«

»Kannst du ihn nicht beruhigen?«, fragte Andromache verärgert zurück. »Ich muss mich um meinen Gemahl kümmern.«

»Ja, Herrin. Das habe ich versucht. Nur sagt er, er wolle Euch. Er ist in einem schlimmen Zustand.«

»Nun, dann bring ihn doch – nein. Ich will nicht, dass er hierherkommt«, sagte sie und ließ den Blick über all die blutenden Männer gleiten. »Nun gut. Dann komme ich.«

Sie stand von dem Kissen auf, auf dem sie gekniet hatte, und beugte sich noch einmal hinunter, um die Hand ihres Gemahls zu küssen.

»Ich werde nicht lange fort sein«, sagte sie, und man sah ihre Zerrissenheit. Sie mochte die Hand ihres Gemahls gar nicht loslassen. »Er hat vermutlich nur Angst. Du weißt ja, wie er dann ist.«

»Geh nur«, sagte Hektor. »Ich bin mir sicher, er braucht dich mehr als ich. Ich bin ja hier, wenn du wiederkommst.« Er lächelte sie aufmunternd an und ließ ihre Hand los.

Andromache eilte aus dem Saal, die Sklavin im Schlepptau.

Sie war erst kurz fort, als eine Stimme Helenas Namen rief und sie aus ihrer Spinnarbeit riss.

»Helena.«

Sie schaute sich um und sah, dass Hektor in ihre Richtung blickte.

»Würdest du mir vielleicht etwas von deinem Wasser abgeben?« Sie sah, dass sein Becher leer war, und nickte schüchtern. Sie nahm den Krug vom Tisch neben sich und trat an seine Matte. Helena war überrascht, dass er ausgerechnet sie gebeten hatte, aber vermutlich war sie einfach in der Nähe gewesen, und die anderen hatten mehr zu tun als sie. Als sie sein Lager erreichte, kniete sie sich auf das Kissen, das Andromache benutzt hatte, und begann, Hektors Becher zu füllen. Ihre Hände zitterten ein wenig, als sie den Krug neigte, was sie nur noch befangener sein ließ. Sie bewunderte Hektor so sehr, und obwohl sich ein Teil von ihr freute, dass er sie um Hilfe gebeten hatte, war sie unter seinem Blick auch nervös.

Plötzlich hatte Helena das Gefühl, etwas sagen zu müssen, solange sie noch diese Gelegenheit hatte. Das Schweigen lastete schon zu lange auf ihnen.

»Es tut mir leid, weißt du«, murmelte sie. »Alles, was passiert ist, tut mir leid.« Ihr Blick traf seinen und glitt dann wieder fort. »Ich hatte mir nicht vorstellen können, was es bedeuten würde, hierherzukommen und … Ich weiß, dass du mich für eine Närrin hältst. Aber ich wollte nie, dass jemand meinetwegen sterben muss.«

Sie schaute zu Boden und spürte seinen Blick, während ihre kleinen Worte in die Stille sanken.

»Wenn ich dich für eine Närrin halte, dann, weil du meinen Bruder liebst«, sagte er schließlich.

Sie schaute vorsichtig auf.

»Ich habe darüber nachgedacht, ihn zu verlassen. Die Stadt zu verlassen«, flüsterte sie. »Ich könnte mich den Griechen ergeben. Ich dachte, vielleicht …«

»Es würde nichts ändern«, seufzte Hektor. »Jetzt nicht mehr. Vielleicht nicht einmal zu Beginn. In diesem Krieg geht es um mehr als dich, Helena.«

Sie wusste nicht recht, ob er ihr die Schuldgefühle nehmen wollte oder ihre Selbstgefälligkeit tadelte. Aber er wirkte nicht verärgert. Nur traurig. Und ganz egal, was er wirklich meinte, sie spürte, wie sich in ihr etwas bewegte, als würde ein schweres Gewicht ein wenig angehoben.

Sie stellte den Krug wieder auf den steinernen Boden, als ein Schatten auf sie fiel. Sie schaute auf und sah das finstere Gesicht Andromaches.

Es bedurfte keiner Worte. Helena hob den Krug und beeilte sich aufzustehen. Ohne Andromache noch einmal anzusehen, huschte sie zurück zu ihrem Stuhl in der Ecke und nahm ihren Spinnrocken zur Hand.

Als sie es wieder wagte hochzuschauen, sah sie, dass Andromache ihren Platz auf dem Kissen wieder eingenommen und die zarte Hand an die Wange ihres Gemahls gelegt hatte. Sie flüsterten miteinander. Helena konnte sie nicht hören.

Es war schon spät am Nachmittag, als der Bote ankam. Ein junger Mann, gesund und kräftig, und doch war sein Gesicht grau, als er in den Saal trat.

»Herrin Laothoe.«

Irgendwie trug seine brüchige Stimme durch den Saal, und alle verstummten.

»Herrin Laothoe«, wiederholte er. Sie trat aus einer Gruppe edel gekleideter Frauen heraus. Sie war die jüngste von König Priamos' Gemahlinnen – jünger als Helena – und hatte große, blasse Augen.

»Ich bringe die Nachricht, dass Eure beiden Söhne getötet wurden, Herrin.« Er verbeugte sich. »Ihre sterblichen Überreste werden zur Zitadelle gebracht.«

»M-meine Söhne?«, fragte sie verwirrt. »Nein, das muss ein Fehler sein. Sie waren nicht … sie haben nicht gekämpft. Der König hat gesagt, sie seien noch zu jung. Sie können es nicht sein.« Ihre Stimme klang wie von ferne, und ihre großen Augen leuchteten.

»Sie sind es, Herrin. Prinz Polydoros hat Speere auf die Männer hinuntergeworfen, und Prinz Lykaon hat geholfen, die Verletzten vom Schlachtfeld zu tragen. Beide wurden von dem niedergemäht, den sie Achilles nennen. Viele Männer haben es gesehen.«

Ohne Vorwarnung entrang sich Laothoes Mund ein schrecklicher Schrei. Die Frauen in ihrer Nähe eilten zu ihr, um sie aufzufangen. Schmerzerfüllte Schluchzer schüttelten ihren Körper.

»Ich muss sie sehen«, hörte Helena sie murmeln. »Sie dürfen nicht allein sein. Ich muss bei ihnen sein.«

Helenas Brust zog sich zusammen, als sie sie ansah, als sie den Schmerz in ihrer Stimme hörte. Sie hatte die beiden Jungen im Laufe der Jahre in der Zitadelle herumlaufen sehen. Sie waren die jüngsten von Paris' Brüdern und noch Kleinkinder, als der Krieg begann. Jetzt hatte ebendieser Krieg ihr Leben gefordert, noch bevor ihnen ein Bart gewachsen war.

Als sie wieder gefasst genug war, um zu gehen, wurde Laothoe von einigen ihrer Gefährtinnen aus dem Saal geführt, damit sie sich um die Leichen ihrer einzigen Kinder kümmern konnte. Helena fühlte sich wütend und gleichzeitig schuldig. Wie viele Leben verlangten die Götter noch als Bezahlung für ihren Leichtsinn? Sie drückte ihren Spinnrocken, bis das Holz brach. Aber dann ließ sie ein anderes Geräusch den Kopf wenden.

»Nein! Hektor, bitte!«

Andromache hielt sich am Unterarm ihres Gemahls fest, der neben seiner Matte stand.

»Was für ein Mann tötet kleine Jungen?«, donnerte er mit gewaltiger Stimme. »Ich werde den Griechen einen echten Mann bringen, mit dem sie kämpfen können.«

Seine verletzte Brust hob und senkte sich zornig, und er begann, sich seine Brustplatte vorzuschnallen.

»Bitte, Hektor«, flehte Andromache erneut. Ihre Augen waren vor verzweifelter Furcht weit aufgerissen. »Bitte. Geh da nicht raus.«

Er hielt inne und schaute auf sie hinunter, wobei er ihre feuchte Wange streichelte. »Ich kämpfe für dich, und für Troja.«

Und damit schritt Hektor aus der Halle, und Andromache eilte ihm hinterher.

Eine Weile herrschte Stille im Saal, als hätte Hektor alle Luft mit sich genommen. Helena saß regungslos da, den Spinnrocken auf dem Schoß.

Sie hatte schreckliche Dinge über Achilles gehört. Sie sagten, er sei der Tödlichste unter allen Griechen. Der Schnellste auf den Beinen, der Stärkste mit dem Speer. Hektor war der Größte der Trojaner, aber er war verletzt. Angst stieg in Helena auf, packte ihre Innereien und verdrehte sie wie ein Seil.

Ein vertrautes Gefühl überkam sie – das von Blicken, die sich in sie bohrten, von Wut und Trauer, die ihr wie scharfe Speere entgegengeschleudert wurden. Sie schaute von ihrem Schoß auf und sah nur hasserfüllte Gesichter, verzweifelte und ängstliche Gesichter. Obwohl sie es nicht wagte, lange genug hinzusehen, war sie sicher, dass jedes Gesicht ihr zugewandt war. Sie wünschte sich, Kassandras Gesicht unter ihnen zu finden. Ein Paar freundliche Augen zu sehen. Aber sie fürchtete sich davor, was sie womöglich stattdessen erblicken würde.

Also floh sie. Sie ließ ihre Wolle zurück und eilte mit gesenktem Kopf aus dem Saal. Sie würde zurück in ihr Gemach gehen. Paris hatte ihr inzwischen sicher vergeben. Er musste einfach. Sie konnte es nicht ertragen, so allein zu sein.

Sie ging durch die Zitadelle, wobei sie den Blick derer mied, die an ihr vorbeigingen, indem sie den Schleier vors Gesicht zog. Erst als sie den Hof vor Paris' Gemach überquerte, hörte sie es. Einen schrecklichen Schrei, der sie stehen bleiben ließ.

Sie stand und lauschte, und der Schrei verwandelte sich in ein Heulen. Wie ein verwundetes Tier, ein wildes und formloses Geräusch. Reines Gefühl, das sich einer Kehle entrang. Und dann verbreitete es sich und ertönte aus anderen Richtungen. Und bald war es, als heulte die ganze Stadt wie ein Körper mit tausend Stimmen.

Helenas Herz zog sich schmerzhaft zusammen, als sie umkehrte und zurückging. Dann hoch, hoch die Stufen zu den Zinnen. Sie konnte kaum noch atmen, als sie vorwärtsstolperte, um sich an der Mauer festzuhalten und auf die Ebene darunter hinunterzuschauen.

Sie brauchte einen Moment, um zu begreifen, was sie da sah. Dort, vor der Stadt, vor aller Augen von beiden Mauern aus, fuhr ein Wagen hin und her. Und hinter sich, die Fußgelenke mit einem Seil gefesselt, zog er einen Körper. Das Fleisch war zerfetzt, schwarzes Blut mit Staub gemischt, und der Kopf holperte über den steinigen Boden.

Helena wusste, dass es Hektor war. Ebenso wie sie wusste, dass es

Achilles war, der den Wagen fuhr. Die Stadt betrauerte den Tod ihres Prinzen, den Verlust ihres Beschützers.

Ein plötzlicher Schluchzer entrang sich ihr, und sie schaute weg. Sie konnte es nicht ertragen, diesen geschundenen Körper anzusehen, so entehrt und lichtlos. Ihr wurde übel davon. Sie hatte das Gefühl, als hätte jemand ihre Brust eingedrückt.

Sie lehnte sich gegen die Mauer, um sich zu fassen, und rang stockend nach Atem. Und da unter sich, auf der äußeren Mauer über dem Skajanischen Tor, erkannte Helena die Gestalt von Andromache. Ihr schwarzes Haar wehte wild im Wind und peitschte um sie. Sie schrie und schluchzte, krallte sich in ihre Brust, in die weiße Haut ihrer bloßen Arme. Helena begriff, dass sie die arme Kreatur war, die den ersten durchdringenden Schrei wie eine Totenglocke von sich gegeben hatte, und sah, wie Andromaches Trauer endlos aus ihr strömte. Neben ihr stand die dunkle Gestalt von Königin Hekabe, ganz still neben dem Sturm, den Andromache entfachte, aber Helena sah, dass ihre gealterten Schultern bebten, als sie zusah, wie die zerfetzte Leiche ihres Erstgeborenen vor ihr durch den Staub gezogen wurde.

Und um Helena herum heulte die ganze Stadt weiter, und das Heulen wurde immer lauter, als sich die schreckliche Nachricht verbreitete. Ihre Tränen fielen still, strömten ihre Wangen hinunter, und sie war allein mit ihrer Trauer.

Hektor, der Prinz von Troja, war tot.

53

HELENA

Einige Monate später

Helena wachte plötzlich auf und tauchte aus einem tiefen Traum auf, den sie sofort vergessen hatte. Es war dunkel in der Kammer. Paris lag neben ihr und rührte sich nicht. Was hatte sie also geweckt?

Sie drehte sich um, um sich wieder unter die warmen Decken zu schmiegen. Und dann hörte sie es. Einen Schrei. Und dann noch einen. Und den Schrei einer Frau.

»Paris.«

Sie rüttelte ihn an der Schulter, wobei sie immer noch lauschte.

»Paris. Wach auf.«

Er stöhnte, und sie rüttelte ihn fester.

»Hörst du das? Da passiert etwas.«

»Was soll ich hören? Ich höre gar …«

Doch dann hörte man das Krachen von Holz, weit entfernt, aber so weit auch wieder nicht.

Und noch mehr Schreie.

Paris hatte sich jetzt aufgesetzt.

»Das ist vielleicht gar nichts«, sagte er. »Eine Schlägerei in der Unterstadt.« Trotzdem konnte Helena selbst in der Dunkelheit sehen, dass er ängstlich war.

Er stand auf und begann, sich seine Tunika anzuziehen. Helena tastete nach dem Kleid, das sie am Abend zuvor ausgezogen hatte, und warf es sich hastig über, wobei sie die Schulternadeln mit zitternden Händen befestigte.

Als sie beide angekleidet waren und die Sandalen angezogen hatten, verließen sie ihr Gemach und traten auf den mondbeschienenen Vorhof. Mehr Schreie ertönten, oder vielleicht konnten sie sie auch nur besser hören. Helena glaubte, das Klirren von Metall zu hören.

»Vetter!« Plötzlich trat Paris vor, weil er Äneas am anderen Ende des Hofes entdeckt hatte. »Was ist los?«

»Ich weiß es nicht«, erwiderte Äneas, der ebenso schlaftrunken aussah wie sie selbst. »Ich habe Schreie gehört, und …«

»Ich gehe zur Mauer«, sagte Paris und legte seinem Cousin eine Hand auf die Schulter.

Äneas nickte und schaute sich im leeren Hof um. »Ich gehe die anderen wecken.«

Paris bat Helena nicht, ihm zu folgen, aber sie tat es. Ihre Sandalen klatschten hinter seinen auf das Pflaster, und sie hielt ihren Rock mit einer Hand gerafft, in der anderen eine Öllampe. Der Mond schien hell genug, sodass sie sie nicht gebraucht hätte, sie war trotzdem froh über ihr Licht.

Sie standen jetzt auf der untersten Ebene der Zitadelle. Die Schreie waren jetzt noch lauter zu hören. Paris ging direkt auf die Treppe zu, die auf die Festungsmauer führte, und Helena folgte ihm. Als sie endlich oben angelangt waren und über die Zinnen schauten, stockte ihr der Atem.

Die untere Stadt wurde angegriffen. Die Skajanischen Tore standen offen, ein Strom griechischer Krieger kam herein. Auf den Straßen darunter sah man bereits überall ihre runden Schilde. Sie sah zu, wie mutige Stadtbewohner niedergemäht wurden. Andere flohen voller Angst aus ihren Häusern, ihre Kinder auf den Armen. Und währenddessen bewegten sich die Schilde immer weiter auf die Zitadelle zu.

»Wie sind sie bloß hereingekommen?«, fragte Helena die Dunkelheit. Sie war völlig verwirrt von dem, was sie da sah. Immer noch schlaftrunken blinzelte sie in Richtung des dunklen Tors. Es sah zersplittert aus, als hätte ein riesiges Tier seine Klauen hineingeschlagen. Dort im offenen Tor meinte sie den Umriss einer riesigen, hoch aufragenden Konstruktion zu sehen, aber was ihr noch mehr Angst machte, waren die Schilde, die in endloser Zahl zu ihren Seiten hineinströmten. »Wir müssen …«

Ein würgendes Geräusch zu ihrer Linken. Sie drehte sich um.

Paris stand neben ihr, so wie zuvor. Aber als sie die Lampe hob, sah sie es. Ein schwarzer Pfeil, der in seinen Hals gedrungen war. Blut quoll aus seinem Mund, die Augen waren vor Schreck aufgerissen. Er gab ein schreckliches Gurgeln von sich, dann fiel er würgend und spuckend zu Boden, krallte sich in den Staub und hielt sich den Hals. Helena sah wie erstarrt zu, wie sein Körper sich wand und zuckte. Und dann wurde er ganz still.

Es war, als wäre sie noch im Bett. Als wäre dies der Traum und nicht der Wachzustand. Verwirrt stand sie da und schaute auf Paris' Leiche hinunter. Das Blut bildete jetzt eine Pfütze um seinen Kopf und durchtränkte seine weichen Locken. Seine Augen starrten ins Nichts. Der Tod hatte Helena nun schon so lange begleitet, und doch war sie ihm noch nie so nah gewesen.

»Helena!«

Sie riss den Blick von Paris los. Sie wusste nicht, wie lange sie dort gestanden und ihn angestarrt hatte. Sie brauchte einen Augenblick, bis sie Polites erkannte, einen von Paris' jüngeren Brüdern, der auf sie zugeeilt kam. Er blieb plötzlich stehen, als er seinen Bruder im Staub liegen sah.

»Helena«, sagte er mit zitternder Stimme. »Was tust du hier oben?« Er streckte die Hand aus und schlug ihr die Lampe aus der Hand, sodass das Öl überschwappte und die Flamme ausging. »Willst du auch einen Pfeil abbekommen?«

Sie sah ihn mit leerem Blick an, ihre Lippen waren ganz taub.

»Geh in den Kaminsaal«, sagte er und packte sie beim Unterarm. Seine Berührung brachte sie wieder in die Wirklichkeit zurück. »Einige Frauen sind sicher schon dort. Ihr müsst euch dort einschließen, bis wir die Griechen aus der unteren Stadt verjagt haben. Verstehst du?«

Sie nickte leicht, und er schien zufrieden. Ohne auf sie zu warten, eilte er die Treppe hinunter.

Helena brauchte einen Augenblick, bis sie wieder wusste, wie sie ihre Beine gebrauchen musste, aber als sie den ersten Schritt und den nächsten getan hatte, ging sie immer weiter. Als sie die Treppe erreichte und die Stufen hinunterging, schaute sie nicht mehr zurück.

Sie stolperte durch die Zitadelle, wobei sie Schultern streiften und anstießen. Männer hasteten an ihr vorbei in Richtung Stadttor, Speere und Schilde in der Hand, und Frauen überholten sie und drängten sich an ihr vorbei, als sie die Ebenen bis zur Kaminhalle erklomm. Sie bemerkte sie nicht. Ihre Füße trugen sie durch die Straßen, in denen Panik herrschte, doch sie suchte nur nach einem einzigen Gesicht.

Sie hatte jetzt die obere Terrasse erreicht. Der Hof des Palastes lag vor ihr, und in seiner Mitte stand unbewegt der Große Altar. Das Laub des uralten Lorbeerbaums, der ihn beschirmte, zitterte in der nächtlichen Brise. Helena sah ihn im Vorbeigehen an und lauschte dem Rascheln der Blätter. Die Schreie aus der unteren Stadt waren jetzt so leise, dass sie sie beinahe ausblenden konnte.

Als sie endlich die Kaminhalle erreichte, war eine ihrer großen Türen angelehnt – sie hatte gerade eine andere Frau hineineilen sehen, die ein weinendes Kind hinter sich herzerrte. Helena schlüpfte selbst durch die Öffnung.

Im Saal war es im Vergleich zu draußen hell – hier brannte das ewige Feuer. Helena brauchte einen Moment, bis sich ihre Augen an die Helligkeit gewöhnt hatten. Dann sah sie die verängstigten Gesichter, die sie anblickten, als sie eintrat. Einige von ihnen erkannte sie, andere nicht. Aber nirgends war eine Spur von dem Gesicht, das sie gesucht hatte.

»Hat eine von euch Kassandra gesehen?«, fragte sie in den Saal.

Alle schwiegen. Sandalen scharrten auf dem Boden, Gesichter wandten sich von ihr ab. Aber dann trat eine junge Frau vor.

»Ich glaube, dass sie unter jenen war, die zum Heiligtum der Athene gelaufen sind«, sagte die Frau leise. »Sie wollten zur Göttin beten. Königin Hekabe war bei ihnen.«

Helena nickte. Weil sie keine anderen Antworten bekam, musste sie annehmen, dass die Frau recht hatte, daher wandte sie sich zum Gehen. Wenn Kassandra im Heiligtum war, würde sie ebenfalls dort hingehen.

Doch gerade als sie auf die Tür zugehen wollte, kam eine weitere Gruppe Frauen herein. Und in ihrer Mitte war Andromache.

Helena zog sich in die Ecke des Raumes zurück. Andromache trug ihren schwarzen Trauerschleier – er war so lang, dass er auf dem Boden schleifte. Neben ihr, seine kleine Hand in ihrer, stand Astyanax, der Erbe von Troja. Die Ähnlichkeit zu seinem Vater war erstaunlich.

Helena wollte gehen – jetzt noch mehr denn je –, aber der Saal hatte nur eine Tür, und sie fürchtete sich davor, an Andromache vorbeigehen zu müssen. Sie stand in ihrer dunklen Ecke, als sich der schwarze Schleier ihr zuwandte und sich der Blick der dunklen Augen auf sie richtete.

Jetzt konnte sie nicht gehen. Andromache würde glauben, dass sie ihretwegen ginge. Weil sie sich schuldig fühlte, weil sie Angst hatte – und das stimmte. Was, wenn Andromache sie herausforderte? Was, wenn das alle taten? Was, wenn sie glaubte, sie würde zu den Griechen überlaufen? Nein, sie hatte die Gelegenheit verpasst, in aller Stille zu gehen. Sie hoffte, dass Kassandra in die Kaminhalle kommen würde, sobald die Gebete gesprochen waren. Helena musste wissen, ob ihre Freundin in Sicherheit war.

Aber fürs Erste blieb sie in ihrer Ecke und mied die Blicke der anderen Frauen. Sie warteten schweigend und horchten auf das entfernte Grollen der Schlacht.

54

HELENA

Der Schlachtenlärm kam näher. Die Schreie und das Krachen. Jetzt bliesen Hörner. Und im Kaminsaal erhoben sich nervöse Stimmen.

Was ist passiert?

Sind sie in der Zitadelle?

Kommen sie zum Palast?

Helena versuchte, sie zu ignorieren. Sie versuchte, die Geräusche von draußen ebenfalls zu ignorieren, aber sie hämmerten in ihrem Kopf – jeder Ruf, jeder Schrei. Starb da ein armer Trojaner? Oder ein Grieche? War da draußen irgendwo Menelaos? War Kassandra in Sicherheit? Und die Sklavinnen – in der Kaminhalle war nicht genügend Platz für alle Sklavinnen, ganz zu schweigen von den Männern. Waren das ihre Schreie, die sie hörten? Jeder einzelne schnitt in ihr Herz wie ein Messer.

Paris hatte gesagt, dass die Mauern nicht überwunden werden konnten, dass die Griechen niemals einen Fuß in Troja setzen würden. Aber Paris war tot. Es war so plötzlich passiert, dass sich Helena daran erinnern musste, dass es wahr war. Sie schloss die Augen und sah sein lichtloses Gesicht erneut vor sich, in Überraschung erstarrt, als könnte er seine eigene Sterblichkeit nicht glauben. Was fühlte sie jetzt, da er tot war? Trauer? Erleichterung? Angst? Sie war seinetwegen nach Troja gekommen. Hatte ihr Zuhause und ihre Familie verlassen, Meere überquert und alles, was sie besaß, für die Liebe riskiert, die er ihr versprochen hatte. Und jetzt? Jetzt war sie allein und keine Griechin mehr, und eine Trojanerin würde sie niemals sein. Sie sah die angsterfüllten Gesichter, die sie umgaben. Keine einzige Freundin war darunter. Sie begann zu weinen – um sich selbst, um ihre Dummheit und auch um Paris. Um den Paris, in den sie sich verliebt hatte, um den wunderschönen Traum, dem sie gefolgt war. Der jetzt tot und fort war.

Helena riss die Augen auf, weil die große Tür entriegelt wurde. War Kassandra hergekommen? Aber als sich die Holzflügel der Tür vorsichtig öffneten, erschien die zerzauste Gestalt von Königin Hekabe.

Ihr Schleier war zerrissen, ihr Gesicht grau, und Blut rann ihre gealterte Wange herunter. Sie hatte eine Wunde direkt über der Augenbraue. Sie schwankte, und sie drohte zu fallen, aber als Andromache zu ihr trat, um sie zu stützen, winkte die Königin sie fort.

»Sie sind in die Zitadelle eingedrungen. Sie haben das Heiligtum besetzt«, sagte sie und rang nach Atem. »Alles ist verloren.«

Im Saal herrschte absolute Stille. Und dann setzte Panik ein. Einige Frauen schrien, andere weinten, wieder andere wurden wütend.

Doch durch den Tumult drängte sich Helena zur Tür.

»Was ist mit Kassandra?«, fragte sie die Königin und zupfte sie am Ärmel, um ihre Aufmerksamkeit zu erlangen.

Hekabe drehte sich zu ihr um, ihr Blick ganz hohl.

»Verdorben«, krächzte sie. Im Saal war es wieder absolut still, und alle sahen, dass Helena sich aus ihrer Ecke bewegt hatte. Unsäglicher Schmerz lag in Hekabes Blick, als sie Helena ansah. »Direkt hier im Heiligtum.« Sie schloss die Augen und sog an ihren Zähnen, als hätte sie Gift im Mund. »Keine Furcht vor den Göttern zu haben … ein Tier, kein Mensch.«

Helena durchfuhr ein Schrecken, als sie begriff, was die Königin da sagte. Ein stummer Schrei entrang sich ihrer Kehle.

»Ich habe versucht, sie mitzunehmen«, fuhr die Königin fort. Ihre Stimme klang wie aus weiter Ferne. »Ich habe versucht, sie von dort wegzuholen. Aber sie wollte nicht. Sie rührte sich nicht. Ich …« Sie schluckte mühsam. »Ich musste sie dortlassen.«

Helena weinte jetzt, Tränen strömten ihr die Wangen hinunter. Hekabe wandte sich von ihr ab und ließ sich auf einen Schemel sinken. Sie starrte mit leerem Blick in die Flammen.

Plötzlich stand eine andere Gestalt vor Helena.

»Warum weinst du?«, fragte die harte Stimme Andromaches.

Helena schaute verwirrt zu ihr hoch.

»Warum weinst du um Kassandra, obwohl jede Frau in Troja dasselbe Schicksal ereilen wird, bevor die Nacht zu Ende ist?«

Ihre Worte hallten durch den Saal, und die Wahrheit, die darin lag, spiegelte sich in den Gesichtern wider, die vom Licht des Feuers erhellt waren.

»Das musst du doch wissen, Helena.« Andromache spuckte ihren Namen aus, als wäre er Schmutz. »Du musst doch wissen, was dein Kommen uns hier gekostet hat. Was es uns kosten *wird*. Oder bist du wirklich so dumm?«

Andromache trat einen Schritt auf sie zu, und Helena zuckte zurück.

»Ich … ich …«

»Warum konntest du nicht in Griechenland bleiben? Was war dort so schrecklich, dass du gehen musstest? Dass du hierherkommen und unser aller Leben zerstören musstest?« Andromache versprühte ihre Wut wie Gift. »Du hattest ein leichtes Leben. Weißt du, wie alt ich war, als man mich meinem Zuhause entrissen hat? Als ich hierherkam, nach Troja, ohne eine bekannte Menschenseele? Ich habe mir mein Leben selbst aufgebaut. Ich hatte ein Zuhause und einen Gemahl und …« Ihre Stimme war jetzt ganz rau. »Aber jetzt … jetzt hast du mir all das genommen.«

Andromache stand auf, ihr schwarzer Schleier zitterte, und Helena schaute in diese schwarzen, schrecklichen Augen. Es hätte ihre eigene Schwester sein können, die diese Worte sprach.

Immer noch flossen ihre Tränen, um Kassandra, um Nestra, um Andromache und Hektor, um all das, was geschehen war, um all das Elend, das sie verursacht hatte. Sie konnte kaum noch atmen. Sie musste aus diesem Saal heraus. Sie musste diesen Augen entfliehen.

Sie drängte sich zur Tür und trat hinaus auf den Hof. Die kalte Nachtluft ließ sie beinahe würgen, als sie sie in ihre Lungen saugte. Sie stand mit bebender Brust da und wusste nicht, wohin sie sich wenden sollte. Der Hof war leer, aber sie konnte die Männer im Westen kämpfen hören. Einen Moment lang dachte sie darüber nach, zum Heiligtum zu rennen, zu Kassandra, aber die Angst hielt sie zurück. Sie würde mitten durch das Gefecht gehen müssen. Also drehte sie sich um und rannte die östliche Treppe hinunter – zu ihrem Gemach.

Als Helena ihre Räume erreichte, zitterte sie. Die Kälte war durch ihr Kleid gedrungen, und ihr Herz raste. Sie schloss die Tür hinter sich und entzündete einige der Fackeln, die an der Wand hingen. Von ihrem Licht und ihrer Wärme fühlte sie sich besser – als könnten sie irgendwie die Gefahr abhalten.

Sie saß auf ihrer Bettkante und versuchte, ihren Atem zu verlangsamen. Tränen standen ihr immer noch in den Augen, doch sie blinzelte sie fort. All ihre Gedanken galten Kassandra. Sie stellte sich vor, wie sie allein auf dem Boden des Heiligtums lag. War sie immer noch dort? Würde sie die Nacht überleben? Üblicherweise wurden die Frauen verschont, wenn eine Stadt geplündert wurde – sie wurden als Sklavinnen behalten oder verkauft –, aber es gab schlimmere Schicksale als den Tod. Helena sprach flüsternd ein Gebet zu Artemis, für Kassandra und sich selbst, aber sie war nicht mit dem Herzen dabei. Was hatten die Götter je Gutes bewirkt? Ihnen war das Leben der Sterblichen gleichgültig. Wenn sie ihnen wichtig wären, hätten sie niemals zugelassen, dass sie Sparta verließ.

Neue Tränen traten ihr in die Augen, und sie schluchzte erbärmlich. Selbsthass und Reue nagten an ihr, bis sie das Gefühl hatte, sich übergeben zu müssen.

Sie war so mit sich beschäftigt, dass sie nicht hörte, wie sich die Tür ihres Gemachs öffnete. Auch die Stiefelschritte hörte sie nicht. Erst als sie schon fast bei ihr waren, schaute sie auf.

»Deiphobos«, sagte sie erschrocken. »Du hast mir Angst eingejagt.« Sie stand auf und wischte sich hastig die Tränen von den Wangen.

Er sagte nichts, sondern trat noch einen Schritt auf sie zu. Ein seltsames Licht glomm in seinen Augen.

»Bist du verletzt? Sind die Griechen zurückgedrängt worden? Hast du Kassandra gesehen?«

Aber er antwortete nicht. Er stand jetzt vor ihr und betrachtete sie.

»Deiphobos?«

»So viel Zerstörung«, sagte er langsam. »Wegen einer derartig gewöhnlichen Sache.«

Angst stieg jetzt in Helena auf. Sie wollte zurückweichen, stieß aber gegen ihr Bett.

»Ist die Welt nicht voller Frauen?«, fragte Deiphobos, und seine dunklen Augen blitzten. »Und doch musste mein Bruder unbedingt dich haben.« Er trat weiter vor und verringerte den Abstand zwischen ihnen. »Warum? Was macht dich so besonders, Helena? Warum bist du ein ganzes Königreich wert?« Er kam immer näher, nahm ihr Kinn in die Hand und drehte ihren Kopf etwas, um ihn genau anzusehen. »Das ist doch ungerecht, oder? Dass Paris der Einzige sein soll, der die Antwort kannte, der Einzige, der seinen Nutzen aus dir ziehen sollte, obwohl wir alle deinen Brautpreis bezahlt haben.«

Und bevor Helena reagieren konnte, lag seine Hand schon an ihrem Nacken, und seine Zunge stieß in ihren Mund.

Sie versuchte, ihm auszuweichen, aber er hielt ihren Kopf fest, die Finger in ihrem Haar verkrallt. Sie biss auf seine Zunge, und er zuckte zurück, lange genug, dass sie sich aus seinem Griff befreien konnte.

»Schlampe«, zischte er, und sie schrie auf.

»Du glaubst, dass dir irgendwer helfen wird?«, höhnte er. »Glaubst du wirklich, das würde irgendwer wollen?« Er trat erneut auf sie zu. »Du bist nur eine Hure.«

Helenas Herz hämmerte in ihrer Brust. Sie trat jetzt zurück zur Wand, ohne den Blick von Deiphobos zu wenden. Und als er auf sie zuging, nahm sie eine Fackel von der Wand.

»Bleib, wo du bist!«, sagte sie mit zittriger Stimme und schwenkte die Fackel vor sich. »Paris wird zurückkommen. Er wird …«

»Paris ist tot.«

Er wusste es also. So fehlerbehaftet, wie Paris war – eitel und selbstsüchtig und feige, wie sich herausgestellt hatte –, war er in all den Jahren doch ihr Schutzschild in Troja gewesen. Jetzt hatte sie niemanden mehr.

Ihr Blick glitt zur Tür. Sie konnte versuchen zu fliehen. Versuchen, ihm in der Zitadelle zu entkommen. Aber Deiphobos war gesund und schnell. Er würde sie einholen.

Plötzlich sprang er nach vorn, packte erst ein Handgelenk und dann das andere. Er drehte sie, und sie ließ die Fackel fallen. Sie schrie erneut auf, spuckte und fletschte die Zähne, wand sich, um sich zu befreien. Sie rangen miteinander. Er war zu stark. Er schubste sie gegen eine Tischkante, wobei er ihre beiden Hände in einer seiner riesigen Pranken festhielt, hoch über ihrem Kopf. Die andere Hand schob er in ihren Ausschnitt, und die Schulterspange sprang auf, als er am Stoff riss. Harte Finger gruben sich in ihre Brust. Sie wandte das Gesicht ab, entschlossen, ihn nicht anzusehen. Auf dem Fußboden brannte die Fackel noch immer, und der wollene Teppich hatte Feuer gefangen. Deiphobos schob jetzt ihren Rock hoch, und sie kniff die Augen zusammen. Sie wollte all das einfach ausblenden – die Gewalt und das Feuer und den Schmerz. Sie wollte so tun, als geschähe es nicht. Sie wollte so tun …

Und dann erschlaffte Deiphobos' Griff. Sie öffnete die Augen, und da waren seine und starrten sie verwirrt an. Und dann sah sie, wie Blut aus seinem Mund rann.

Sie schaute an ihm hinunter, und dann sah sie es – etwas Scharfes und Blutiges ragte aus seiner Tunika.

Deiphobos ließ sie los, seine Hände legten sich auf die Wunde an seinem Nabel. Sie hörte das Geräusch von Metall, das durch Fleisch drang, und dann fiel er schwer von ihr, seine Knie knackten beim Aufprall auf den Steinboden. Und da sah sie den Mann, der hinter ihm stand.

Menelaos.

Sie schrie überrascht auf, instinktive Erleichterung entrang sich ihrer Kehle, bevor sie darüber nachdenken konnte, was seine Anwesenheit hier bedeutete. Er sah sie an, und sie erwiderte seinen Blick. Keiner von ihnen rührte sich. Keiner von ihnen sagte ein Wort. Er hielt sein Schwert noch immer erhoben, sein Arm war angespannt, seine Augen flammend.

Würde er sie umbringen? War er deshalb gekommen? Würde er das Schwert in ihre entblöße, verhasste Brust senken? Hatte sie nicht genau das verdient?

Sie standen schwer atmend einander gegenüber.

Aus dem Augenwinkel sah Helena Flammen. Der brennende Teppich hatte einen Wandbehang entzündet.

»Das Feuer«, sagte sie heiser. »Wir müssen es löschen.«

Menelaos' Blick sah sie durchdringend an. »Lass Troja brennen. Ich bin fertig mit der Stadt.«

»Und ich?« Helena tat einen unsicheren Schritt auf ihn zu, ging um Deiphobos herum, ohne ihren Blick von Menelaos zu lösen. »Bist du auch fertig mit mir?«

Noch ein Schritt. Menelaos' Blick war immer noch so intensiv, sein Schwertarm immer noch erhoben. Sie streckte die Hand aus und legte sie auf die Klinge, wobei sie ihn weiter ansah. Eine Weile standen sie so da, dann senkte er das Schwert langsam.

Um sie herum hatte sich der Raum mit Rauch gefüllt. Menelaos hustete.

»Wir müssen hier weg«, sagte er.

Und so nahm er Helena bei der Hand, und sie verließen den Raum gemeinsam.

55

HELENA

Als Helena am nächsten Morgen erwachte, brauchte sie einen Moment, bis sie wieder wusste, wo sie war. Statt einer Zimmerdecke sah sie über sich eine Zeltplane. Und im Bett neben ihr … war niemand. Das Stroh neben ihr lag aufgebauscht da, es war deutlich, dass dort niemand geschlafen hatte, und die Tierfelle darauf waren kalt. Also war Menelaos nicht zurückgekommen. Er war schweigend mit ihr zu seinem Zelt gefahren, nachdem sie die Stadt verlassen hatten, aber kaum dass sie vom Wagen heruntergeklettert war und er ihr gezeigt hatte, welches Zelt ihm gehörte, war er sofort wieder aus dem Lager gefahren – zurück nach Troja. Sie wusste, dass er zurückgekehrt war, um seinen Männern zu helfen, aber ein Teil von ihr fragte sich, ob er wohl auch von ihr weggefahren war, um die Worte hinauszuschieben, die zwischen ihnen gesagt werden mussten.

Im Lager war es auch in der Nacht nicht laut gewesen, aber jetzt herrschte eine andere Art der Stille. Helena konnte Stiefelschritte und das Prusten der Pferde hören. Sie hörte Lagerfeuer knistern und Grüße, die ausgetauscht wurden. Doch nichts davon sagte ihr etwas. Sie musste es mit eigenen Augen sehen.

Sie trug immer noch das Kleid aus der vergangenen Nacht. Sie schlüpfte in ihre Sandalen und nahm ein Tierfell vom Bett, um es sich um die Schultern zu legen, als könnte es sie unsichtbar machen. Dann trat sie zum Eingang des Zeltes und zog die schwere Plane auf.

Sie hätte sich keine Sorgen darum machen müssen, gesehen zu werden; niemand sah in ihre Richtung. Alle Männer waren mit ihren eigenen Angelegenheiten beschäftigt. In der Nähe briet jemand Blutwürste zum Frühstück – Helena konnte riechen, wie ihr Fett im Feuer verbrannte. Vor dem nächsten Zelt verband ein Mann eine Wunde an seinem Bein, während ein weiterer das Blut von seiner Rüstung putzte. Aber Helenas Aufmerksamkeit galt einem anderen Mann, der die Arme voller goldener Becher und Teller hatte. Er warf die wertvollen Gegenstände auf einen bereits riesigen Haufen mitten im Lager. Er glitzerte im Morgenlicht und erhob sich wie ein riesiger Grabhügel aus Gold, Silber und Elfenbein.

In diesem Moment sah sie es. Dort am Horizont, hinter dem Haufen Kriegsbeute, erhob sich eine riesige Rauchsäule. Troja brannte immer noch.

Helena keuchte bei ihrem Anblick auf. Sie hatte in der Nacht auf der Fahrt ins Lager die Flammen gesehen, wie sie wie gierige Hände von der Zitadelle in den Himmel reichten. Aber selbst da hatte sie noch geglaubt, dass das Feuer gelöscht werden würde; Troja war zu groß, um niederzubrennen. Aber als sie die schwarzen Umrisse der Stadt über den Dächern der Zelte erblickte, wusste sie, dass Troja zerstört war.

Es war ein erschreckender Anblick. Die Vorstellung, dass die großen Terrassen nur noch Schutt und Asche, die ehrwürdigen Tempel geplündert waren, war ein Schock. Und doch erkannte Helena, dass sie diese einsamen Hallen nicht betrauerte, die so viele Jahre ihr Zuhause gewesen waren. Ihr eigener Traum von Troja war vor langer Zeit schon verblasst. Aber der Gedanke an die Menschen verfolgte sie. Die Leben, die der lange Krieg gefordert hatte, Namen, die sie gekannt, und Namen, die sie nicht gekannt hatte, Gesichter, die sie gesehen und jene, die sie sich vorgestellt hatte. Sie dachte an Iphigenie, die getötet worden war, bevor der Krieg überhaupt begonnen hatte. An Hektor, dessen stolzer Körper entehrt worden war, genau wie seine geliebte Stadt jetzt. Und sie dachte an all die neuen Toten, die in den Kämpfen der letzten Nacht hatten sterben müssen. War ihr Blut jetzt auch an ihren Händen? Konnte sie die Last auf ihren Schultern tragen? Nein, das war zu viel für einen einzelnen Menschen.

Ihre Brust zog sich zusammen, und in ihren Augen brannten Tränen, während der schwarze Rauch von Troja in den Himmel stieg. Aber dann erinnerte sie sich an das, was Hektor zu ihr an jenem Nachmittag im Frauensaal gesagt hatte, bevor er seinem Tod entgegengeeilt war. Der Krieg war nicht für sie geführt worden. Nicht wirklich. Sie wusste, dass das leichter zu glauben war als die schreckliche andere Möglichkeit, und doch schien es auch plausibler zu sein. Was opferten Männer je für eine Frau?

Die Frauen, dachte Helena plötzlich und erinnerte sich an die angstvollen Gesichter im Saal. *Haben sie es hinausgeschafft?* Aber als sie sich wieder im Lager umschaute, fand sie die Antwort.

Zwischen den Männern und Zelten und Pferden wurden Frauen geschubst und gezerrt, die Hände gefesselt, die Haare zerzaust. Helena erkannte viele von ihnen wieder, obwohl ihre feinen Kleider zerrissen und schmutzig waren. Je länger sie hinschaute, desto mehr von ihnen entdeckte sie – an Pfähle vor den Zelten ihrer Entführer gebunden, im Schlamm kniend. Einige von ihnen weinten. Andere waren ganz still und blickten leer geradeaus. Helena fragte sich, ob es für sie nicht besser gewesen wäre, in den Flammen umzukommen.

Helena sah eine Frau, die durch das Lager geführt wurde und sich wehrte. Mit Schrecken begriff sie, dass es Andromache war. Ihr schwarzer Schleier war fort, ihr dunkles Haar nur noch eine wirre Masse, ihr rechtes Auge schrecklich geschwollen. Ihre Tränen hatten weiße Spuren im rußgeschwärzten Gesicht hinterlassen.

Helena starrte sie an, und in diesem Moment wandte Andromache den Kopf, und ihr gesundes Auge fixierte sie.

»Schlampe!«, schrie sie und zerrte an ihren Fesseln, um zu ihr zu kommen. »Hure!«

Helena zog sich sofort ins Zelt zurück, aber es war zu spät. Andromache kreischte wie ein wildes Tier und riss an den Stricken, mit denen sie gefesselt war.

»Sie haben meinen Jungen von der Mauer geworfen! Hast du mich gehört, Schlampe? Mögen die Götter dich verfluchen! Mögest du niemals …«

Der junge Prinz, der sie hinter sich herzog, hieb ihr den Ellenbogen ins Gesicht, und ihre Tirade brach ab. Sie fiel auf die Knie, Blut tropfte in den Schlamm, und sie keuchte auf, als der Prinz sie weiterzerrte.

Mühevoll und zitternd rappelte sie sich auf, Helena musste den Blick abwenden. Sie zog sich weiter zurück in den Schutz des Zeltes. Sie wollte nichts mehr davon sehen. Aber gerade als sie dem Lager den Rücken zukehren wollte, fiel ihr eine andere Gestalt in die Augen. Sie saß zusammengesackt an einem Eingangspfosten, das helle Haar stand wirr vom hängenden Kopf ab, die schmalen Handgelenke waren an das Holz gebunden. Je länger sie hinschaute, desto sicherer war sie sich.

Helena goss schnell einen Becher mit Wasser voll und eilte über den schlammigen Boden zu ihr.

»Kassandra«, flüsterte sie und hockte sich hin. »Kassandra. Ich bin's, Helena.«

Der hängende Kopf zeigte keine Reaktion. Vorsichtig berührte Helena die nackte Schulter.

»Hier. Ich habe dir etwas Wasser gebracht. Du musst trinken.«

Plötzlich rührte sich der Kopf und hob sich. Das helle Haar fiel zur Seite und entblößte das Gesicht.

Helena keuchte auf. Das war ihre Freundin, ja, aber ihr süßes Gesicht hatte sich vollkommen verändert. Die jungen Wangen waren jetzt hohl, die rosigen Lippen blass und aufgesprungen. Sie hatte überall Kratzer und blaue Flecken, aber … es waren ihre Augen, die Helena am meisten erschreckten. Fort war das Strahlen, auf das sie sich einst mehr als auf alles andere gefreut hatte.

»Bitte. Du musst trinken«, sagte sie mit tränenerstickter Stimme und hielt den Becher an Kassandras Lippen.

Erst da schien Kassandra sie zu erkennen.

»Helena«, sagte sie, und ein Hauch des alten Lichts kehrte zurück. Ihre Lippen verzogen sich zu einem merkwürdigen Lächeln, das Helena nur noch mehr Angst machte.

»Es tut mir so leid«, hauchte sie. »Alles.« Helena wollte die Arme um ihre Freundin schlingen, sie festhalten, das Leben in sie zurückschütteln, doch sie fürchtete, sie dabei zu verletzen.

»Ich helfe dir«, sagte sie. »Ich spreche mit Menelaos. Du kannst mit nach Sparta kommen und …«

»Ich bin schon vergeben«, sagte Kassandra und schien etwas zu betrachten, das Helena nicht sehen konnte. »König Agamemnon hat gesagt, dass er mich will, daher gehöre ich ihm.«

Dicke Tränen rannen Helenas Wangen hinunter. »Na ja, vielleicht … vielleicht ändert er seine Meinung noch. Ich rede mit Menelaos, und … Ich kann dich nicht einfach …«

»Ist schon in Ordnung.« Kassandra sah sie jetzt direkt an. »Es ist nicht deine Schuld, Helena. So ist es eben auf der Welt. Der Wille der Götter.« Sie verstummte, und ihre Augen blickten einen Moment ins Leere, bis sie auf den Becher Wasser fielen, den Helena immer noch hielt. »Ich glaube nicht, dass ich noch lange leiden werde. Ich fühle es jetzt schon. In Mykene erwartet mich der Tod.«

»Nein«, sagte Helena und nahm das Gesicht ihrer Freundin in die Hände. »Das darfst du nicht sagen. König Agamemnon ist der Gemahl meiner Schwester, und sie ist freundlich. Sie wird dich gut behandeln.«

Kassandra sah zu ihr auf. »Ich weiß nicht, ob sie noch dieselbe Schwester ist, die du einst kanntest.«

Helena öffnete den Mund, aber Kassandras Blick glitt wieder von ihr fort.

»König Agamemnons Rückkehr wird vielleicht nicht so werden wie erwartet«, sagte sie vage, als spräche sie von Dingen, die nichts mit ihr zu tun hätten. Sie verstummte, den Blick ins Nichts gerichtet, und Helena betrachtete das leere Gesicht ihrer Freundin – Lippen, die sich zu etwas zwischen einem Lächeln und einer Grimasse verzogen hatten –, und sie wusste, dass etwas in ihr zerbrochen war. Es war, als wäre sie der Welt entglitten. Oder als hätte sie schlicht aufgehört, sich um ihre Geschehnisse zu kümmern.

Helena nahm die Hand von Kassandras Wangen und stellte den Wasserbecher in den Schmutz. Sie wusste nicht, was sie tun sollte. Sie wusste nicht, wie sie Kassandra helfen sollte und ob sie das überhaupt konnte.

Sie stand langsam auf und trat zurück, zurück von dem zusammengesunkenen Körper, der einst ihre Freundin gewesen war.

Sie hatte den Blick immer noch auf dieses Gesicht gerichtet, als sie spürte, wie sich eine feste Hand auf ihre Schulter legte.

»Helena.«

Sie drehte sich um und sah Menelaos hinter sich stehen.

»Es ist Zeit zu gehen.«

Er führte sie unnachgiebig hinunter zum Strand. Keins der anderen Schiffe war vorbereitet – die Kriegsbeute musste noch verteilt und die Sklaven ihren neuen Besitzern zugewiesen werden –, aber Menelaos schien dringend lossegeln zu wollen. Helena sah nirgends Gold an Bord.

»Wirst du nicht die Opferrituale zur Feier des Sieges verpassen?«, fragte sie leise, als sie auf Deck standen und warteten, dass die Anker gelichtet würden.

»Es ist der Sieg meines Bruders«, versetzte er schroff. »Soll er ihn feiern. Ich habe genug Zeit meines Lebens an diesen Ufern verbracht und genug Blut auf ihrem Sand vergossen.«

Sie standen nebeneinander und schauten hinaus über die offene See. Sie schwiegen, und in Helena zog sich alles zusammen. Die Schuld am Krieg, die sie auf den Schultern trug, war das eine, aber das hier war noch etwas ganz anderes. Sie hatte sich vor all den Jahren eingeredet, dass es das Beste für alle sei, wenn sie mit Paris fortging. Dass sie Menelaos ohnehin gleichgültig sei, dass er sie nicht vermissen würde. Dass er alles habe, was er brauchte, und alles, was sie ihm geben wollte. Aber als sie ihn jetzt so sah, als sie sah, wie er gealtert war, dass sein gebräuntes Gesicht von Müdigkeit und Verlust gezeichnet war, wusste sie, dass sie ihn verletzt hatte. »Es tut mir leid«, sagte sie kaum hörbar. Sie glaubte zu spüren, dass Menelaos sich ein wenig regte.

Das Schweigen senkte sich erneut auf sie, wenn auch ein wenig leichter als zuvor.

»Werde ich wieder deine Gemahlin sein?«, fragte sie in Richtung des Meeres. »Wenn wir nach Sparta zurückkehren?«

Die Wellen klatschten an den Rumpf des Schiffes.

»Ist es das, was du willst?«, fragte Menelaos schließlich.

Die Frage überraschte sie, und sie begriff, dass sie noch nicht darüber nachgedacht hatte. Seit sie Menelaos von den Zinnen Trojas aus gesehen hatte, war ein merkwürdiges Gefühl in ihr gewachsen. Eine Sehnsucht nach zu Hause, nach Familie, nach ihrem alten Leben – oder zumindest nach Teilen davon. Aber konnte sie wirklich zurückkehren? Konnte sie wieder Helena von Sparta sein? Und Menelaos – war es das, was er wollte? Dass sie wieder seine Gemahlin war?

»Ich war wohl keine besonders gute«, war alles, was ihr einfiel.

Ein Geräusch ertönte neben ihr, es klang beinahe wie ein Lachen. Und doch lag kein Humor darin.

»Vielleicht hatten wir einander verdient«, sagte Menelaos leise.

Wieder stutzte Helena. Sie hatte Wut, Schuldzuweisungen, Flüche erwartet – hatte sie gefürchtet, seit Menelaos in ihrem Gemach im Palast von Troja aufgetaucht war. Ein Teil von ihr wollte das alles hören, die Schläge auf ihrer befleckten Seele spüren. Sie war darauf vorbereitet gewesen. Sie war bereit gewesen. Aber das hier?

»Es entschuldigt nicht, was du getan hast«, fuhr er gleichmütig fort. »Und ich werde dir nicht – ich kann dir nicht verzeihen. Noch nicht. Aber ich weiß, dass ich Anteil an deinem Unglück hatte. Indem ich dich fortgestoßen habe.«

Helena schluckte die plötzlich aufsteigenden Gefühle herunter. Es überraschte sie, dass er das zugab und wie viel es ihr bedeutete, dass er ihr wenigstens einen kleinen Teil ihrer Schuld abnahm. »Du warst gut zu mir, auf deine Art«, flüsterte sie. »Du hast es nicht verdient … Ich war nur so einsam. Er sah es, und er …« Sie konnte es nicht über sich bringen, Paris' Namen laut auszusprechen. Nicht vor ihm.

»Eine Frau sollte in ihrem eigenen Zuhause nicht einsam sein«, sagte er steif, den Blick immer noch auf die See gerichtet. Die Wellen klatschten unter ihnen immer noch gegen den Schiffsrumpf. Dann sagte er: »Ich wusste nie, wie ich mich dir gegenüber verhalten sollte«, sagte er. Er sprach so leise, dass seine Worte beinahe vom Wind davongetragen wurden. »Ganz Griechenland wollte dich als Gemahlin. Du warst mein, aber ich hatte dich nicht gewonnen.«

So hatte er noch nie mit ihr gesprochen. Helena lauschte auf jedes Wort und wollte ihn auf keinen Fall unterbrechen.

»Ich dachte, ein Kind würde das ändern. Aber es machte alles nur noch schlimmer.« Er seufzte. »Du schienst mich zu verachten.«

»Nein«, sagte sie und legte ihre Hand auf seine. »Ich habe dich niemals verachtet, und Hermione auch nicht.« Sie schluckte. Es war das erste Mal seit vielen Jahren, dass sie den Namen ihrer Tochter laut ausgesprochen hatte. »Ich hatte nur solche Angst. Ich wollte nicht noch ein Kind, und ich habe dich von mir gestoßen. Aber du warst mir immer noch wichtig. Sogar dann. Ganz besonders dann.«

Es fühlte sich an wie ein Geständnis, endlich diese unnatürliche, unweibliche Wahrheit auszusprechen. Sie sah ihn an. Er runzelte die Stirn. Doch er sah nicht verärgert aus, nur nachdenklich und ein wenig traurig. Sie schwiegen beide und betrachteten die Wellen.

»Du warst mir auch wichtig«, sagte er schließlich.

Diese wenigen Worte waren so schlicht, und doch trafen sie Helena wie ein Windstoß.

»Ich bin kein Mann des Wortes«, sagte er schroff. »Es ist nicht immer leicht für einen Mann, seine Gefühle auszudrücken.«

»Was ist mit Agatha?«

Die Worte waren raus, bevor Helena sie zurückhalten konnte. Und zum ersten Mal wandte sich Menelaos ihr zu.

»Ich habe dich einmal gesehen. Mit ihr«, sagte sie, und die Erinnerung kam verschwommen und gleichzeitig scharf wieder. »Ich habe gesehen, wie du sie berührt hast. Wie du sie geküsst hast.«

Menelaos sah sie erschöpft an.

»Das war … etwas anderes«, seufzte er. »Einfacher. Sie war die Sklavin und ich der König. Sie konnte mich nicht zurückweisen oder verachten, aber echte Liebe konnte es zwischen uns auch nicht geben.«

Er wandte sich wieder ab und hielt sich mit seinen schwieligen Händen an der Schiffsreling fest. Er sprach so schlicht, ohne jede Entschuldigung, als wäre seine Untreue gar nichts. Und was Helena besonders schmerzte, war, dass er recht hatte. Niemand verurteilte ihn dafür. Kein Blut war für seine Untreue geflossen. Keine Witwen verfluchten seinen Namen.

Helena hielt sich mit zitternden Händen an der Reling fest. Er fuhr fort: »Agatha hat mir den Sohn geschenkt, den ich brauchte, und ich war dankbar. Aber die Gefühle eines Mannes für seine Gemahlin sind etwas anderes.« Er atmete langsam ein. »Sie gehen tief, wie alte Wurzeln. Verzweigt und verwirrend – sie lassen sich kaum von einem selbst lösen. Schwierig auszugraben.«

Helena sah ihn an. Sagte er da gerade, dass er sie liebte? Dass ein Teil von ihm sie noch immer liebte? Er schaute hinaus auf die Wellen, aber sie drängte ihn nicht, mehr zu sagen. Sie hatte das Gefühl, dass sie in diesen letzten Minuten mehr miteinander gesprochen hatten als während all der Jahre ihrer Ehe.

Etwas hatte sich zwischen ihnen verändert. Es war eine beinahe unmerkliche Verschiebung, geboren irgendwo in den Worten, die sie ausgesprochen hatten. Das Schweigen, das jetzt zwischen ihnen stand, war von einer anderen Beschaffenheit, voller Bewusstheit, und die unsichtbare Mauer, die dort gestanden hatte, schien zusammengefallen zu sein, zumindest teilweise. Helena atmete tief ein und schickte ihren Atem weit hinaus auf die glitzernde See. Ihre Ängste fühlten sich jetzt kleiner an. Nach allem, was geschehen war, nach allem, was sie getan und gesagt hatte, verachtete Menelaos sie nicht. Er hatte zugehört, *wirklich* zugehört, und sie hatte dasselbe getan. Sie wusste, dass das Zuhause, in das sie zurückkehrte, nicht dasselbe war, das sie verlassen hatte. Und Hermione – der andere wunde Punkt in ihrem Herzen – würde sich kaum an sie erinnern. Vielleicht konnte sie neu anfangen. Sie würde ihr Bestes tun, ihr eine Mutter zu sein oder zumindest eine Freundin. Ihre Tochter müsste jetzt ungefähr im Alter von Kassandra sein. Ja, das konnte sie schaffen, sagte sie sich. Sie konnte nach Hause zurückkehren, sie konnte es noch einmal versuchen, sie konnte alles wieder ins Lot bringen. Vielleicht nicht als Helena von Sparta – dieser Titel kam ihr jetzt zu schwer vor, die Krone zu eng. Nein, vielleicht konnte sie dieses Mal, endlich, einfach Helena sein.

Das Schiff setzte sich in Bewegung, und klares Wasser füllte den Raum zwischen ihnen und dem Ufer. Helena und Menelaos standen Seite an Seite und betrachteten den Horizont.

56

KLYTÄMNESTRA

Vor sechs Tagen hatte das Gerücht Mykene erreicht. Troja brannte. Die Griechen hatten den Sieg errungen. Zuerst hatte Klytämnestra es nicht glauben können. So viele Geschichten hatten in den letzten zehn Jahren ihre Hallen erreicht, und darunter war deutlich mehr Spreu denn Weizen gewesen. Aber in den letzten Tagen hatte eine gewisse Nervosität in ihrem Magen rumort. Konnte es sein, dass diese Geschichte die Wahrheit war?

In den Gerüchten war der Name Helena nicht einmal gefallen – der Grund, aus dem die Griechen den Krieg begonnen hatten. Wenn Troja wirklich erobert worden war, musste sie glauben, dass ihre Schwester noch am Leben war. Dass sie sich auf einem Schiff in Richtung Sparta befand oder bereits in dort war. Sie musste glauben, dass der Krieg für etwas gut gewesen war, dass all die Leben – Iphigenies eingeschlossen – mehr wert waren als Gold und Ruhm.

Sie wusste, dass es sie erleichtern sollte, ihre Schwester sicher und gesund in Sparta zu wissen, aber wenn sie das als Wahrheit anerkannte, musste sie sich mit einer anderen, weit angsteinflößenderen Tatsache auseinandersetzen – dass Agamemnon in diesem Moment auf dem Weg zurück nach Mykene war.

Sie hatte Vorbereitungen getroffen, für alle Fälle. Männer waren von hier bis zur Küste postiert, jeder mit einer Fackel und der Anweisung, diese zu entzünden, sobald Agamemnons Schiffe in Sicht kamen. Wenn ihr Ehemann tatsächlich zurückkehrte, würde Klytämnestra es erfahren. Seit diese Vorkehrungen getroffen waren, hatte sie damit begonnen, mehrmals am Tag auf den Mauern der Zitadelle entlangzugehen. An diesem Nachmittag begleitete sie Aigisthos, daher bemühte sie sich, gemessenen Schrittes zu gehen und möglichst entspannt zu wirken. Es funktionierte nicht.

»Ich wünschte, du würdest aufhören, dir Sorgen zu machen«, sagte Aigisthos und drückte ihre Hand.

Sie sah ihn betont ahnungslos an.

»Ich sehe doch, dass du ständig zu den Hügeln blickst«, sagte er. »Du hast viele wunderbare Eigenschaften, mein Weib, aber du bist nicht so raffiniert, wie du glaubst.« Er lächelte sie neckend an, aber es fiel ihr schwer, sein Lächeln zu erwidern.

»Ich habe nur Angst«, sagte sie leise, und ihr Blick glitt wieder zu den Hügeln. »Ich habe das Gefühl, als näherte sie etwas. Etwas Schreckliches.«

»Nun, wenn der Krieg tatsächlich vorbei ist, ist dein edler Gemahl vielleicht gerade auf dem Weg hierher.«

»Ich meinte nicht …«

»Ich weiß, was du gemeint hast«, sagte er jetzt in nüchternem Tonfall. Er drückte erneut ihre Hand. »Aber wenn er wirklich kommt, sind wir bereit. Es gibt nichts zu befürchten.«

Sie wünschte sich so sehr, ihm glauben zu können.

»Versprich mir, dass du mir hilfst«, sagte sie und sah ihn jetzt direkt an. »Wenn die Zeit kommt. Versprich mir, dass du da sein wirst.«

Er blieb stehen und legte seine Hände auf ihre Schultern.

»Natürlich werde ich das.«

Sie gestattete sich den Anflug eines Lächelns. In den letzten Tagen hatte sie das Gefühl, ihre Lippen bestünden aus Blei.

»Was auch immer kommt, wir werden damit zurechtkommen …« Aber dann verstummte Aigisthos, weil er hinter ihrem Rücken etwas gesehen hatte. Klytämnestra drehte sich um.

Eine Fackel brannte.

Klytämnestras Herz begann zu rasen, ihre Haut war plötzlich so heiß, als wäre das Feuer in ihrem eigenen Fleisch entzündet worden.

Er ist da.

Aigisthos stand wie erstarrt neben ihr.

»Such Eudora«, sagte sie. »Lass sie die Kinder in ihren Kammern einschließen.« Sie sah ihn an und versuchte, Zuversicht in diesen vertrauten Augen zu finden. »Du kennst den Plan.«

Und ohne weitere Worte eilten sie von der Mauer, um ihre Vorbereitungen zu treffen.

Klytämnestra stand mit hämmerndem Herzen oben auf der Großen Treppe. Sie spürte, wie der Schweiß auf ihre Stirn trat, und wischte ihn fort. Sie schmeckte Blut.

Konnte sie das wirklich tun? Als sie vor zehn Jahren in jenem Zelt gestanden und den Dolch erhoben hatte, war sie bereit gewesen. Sie war willens gewesen, ihm das Leben zu nehmen. Aber jetzt? So viel Zeit war vergangen. Die Wut und der entsetzliche Schmerz, die brennende Trauer, all das waren jetzt alte Narben. Tief und traurig und still. Ein dumpfer Schmerz, wo einst unerträgliches Leid gewesen war. Er weckte sie immer noch Nacht für Nacht, zog immer noch ihren Magen zusammen, wenn sie morgens zur Grabstätte ihrer Tochter ging. Aber sie fragte sich, ob ihr Gemahl wohl auch Wunden davongetragen hatte. Welche Proben er in dem langen Krieg hatte bestehen müssen. Welche Schmerzen, welche Verluste. Auch er musste doch um Iphigenie getrauert haben, um das Böse, das er getan hatte. Welche Reue wohl in all den Jahren auf ihm gelastet haben musste. Vielleicht war der Mann, der an ihr Ufer zurückkehrte, nicht mehr derselbe, der es verlassen hatte.

War immer noch Zeit? Konnte sie immer noch hineingehen und Aigisthos sagen, dass sie es sich anders überlegt hatte? Er konnte fliehen, bevor Agamemnon die Zitadelle erreichte. Sie konnte Aletes im Palast bleiben lassen – und so tun, als sei er der Bastard einer ihrer Dienerinnen. Sie konnte ihn jeden Tag sehen, er wäre in Sicherheit. Und Aigisthos … immerhin würde er leben.

Sie hatte sich vorgemacht, ein neues Leben beginnen zu können. Doch ihr Leben war vor all den Jahren schon vorgezeichnet gewesen. Von ihrem Vater, durch ihre Geburt, durch ihr Geschlecht. Wer war sie, dass sie sich gegen das Schicksal auflehnen konnte? Ihrer Pflicht den Rücken zukehren?

Sie war eine gute Gemahlin gewesen. War es nicht das, was sie immer hatte sein wollen? Und sie konnte wieder eine sein. All das war doch ein Wahnsinn. Eine wunderschöne Verrücktheit. Aber sie konnte immer noch alles wieder ins Lot bringen. Sie konnte ihrem Gemahl für den Rest ihrer Tage treu sein. Auch wenn sie ihn hasste, sie konnte es tun. Sie hätte immer noch ihre Kinder.

Sie stand unruhig da, bereit, sich umzudrehen, und doch unfähig, sich zu rühren, als sie es hörte. Das Klirren von Metall, das schwere Scharren von Holz auf Stein. Die riesigen Tore der Zitadelle öffneten sich.

Zu spät. Zu spät. Mit zitternden Knien begann sie hinabzusteigen. Sie stellte sich vor, wie sie ihm mit jedem Schritt näher kam. Durch das Löwentor. Die Rampe hinauf. Hörte sie da die Räder seines Wagens? Das Schnauben seines Pferdes? Sie stellte ihn sich mit grauem Gesicht vor, vom Krieg geschlagen.

Und dann sah sie ihn. Und er sah … genauso aus wie immer. Hochgewachsen und stark auf seinem Wagen. Die Brust herausgedrückt, die Wangen gerötet. Er hob königlich die Hand, um die Männer und Frauen zu grüßen, an denen er vorbeikam, und er … lächelte.

Und neben ihm …

Klytämnestras Herz setzte einen Schlag aus, als sie den blonden Kopf sah. Aber es war nicht ihre Tochter. Das zarte Wesen hinter ihrem Gemahl, das sich an der Kante des Wagens festklammerte und bei jedem Rütteln auf den Pflastersteinen schwankte, war ihr unbekannt. Selbst aus dieser Entfernung war klar, dass das Mädchen voller Angst war. Sie wirkte noch jünger als Elektra, mit weit aufgerissenen, wilden Augen. Und als der Wagen näher kam, entdeckte Klytämnestra die Fesseln um ihre wund gescheuerten Handgelenke.

Plötzlich war ihre Angst wie weggeblasen, zurückgedrängt von einer Welle der Wut. Ihr Gemahl hatte sich nicht verändert. Er würde sich niemals ändern. Er würde weiterhin Leben zerstören, sich nehmen, was er wollte, er würde vergeuden und aus dem Fenster werfen und missbrauchen. Sie gab sich große Mühe, ihr Gesicht entspannt wirken zu lassen, als sie die letzten Stufen nach unten ging, wobei sie die Fäuste ballte, mit denen sie ihre Röcke gerafft hielt.

»König Agamemnon«, rief sie, als der Wagen und seine Begleitung heran waren. »Gemahl.« Sie war überrascht, wie fest ihre Stimme klang. »Willkommen zu Hause.«

»Es ist schön, meine eigenen Mauern wiederzusehen«, sagte er und stieg vom Wagen. Er trat auf sie zu, und sie sah, dass er immer noch humpelte, aber er hielt sich dennoch stolz aufrecht. Er schaute die leere Treppe hinter ihr hinauf. »Das ist alles? Keine Menge, die mich begrüßt und ihren siegreichen Herrn ehrt?« Sein Lächeln wirkte einen Hauch starr. »Wo sind meine Kinder?«

»Sie sind drinnen, Gemahl. Alle sicher und gesund.« Sie zwang sich zu einem Lächeln. »Ich dachte, du wärst sicher erschöpft nach deiner Reise. Ich habe dir ein paar Erfrischungen bereiten lassen. Und die Sklaven lassen dir gerade ein Bad ein.«

Agamemnon hielt kurz inne und dachte nach, lächelte dann aber zufrieden.

»Ja. Es ist später noch viel Zeit für Feierlichkeiten. Und das Gold ist noch nicht von den Schiffen geladen worden … Ja, es ist besser, noch ein wenig zu warten.« Er schaute zurück zum Wagen. »Es müssen zwei Bäder eingelassen werden. Eins für das Mädchen.«

Das Mädchen im Wagen zuckte zusammen, als es hörte, dass es erwähnt worden war.

»Natürlich, mein Gemahl«, sagte Klytämnestra so liebenswürdig, wie sie konnte. »Ich werde eine der Gästekammern …«

»Nein. Das Mädchen bleibt bei mir. Lass ein weiteres Bad in mein Gemach bringen und beide Wannen nebeneinanderstellen.«

Er schaute auf sie hinunter, als forderte er sie zum Widerspruch auf.

»Ja, Gemahl. Ich werde tun, was du sagst.« Sie neigte feierlich den Kopf. Aber ihre Gedanken rasten. Das hatte sie nicht erwartet. Würde es ihren Plan zunichtemachen? Nein. Es würde nichts ändern. Sie durfte auf keinen Fall die Nerven verlieren.

Sie ging vor ihm die Treppe hinauf, und Agamemnon und das Mädchen folgten ihr. Der Rest der Gefährten des Königs blieben unten, um die Pferde in die Ställe zu führen – das war immerhin eine Erleichterung. Je weniger Leute sich im Palast aufhielten, desto besser. Sie würde sich später um sie kümmern. Sie würde ihnen die Augen öffnen. Und wenn nicht … darüber konnte sie jetzt nicht nachdenken.

Jetzt waren sie am Eingang zum Palast. Sie gingen in den Vorhof, und Klytämnestra rief die wartenden Sklaven lauter, als nötig gewesen wäre.

»Der König benötigt zwei Badewannen. Lasst eine der Gästebadewannen in sein Gemach schaffen. So schnell ihr könnt.«

Sie hoffte, Aigisthos wäre in der Nähe, um das zu hören. Was sonst konnte sie tun? Sie war sich zwar sicher, dass das Mädchen keine Bedrohung darstellte, doch sie war ein Faktor, den sie nicht mit eingerechnet hatte.

»Das Wasser ist bereits erwärmt worden«, sagte sie, an Agamemnon gewandt. »Es wird nicht mehr lange dauern.«

Kaum hatte sie geendet, erschien ein Sklave mit einem großen Krug Wein und zwei Bechern.

»Eure Erfrischung, mein Gemahl«, sagte sie und reichte Agamemnon einen vollen Becher.

»Der ist aber nicht verdünnt«, sagte er und betrachtete stirnrunzelnd die dunkle Flüssigkeit.

»Dies ist eine Zeit zum Feiern, nicht für Zurückhaltung«, sagte sie mit überzeugender Heiterkeit. Er nickte und trank von dem Becher. Sie hoffte, dass er ihr die Erleichterung nicht anmerken würde. Der Wein würde wenig ausrichten, aber sie würde jeden Vorteil ausnutzen, der sich ihr bot.

Sie füllte den zweiten Becher und hielt ihn dem Mädchen hin.

»Hier«, sagte sie sanft. »Du musst durstig sein.«

Doch das Mädchen starrte sie nur mit glasigem Blick an.

»Davon wird es dir besser gehen«, sagte Klytämnestra, aber das Mädchen rührte sich nicht.

»Aus der kriegt man nichts raus«, grunzte Agamemnon zwischen zwei Schlucken. »Hat die ganze Reise von Troja über kein Wort gesagt.«

Klytämnestra betrachtete das Mädchen – die Tränenspuren auf den schmutzigen Wangen und das verblassende blaue Auge. Sie wünschte, sie würde einen Schluck Wein nehmen, um ihrer selbst willen.

Agamemnon leerte den Becher jetzt, und ein Sklave erschien in der Eingangshalle.

»Die Bäder sind eingelassen, meine Königi… ich meine, mein König.« Er wirkte unsicher, sein Blick glitt zwischen beiden hin und her.

»Danke, Nikias«, nickte sie, und der Junge huschte davon.

Plötzlich war Klytämnestras Mund ganz trocken. Sie ging mit Agamemnon den Flur entlang, das Mädchen im Schlepptau.

Im Gemach war es dunkel und feucht, der Dampf der beiden gefüllten Badewannen stieg ins Licht der Öllampen.

Klytämnestra bestand darauf, Agamemnon selbst zu helfen, und er wehrte sich nicht. Ohne Zeit zu verlieren, warf er seine Tunika von sich und senkte seinen alternden, massigen Körper ins heiße Wasser.

»Komm, Mädchen«, sagte er, als er sah, dass seine trojanische Beutefrau immer noch an der Tür stand. »Die andere ist für dich. Zieh dein Kleid aus.«

Das Mädchen rührte sich nicht.

»Soll ich dir helfen?«, fragte Klytämnestra, aber das Mädchen wich vor ihrer ausgestreckten Hand zurück.

Ihr wilder Blick zuckte zwischen Agamemnon und dem dampfenden Wasser hin und her, und dann schien sie eine Entscheidung getroffen zu haben, oder sich zumindest in ihr Schicksal zu fügen. Mit ihren knochigen Händen zog sie den einstmals edlen Stoff über ihren Kopf.

Klytämnestra musste ein Aufkeuchen unterdrücken. Das blasse Fleisch des Mädchens war voller Blutergüsse. Einige waren alt und gelb. Andere frisch und noch ganz dunkel. Sie bedeckten ihre Arme, ihre Taille, die Innenseiten ihrer Schenkel.

Klytämnestra drehte sich der Magen um. Das arme Mädchen. Und wie vielen anderen mochte es wohl ebenso ergangen sein? Fortgeschleppt in griechische Paläste, mit all dem Gold und der Bronze und dem Elfenbein. Immerhin wurde das Leid dieses Mädchens bald beendet sein. Sie konnte sie beschützen, im Palast leben lassen, wo ihr niemand mehr Leid antun würde.

Sie wandte sich ab, weil sie merkte, dass sie sie angestarrt hatte. Sie ließ das Mädchen ins warme Wasser steigen und wandte ihre Aufmerksamkeit wieder Agamemnon zu. Sie brauchte all ihre Fassung, um die Hände auf diese Brust zu legen, diese Haut abzuschrubben, den Schmutz aus diesem Haar zu waschen. Es war ein Wunder, dass ihre Hände nur so wenig dabei zitterten. Und die ganze Zeit spürte sie den Griff des Messers, das in den Falten ihres Kleides verborgen war, an ihrer Hüfte.

Wo bist du? Warum brauchte Aigisthos so lange? Sie hatte das Gefühl, schon ewig hier im Gemach zu sein.

Und dann knarrte die Tür.

Sie seufzte tonlos. Und doch pochte ihr Herz schneller denn je. Er war jetzt hier. Die Zeit war gekommen.

»Frisches Wasser, meine Königin«, sagte er schroff. Er trug eine Kapuze, aber sie wäre gar nicht nötig gewesen. Agamemnon wandte nicht einmal den Kopf.

Ihre linke Hand griff in Agamemnons Haar, die rechte suchte an ihrer Hüfte nach dem Messer. Aigisthos kniete neben ihr nieder, aber sie wandte sich nicht um. Aus dem Augenwinkel sah sie, wie seine Arme sich hoben, und hob ihre Hand ebenfalls.

Ein Atemzug. Noch einer.

Und dann zog sie. Agamemnons Kopf wurde zurückgerissen, und das Messer schnellte hinab. In den Hals und in die Brust. Und wieder und wieder. Sein Blut spritzte und das Wasser klatschte, sein großer Körper wand sich wie ein Meeresungeheuer. Doch seine Arme wurden festgehalten. Die Kraft floss aus ihm ins aufgewühlte Wasser, das auf den Marmorboden schwappte.

Der Geruch war übelkeiterregend, aber Klytämnestra war wie besessen. Wie eine Priesterin beim Opferritual. Das Messer schnitt durch das verhasste Fleisch, und sie hatte das Gefühl, als schnitte sie Teile von sich selbst ab. Die Schwielen, die Narben, die Schichten stinkender Verwesung – die schwere Schale, die sie all die Jahre mit sich herumgetragen hatte, aufgebläht, verhärtet, erstickend. All das fiel mit jedem Messerstich von ihr.

Als ihr Arm ermüdete und langsamer wurde, sah sie, dass Agamemnons Kraft ermattet war. Er schaute aus dem schwarzen Wasser empor, die Arme schlaff, aus Aigisthos' Griff entlassen.

Sie wandte den Kopf und suchte nach seinen Augen, nach Stärke, nach Erleichterung.

Er kniete jetzt neben der anderen Wanne. Etwas glänzte in seiner Hand auf.

»Nein!«, schrie sie, aber es war bereits vollbracht.

Das Mädchen würgte, kämpfte aber nicht, als ihr Lebensblut ungehindert aus ihrem Hals spritzte. Klytämnestra rutschte auf Knien über den nassen Boden, doch sie konnte nur noch den weißen Hals und das rote Blut und das befleckte helle Haar sehen und schreien und schreien.

57

KLYTÄMNESTRA

Es war ein merkwürdiger Tag für eine Beerdigung. Vielleicht kam es Klytämnestra auch nur so vor. Der Tag war zu schön, die Brise zu angenehm. Eine Stimme in ihrem Kopf, ganz im Hintergrund, sagte ihr, es solle eigentlich schwieriger sein, dass sie mehr fühlen solle. Aber sie spürte nur Erleichterung.

Das Gefühl war in der letzten Nacht in dem blutigen Raum gekommen und vergangen. Wie eine riesige Welle war es über sie geschwappt und hatte sie gebrochen, wie Holz, das gegen Felsen geschleudert wurde. Und jetzt war nur noch die Ruhe geblieben.

Aigisthos und sie gingen am Ende des Zuges, Aletes zwischen ihnen. Elektra führte die Prozession an. Ihr kehliger Gesang wehte über die Köpfe der anderen Trauernden hinweg. Klytämnestra wusste, dass es nicht angemessen für sie war, das Lied zu singen, neben der Leiche ihres Gemahls zu gehen. Und doch wusste sie, dass sie da sein musste, um ihm ihren Respekt zu zollen und ihre Pflicht zu tun.

»Er hat die Leiche meines Vaters den Hunden zum Fraß vorgeworfen«, murmelte Aigisthos neben ihr, als der Trauerzug durch das Löwentor schritt. »Du tust ihm mehr Ehre, als er dir je gezollt hat.«

»Er war ein König«, versetzte sie nur.

Als sie am Fuß der Anhöhe angekommen war, wurden Klytämnestras Schritte steifer. Links des Weges, unter den älteren Grabmalen, war ein frischer Erdhügel. Sie drückte Aigisthos' Hand und wandte den Blick ab.

Es hatte ihm so sehr leidgetan. Er hatte sie gehalten, als sie schrie, sie gewiegt, als sie bebte.

»Aber du hast um zwei Bäder gebeten.« Seine verwirrte Stimme drang irgendwann zu ihr durch. *»Ich dachte, das bedeutete …«*

Er hatte ihr nur helfen wollen. Das sagte sie sich selbst. Wie hätte er es wissen können? Aber dass es ihm so leichtgefallen war …

»Sie war seine Hure.«

Nein. Sie war ein Mädchen. Nur ein weiteres Mädchen, das von der Welt mitgerissen worden war. Mit Eltern und einem Zuhause und einem eigenen Geist, einst. Und das hatte mehr geschmerzt als alles andere. Die Erkenntnis, die wie ein Hieb kam, dass selbst ihr lieber, liebender Aigisthos, dass selbst er nicht verstand.

Doch sie hatte ihm vergeben. Wie hätte sie es auch nicht tun können? Diese neue Welt war zu erschreckend, als dass sie sich ihr würde allein stellen können. Und wie konnte sie ihn beschuldigen, nach allem, was sie getan hatte? Jeder von ihnen musste seine eigene Last tragen.

Der Trauerzug blieb stehen und sammelte sich um das königliche Grab, dessen Tür nicht versiegelt war. Klytämnestra sah ihre Töchter. Chrysothemis hielt den jungen Kopf gesenkt, ernst und nachdenklich. Aber Elektra … sie hatte einen wilden Blick, sie loderte in ihrer Trauer, Tränen rannen ihr in den Mund, aus dem der klagende Gesang kam. Klytämnestra beobachtete sie mit schwerem Herzen. Ihre Blicke trafen sich, und das Lied wurde lauter, wütender, jede Note brach aus Elektras Kehle wie ein Fluch. Zum ersten Mal an diesem Morgen brannten Tränen in Klytämnestras Augen.

Sie wusste, dass ihre Tochter ihr womöglich niemals vergeben würde. Sie spürte es in ihrem verkrampften Herzen. Aber was hätte sie tun sollen? Was sonst hätte sie tun *können?* Sie liebte ihre Kinder mehr als alles andere auf der Welt, doch jedes war wie mit einem Seil an ihrer Brust befestigt und zog in seine eigene Richtung. Sie konnte Iphigenies Tod nicht ungerächt lassen, aber hatte sie, indem sie der einen Tochter hatte Gerechtigkeit angedeihen lassen, die andere verloren? Hätte sie auch noch einen Sohn verloren – den süßen, arglosen Aletes –, wenn sie es nicht getan hätte? Würde sie noch einen weiteren Sohn verlieren, wenn Orest nicht zu ihr zurückgelassen wurde?

Ihr Herz raste, und ihr war plötzlich schwindelig. Sie griff nach Aigisthos' Arm, weil ihre Knie nachgaben, und atmete einige Male tief durch.

Sie hatte doch immer versucht, nur das Beste zu tun, oder etwa nicht?

Ja, sagte sie sich. Sie hatte es versucht.

Tonlos betete sie zu den Göttern. Dass sie die richtige Entscheidung getroffen hatte. Dass die Zukunft einfacher werden würde. Dass ihre Kinder in Sicherheit bleiben würden. Und zuletzt betete sie, dass ihr neues Leben ein gesegnetes und glückliches werden würde, soweit das ein Leben überhaupt sein konnte.

Anmerkungen der Autorin

Der Trojanische Krieg ist in den letzten drei Jahrtausenden immer wieder Thema der westlichen Kunst und Literatur gewesen. Die Geschichte war auch bei den Griechen selbst außerordentlich beliebt und tauchte in den Epen Homers, in den Arbeiten der großen Tragödiendichter, bei der Gestaltung von Töpferwaren und in Gemälden auf und wurde später auch von den kulturellen Erben des Römischen Reiches übernommen. Die antike Welt behandelte den Trojanischen Krieg wie ein Geschehnis, das tatsächlich stattgefunden hatte, wobei einige Menschen tatsächlich versuchten, ihre Herkunft von den großen Helden herzuleiten und dadurch ihren Teil des ererbten Ruhms zu erlangen.

Die moderne Wissenschaft hat eine skeptischere Herangehensweise an diesen Krieg angenommen, oder zumindest an die Version, die in der antiken Literatur und anderen künstlerischen Quellen zu finden ist. Es gibt allerdings tatsächlich archäologische Beweise, die nahelegen, dass ein Krieg ähnlich dem, den Homer beschreibt, wirklich stattgefunden haben kann. Uralte hethitische Dokumente erwähnen einen Konflikt zwischen dem Königreich *Ahhijawa* (Achaea, ein alter Name für Griechenland) und der Stadt *Wilusa* (Ilios, später bekannt unter dem Namen Troja). Archäologen behaupten außerdem, die Überreste der Stadt Troja in Hisarlik in der nördlichen Türkei gefunden zu haben, ebenso Beweise für ihre Zerstörung durch Feuer irgendwann um das Jahr 1180 v. Chr.

Passend zu dieser archäologisch belegten Zeitachse beginnt *Wir Töchter von Sparta* Ende des 13. Jahrhunderts v. Chr. und spielt daher vor dem Hintergrund der mykenischen Zivilisation der späten Bronzezeit, die wegen der Dominanz der mykenischen Kultur in Griechenland zu dieser Zeit so genannt wurde. Aber mein Ziel beim Schreiben dieses Romans war es nicht, die historische Richtigkeit des Trojanischen Krieges zu belegen. Ich wollte auch nicht versuchen, eine Geschichte zu schreiben, die historisch absolut wahr ist, sondern eine, die als historisch authentisch gelten kann – also eine Neuinterpretation des Mythos des Trojanischen Krieges, die zu den historischen Beweisen passt, die wir für diese frühgeschichtliche Epoche haben. Ich wollte überdies den Kanon der antiken Literatur, der auf dem Mythos beruht, überarbeiten und darauf reagieren. *Wir Töchter von Sparta* verwebt daher archäologische Realitäten mit mythologischer Tradition, entwirft aber auch eine neue Geschichte, um die Lücken zu füllen, die dieser Rahmen offenlässt. Das Herz des Romans ist nicht die Geschichte des Krieges selbst, sondern das Leben von Helena und Klytämnestra, zweier Figuren, die ich beide in den antiken Quellen für ungerecht behandelt halte. Was dachten diese Frauen? Was fühlten sie? Warum handelten sie, wie sie es taten? Wenn sie wirklich gelebt haben, als Frauen königlichen Geblüts im Griechenland der Bronzezeit, wie sah ihr Leben wohl aus? Das sind die Fragen, die ich mir stellte und die ich hoffentlich in *Wir Töchter von Sparta* beantwortet habe.

Wenn Sie mehr über diese Epoche der griechischen Zivilisation wissen möchten, ist *The Cambridge Companion to the Aegean Bronze Age* (2008) ein guter Anfang. Ich empfehle außerdem Bettany Hughes' wunderbares Buch *Helen of Troy* (2005), das eine großartige Informationsquelle und Inspiration während meiner Recherche war. Und für diejenigen, die daran interessiert sind, insgesamt mehr über das Leben der Frau in der antiken Welt zu erfahren: Sarah B. Pomeroys Buch *Goddesses, Whores, Wives and Slaves: Women in Classical Antiquity* (1975, überarbeitete Ausgabe 1994) bietet einen sehr zugänglichen Überblick, der inzwischen zu einem Grundlagenwerk geworden ist.

Danksagung

Es gibt viele Menschen, denen ich gern für die Rolle danken würde, die sie bei der Verwirklichung dieses Romans gespielt haben.

Zunächst möchte ich meinen ersten Leserinnen für ihr Feedback und ihre Ermutigungen danken: Dr. Kathryn van de Wiel, Stepp McCallum und besonders Ilona Taylor-Conway, weil sie mein erster Fan war und mich davon überzeugt hat, dass das, was ich schreibe, lesenswert ist.

Ich möchte gern meiner Agentin Sara Keane dafür danken, dass sie an mein Manuskript geglaubt, mich in die Welt des Verlagswesens eingeführt und stets unterstützt und beraten hat. Ich danke natürlich auch dem Team bei Hodder, weil es dieses Buch hat wahr werden lassen. Spezieller Dank gilt dabei meiner fantastischen Lektorin Thorne Ryan für ihr Verständnis, ihre Ermutigungen und harte Arbeit, mit der sie *Wir Töchter von Sparta* so gut gemacht hat, wie es ging. Ich möchte außerdem Stephanie Kelly danken, weil sie mein Buch über dem großen Teich bei Dutton gefördert hat, und für ihre wertvollen Beiträge zum Lektorat.

Zu guter Letzt: Danke an meine Familie und meine Freunde für ihre Unterstützung. Es fühlt sich ein wenig wie ein einsamer Sprung ins Ungewisse an, wenn man seinen ersten Roman schreibt, daher danke ich allen, die sich dafür interessiert und mich dabei angefeuert haben. Danke an meine Eltern, Juliette und Martin Heywood, für ihre Liebe und ihre Unterstützung, dafür, dass sie stets meine Kreativität und meine Liebe zu Büchern gefördert haben, und dafür, dass sie mir ein Dach über dem Kopf gewährt haben, als ich den größten Teil des ersten Entwurfs schrieb. Und schließlich gebührt meinem Partner Andrew besonderer Dank für seine unendlichen Ermutigungen, seine Geduld und sein heiteres Gemüt, dafür, dass er mich auch durch die schwierigen Zeiten begleitet und die kleinen Siege mit mir gefeiert hat. Danke, dass du mir dabei hilfst, meinen Traum zu verfolgen. Ich könnte mir keinen besseren Partner für diese Reise wünschen.